KB058154

절
대
검
감

2

절대검감

2
絶對 劍感

한중월야
장편소설

시공사

소운휘 호남성 삼대 명문 무가인 익양 소가의 삼남. 혈교의 삼류 첩자로 살다가 허무한 죽음을 맞았으나, 다시 태어난 삶에서 〈검선비록〉과의 기연으로 회귀 전과 다른 삶을 살기 위해 노력한다. 혈교의 주요 간부 중 사존 기기괴괴 해악천의 눈에 띄어 가르침을 받게 된다.

소담검 소운휘 어머니의 유품인 단검.

남천철검 한때 운남성의 패자로 명성이 드높았던 남천검객 호종대의 검.

송좌백 무림연맹 조항 송가의 자제이자 쌍둥이 형제의 형.

송우현 무림연맹 조항 송가의 자제이자 쌍둥이 형제의 동생.

난마도제 서갈마 혈교를 이끌어가는 사존자 칠혈성 중 이존.

기기괴괴 해악천 혈교를 이끌어가는 사존자 칠혈성 중 사존. 괴팍하고 어디로 튈지 모르는 성정 때문에 '기기괴괴'라는 별호로 불린다.

혈수마녀 한백하 혈교를 이끌어가는 사존자 칠혈성 중 육혈성.

백련하 육혈성 혈수마녀 한백하의 둘째 제자 하연으로 알
려졌으나, 정체를 알 수 없는 여인.

소익헌 익양 소가의 가주.

소영현 익양 소가의 일남이자 소가주.

소장윤 익양 소가의 이남.

소영영 익양 소가의 장녀이자 소운휘의 누이동생.

조성원 신입 무사 발탁식에서 일류 고수에 근접한 무공으
로 모든 단주들의 관심을 받는 청년.

사마영 혈교에 입교를 원하는 잘생긴 청년. 순진무구한 얼
굴과 달리 손속이 잔인하다.

조청운 형산파를 대표하는 형산일검 대협.

조일혜 형산파를 대표하는 형산여협.

차
례
—

18화

발탁식

해악천의 폭탄 발언에 나 역시도 놀랐다. 설마 이 자리에서 내 검법의 본원을 밝힐 줄은 전혀 예상치 못했다. 솔직히 해악천의 자존심을 고려하면 숨길 거라고 여겼는데, 이걸 여기서 밝히다니 대체 무슨 의도일까?

확실한 것은 보통 파장이 아니었다.

"남천검객?"

"그 남천검객?"

술렁이는 단주들. 혈교를 이끌어가는 고수들인 그들조차 저런 반응을 보이는 것을 보면, 십오 년이 지났어도 남천검객의 위명은 여전했다. 그런데 모두가 남천검객이라는 화두로 인해 해악천을 바라보고 있었는데, 단 한 사람만이 나를 쳐다보고 있었다. 혈수마녀의 문하로 보이는 흰 면사의 여인이었다. 면사 여인의 시선은 나와 등에 메고 있는 남천철검을 번갈아 보고 있었다.

'뭐지?'

그런데 면사에서 유일하게 드러난 눈가 부분이 이상하게 낯이 익었다. 특히 저 둥그런 눈매와 긴 속눈썹은 그때 만났던 붉은 눈동자의 여인과 매우 닮아 있었다.

'설마….'

—뭐가 설마야? 누구길래 그래?

'…하연 소저, 아니 백련하 같은데?'

—뭐? 쟤가?

소담검마저 놀라워했다. 그 이유는 간단했다. 백련하 같다고 이야기한 면사 여인의 몸매가 호리호리했기 때문이다.

—잘못 본 거 아냐?

소담검이 내 말을 부정했다. 그럴 만도 한 것이 우리가 알고 있는 그녀는 살집이 두꺼운 뚱뚱한 몸매였다. 그런데 여섯 달 만에 환골탈태를 한 것처럼 날씬해져 있었다.

—그럼 쟤 살 뺀 거야?

본인이 맞다면 살을 뺀 거겠지?

그때 나와 눈이 마주친 그녀가 다급히 시선을 돌렸다.

—맞네, 맞아.

당혹스러운 기색이 역력한 걸 보면 역시 그녀가 맞는 것 같았다. 고개를 먼 산으로 돌리며 나의 시선을 최대한 피했다. 어떻게 된 영문인지 궁금했다. 하선부설초를 복용하고서 저렇게 살이 빠진 것일까?

그때 혈수마녀 한백하가 입을 열었다.

"사존, 그게… 무슨 말씀이시죠? 남천검객이라뇨?"

그녀 역시도 놀랐는지 목소리가 살짝 떨렸다. 이렇게 갑자기 밝혔으니, 해악천이 뭐라고 이야기할지 나도 궁금했다. 설마 모두가 보는 앞에서 남천검객을 꺾고서 그 비보를 얻었다는 식으로 이야기하려는 것인가? 이 늙은이의 성격이라면 충분히 그럴 만도 한데….

"역시 알아보지 못하는군. 하긴 이 중에 본좌 외에 남천검객을 상대했던 자가 있을 리 있나."

그 말에 한백하가 입을 다물었다. 그녀의 반응을 보면 해악천의 말이 맞는 모양이다.

"클클."

입을 다물고 있던 그녀가 나를 눈짓으로 가리키며 말했다.

"…진위 여부를 떠나서 사존의 제자분이 어째서 남천검객의 검법을 익힌 거죠?"

교묘하게 화제를 비틀었다. 대놓고 해악천에게 묻는 것이 아니라, 나를 빌미 삼아 묻는 것이었다.

"남천검객은 세를 갖춘 인물이 아닙니다만, 명백히 정파인입니다. 이건 사존께서 해명해주셔야 할 부분입니다."

마냥 당할 혈수마녀가 아니었다. 남천검객이 정파인이라는 것에 초점을 맞춰서 해악천을 몰아붙였다.

그때 해악천이 품속에서 무언가를 꺼내 들었다.

'아….'

그것은 성명검법의 비급서였다. 내게서 도로 가져갔었는데, 설마 이 자리에 들고 왔을 줄은 몰랐다. 처음부터 이걸 밝힐 작정이었던가.

"《성명검법》?"

"남천검객의 검법 비급서다."

"그걸 어떻게 사존께서?"

한백하가 성명검법의 비급서에서 눈을 떼지 못했다. 단주들 또한 마찬가지였다. 특히 검을 다루는 단주들은 성명검법의 비급서를 보물처럼 쳐다보고 있었다. 희대의 검객이라 명성을 날리던 남천검객의 검보가 눈앞에 있는데, 보물처럼 여기지 않을 사람은 아마 없을 것이다.

"남천검객은 죽었다."

'…!!'

남천검객이 죽었다는 말에 모두가 놀라워했다. 십오 년 전부터 행방이 묘연했기에 정사를 떠나 많은 무림인들이 궁금해하던 부분이었다. 알 것 같았다. 해악천은 자신이 남천검객을 꺾고서 비급서를 얻었다고 말하려는 듯했다.

─이 못된 늙은이가!

남천철검이 분노를 토해냈다. 전 주인의 명예가 더럽혀지고 있다고 여기는 듯했다. 나라도 기분이 나쁠 것 같았다.

"남천검객이 죽었다고요? 설마 사존께서?"

혈수마녀가 놀란 눈으로 해악천을 바라보았다. 그런데 해악천의 반응은 내가 예상했던 것과는 전혀 달랐다. 그가 콧방귀를 뀌면서 말했다.

"흥! 그랬으면 본좌의 오랜 숙원이 이뤄졌겠지만, 아니다. 누군가 본좌보다 먼저 손을 썼더군."

놀랍게도 해악천은 사실을 밝혔다. 자신이 죽였다고 거짓말할 수도 있는데, 정말 의외였다.

"누가 남천검객을?"

"허어!"

해악천의 그 말에 모두가 궁금해했다. 차기 중원 팔대 고수로 거론될 만큼 명성을 떨치던 이를 죽였다고 하니, 당연한 반응이었다.

해악천은 그들의 반응에 개의치 않고 말을 이어갔다.

"이 비급서는 남천검객 그 녀석이 남긴 것이다."

이걸 이런 식으로 세탁하네. 곧 죽어도 훔쳤다는 말을 하진 못하겠지.

혈수마녀가 인상을 찡그리며 물었다.

"그 말씀은 사존께서 남천검객의 유해를 발견하셨다는 겁니까?"

"그렇다."

"어찌 이런 경하스러운 일이!"

"감축드립니다, 어르신!"

해악천의 대답에 몇몇 단주들이 이구동성으로 말했다. 검객들에게 비보라 할 수 있는 남천검객의 비급서를 얻은 것을 축하하는 것이었다.

"감축은 무슨 감축이야!"

그때 해악천이 신경질을 냈다.

그의 비위를 맞추던 단주들이 꿀 먹은 벙어리처럼 입을 다물었다. 한 단주가 해명하려고 했으나, 해악천의 노성에 모두가 기가 죽었는지 고개를 숙였다.

"그, 그것이 아니오라…."

"녀석과의 승부를 내지 못하고 다른 놈에게 선수를 빼앗긴 것이 축하받을 일이라는 게야!"

회귀 전에는 그렇게나 높아 보였던 단주들이 하나같이 기를 못 펴는 것을 보면 사존은 과연 사존이었다.

"놈과의 승부를 내지 못한 것은 본좌의 한이다. 네놈들이 축하할 일이 아니다."

한바탕 화를 냈던 해악천이 인상을 굳히더니, 성명검법의 검보를 들어 보이며 말했다.

"이 검보는 완성된 것이 아니다."

그건 사실이었다. 엄밀히 말하면 해악천이 그것을 훔쳐간 덕분에 지금의 성명검법으로 완성될 수 있었다.

"본좌는 녀석과 많이 겨뤘었지. 본좌만큼 녀석을 잘 아는 이도 없을 것이다."

혈수마녀가 눈을 가늘게 뜨고서 물었다.

"그 말씀은 설마?"

해악천이 입꼬리를 올리며 고개를 끄덕였다.

"본좌는 검법의 허점을 보완하여 이 녀석에게 전수했다."

탁! 해악천이 내 어깨로 손을 얹었다.

"이 녀석은 본좌와 남천검객의 공동 전인이라 할 수 있다."

'하!'

나는 속으로 혀를 내둘렀다. 결과적으로 해악천은 죽은 남천검객의 명맥이 끊어지지 않도록 후인을 만든 것도 모자라, 호적수인 남천검객의 검법마저도 보완한 인물이 된 것이다.

—…대단하네, 정말.

소담검마저도 인정했다. 참 어떤 의미로 해악천은 대단했다. 이로써 남천검객의 검법을 알아보는 이가 생기더라도 누구 하나 이의를 제기하지 못하게 되어버렸다. 적어도 혈교 내부에서는 말이다. 그저 괴팍하다는 말로 표현하기에는 해악천은 정말 영악한 노인네였다.

—…그래도 다행인 것 같다.

화를 낼 거라 여겼던 남천철검이 가라앉은 목소리로 말했다.

뭐가 다행이라는 거지?

―사실 저자가 아니었다면 분명 전 주인의 명맥이 끊기게 되는 것은 부정할 수 없다. 게다가 저자는 운휘 너를 남천검객의 후인이 기도 하다고 밝혔다.

듣고 보니 남천철검의 말도 맞았다. 해악천은 비보를 얻었으니, 성명검법이 자신의 검법이라고 공언할 수도 있었다. 한데 그는 공동 전인이라고 내세워줌으로써 남천검객이 명맥을 이어갈 수 있도록 여지를 남겨뒀다. 이걸 보면 해악천이 그동안 남천검객을 어찌 생각 했는지 알 것 같았다.

―그것만으로도 고맙게 생각한다.

남천철검은 전 주인이 잊히지 않게 된 것에 만족했다.

* * *

혈수마녀 한백하와 그 문하들, 그리고 각 파벌의 단주들 모두가 육혈곡의 본당으로 갔다. 신입 무사들에 대한 발탁식이 있기 때문이 었다. 가기 전에 혈수마녀 한백하는 내게 전음을 보냈다.

[내기는 소 공자가 이겼어요. 오늘 밤 자정 무렵에 그때 보았던 공 터에서 만나도록 하죠.]

한백하는 깨끗하게 승복했다. 담예화가 상급 무사의 직위를 받긴 했지만 나는 대주직을 얻었으니, 우위를 다투는 게 사실상 의미가 없었다. 이미 그녀와 나의 실력 차이는 명백했다.

―뭘 가르쳐줄까?

'크게 기대는 안 해.'

쓸 만한 재주를 가르쳐줄 거라고는 생각지 않았다. 그녀 역시도 내기에서 질 거라고 예상하지 못했을 테니, 아마 가진 재주들 중에 가장 보잘것없는 것을 전수하지 않을까.

그보다도 지금은 백련하가 궁금했다. 그녀는 먼저 가면서 나를 묘한 눈빛으로 쳐다보았다.

—네가 알아본 걸 눈치챈 거 아냐?

충분히 그럴 수도 있었다. 나도 몇 번이나 그녀를 쳐다보았으니 말이다.

"한데… 스승님, 본당에는 왜 가는 겁니까?"

본당으로 향하는 중에 송좌백이 궁금했는지 해악천에게 물었다. 이에 해악천이 피식 웃으며 말했다.

"지금부터가 관건이다."

"네?"

"쓸 만한 놈들을 데려와야 하니까. 클클."

나는 해악천이 왜 이런 말을 하는지 알 것 같았다. 그는 세(勢)를 키울 거라고 했었다. 기존의 혈교인들 같은 경우는 이미 각 파벌에 속해 있기 때문에 새로운 인재가 필요했다. 얼마나 많은 인재를 확보하는가가 관건이었다.

웅성웅성! 본당에 도착하자 시끌벅적했다. 단주들 이외에도 생도들까지 집합해 있었다. 회귀 전의 기억들이 새록새록 떠올랐다.

'아.'

본당 건물 앞마당에 방문을 붙인 것처럼 넓은 목판에 생도들 명단이 붙어 있었다. 명단의 이름들은 상급 무사 후보, 중급 무사 후보, 하급 무사 순으로 분류되어 있었다. 회귀 전의 나는 선택권 없이 곡주가 지정한 곳으로 보직을 받았다. 혈랑대로 말이다. 하급 무사들은 골고루 여기저기 배치되었던 반면에 상급, 중급 무사 후보들은 달랐다. 명단 앞에 서 있는 단주들이 치열하게 다퉜던 게 기억난다. 그때는 나의 일이 아니라 누가 어디로 보직을 받았는지 정확하게 기억나지 않지만 딱 한 사람은 알고 있다.

―누군데?

개방의 첩자인 조성원. 저 녀석은 일혈성 산하로 들어갔다. 선택권이 있기에 사존자 중 한 사람의 세로 들어갈 거라 생각했는데, 모두가 의외라고 여겼던 순간이었다.

―그런데 선택이 틀렸네.

'맞아.'

불과 반년 만에 정체가 탄로 났다. 심지어 추살령이 내려진 지 보름 만에 잡혀서 죽었다.

―결국 죽을 운명이네.

'그래, 그렇긴 한데….'

저 녀석의 운명을 바꾸면 어떻게 될까? 조성원과 몇몇 첩자들 덕분에 육혈곡과 혈교의 근거지 몇 곳이 들통나고 만다. 그런데 만약 조성원이 일혈성 산하가 아니라, 다른 곳에 들어간다면 얼마나 큰 변화가 일어날지 궁금해졌다. 가령 녀석의 정체를 당장 폭로한다든가….

"그럼 지금부터 발탁식을 시작하겠습니다."

패혈단주 구상웅의 외침에 장내가 조용해졌다. 각 파벌에서 온 열 명의 단주가 명단 앞에 섰다. 각자가 생각해둔 이들이 있는지, 이를 확보하기 위해 명단의 이름표에서 시선을 떼지 못했다. 그때 해악천이 앞으로 나섰다. 그러자 단주들이 일제히 당혹스러워했다.

"어르신?"

"사존께서 어찌?"

그들은 해악천이 발탁식에 참여할 거라 예측하지 못했던 모양이다. 하긴 여태까지 세를 만들지 않았던 해악천이니 그들의 저런 반응은 당연했다.

단주들 중 한 사람이 물었다.

"혹시 어르신께서도 발탁식에 참여하시는지?"

"흥! 밑에 단주가 없으니, 본좌가 직접 골라야 하지 않겠느냐."

그들의 얼굴이 어두워졌다. 발탁식에 설마 사존이 직접 참여할 줄은 몰랐다. 심지어 이곳에 있는 육혈성 혈수마녀조차도 자신의 산하 중에 단주직을 맡은 자를 대리로 보냈는데 말이다.

"크흠."

패혈단주조차 이 상황을 예측하지 못했는지 난감해했다.

그런 그에게 해악천이 말했다.

"중급 무사부터냐? 아니면 상급 무사부터 하는 게야?"

"…중급 무사 후보부터입니다."

"그래? 그럼 잘됐군. 본좌부터 한다. 불만은 없겠지?"

해악천의 그 말에 단주들이 똥이라도 씹은 얼굴로 고개를 끄덕였다. 차마 사존 앞에서 안 된다는 말을 할 수는 없지 않겠는가. 천하의 기기괴괴 앞에서 단주급 중에 누가 그럴 배짱이 있겠는가.

"고르면 되지?"

"그, 그렇습니다."

해악천이 목판에서 중급 무사 후보들이 있는 명단을 손가락으로 가리켰다. 총 서른일곱 명이었다. 자질이 뛰어난 순으로 위에서 아래로 정리되어 있었다.

"…"

각 파벌의 단주들이 숨을 죽이고서 해악천의 손가락을 따라 눈동자를 움직였다. 혹여 자신들이 선정해둔 인재를 고를까 봐 걱정하는 것이었다. 손가락이 아래쪽으로 향했다.

"후우."

단주들 몇몇이 안도의 숨을 내쉬었다. 그런데….

"뒤에 열 명 긋고, 나머지 위는 본좌가 전부 데려가겠다."

'…?!'

얼마나 기가 막혔는지, 단주들이 어안이 벙벙한 얼굴로 해악천을 쳐다보았다.

해악천은 이를 전혀 개의치 않고 할 말을 했다.

"공평하게 딱 열 명 남겨놨으니, 네 녀석들끼리 상의하든 뭘 하든 간에 한 명씩 데려가거라."

단주들은 어처구니가 없어 순간 할 말을 잃고 말았다.

발탁식의 암묵적인 규칙은 서로 균등하게 인재를 배분하는 것에 있었다. 그런데 하위 열 명을 제외한 상위 스물일곱 명을 고작 말 몇 마디로 꿀꺽하려는 해악천의 모습에 당황스럽기만 했다.

─푸하하하하핫. 완전히 미친 노인네다운걸.

소담검이 웃어댔다.

'하!'

나 역시 많이 데려와도 네다섯 명 정도라고 예측했었다. 한데 해악천은 과감하게도 스물일곱 명을 택했다. 지극히 그다웠다. 그런데 문제는 저 단주들이 해악천 자체를 무서워하긴 해도 그 배후에 다른 사존자들과 칠혈성들이 있다는 것이었다.

"어르신."

이를 알기에 패혈단주 구상웅이 중재에 나섰다.

"발탁식에 온 단주들은 다른 어르신들과 칠혈성의 대리 자격으로 온 것입니다. 어르신께서 상위 인재들을 전부 데려가시면 형평성에도…."

"무엇이 형평성에 문제가 된다는 것이더냐?"

얼굴에 철면피라도 붙인 것처럼 해악천은 아무렇지 않게 말했다.

구상웅이 난처한 얼굴이 되어서 머뭇거렸다. 너무 대놓고 저렇게 나오니 뭐라고 말하지 못하는 것이었다. 슥! 구상웅의 중재를 믿고서 지켜보던 단주들 중 몇몇이 결국 나서게 되었다. 그들은 해악천과 같은 사존자 산하에 있는 단주들이었다.

"어르신, 저는 이존 서갈마 어르신을 모시고 있는 파정단주 학정겸입니다."

이존을 모시는 단주가 대표로 입을 열었다. 본인의 직책 이외에 모시는 이존을 언급한 것은 자신의 배후를 알리기 위함이었다.

"그래서?"

해악천은 개의치 않는지 심드렁하게 말했다.

잠시 망설이던 단주 학정겸이 주변 단주들을 쳐다보고서 힘을 얻었는지, 조심스럽게 다시 말을 이어갔다.

"어르신, 송구함을 무릅쓰고 말씀드리겠습니다. 발탁식은 여러 간부들께서 저희들을 대리로 보내 인재를 발탁합니다. 여태껏 공정한 상의를 통해 인재들을 골고루 편성해왔는데, 어르신께서 이리 많은 인재를 독점하시면 저희 서갈마 어르신을 비롯해 여러 어르신들과 혈성분들께서 유감스럽게 여기실지도 모릅니다."

"그렇습니다, 어르신."

"부디 재고를 부탁드립니다."

단주들이 이구동성으로 나서서 거들었다.

말인즉, 아무리 당신이 사존이라고 해도 자신들 역시 높은 간부들의 대리로 참석했다. 혼자 독식하려 들면 배후의 그들이 곱게 보지 않을 거라고 직접적으로 경고한 것이었다.

─오. 세게 나오는데.

'자신들의 실적이 걸린 문제니까.'

저들 역시도 인재를 확보하지 못하면 윗선에 깨지게 될 거다. 그러니까 저렇게 강하게 나가는 것이다. 저들이 자신들 뒷배마저 거론해가며 강하게 나오는데 과연 해악천은 뭐라고 답할까?

"흥! 어쩌라는 것이냐?"

"네?"

"그놈들이 유감스러워할 테니 본좌한테 양보라도 하란 말이더냐? 하! 그리 아니꼽거든 가서 일러바치거라. 아쉬운 놈이 직접 오는 거지, 뭐가 어째고저째?"

씨알도 먹히지 않았다. 도리어 벌컥 화를 내자 단주들이 당혹스러워했다.

"본좌가 네놈들 뒤에 있는 그깟 녀석들을 두려워할 성싶으냐? 웃기는 것들."

"그깟? 어, 어르신, 어찌 그런…."

"입 다물어라."

"네?"

"학정겸이라고 했느냐? 한 번 더 그딴 식으로 따지면 네놈 아갈머리를 찢어줄 테다."

'…?!'

해악천은 그 거대하고 두툼한 손으로 입을 우악스럽게 찢는 시늉을 했다. 이에 단주 학정겸이 사색이 되어서 입을 열지 못했다. 그야말로 무소불위였다.

—대박이다.

소담검의 말에 동의한다. 사실 나는 해악천이라고 해도 동급의 다른 사존자들까지 연루된다면 한발 물러설 수밖에 없을 거라 생각했었다. 한데 전혀 아니었다. 오히려 저들을 위압적으로 눌러 찍어버렸다. 그가 좀 더 이성적인 존재라면 단주들도 강하게 나왔겠지만, 기기괴괴라는 별호가 있을 만큼 제멋대로라는 인식이 강했다. 덕분에 누구 하나 입을 떼지 못하고 있었다.

—저 미친 노인네만 가능할걸.

'…그렇네.'

오히려 이걸 보고 나니까 힘을 가진다는 게 어떤 건지 알 것 같았다. 스스로의 힘에 얼마나 자긍심을 가지면 저렇게 할 수 있을까?

"더 할 말이 있느냐?"

"…."

단주들은 더 이상 항변하지 못했다. 괜히 더 따지고 들었다간 해악천의 손에 입이 찢어질지도 몰랐으니까. 암, 그러고도 남을 거다.

"그럼 나머지 열 명은 알아서들 상의하고 상급 무사 후보…."

"사존."

그런데 모두가 입을 다물 때, 나서는 이가 있었다. 생도들을 가로질러서 목판 앞으로 걸어 나온 이는 바로 혈수마녀 한백하였다. 상황을 지켜보다 결국 나선 그녀였다.

"너무 많이 데려가셨습니다, 사존."

해악천의 기세에 눌려 있던 단주들이 그녀의 등장에 눈빛이 살아났다. 이곳에서 유일하게 해악천에게 이견을 제의할 수 있는 인물이 한백하 그녀였기 때문이다.

"이젠 자네까지 나서는 겐가?"

"사존, 발탁하신 인재의 인원이 너무 과하신 것 같습니다."

"과해? 뭐가 과하다는 거지?"

"사존께서는 존성(尊星) 회의에서도 세를 두는 것이 번거롭다고 하시지 않았습니까? 홀로 독자적으로 움직이시겠다고 공언했는데, 한데 갑자기 이렇게 많은 이들을 발탁하시면 배분이 공정하게 돌아가지 못…."

"말 잘했구나."

"네?"

"본좌가 이참에 세를 키워보려 한다."

'…!!'

해악천의 그 말에 단주들이 놀라서 두 눈이 커졌다. 혈수마녀 한백하 역시도 마찬가지였다. 그녀도 많이 놀랐는지 눈동자가 흔들리고 있었는데, 해악천이 한 말의 파장 때문인 듯했다.

―세를 키운다는 거?

'그래.'

회귀 전에도 해악천은 끝까지 홀로 움직였다. 사존의 위치에 있으면서도 유일하게 세를 키우지 않은 인물이었다. 그렇게 독고(獨孤)로 버텨왔던 그가 각 파벌의 단주들이 있는 앞에서 세를 키우겠다고 공언한 것이다.

―그 정도로 놀랄 일이야?

'…앞으로 혈교의 세력 판도가 흔들릴 수도 있거든.'

지금까지는 해악천을 제외한 열 명의 간부들이 균형을 이루고 있었다. 그런데 사존인 해악천이 세를 키우게 됨으로써 판도가 바뀔 수도 있게 된 것이다.

나는 고개를 돌려 본당 앞쪽을 바라보았다.

'역시.'

백련하도 놀란 듯했다. 와룡(臥龍)이었던 해악천이 일어났다. 아마도 교주를 목표로 하는 만큼 그녀에게는 더욱 충격으로 가 닿았을 거다. 앞으로 그녀는 더욱 해악천을 설득하려 들 것이다.

―피곤하겠네.

'피곤할 것까지야.'

오히려 나는 이게 기회라고 생각했다. 그녀가 더욱 안달 날 정도라면 저쪽도 곧 그리될 거다.

―저쪽? 혹시 그 천년 묵은 여우 같은 애?

'그래.'

세력이 없는 해악천이 세를 키운다고 공언했으니, 이제 빠르게 파벌의 수장들 귀로 이 사실이 들어갈 것이다. 그리된다면 여유로웠던 그 붉은 눈의 여자도 움직일 것이다.

―그 여자도 저 노인네를 설득하려 들 거라, 이 말이네?

'맞아.'

해악천도 그렇고 나 역시도 세력 판도를 알지 못한다. 하지만 이번 일로 붉은 눈의 여자가 움직인다면, 양측의 구체적인 세력 판도가 드러나게 될 것이다.

—저울질을 할 수 있다 이 말이네?

역시 소담검 이 녀석은 똑똑하다.

—이제 알았냐?

왠지 녀석이 어깨를 으쓱하는 것만 같았다. 무작정 한쪽 편에 서는 것보다 지금은 양쪽을 저울질하는 것이 낫다. 그렇게 된다면 양쪽에서 얻을 것도 얻을 수 있고, 후에 어느 쪽에 서야 유리할지 가늠할 수 있는 기준을 마련할 수 있다.

—나는 운휘 너와 소담이 무슨 말을 하는지 모르겠다.

—그럼 그냥 가만히 있어.

—으음.

역시 남천철검은 말로는 소담검을 못 당한다.

그때 놀라 있던 혈수마녀 한백하가 입을 열었다.

"사존께서 세를 키우신다니… 오늘 정말 놀랄 일이 많군요."

"뭐가 놀랄 일이라는 게야. 어쨌든 더는 형평성이니 과하다느니 따질 건 없겠지?"

"그건….."

"안 그래도 산하에 대원이 한 명도 없어서 전부 다 발탁하려던 것을, 네 녀석들 체면을 봐서 양보한 거다."

저게 나름 양보한 거였다. 전부 다 데려간다 했으면 어떤 반응이 나왔을지 궁금해졌다.

당당한 해악천을 물끄러미 쳐다보던 한백하가 두 손을 모아 포권을 취했다.

"…알겠습니다."

유일한 희망이었던 그녀가 물러나자 단주들 표정은 급격히 어두워졌다. 더 이상 따질 명분도 없었다. 해악천이 공언한 대로 그가 만약 세를 키우게 된다면, 당연히 산하에 혈교 무사들을 배치해줘야 했다. 결국 그들은 울며 겨자 먹기로 남은 열 명을 배분해야 했다. 애초에 남은 녀석들은 자질이 뒤떨어지는 편이라, 다투고 자시고 할 필요도 없었다.

"좌백아."

"네, 스승님."

"애들 챙겨라."

"넵!"

해악천의 명에 송좌백이 신이 나서 대기하고 있던 중급 무사 후보생들을 불렀다. 내가 아닌 본인한테 시켜서 기쁜가 보다. 별걸 다 좋아하네.

"자자, 다들 이쪽으로 줄 서라!"

얼떨결에 보직이 정해진 그들은 영문을 모르겠다는 표정으로 송좌백 녀석 앞으로 오열을 맞춰 섰다. 그 상황이 참 웃겼다. 단주들 뒤쪽에는 달랑 한 명씩 서 있었다.

중급 무사 후보들의 발탁이 마무리되자, 해악천이 패혈단주 구상웅을 보챘다.

"빨리빨리 진행해라."

"…알겠습니다."

구상웅은 왜 저렇게 실망스러운 표정을 짓는 건지 모르겠다. 어차피 실망해야 할 이들은 단주들일 텐데 말이다. 뭔가 기대했던 그림을 못 봐서 그런 건가.

"그럼 상급 무사 후보생들의 발탁식을 진행하겠습니다. 상급 무사 후보로 통과한 여섯 명은 앞으로 나와라."

"충!"

구상웅의 외침에 생도들 사이에 있던 여섯 명이 일어났다. 그들을 바라보는 단주들 눈빛이 달라졌다. 중급 무사 후보들은 어쩔 수 없이 빼앗겼지만, 이들은 당사자에게 선택권이 있으니 빼앗기지 않겠다는 의지가 보였다. 생도들이 단주들 앞에 서자 구상웅이 말했다.

"그럼 신청이 있기 전에 각 단주들께서는 후보생들이 보직을 선택할 수 있도록 이점 등을 간단히 연설 부탁드립니다."

그래, 회귀 전에도 이렇게 진행되었었다. 이걸 들은 상급 무사 후보생들이 어느 파벌로 들어갈지 선택했었다. 결론적으로 단주들의 언변술에 달려 있다고 할 수 있었다.

그때 귓가로 해악천의 전음이 들려왔다.

[옆으로 와라.]

갑자기 나를 불렀다. 이번에도 본인이 다 하면 될 것 같은데 왜 부른 거지? 일단 불렀으니 목판 앞으로 갔다. 옆으로 다가가자 해악천이 나를 내려다보며 전음을 보냈다.

[저놈들 전부 다 데려와야 한다.]

'…?!'

상급 무사 후보생들을 전부 데려오자고? 욕심을 부릴 줄은 알았지만 이들조차 전부 데려올 생각을 하고 있을 줄이야. 한데 이들은 본인들한테 선택권이 있지 않나?

해악천이 전음을 이어갔다.

[이건 네놈에게 맡기마. 그 잘난 말발로 설득해보거라.]

[…제가 말입니까?]

혹시나 했는데 나더러 저들을 설득하란다. 아니, 아무리 그래도 단주들 사이에서 급수가 떨어지는데 무슨 수로 설득하라는 거지? 차라리 이번에도 본인이 밀어붙이는 게 나아 보이는데. 괜히 실패해서 욕먹는 것보다 이건 힘들 것 같다고 말하는 게 나을 듯했다.

[스승님, 제가 어찌….]

[어허! 이놈이! 그럼 본좌의 입으로 본좌를 띄우라는 것이더냐?]

[….]

그러니까, 당신 얼굴에 금칠을 해달라 이거지? 나는 해악천을 물끄러미 쳐다보았다. 하긴 아무리 자존심이 세도 스스로를 띄우는 것은 체면에 어긋날 거다. 명색이 사존 아닌가. 한데 단주들 사이에서 언변을 펼치는 것 역시 부담감이 컸다.

'한두 명도 아니고….'

여섯 명 전부를 끌어들이라니. 이번에 주어진 상황은 참 난감하기 짝이 없었다.

— 힘들 것 같아?

'쉽겠어?'

선택권이 있다는 것 자체가 변수였다. 이미 여섯 명의 상급 무사 후보생들을 보면 벌써부터 여러 단주와 눈빛을 교환하고 있었다.

— 설레는 남녀의 첫 만남 같네.

…가끔 소담검 이 녀석은 사람처럼 느껴질 때가 있다. 아무튼, 저

녀석들을 무슨 수로 설득해야 하나.

─금칠을 해달라잖아.

'금칠?'

─잘 포장해봐. 네가 저 입장이면 어떤 말에 넘어갈지 생각해보면 답이 나오지 않을까?

내가 녀석들이라면? 소담검의 말처럼 그렇게 생각하는 편이 확실히 접근성이 높아 보였다. 내게 선택권이 있다면 과연 무엇에 끌릴까? 고민하고 있는데, 해악천이 목판 앞에서 물러나며 말했다.

"상급 무사 후보생에 관한 발탁은 본좌의 제자에게 일임하도록 하마."

해악천의 말에 단주들 얼굴이 환해졌다. 괴팍한 그가 또 막무가내로 나올까 봐 걱정했던 모양이다. 단주들이 나를 바라보는 눈빛은….

─너 정도는 가뿐하다는 것 같은데.

그래. 그런 눈빛에 가까웠다. 이들에게 갓 대주직을 통과한 나는 애송이처럼 느껴질 것이다. 그런 감정들이 뚜렷하게 느껴지니까 오기가 생겼다. 제대로 뒤통수 치고 싶어지네.

"그럼 누구부터 하시겠습니까?"

패혈단주 구상웅의 물음에 단주들 중 한 사람이 말했다.

"그래도 선후배라는 것이 있는데, 경력 차로 하는 게 좋지 않겠소이까?"

그 말에 다른 단주들도 동의하는지 고개를 끄덕이며 답했다.

"차 단주의 말이 일리가 있소."

"연설 순서로 다툴 필요야 있겠습니까?"

"그렇게 하시죠."

"그럼 송 단주님이 먼저 하셔야겠군요?"

이걸 보면 이들이나 해악천이나 다를 바가 없었다. 경력 차나 직위 순으로 한다면 나는 맨 마지막으로 밀려날 수밖에 없다. 애초에 기회를 주지 않겠다는 게 눈에 훤히 보였다.

[뭐 하는 게야?]

해악천이 내게 전음으로 다그쳤다. 왜 순서가 마지막이 되도록 가만히 있느냐는 압박이었다.

그런데 내 생각은 달랐다. 어차피 곧바로 선정하는 것이 아니라면 첫 번째로 하나 두 번째로 하나 크게 의미가 없었다. 오히려 마지막까지 들어보고 거기에 맞추는 편이 낫다고 여겨졌다.

그렇다고 단주들에게 '스승님이 지켜보고 있으니, 제가 먼저 하겠습니다'라고 말할 수 없는 노릇이 아닌가.

[마지막도 나쁘지 않습니다. 최선을 다하겠습니다.]

그런 나의 전음에 해악천이 눈썹을 추켜올리며 경고했다.

[한 놈이라도 빠트리면 각오하거라.]

…아아. 역시 이 미친 노인네의 기준을 맞추는 건 정말 힘들다.

그러는 사이 단주들 중에 가장 신장이 작은 체구에 턱이 살짝 튀어나온 중년인이 첫 번째로 나섰다.

"반갑다, 본교를 이끌어갈 새로운 인재들이여."

시작이 좋았다. 선택권이 저쪽에 있다 보니, 강압적이기보다는 후보생들을 존중하는 말투로 시작할 수밖에 없을 것 같았다.

"나는 삼존이신 혈사왕 구제양 어르신을 모시고 있는 오독단주 송필충이라고 한다."

현사왕 구제양. 사존자들 중 독수(毒手)에 가장 능한 자라 들었다. 수천 마리의 독사를 기르는 독특한 취미 때문에 기기괴괴라 불리는 해악천과는 다른 의미로 사람들이 가까이하기를 꺼린다고 알고 있었다.

　"구제양 어르신께서는…."

　단주 송필충이 구제양에 관한 금칠을 시작했다. 그가 과거 정파의 유명한 누군가와의 대결에서 이겼다는 것부터 혈교의 사존자로서 이뤘던 업적들을 나열해나갔다. 회귀 전에 들었던 것을 다시 들으니, 잊고 있던 기억이 어렴풋이 떠올랐다. 정확하게 기억나진 않지만 거의 비슷하다고 느껴지는 걸 보면 미리 준비해뒀던 모양이다.

　"…정도다. 그리고 구제양 어르신께서는 인재를 아끼시기에…."

　송필충이 말하다 말고 손을 내밀었다. 그러더니 바닥을 향해 손바닥을 그대로 내리쳤다. 팡! 그러자 흙으로 되어 있던 바닥이 손바닥 형태로 검게 물들며 타들어갔다.

　그 모습에 상급 무사 후보생들과 이를 지켜보던 생도들이 놀라움을 금치 못했다.

　"또또 저러는구먼."

　단주들은 오히려 혀를 찼다. 속으로 생각할 수도 있는데, 굳이 입으로 내뱉었다는 것은 후보생들한테 들으라고 하는 소리인 듯했다.

　송필충이 보여준 것은 '독수'였다. 촥! 검게 타들어가던 바닥을 향해 송필충이 흰 가루 같은 것을 뿌렸다. 그러자 그 부분이 다시 원래대로 돌아왔다. 독을 해독시킨 것이다.

　"보았느냐? 이것은 구제양 어르신께서 전수해주신 독수이다. 어르신께서는 산하의 수하들을 아끼시기에 자신의 독문 독수마저도 전수해주신다. 이걸 염두에 두길 바란다."

이런 송필충의 방법은 효과가 있었다. 독문 독수를 전수한다는 말에 여섯 명 중 두 명이 관심을 보였다. 회귀 전에는 저기 있는 생도들처럼 뒤에서 보았기에 몰랐는데, 앞에서 보니까 후보생들의 표정만 봐도 그것이 티가 났다. 송필충이 만족스러워하며 연설을 끝냈다.

─잘하네. 미리 준비한 것처럼 말하는데.

'한 것처럼'이 아니라 '했다'. 그렇지 않고서야 저렇게 비슷하게 말할 리가 없다.

두 번째로 나선 사람은 해악천에게 아갈머리가 찢길 뻔한 단주 학정겸이었다.

"반갑다. 본인은 이존이신 난마도제 서갈마 어르신을 모시고 있는 파정단주 학정겸이라고 한다."

진행 방식은 거의 같았다. 학정겸 역시도 이존 서갈마에 관한 유명한 일화들과 산하로 들어오면 어떠한 이점들이 있는가에 대해 연설했다.

"합!"

파파파파팍! 송필충과 다르게 자신의 무공을 보여주며, 들어오게 된다면 손수 지도를 해주겠다는 약조마저 던졌다. 그러나 여섯 명 중에 단 한 명만이 관심을 보였다. 학정겸의 무공 지도보다 삼존 구제양의 독문 독수라는 떡에 더 혹했나 보다.

"칫."

그걸 알았는지 학정겸이 짜증스러운 얼굴로 목판 앞으로 돌아왔다. 나름 절정의 고수인데 체면이 말이 아니었다. 그렇게 순차적으로 아홉 명의 단주들이 연설을 마쳤다.

'흠.'

그런데 특이한 것은 이렇게 연설을 하면서 한 번쯤 혹했을 만도 한데, 유일하게 시종일관 무표정으로 일관하는 후보생이 있었다. 바로 개방의 첩자인 조성원이었다. 그 때문인지 단주들 역시도 그를 의식하고 있었다.

―인기가 제일 많네.

'그렇겠지.'

조성원은 다른 후보생들과는 격이 다른 무위를 지녔다. 누가 봐도 일류에 근접했고, 조금만 가르치면 충분히 일류, 나아가서는 절정의 고수가 될지도 모를 인재였다. 당연히 모든 단주들의 관심이 녀석에게 쏠릴 수밖에 없었다.

저벅저벅! 드디어 마지막 단주가 나왔다.

'일혈성 측인가.'

유일하게 나오지 않은 게 일혈성 측이었다. 의외로 단주들 중에서 경력이 가장 낮은 자는 일혈성 측의 단주였다. 그런데 일혈성 산하의 단주가 나오자, 지금까지 누구에게도 관심을 보이지 않던 조성원의 눈동자가 그를 따라 움직였다.

'뭐지?'

크게 드러내지 않았지만 분명 관심을 보이고 있었다. 일혈성 측의 단주는 긴 장발에 장검의 검집을 허리에 차고 있었다. 풍기는 분위기는 다른 단주들보다 고수의 느낌이 물씬 났다.

"본인은 일혈성이신 뇌혈검 장룡 님의 산하에 있는 백혈단주 나심형이라고 한다."

약간은 쉰 듯한 갈라진 목소리가 잘 어울렸다. 듣기 거슬리기보다는 무게감을 더해주는 느낌이었다. 여섯 후보생도 그것에 매료되었는지 나심형에게서 눈을 떼지 못했다.

"장룡 님에 관한 이야기는 하지 않겠다."

그런데 나심형은 다른 단주들과 다르게 서두를 파격적으로 나갔다. 모시는 주군을 설명하지 않는다라….

"어차피 앞서 선배들께서 말씀하신 것처럼 본교의 사존자, 칠혈성 분들은 모두가 존경받아 마땅하신 분들이다. 그러니 나 역시 하나하나 열거할 필요가 없다고 본다."

─묘하게 빨려 들어가는데.

소담검의 말처럼 나 역시도 그의 화술에 귀가 간지러웠다. 오히려 더 흥미를 가지게 했다.

나심형이 여섯 후보들을 천천히 훑어보면서 다시 입을 열었다.

"다만 이것만큼은 이야기해줄 수 있다. 일혈성이신 장룡 님을 위시한 우리들은 최전선이라 할 수 있는 개봉에서 싸워왔고 앞으로도 그러할 것이다."

개봉이라는 말에 조성원의 눈매가 가늘어졌다. 반응을 보이고 있었다. 왜 개봉이라는 말에 저런 반응을 보인…. 아! 알 것 같았다.

─뭔데?

'개봉은 개방의 근거지야.'

개봉은 황도만큼이나 발달한 도시였다. 그런 개봉에는 수많은 정도 문파가 밀집해 있는데, 그중 하나가 개방이었다. 엄밀히 말하면 개방은 중원 전역으로 퍼져서 활동하는데, 그들의 우두머리라 할 수 있는 개방 방주가 개봉에 있었다.

'그래서였구나.'

34

왜 일혈성 밑으로 갔는지 의아했었는데, 이런 이유가 있었다. 개봉이 개방의 중심부라면, 그들과 접선하기도 편할뿐더러 여차할 경우에는 일혈성 측을 일망타진할 수 있는 기회로 삼을 수 있다. 회귀 전에는 어차피 조성원이 추살되었기에 가볍게 넘겼었는데, 이제는 알 것 같았다.

"진정한 무인이라면 최전선에서 선봉에 서서 싸우는 것이야말로 영광스러운 일일 것이다. 본 대주가 하고 싶은 말은 여기까지다."

그 말을 마지막으로 연설을 끝냈다. 가장 짧으면서도 인상 깊은 연설이라고 할 수 있었다. 마치 전쟁터로 나가는 비장한 장수처럼 전의를 끌어내는 연설에 조성원 외 두 명의 후보생들 눈동자가 떨려왔다.

'딱 그대로네.'

회귀 전의 기억이 맞다면 세 명이나 일혈성 산하로 들어갔었다. 지금 생각해보면 나라도 끌렸을 것 같다.

─앞이 너무 센데.

별수 있는가. 어차피 벌어진 일이니 해볼 수밖에 없었다.

일혈성 산하의 단주인 나심형이 들어오자, 단주들이 나를 쳐다보았다. 드디어 내 차례였다. 척! 나는 그들에게 포권을 취하고서 후보생들 앞으로 걸어갔다. 그런 나의 귓가로 해악천의 전음이 들려왔다.

[한 녀석도 놓치면 안 되니까, 잘해라.]

목소리가 꽤 무거워진 걸 보면 해악천도 앞서 했던 나심형을 의식한 듯했다. 우려하는 눈빛으로 쳐다보는 그에게 전음을 보냈다.

[스승님, 하나만 부탁드려도 됩니까?]

[뭐?]

나는 해악천에게 한 가지 부탁을 했다. 내 말에 해악천이 인상을 쓰더니, 이내 고개를 끄덕였다.

—역효과 나는 거 아냐?

소담검이 걱정스럽다는 듯이 물었다. 나 역시도 이게 통할지는 모르겠다. 그래도 육혈성 측과 마찬가지로 유일하게 당사자를 앞에 두고 있으니, 그 이점을 잘 활용해야 하지 않겠는가.

—어떻게 할 건데?

'앞에서 안 쓴 전략으로 가야지.'

후보생들의 표정을 보면 이미 마음을 굳혔다. 그런 그들을 움직이려면 같은 방식으로는 전혀 통하지 않는다. 차별화를 해야 했다. 척! 후보생들에게 우선 포권을 취했다. 그러고서 입술을 뗐다.

"반갑다. 나는 너희들과 같은 기수의 생도로 들어왔던 대주 소운휘라고 한다."

같은 생도로 들어왔다는 말에 단주들과 눈빛 교환을 하던 후보생들이 작게 관심을 보였다. 이는 아무래도 아까 전 대주 직위 시험의 영향인 듯했다. 하지만 이것으로는 택도 없었다. 그들의 관심을 확연하게 끌어내야 했다.

"너희들도 알다시피 나는 사존 기기괴괴 해악천 어르신의 제자다. 어찌 보면 너희보다 운이 좋았다고 할 수 있다."

그 말에 오히려 뒤쪽에 있는 생도들이 더 반응했다. 명백히 실투와 시기심이었다. 나는 아랑곳하지 않고 말을 이어갔다.

"나는 분명 행운아다. 하지만 같은 생도로 들어온 만큼 나만큼이나 너희들의 마음을 아는 사람도 없을 거라 생각한다."

말을 길게 이으면 집중력이 떨어진다. 한 박자 쉬면서 여섯 생도와 차례대로 눈빛을 교환했다. 그리고 말을 이었다.

"앞서 나심형 단주님께서 말씀하신 대로 나 역시 스승님에 대한 일화를 이야기하거나 띄우는 것은 무의미하다고 생각한다."

사실 특별히 띄워줄 만한 일화가 없었다. 내가 아는 것만 해도 거의 악명에 가까운 일화들뿐이었으니까. 하지만 내 말이 조금씩 먹혀드는지 두 명의 후보생들이 나에게 집중하기 시작했다.

"아니, 오히려 증명되었다고 생각한다."

"증명?"

앞쪽에서 이를 지켜보던 해악천이 인상을 찡그렸다. 본인이 원하는 방식으로 이야기가 진행되지 않아서 불만스러운 모양이었다. 나는 애써 이를 무시하고 말을 계속해나갔다.

"너희들과 마찬가지로 생도로 들어왔던 저 둘을 보아라."

내 말에 모두의 시선이 송좌백과 송우현 쌍둥이에게로 향했다. 전혀 의식하지 않고 있다가 자신에게 관심이 쏠리자 송좌백이 어리둥절한 눈으로 나를 쳐다보았다.

"심지어 저들도 대주가 되었다. 고작 일 년 만에 말이다."

웅성웅성! 내 말이 떨어지기 무섭게 생도들이 더 술렁였다.

─좋은데.

그래, 이쪽에는 객관적인 지표가 있다. 고작 일 년 만에 세 명의 일류 고수를 만들었다는 객관적인 지표 말이다. 그런데 뒤쪽에서 단주 한 명이 여섯 후보생이 들을 수 있을 정도의 크기로 소리를 냈다.

"그건 사존께서 직접 가르쳐서 그런 거잖아."

위기의식을 느꼈는지 방해를 하려는 모양이었다. 하지만 길게 하진 못했다. 해악천이 무섭게 노려보고 있었기 때문이다.

"뭐, 제자라서 그런 것일 수도 있다고 생각한다. 하지만 너희들도 아까 들어서 알겠지만 중요한 한 가지가 있다."

"…?"

내 말에 모두가 귀를 기울였다.

"그건 우리가 스승님과 내 동문인 쌍둥이들을 포함해 총 네 명뿐이란 거다."

그 말에 여섯 후보생이 의아한 표정을 지었다. 심지어 뒤에서 콧방귀 소리까지 들려왔다. 그래, 아마 세력이 작은 게 뭐가 자랑이라고 그런 소리를 하나 싶을 거다. 그런 그들의 비웃음을 뒤로하고 나는 말했다.

"지금은 소수로 시작하지만 머지않아 스승님 밑으로 많은 교인들이 들어올 거다. 그때는 너희들이 개파 문파의 공신처럼 창단의 중심이 될 수 있다."

'…?!'

그 말을 하자 뒤에서 들리던 비웃음 소리가 수그러들었다. 내가 무슨 말을 하는지 이해했을 거다. 여섯 후보생 역시도 어떤 의미로 이 말을 했는지 알아들었는지, 눈동자가 흔들렸다. 이제 승부수를 던질 차례였다.

"다른 분들도 훌륭하지만 어디로 들어가든 너희는 당연히 말단부터 시작하게 될 거다."

내 말에 뒤쪽에서 큰 호흡 소리들이 들려왔다. 뭔가 끼어들고 싶은데, 그러지 못해 답답한 모양이었다. 해악천이 앞에서 떡하니 버티고 있으니 말이다.

"그건 절대로 부정할 수 없을 거다. 나는 이렇게 말해주고 싶다.

용의 꼬리가 되어 시작할 테냐? 아니면 용의 머리 부근부터 시작할 테냐?"

―크.

소담검이 신음성을 흘렸다.

내가 던졌지만 제대로 된 승부수인 것 같았다. 이 말이 먹혔는지 단주들과 눈빛 교환을 하던 후보생들이 나에게서 눈을 떼지 못했다. 나는 이때다 싶어 해악천을 향해 눈짓으로 신호를 보냈다. 그리고 말했다.

"보다시피 인원도 적어서 가족 같은 분위기다."

그 말에 후보생들이 저도 모르게 뒤를 힐끔 쳐다보았다. 그곳에선 해악천이 덩치가 산만 한 쌍둥이들과 어깨동무를 하고서 씨익 웃고 있었다. …뭔가 어색하지만 이거로 됐다.

이런 내게 소담검이 키득거리며 중얼거렸다.

―우와, 사기꾼이 다 됐는데. 가족 같은 게 아니라 가죽 같은 분위기겠지.

대충 넘어가라. 그럼 들어오면 지옥이라고 말하리?

그렇게 각 단주들의 연설이 끝나고 드디어 상급 무사 후보생들의 선택의 시간이 왔다. 마지막으로 한 내 연설이 불만이었는지, 몇몇 단주들이 굉장히 불쾌하다는 표정으로 노려보았다. 눈치 보여도 어쩌겠는가. 쟤들을 전부 데려오지 않으면 각오하라는데.

패혈단주 구상웅이 외쳤다.

"자, 그럼 후보생들은 결정했으면 보직을 받을 산하를 선택해라. 가장 먼저 수련생도 이규."

"충!"

자리에서 일어난 이규가 앞으로 걸어 나왔다. 일렬로 서 있는 단주들이 기대감 넘치는 눈빛으로 그를 쳐다보았다. 이는 지켜보는 모두가 마찬가지였다.

저벅저벅! 이규가 한가운데로 걸어왔다. 그리고 좌측으로 향했다. 그러자 우측 편에 있던 단주들이 짜증 섞인 한숨을 내뱉었다. 좌측 편에 있던 단주들의 입가에는 미소가 감돌았다. 이규가 옆으로 한 발 한 발 걸어갔다. 한 명씩 스칠 때마다 그 앞에 있던 단주들 표정이 우측 편에 있던 단주들과 똑같이 변해갔다. 그리고 일혈성 산하의 단주 나심형 앞쪽에 도달했다. 이규가 그 앞에서 머뭇거렸다. 나심형의 입꼬리가 슬며시 올라가는 것이 보였다.

─안 통했나 본데.

소담검이 아쉬운 듯이 말하는데, 갑자기 이규가 거기서 발을 뗐다. 그리고 내 앞에 와서는 한쪽 무릎을 꿇고 포권을 취하며 큰 소리로 외쳤다.

"소 대주, 사존 어르신의 산하로 보직을 받고 싶습니다."

단주 나심형의 올라갔던 입꼬리가 슬그머니 밑으로 내려갔다.

"크하하하하하핫! 좋아, 좋아."

해악천이 광소를 터뜨리며 좋아했다.

시작이 좋았다. 나는 속으로 안도의 숨을 내쉬었다. 시작부터 후보생이 다른 단주 앞으로 갔다면 저 미친 늙은이가 얼마나 닦달하겠는가.

첫 번째가 끝나자 패혈단주 구상웅이 두 번째를 호명했다.

"후보생 하문찬!"

"충!"

하문찬이 자리에서 일어났다. 그리고 성큼성큼 곧바로 발을 내디뎠다. 그러다 하문찬이 잠시 멈춰 섰다. 이상해서 옆을 힐끔 쳐다보았는데, 몇몇 단주들의 목청 쪽이 미세하게 떨리고 있었다.

―급했네, 급했어.

불안했는지 전음을 보내고 있는 듯했다. 잠시 멈춰 섰던 하문찬이 다시 발걸음을 옮겼다. 그런데 하문찬이 멈춘 곳은 바로 내 앞이었다.

"소 대주, 저도 사존 어르신의 산하로 보직을 받고 싶습니다!"

하문찬의 우렁찬 소리에 해악천이 흡족하다는 듯이 말했다.

"그놈 마음에 드는구나! 크하하하하핫."

반면 나는 살짝 얼떨떨했다. 나름 연설을 성공적으로 해냈지만 사람 마음은 알 수 없는 노릇이었다. 그런데 둘이나 연달아서 내 앞으로 오니, 뭔가 기분이 오묘했다.

으득! 그런 내 옆쪽에서 이를 가는 소리가 들려왔다. 이거 참 미안해야 하는 건가.

그들의 반응이 어찌 되었든 패혈단주 구상웅이 세 번째 후보생을 불렀다.

"다음은 후보생 조성원!"

조성원이라는 말에 단주들의 이목이 집중되었다. 세 번째로 지목되었지만 사실상 이 한 명이 나머지 다섯 명을 제칠 수 있을 만큼 모두가 노리는 인재였다.

―근데 독이 든 황주(皇酒) 아냐?

소담검의 말이 맞았다. 첩자인 저 녀석은 먹으면 목에 걸리는 가시였다. 그걸 모르기에 단주들은 손에 넣지 못해서 안달이 나 있었다. 한데 단주들이 조용했다. 파르르! 이번에는 누구 할 것 없이 그들의 목청이 떨렸다. 심지어 내 옆에 있는 일혈성 산하의 단주인 나심형도 마찬가지였다. 이 한 명을 얻음으로써 반전을 꾀하려는 모양이었다.

[그놈은 절대 놓치면 안 된다!]

그런 내 귓가로 해악천의 전음이 들려왔다. 녀석이 상급 무사 직위 시험에서 대련을 할 때 그렇게 마음에 든다고 하더니, 얻고 싶어 안달이 났다.

'흠.'

나는 녀석을 뚫어지게 쳐다보았다. 가시가 많은 생선을 내버려두느냐, 아니면 취하느냐?

그때 조성원이 발걸음을 뗐다. 단주들의 시선이 그의 발걸음에 집중되었다. 저벅저벅! 하지만 이내 단주들의 얼굴은 실망감으로 물들어갔다. 조성원의 발걸음은 곧장 한 사람에게로 향하고 있었다. 단주 나심형이었다.

―목적에 충실하네.

첩자인 녀석이 내가 한 말에 넘어갈 리가 만무했다. 조성원이 조금의 망설임도 없이 자신을 향해 다가오자, 이번만큼은 확신했는지 나심형의 눈꼬리가 그믐달로 바뀌어갔다. 이제 앞으로 세 걸음만 더 다가오면 나심형 앞이었다. 그때 내가 조성원에게 전음을 보냈다.

[어이, 거지.]

움찔! 그 순간 녀석의 발걸음이 멈췄다.

여태까지 감정을 드러내지 않던 조성원이 당혹스러운 눈빛으로 나를 쳐다보았다.

조성원

　조성원이 움찔거리며 멈추자 기대감에 차 있던 단주 나심형이 인상을 찡그렸다. 울대가 떨리는 것을 보아 급히 전음을 하는 것 같았다. 조성원이 가만히 발걸음을 멈춘 상태로 나를 쳐다보지 않고 전음을 보냈다.

　[무슨 말씀을 하시는 건지?]

　녀석이 시치미를 뗐다. 하긴 여기서 더 반응을 보이면 들키겠다 싶겠지. 그런데 어쩌나. 나는 가시가 있어도 일단 너를 데려와야겠다.

　[거지 맞잖아.]

　[대체 무슨 말씀을….]

　[방주가 개봉에 있다고 그쪽에 붙는 건 위험할 텐데.]

　전음을 보낸 순간 녀석의 눈동자가 사시나무처럼 파르르 떨려왔다. 방금 전에 거지라 불렀을 때보다 더 충격을 받은 모양이다. 이젠 확실히 깨달았을 거다. 자신의 정체를 내가 알고 있다는 사실을 말이다.

"뭐 하는 건가."

얼마나 답답했는지 단주 나심형이 그에게 직접 말을 걸었다. 하지만 충격을 받은 녀석의 귀에는 그 말이 들리지 않는지, 어느새 나를 쳐다보고 있었다.

─노려보는 것 같은데.

'상관없어.'

어차피 이쪽으로 영입시켜야 하니까. 내가 빤히 쳐다보자 곧 녀석에게서 반응이 나왔다.

[…뭘 원하는 겁니까?]

나는 대답하지 않고서 그저 내 앞쪽을 고갯짓으로 가리켰다. 나를 잠시 노려보던 조성원이 멈췄던 발걸음을 뗐다.

"어서 오…?!"

그러나 나심형의 기대와는 다르게 조성원의 발걸음은 옆에 있는 나에게로 향했다. 녀석이 잔뜩 굳은 얼굴로 내게 포권을 취하며 소리쳤다.

"소 대주, 사존 어르신의 산하로 보직을 받고 싶습니다."

됐다. 녀석이 마음을 바꿨다. 이로써 내가 알고 있던 조성원의 역사 자체가 바뀐 것이었다.

"크하하하하하핫!"

해악천이 자신의 기분을 숨기지 않고 광소를 내뱉었다. 모두가 노리던 인재를 얻어서 그런지 아까보다도 훨씬 좋아하고 있었다. 반면 다른 단주들은 아니었다.

[소… 대주, 무슨 말을 한 건가?]

단주 나심형이 고개를 돌리지 않은 채 내게 전음을 보냈다. 아마

44

도 해악천을 의식해서일 것이다. 두 번째 후보생이었던 하문찬이 선택할 때는 미동조차 하지 않던 자가 전음까지 보낼 정도면 꽤나 분했던 것 같다.

[별말 하지 않았습니다.]

[별말을 하지 않아?]

[그저 함께하길 원한다고 했을 뿐입니다.]

굳이 변명할 필요가 없기에 이 정도만 말했다.

미간을 찌푸리던 나심형은 더 이상 내게 전음을 보내지 않았다. 이미 결과는 나왔고 어쩔 수 없다는 것을 알기에 단념한 듯했다. 그와 달리 몇몇 단주들은 살갗이 따갑다고 느껴질 만큼 매섭게 노려보고 있었다.

─그릇들이 보이네, 종지 그릇.

평가가 박하네. 모두가 단주 나심형 같을 리가 있나. 충분히 이해는 간다. 첩자 생활을 하면서 느낀 건데 감정을 통제하는 것만큼 어려운 일도 없다. 나조차 그런데 다른 사람은 어떻겠는가.

그때 패혈단주 구상웅이 다음 진행을 시작했다.

"그럼 네 번째 후보생."

* * *

싸늘하다. 가슴에 비수가 날아와 꽂힌다.

해악천이 성난 마귀처럼 무섭게 일그러진 얼굴로 나를 뚫어지게 노려보고 있었다.

─거참, 노인네가 욕심이 많아서.

소담검이 투덜거렸다.

안타깝게도 여섯 명 전부 영입하는 것은 실패했다. 세 명이 연달아 들어왔기 때문에 나 역시도 좋은 예감을 가졌으나, 뒤를 이어 연달아 두 명이 다른 쪽에 보직 신청을 해버렸다. 한 명은 삼존 구제양 산하 단주인 송필충, 그리고 다른 한 명은 일혈성 산하 단주인 나심형에게 들어갔다. 그나마 다행인 것은 마지막 후보생인 유일한 홍일점 공혜려가 이쪽에 보직 신청을 했다. 결과적으로 여섯 중 네 명이 우리 쪽에 들어온 것이다.

─다 들어올 것 같았는데. 허 참, 이상하네.

─이상할 건 없다. 사람의 마음만큼 복잡한 것은 없다고….

─그래, 그래. 네 전 주인이 말했겠지.

남천철검의 말이 맞다. 각자의 생각이라는 것이 있기에 사람 관련된 일은 어떤 식으로든 변수가 작용한다. 그렇기에 병법에서 완벽한 전략은 존재하지 않는다고 하지 않나.

해악천이 퉁명스럽게 내게 말했다.

"자랑하던 말발이 육 할만 먹혀들었구나."

칠 할이라고 해도 괜찮을 텐데, 육 할이라고 하니까 절반밖에 안 먹힌 것 같다. 그래도 실패한 것은 부정할 수 없다. 내가 말없이 고개를 숙이자, 뒤에 있는 송좌백 녀석은 신이 나서 입이 헤벌쭉 올라갔다. 종일 본인만 혼나다가 나도 깨지니까 좋은 모양이다.

"그래도 공자님 실력이 보통이 아니군요."

'응?'

뒤에서 처음 듣는 목소리가 들렸다. 고개를 돌리니, 콧잔등에 굵직한 흉터가 있는 중년인이 다가와 있었다.

—느끼지 못한 거냐?

남천철검이 내게 물었다. 솔직히 목소리를 듣기 전까지는 눈치채지 못했다.

'고수야.'

기감이나 기척을 알아차리기 힘들 만큼 뛰어났다. 송좌백 역시도 눈치채지 못했는지, 의아한 얼굴로 그를 쳐다보고 있었다.

중년인이 우리를 쳐다보면서 씨익 웃어 보였다.

'시험한 건가.'

굳이 숨기지 않아도 될 상황에 기척을 죽였다는 것은 우리를 시험했다고밖에 생각이 들지 않았다. 나의 시선은 자연스럽게 그의 손으로 향했다. 병장기가 없는 걸로 봐서는 권사로 보였는데, 역시나 주먹에 굳은살이 박여 있었다.

"클클, 왔으면 냉큼 달려왔어야지. 구경하고 있었느냐?"

해악천이 그에게 아는 체했다. 안면이 있는 것 같았다.

척! 중년인이 포권을 취하며 말했다.

"송구합니다, 어르신. 워낙 흥미로웠는지라 지켜보고 있었습니다."

"뭐가 재미있다고 그걸 봐. 쯧쯧."

"어째서 어르신께서 공자님을 제자로 받으셨는지 알 것 같더군요."

그냥 안면이 있는 정도가 아닌 모양이다. 해악천이 이렇게 살갑게 구는 사람은 처음 본다.

"아직 멀었어. 고작 이 정도로 될 성싶으냐. 여하튼 인사들 하거라. 십 년 전까지 본좌의 밑에서 뒷수발을 하던 녀석이다."

해악천의 소개에 중년인이 우리들을 향해 포권을 취하며 입을 열었다.

"호종단주 장문웅이 공자님들께 인사 올립니다."

역시 단주급이었다. 손을 섞지 않았기에 확실하진 않지만 저기 있는 단주들과 비교한다면 몇몇을 제외하고는 상대할 수 없을 만큼 강한 것 같았다. 척! 나 역시도 포권을 취했다.

"소운휘입니다. 단주님께 인사 올립니다."

"송좌백입니다. 단주님께 인사 올립니다."

"송우현…입니다."

우리들의 인사에 단주 장문웅이 가볍게 고개를 끄덕이고는 손을 풀었다. 그러고는 곧바로 해악천에게 고개를 돌렸다. 뭔가 찝찝한 느낌은 무엇일까? 인사는 했지만 아직까지 해악천의 제자로 인정하지 않는다는 느낌이었다.

단주 장문웅이 해악천에게 말했다.

"하명하신 대로 거악현의 인원을 확보해두었습니다."

"성과는?"

"하급 스무 명, 중급 후보생 열세 명, 상급 후보생 두 명입니다."

"그럭저럭이군. 네놈이나 이 녀석이나 다를 바가 없구나."

해악천이 불만을 표했다. 신뢰와 별개로 그 성정이 어디 가겠는가.

"송구합니다. 공자님처럼 입담이 없어서 이 정도가 다였습니다."

그들의 대화로 나는 두 가지를 알 수 있었다. 단주 장문웅은 해악천이 신뢰하는 사람이라는 것과, 여섯 달 전에 보름 동안 자리를 비웠던 일이 아무래도 이것과 관련 있어 보였다.

'거악현….'

이곳 육혈곡 이외에 신입 무사를 양성하는 곳이 세 곳 더 있는 것으로 알고 있다. 점조직처럼 분산되어 있기에 정확한 건 나 역시도 모른다. 다만 단주 장문웅은 해악천의 명으로 그곳 중 한 곳에서 인원을 확보한 것 같았다.

"하명하신 거처는….."

"그건 나중에 얘기하도록 하지."

해악천의 제지에 단주 장문웅이 입을 다물었다. 인원 확보뿐만이 아니라 근거지 역시도 준비하고 있는 듯했다.

―미친 노인네도 보통이 아니네.

'그러게.'

우리에게 말하진 않았지만 세를 키울 준비가 차곡차곡 되어가고 있었다. 사존은 과연 사존이었다. 내가 생각하는 것보다 더 넓은 시야를 가졌다. 그가 구상하고 있는 숲은 과연 얼마나 광활할지 궁금해졌다.

"클클, 식솔이 늘어났으니, 동굴에서 지내는 것도 오늘부로 끝내야겠구먼."

듣던 중 반가운 이야기였다. 지금은 날이 따뜻했지만 겨울 동안 동굴 생활은 곤욕이었다. 내공으로 몸을 보호한다고 해도 추위 속에 하루 종일 있는 것은 쉬운 일이 아니었다. 게다가 지금은 벌레가 너무 많았다.

―그래. 많긴 하더라. 몇 달 동안 자는 사이에 네 입에 실거미 같은 게 한 스무 마리 정도 들어갔을 거야.

'뭐?'

―몰랐어?

알았으면 당연히 뱉었을 거다.

'아니, 그걸 왜 말하지 않았어?'

─하도 맛있게 쩝쩝거리면서 먹길래 내버려뒀지.

'너!'

─야. 그래도 넌 약과야.

'뭐?'

─너는 그래도 좀 벌레가 크면 바로 깨서 잡았는데, 저기 대머리 녀석은 입에만 들어가면 뭐든 막 씹어서 그냥 먹어버리던데. 그 발이 많이 달리고 기다란….

'그만!'

생각만 해도 온몸에 소름이 돋는다. 송우현, 그럼 저 녀석은 실거미뿐만 아니라 지네 같은 것도 먹었단 말이 아닌가. 그걸 먹고도 탈이 나지 않은 게 용했다. 오만상을 찌푸리고 있는데, 해악천이 나와 송좌백을 불렀다.

"애들 몇 명 데리고 가서 동굴 안에 있는 것들을 전부 가져와라."

바로 거처를 옮기려는 모양이었다. 동굴 안에는 일 년 동안 네 명이서 지냈기에 살림살이가 꽤 늘어나 있었다.

─노인네가 알뜰살뜰하네.

'버릴 필요야 있나.'

게다가 그 안에는 해악천의 개인 물품 등이 꽤 있었다. 우리가 건드리지 못하게 했던 물건들이었다.

"야, 몇 명 정도 데려가면 되겠냐?"

송좌백이 내게 물었다.

동굴 안의 짐을 한 번에 나른다고 가정하면 대략 나와 녀석을 포함해서 일곱 명 정도면 충분할 듯싶었다.

"일곱 명. 아까 보니까 애들 잘 통제하던데."

"흠흠. 뭐 그렇지."

"네가 인원 추릴래?"

"기다려봐."

녀석이 나서서 후보생들에게 가서 인원을 추리기 시작했다. 알아서 움직여주니까 편하네. 송좌백 이 녀석은 밑에 두고 부려먹기 좋은 유형인 것 같다.

―저런 애들은 고기 잘 굽는다고 하면 계속 구울걸.

―그래서 전 주인께서는 고기 잘 굽는다고 칭찬하는 사람을 조심하라고 하셨다.

―네 전 주인은 하도 그런 거 따져대서 여자를 못 만난 거 아냐?

―아니다. 검에 정진하다 보니….

―구차하다, 남천.

이 녀석들 대화를 듣다 보면 심심하지가 않다.

그러는 사이에 송좌백이 산봉우리를 원활하게 오를 수 있을 만큼 경공에 능숙한 후보생들 위주로 인원을 추렸다. 그 인원 중에는 지원자가 있었다. 바로 조성원이었다.

―쟤 아까부터 계속 너만 쳐다보고 있는 거 알아?

알고 있다. 발탁식이 끝날 때까지 계속 나만 쳐다보고 있었다. 내가 자신의 정체를 알고 있는 것 때문에 좌불안석일 것이다. 짐을 가지러 가는 인원에 지원한 걸 보면 따로 둘만 있을 기회를 노리는 듯했다. 뭐 나도 둘만 있을 시간이 필요하긴 했다.

"자! 출발하자."

"충!"

송좌백을 선두로 우리는 거처 동굴로 출발했다. 육혈곡 본당에서 경공을 펼치며 가면 이각이 채 되지 않는 거리에 봉우리가 나왔다. 봉우리로 오르려고 하는데, 조성원이 내게 말을 걸었다.

"대주님."

"음?"

"잠시 상의드릴 게 있는데 시간 좀 내주실 수 있겠습니까?"

계속 붙어서 다니니까 기회가 좀처럼 나지 않아서 그런지 녀석은 대놓고 단둘이 있을 기회를 만들려고 했다. 그렇다면 응해줘야지.

내가 송좌백을 쳐다보자 녀석이 고개를 절레절레 흔들며 말했다.

"빨리 쫓아와라. 늦으면 그 노인네, 아니 스승님께서 어떻게 나오실지 알지?"

"알겠다."

"너희들은 나를 따라와라."

탓! 송좌백이 먼저 산 위로 올라갔다. 능숙한 녀석의 경공 실력에 후보생들이 감탄을 금치 못했다. 해악천의 독문 경신법을 익힌 녀석의 산 오르는 실력은 또래 중에서도 거의 손에 꼽힐 것이다. 물론 나 역시 이제는 배워서 가능하다. 해악천처럼 완전히 경사진 곳을 직립 보행하듯 달리는 건 아직 무리였지만 이제는 능숙하게 위로 오를 수 있다.

송좌백과 네 명의 후보생들이 시야에서 완전히 사라졌다.

그러자 조성원이 굳은 표정으로 입을 열었다.

"소운휘."

어라? 이 녀석 갑자기 내 이름을 그냥 부르네.

"호남성 율랑현 익양 소가(益阳 昭家)의 삼남."

이것 봐라. 개방의 첩자가 아니랄까 봐 입에서 나에 관한 정보가 술술 나왔다.

"모친이 천출이고 어렸을 적에 주화입마로 단전이 손상된 후로 가문에서 쓰레기라 불린다. 이게 내가 알고 있는 당신의 정보다."

"하!"

요점만 아주 잘 요약했네. 삼대 정보 단체 중 하나라 이건가. 아니면 익양 소가가 호남성에서 세 손가락에 꼽히는 3대 명문 무가라서 알고 있는 걸까?

"이제 거지라는 걸 숨길 생각이…"

바로 그때였다. 녀석이 갑자기 빠르게 내 앞으로 파고들었다. 그러더니 순간적으로 내 복부를 향해 손바닥을 날렸다.

'장법?'

타타타탁! 나는 빠르게 보법을 펼치며 뒤로 물러났다.

하지만 녀석은 비틀거리는 독특한 보법을 펼치며 나를 따라붙었다. 타타타탁!

내 판단이 틀렸다. 일류 고수에 근접한 것이 아니라 이 녀석은 충분히 일류 고수였다. 게다가 지금 펼치는 보법이나 무공은 평범한 것이 아니었다. 파파파파팍! 나의 바로 앞까지 빠르게 파고든 녀석의 양손이 밑으로 갔다가 위로 솟구쳤다. 마치 용이 위로 승천하는 것만 같았다.

─운휘, 피해라! 이건 항룡십팔장이다!

남천철검이 다급히 소리쳤다.

'뭐?'

항룡십팔장이라는 말에 나는 어안이 벙벙했다. 그건 개방 방주나 소방주만이 익힌다는 절세 장법이 아닌가. 회귀 전 삼류에 불과

했어도 유명한 문파들의 절기가 어떤 이름을 가졌는지 정도는 알고
있었다.

'칫!'

검을 뽑아야 하는데, 그럴 틈이 없었다. 녀석의 강맹한 장법이 나
의 턱을 부술 기세로 올라왔다. 나는 녀석의 장법을 향해 두 주먹을
내리쳤다. 팡!

"헛?"

장법이 단순해 보였는데, 거기에 실려 있는 힘은 웅대하기 그지없
었다. 나의 몸이 위로 살짝 떠오를 정도였다. 그 상태에서 녀석이 나
를 향해 손을 뻗었다. 마치 용이 입을 벌리고서 나를 덮치는 것처럼
맹렬한 장세가 펼쳐졌다.

─항룡유회다.

남천철검이 그가 펼치는 초식을 알고 있는 듯했다.

별수 없었다. 피할 수 없다면 부딪쳐야 했다. 나 역시 십성 공력으
로 끌어올리며 녀석의 장법을 향해 손을 뻗었다. 팡! 운기 경로가
있는 제대로 된 초식의 장법과 그저 공력만 끌어올린 장법의 차이
는 극명했다. 파파파파파팍! 녀석과 부딪친 내 신형이 뒤로 밀려났
다. 꼭 둔기로 후려친 것처럼 오른 손바닥이 심하게 떨렸다. 정말 항
룡십팔장이 맞나 보다. 손을 떨면서 가만히 서 있는 내게 조성원이
말했다.

"가만히 있을 것을 권한다. 장력이 손을 타고서 체내로 파고들었
으니, 운기하지 않으면 위험할 거다."

"잘도 실력을 숨겼네."

그런 내 말에 녀석이 피식 웃었다.

"네가 검을 뽑았다면 조금 애를 먹었을지 모르지만, 그래도 어려울 건 없지."

이놈 봐라. 자신감이 넘쳤다.

녀석이 다시 입을 열었다.

"내 상대가 되지 못한다는 것은 알았겠지? 이제 내가 묻는 질문에 답해줘야겠다."

도리어 나를 심문하려 들었다. 그런 녀석을 보면서 나는 떨리던 손을 내렸다. 그리고 한숨을 내쉬었다.

"후-우."

"판단이 빨라서 좋군."

"착각하지 마."

"뭐?"

그때 내가 번개처럼 남천철검을 뽑았다. 그리고 녀석을 향해 신형을 날리며 검을 내리쳤다.

"어리석기는!"

발검과 동시에 날아오는 패도적인 검세에 조성원이 빠르게 장초를 펼치려고 했다. 녀석이 유려한 보법과 함께 검신을 옆으로 쳐내려던 찰나였다. 순간, 검신에 닿은 녀석의 손바닥이 뒤로 튕겨 나갔다. 팡!

"엇?"

녀석의 두 눈이 커졌다. 나는 그 상태에서 부드럽게 검세를 돌리며 녀석의 복부를 검신으로 후려쳤다. 날아오는 검신을 장법으로 녀석이 다급히 막았다. 팡! 하지만 조성원의 신형은 포탄이라도 맞은 것처럼 뒤로 튕겨 나갔다.

"윽!"

손바닥을 파고든 검력을 해소하기 위해 녀석이 억지로 몸을 회전시켰다. 허공에서 몇 바퀴를 돈 녀석의 몸이 바닥에 떨어졌다. 쿵! 녀석이 어처구니없다는 표정으로 나를 쳐다보며 입을 열었다.

"너… 실력을 숨겼어?"

놀라워하는 녀석을 향해 내가 신형을 날리며 말했다.

"알아도 늦었어."

나는 여타의 무인들과 다르게 하단전뿐만 아니라 중단전도 쓸 수 있다. 내공만으로는 일류를 약간 상회하는 정도에 불과하지만 선천진기는 달랐다. 불과 한 달 전에 나는 성명신공 사성에 도달했다. 지금의 나는 일류 고수라 불리는 벽의 한계를 넘어섰다.

슉! 조성원이 당황해하며 벌떡 일어나 보법을 펼쳤다. 비틀거리며 취한 듯이 움직이는 저 보법은 아마도 개방의 취팔선보일 것이다. 나는 빠른 속도로 녀석에게 따라붙었다.

"큭."

곤혹스러울 것이다. 아무리 장법의 고수라고 해도 적수공권으로 검에 대항하는 것은 쉽지 않은 일이다. 게다가 녀석과 나의 격차는 확연했다. 슈슈슈슈! 세가 유려하면서 변화무쌍하게 움직였다. 성명검법 삼초식 비추형검(泌鰍形劍)이었다. 버들가지처럼 부드럽게 파고드는 검초에 조성원 역시도 장초를 펼쳤다. 파파파파파팍! 변화에 대항하기 위해 녀석도 항룡십팔장 특유의 맹렬한 기세가 아닌 초식에 변화를 가미하여 검초의 날카로움을 막아내려 했다. 교묘하게 검날을 비껴 검신 부근을 쳐내며 검초를 막아냈다. 확실히 뛰어난 실력을 지녔다. 다만 녀석의 손보다 내 검이 빨랐고, 공력에서도 훨씬 앞섰다.

"큭!"

검력에 손바닥이 얼얼할 것이다. 연달아 여덟 식 정도를 막아낸 조성원의 얼굴이 점차 붉게 상기되어갔다.

'빈틈.'

통증을 참지 못한 녀석에게서 작은 빈틈이 생겨났다. 나는 절묘하게 그 틈으로 검을 찔러 넣었다. 우측 쇄골 부위를 파고드는 검 끝에 녀석이 당황해서 장법으로 검을 쳐내려 했다.

"그럴 줄 알았다."

"뭐?"

그 순간 나는 변초를 일으켰다. 검의 방향을 위로 틀어 녀석의 머리를 내리쳐 둘로 쪼개려고 했다.

'…!!'

죽음을 직감한 녀석이 움찔하면서 두 눈을 감아버렸다. 나는 가차 없이 녀석의 머리를 향해 검을 내리쳤다. 깡!

"악!"

녀석이 비명을 질렀다. 그런데 녀석의 머리는 쪼개지지 않았다.

검날로 했으면 비명은커녕 곧바로 죽었겠지만 일부러 검신으로 틀었다.

"어어억."

고통스러워하면서도 녀석은 자신의 머리가 쪼개졌나 싶어서 손으로 머리를 감쌌다.

머리가 무사한 걸 확인한 녀석이 의아한 눈으로 나를 쳐다보았다.

"…어째서?"

"봐준 거 아닌데."

픽!

"끄억!"

나는 녀석의 복부를 발로 걷어찼다. 일반인이든 무림인이든 방비하지 않고 복부를 맞으면 숨이 끊어질 것처럼 고통스럽다. 선천진기까지 실어서 괴로울 거다. 녀석은 얼굴이 터질 것처럼 새빨개져서 몸을 새우등처럼 굽혔다. 나는 그런 녀석의 혈도를 점했다. 타타타탁! 이제 내공을 쓸 수 없을 거다. 점혈을 당한 녀석이 놀라서 다급히 내게 말했다.

"자, 잠깐… 일단 대화로…."

"말로 하려고 했는데, 누가 나한테 장법을 날리더라고?"

"그, 그건…."

변명하려는 조성원의 머리채를 움켜잡았다. 꽉!

"뭐, 뭐 하려고?"

"안 그래도 미친 노인네 때문에 일 년 동안 많이 쌓였었는데, 정말 고맙다."

이런 좋은 기회를 주고 말이야. 흔들리는 녀석의 두 눈동자에 주먹을 쥐고 있는 내 모습이 비쳤다. 나는 그런 녀석의 면상을 향해 인정사정없이 주먹을 날렸다. 픽!

"끄엑!"

녀석의 입에서 돼지 멱을 따는 소리가 들려왔다. 차지게 감기는 주먹 맛에 왜 해악천이 구타를 즐겼는지 이해할 것 같았다. 분풀이를 했더니, 십 년 묵은 체증이 다 내려가는 것 같았다. 속이 아주 시원했다.

─애를 곤죽으로 만들었구먼.

소담검이 혀를 찼다. 구타에 죽사발이 된 조성원은 숨을 헐떡이며 쓰러져 있었다. 그래도 나름 신경을 썼다. 내공을 쓰지 않고 순수 완력만으로 두드려 팼으니까.

'흠.'

나는 곤죽이 되어 있는 녀석을 내려다보았다. 의문점이 한두 가지가 아니었다. 첩자로 훈련받은 녀석이라면 정사를 막론하고 공통적인 것이 있다. 여차할 경우 정보 누설을 막기 위해서 자결을 한다. 그런데 녀석은 두들겨 맞는 내내 살려달라는 말만 몇 번을 했는지 모른다.

─막상 코앞에 닥치니까 죽기 싫어서 그런 것일 수도 있잖아.

뭐, 그럴 수도 있다고 생각한다. 삶에 미련이 많은 자라면 정보 누설을 하고서라도 목숨을 구걸하는 첩자들도 정말 간혹 있다. 그렇다고 해도 너무 쉽게 나왔다. 손톱을 뽑는다거나 하는 고문조차 하지 않았는데 말이다. 게다가 정체가 발각될 위기에 처했다고 곧장 나를 위협하는 것부터 시작해, 첩자치고는 상당히 어설펐다.

'이상해.'

─또 뭐가 이상한데?

'항룡십팔장.'

이 무공은 무림 전체에 널리 알려져 있었다. 개방 방주와 그 직계만이 익힌다는 절세 장법을 녀석은 익혔다.

─그럼 이 녀석이 거지 두목의 후계자일까?

그럴 확률도 배제할 순 없었다. 한데 개방의 후계자를 군이 첩자로 쓸 이유가 있을까? 상식적으로 첩자라는 것은 언제든지 폐기할 수 있는 용도에 가까운 인간들을 쓴다. 그런데 후계자를 첩자로 보낸다? 어불성설이었다.

—야, 근데 너 미래를 알면 개방의 후계자가 누군지 알지 않아?

안다. 그래서 더 이상하다는 거다. 회귀 전 개방의 후계자는 홍걸개라는 자로 복현당의 당주였다. 심지어 얼굴까지 본 적이 있었다.

'흠.'

대체 이 녀석의 정체가 뭘까?

—뭘 고민하냐? 그냥 물어보면 되지.

'그래야겠다.'

목숨을 구걸할 정도로 삶에 미련이 많다면 입을 열지도 몰랐다. 열지 않는다면 다른 방법도 하나 있고.

"어이, 거지."

"힉!"

맞다 보니 관성이 생겼는지 녀석이 자신도 모르게 몸을 움츠렸다.

"때리는 거 아니다."

녀석이 의심의 눈초리로 쳐다보았다. 몸을 숙여서 녀석과 좀 더 가까이 시선을 마주했다. 실컷 두드려놨더니 바짝 긴장해 있었다. 녀석이 떨리는 목소리로 입을 열었다.

"대… 대체 당신 정체가 뭡니까? 어떻게 내…."

뒷말을 잇지 못했지만 알 것 같았다. 하긴 자신의 정체를 알고 있으니, 의문이 생기는 것도 당연했다. 녀석이 나에 대해 아는 정보라고 해봐야, 고작 익양 소가의 쓰레기 삼남이 다였으니까. 나는 코웃음을 치면서 녀석에게 말했다.

"네놈이 알 바 아니잖아."

내 말에 녀석이 이를 악물었다. 상황은 내가 주도하고 있는데, 네 녀석에게 뭘 해명하듯 알려줄 필요야 있나.

"질문은 내가 한다. 네놈은 묻는 말에나 대답해."

녀석이 입을 꾹 닫고서 인상을 찡그렸다. 계속 닫으면 신상에 좋지 않을걸. 무엇을 물을지 이미 생각해뒀기에 곧바로 본론으로 들어갔다.

"항룡십팔장을 배웠다면 방주 직계 문하일 텐데… 너 대체 정체가 뭐냐?"

장법을 이야기하자 녀석의 눈동자가 살짝 떨렸다. 그리 놀랄 일은 아닐 텐데. 굳이 남천철검이 아니더라도 그 장법을 쓰면 알아볼 사람들이 많을 테니까 말이다. 하긴 그러니까 하오문의 무공으로 눈을 가렸겠지만.

"죽기 싫으면 말하는 게 좋을 텐데?"

위협이 섞인 내 말에 녀석이 입술을 질끈 깨물었다. 정보를 누설하면 안 된다는 사실 정도는 머릿속에 박혀 있는 듯했다.

"후우."

꽉! 쿵! 나는 녀석의 머리채를 잡고서 얼굴을 바닥에 찍었다. 녀석이 고통스러운지 신음성을 흘렸다.

"끄으으으."

"입이 무거울수록 몸은 괴로울걸."

녀석이 신음을 흘리면서도 이를 꽉 깨물었다. 두들겨 맞는 것보다는 견딜 만하다 이거지? 그럼 질문을 바꿔볼까.

"좋아. 그럼 소방주 홍걸개와는 무슨 관계냐?"

항룡십팔장을 익혔다면 적어도 사형사제 관계이지 않을까 짐작

되었다. 그런데 내 말에 녀석의 인상이 일그러졌다. 방금 전까지만 해도 계속 버틸 것처럼 굴더니 갑자기 반응을 보였다. 이에 녀석에게 다시 물었다.

"소방주 홍걸개와 무슨…."

'응?'

그런데 녀석의 눈시울이 갑자기 붉어졌다. 슬퍼서 그렇다기보다는 뭔가 분해서 감정이 북받친 듯했다.

―얘 왜 이러는 거냐?

나라고 알겠는가.

"지금 뭐 하는 거지?"

나의 물음에 녀석이 몸을 부들부들 떨면서 입을 열었다.

"확실한 겁니까?"

"뭐가 확실…."

"정말… 정말 녀석이 소방주가 되었습니까?"

녀석의 그 말에 나의 눈매가 절로 가늘어졌다. 목소리에서 분노가 느껴졌다. 단순히 사형제 관계라고 추측했는데 그게 아닌 모양이었다.

―그럼?

'왠지 이 녀석… 홍걸개와 후계자 자리를 다퉜던 것 같은데.'

―경쟁 관계라는 거야?

'그럴지도.'

의도치 않게 녀석의 입을 열 만한 부분을 건드린 것 같았다. 살짝 그림이 그려졌지만 아직 확신할 수는 없었다.

―그런데 걔가 지금도 소방주 맞아?

‘몰라.’

―응? 그럼 지금 거짓말한 거야?

이걸 거짓말이라고 해야 하나? 홍걸개가 정확하게 언제쯤 소방주가 된 건지는 나 역시 모른다. 회귀 전 홍걸개의 나이가 서른을 넘겼으니, 십 년 전인 지금쯤이면 후계자로 정해지지 않았을까 싶어서 소방주라고 이야기했던 건데, 제대로 엇걸렸을 뿐이다.

“홍걸개가 소방주가 된 게 뭐가 잘못된 것이냐?”

“씨부럴 망할 늙은이!”

그때 조성원이 거칠게 욕을 내뱉었다. 그 말투가 자연스러운 걸 보니 이게 이 녀석의 원래 말투였던 것 같다. 하긴 홍걸개도 그렇고 거지 놈들의 말투가 상스럽긴 했지.

“고작 일 년도 참지 못하고⋯.”

화를 내고 있는 조성원의 눈동자에 눈물까지 글썽거렸다. 어지간히 화가 났던 모양이다. 잘하면 구슬릴 수 있겠는데. 툭툭! 나는 머리채를 잡던 것을 풀고서, 녀석의 등을 두드리면서 부드러운 목소리로 위로하듯이 말했다.

“몰랐던 것 같네. 소방주가 누가 됐는지.”

“씨부럴.”

녀석이 눈물을 뚝뚝 흘리며 욕을 내뱉었다. 이 정도 격해진 감정이면 슬쩍 건드려 봐도 될 것 같았다.

“홍걸개와 후계를 다툰 거냐?”

그런 나의 물음에 녀석이 화를 버럭 냈다.

“누가 누구랑 후계를 다퉜다는 겁니까? 씨부럴 그 망할 놈의 애새끼가 그저 손주라는 이유만으로 무공도 좆도 못 하는 걸 후계로 삼는다는 게 말이 되느냐고…."

쫙! 말이 끝나기도 전에 내가 녀석의 뺨따귀를 날렸다. 그리고 손
가락을 입가에 가져가며 말했다.

"조용히 말해. 소리가 크잖아."

그런 내 말에 녀석이 진정했는지 숨을 크게 들이켰다. 그러고는
한결 조용해진 목소리로 말했다.

"녀석은… 녀석은 후계자도 뭐도 아닙니다. 오 년을 배웠는데 항
룡십팔장의 십장도 겨우 익힌 놈이 무슨 소방주입니까."

"너는 다 익혔고?"

그런 내 말에 녀석이 입을 다물었다. 인상을 쓰는 걸 보면 다 배
우지 못한 것 같았다.

"그럼 너도 마찬가지 아냐?"

슬며시 떠보았다.

그러자 녀석이 분에 차서 코를 벌렁거리며 말했다.

"…망할 늙은이가 제 손주놈을 위한답시고 일부러 안 가르쳐줘
서 못 배운 겁니다. 장초만 알려줬어도 진즉에 장법을 완성했을 겁
니다."

이거 조금 긁으니까 제 입으로 다 말해준다. 소방주 자리를 정말
얻고 싶었나 보다.

―그래 봐야 거지 아냐?

―뭐가 되었든 우두머리가 되고 싶은 게 사람의 본성이다.

남천철검의 말이 맞다. 셋만 모여도 대장을 정하는 게 사람이다.
방주에게 무공을 전수받았으니, 당연히 이 녀석도 방주를 꿈꿨을
거다. 이 정도까지 들으니까 그림이 얼추 맞춰졌다.

화를 참지 못하고 있는 녀석에게 말했다.

"그래서 공을 세운답시고 어설프게 첩자질을 한 것이냐?"

'…!!'

쉭쉭거리고 있던 녀석의 표정이 한순간에 굳어졌다. 정곡을 제대로 찌른 모양이다.

아무 말도 못 하는 녀석에게 내가 짐작한 것을 꺼냈다.

"혈연에 밀리는 것을 참지 못한 너는 혈교에 잠입해서 근거지를 폭로하거나 큰 정보를 캘 생각을 했을 거야. 안 그래?"

"…"

"무림연맹에서도 경계하는 것이 혈교의 부활이니까, 이 정도는 되어야 공로를 인정받겠지."

녀석이 굳은 인상으로 나를 쳐다만 보았다. 뚫어지게 쳐다본다고 뭐가 바뀔 성싶으냐.

"그런데 이를 어째? 이미 소방주가 정해졌네. 이젠 무슨 수로 공로를 인정받고 방주의 후계자가 될 거지?"

"…"

"그리고 공로를 세운 너를 과연 방주나 소방주가 그대로 내버려둘까?"

"…그게 무슨 말입니까?"

말이 없던 녀석이 눈을 부릅뜨고서 물었다.

그런 녀석에게 내가 피식 하고 웃으며 답했다.

"방주는 손주에게 개방을 물려주고 싶어 안달이 났다며? 그런데 네가 공로를 세워서 개방의 사람들에게 인정받게 내버려두겠냐는 말이다."

"내, 내버려두지 않는다면 뭘 어떻게 한다는 겁니까?"

녀석의 눈동자가 떨리고 있었다. 대충 내가 무슨 말을 하는지 알 아들었잖아. 뭘 모른 체하고 그래.

"가령 방주가 첩자질을 했던 네 녀석의 소재를 혈교 측에 흘린다면 어떻게 될까?"

그 말과 함께 목을 긋는 시늉을 했다. 녀석의 얼굴이 사색이 되어 갔다.

"손에 피 한 방울 묻히지 않고 처리할 수 있겠다. 맞지? 그렇게 되면 네가 세운 공은 물거품이 되겠네? 아아, 아니다. 물거품까진 아니 겠네. 방주의 명을 받고서 첩자 노릇을 한 일개 방도로서는 기억에 남을 수 있겠네. 그 공로는 개방 자체로만 남을 테지만."

내 말에 녀석의 눈빛이 복잡해졌다. 아마 굉장히 혼란스러울 거다.

─와… 너 진짜 대박이다. 미친 늙은이 잔머리는 저리 가라네.

소담검이 혀를 내둘렀다.

─어떻게 이런 걸 생각했대? 저 녀석 동공에 지진 난 것 봐라.

'아니, 앞으로 벌어질 일일 수도 있어.'

─벌어질 일?

생각해보면 회귀 전 조성원은 너무 쉽게 추살되었다. 그래도 개방 은 명색이 십만 방도를 가졌다고 할 만큼 무림에서도 상당한 영향 을 가지고 있었다. 그런 개방이 첩자를 그렇게 쉽게 숙도록 내버려 둔다고? 게다가 방주의 무공마저 전수받았는데?

─고의로 죽게 내버려뒀다 이 말이야?

'내 예상이 맞다면.'

녀석은 버려진 게 확실했다. 확실한 후계가 정해졌다면 다른 하나는 내쳐지기 마련이었다. 잔인하지만 우리가 살아가는 세상은 온통 살얼음판이다.

쿵!

"크읙!"

녀석이 바닥에 주먹을 내리쳤다. 내 말이 현실이 될 수 있다고 와닿은 듯했다.

—그럼 어떻게 할 거야? 쓸 만한 정보를 빼내서 그 늙은이에게 알려줄 거야? 공로 좀 인정받겠는데.

'아니.'

—응?

그럴 필요야 있나. 그건 이 녀석의 상황을 파악하기 전의 일이었다. 녀석이 개방에서도 버리는 패라면 그 정도로 써먹기는 아까웠다. 굳이 혈교에 줄 필요가 있을까.

—그럼?

나는 피식 웃고는 망연자실해하는 조성원에게 말했다.

"이대로 끝내긴 억울하지 않냐?"

그런 내 말에 녀석이 의아해하며 고개를 들어 올렸다.

"홍걸개란 녀석은 소방주가 되고 넌 여기서 죽을 텐데 말이야."

그늘이 진 것처럼 조성원의 얼굴이 어두워졌다. 망연자실을 넘어서 절망스러울 거다. 그런 녀석에게 말했다.

"기회를 주지."

"…그게 무슨 말씀입니까?"

"일각을 주겠다. 그때까지 생각을 정리해라."

"정리하라니? 그게…"

"만약 네 녀석이 나를 따르겠다고 맹세한다면 우리가 나눈 대화는 일절 없던 것으로 하겠다."

'…?!'

조성원의 두 눈이 커졌다. 나는 녀석에게 선택권을 주는 것이었다. 흔들리고 있는 녀석에게 마지막 승부수를 던졌다.

"이름 없는 개방의 첩자로 죽을 테냐? 아니면 나와 함께 복수를 할 테냐?"

녀석의 눈동자에 파문이 제대로 일어났다.

조성원과 나는 산봉우리의 절벽을 오르고 있었다. 혈교 무사들이 익히는 기본 경신법이 아닌 개방의 경신법은 확실히 뛰어났다. 멋보다는 실용을 우선시하기에 여차할 때는 두 손, 두 발을 적극 활용한다. 그것이….

─꼭 개처럼 절벽을 오르네.

음. 두 발을 박차고 오르는 모습이 그렇게 보이기도 한다. 하지만 오르는 속도 하나는 기가 막힌다. 그런데 개가 절벽을 탈 수 있나?

─그나저나 저 녀석도 바보는 아니네. 그거 어떻게 해결할 거야?

소담검이 이 말을 하는 이유는 불과 반 각 전에 조성원이 한 말 때문이었다. 홍걸개를 향한 복수심으로 불타오른 녀석은 내 말에 거의 넘어왔다. 한데 녀석이 한 가시 의문을 세기했다.

[소 대주를 따른다고 쳤을 때, 만약 망할 늙은, 아니 개방에서 선수 쳐서 제가 첩자라고 밝히면 어떡합니까?]

첩자로는 어설펐다고 해도 소담검의 말대로 바보는 아니었다. 머리는 제대로 돌아갔다. 확실히 녀석의 말대로 개방 쪽에서 먼저 정보를 풀 수도 있는 상황을 배제할 순 없었다. 그래서 녀석은 그것까지 해결할 수 있다면 내게 충성을 맹세하겠다고 했다. 제 녀석이 해결해야 할 짐을 내게 떠넘긴 것이다.

—영 아니다 싶으면 그냥 뱉어. 네가 말했잖아. 입 안의 가시라고. 뒤가 있는 녀석을 씹지도 않고 삼키려다가 너까지 엮이는 수가 있다.

소담검이 현실적인 방안을 이야기해줬다. 이에 나는 고개를 저었다. 나 역시 그것에 관해서는 생각해둔 바가 있었다. 나는 개처럼 열심히 절벽을 오르는 조성원에게 전음을 보냈다.

[하나만 묻자.]

[네?]

[첩자로 들어온 건 독단적으로 행한 거야? 아니면 개방의 다른 사람들도 알고 있어?]

내 말에 녀석이 선뜻 대답하지 못했다. 그걸 보면 누군가 아는 듯했다.

[독단적인 게 아닌 거냐?]

[아닙니다. 독단적으로 오긴 했습니다.]

[오긴 했다? 정확히 말하지 않으면 신상에 좋지 않을걸?]

내 말에 녀석이 뜨끔했는지 잠시 멈칫했다. 그러다 다시 전음을 보냈다.

[…호남성 지부를 담당하는 육결 거지에게 최근 십 년 동안 사라진 실종자들과 마을에 관한 기록을 수집하도록 지시했었습니다.]

아아, 하긴 순수하게 네놈 혼자만의 힘으로 가능할 리가 있나. 결국 윗선에 보고하지 않았더라도 자신의 흔적을 남긴 셈이었다.

—알고 있을 수도 있겠네.

'아마도.'

조성원이 직접 보고하지 않았더라도 조사한 내용은 분명 개방 방주의 귀로 들어갔을 것이다. 일 년이나 행방불명되었으니 분명히 들어갔다. 한데도 지금까지 잠잠한 걸 보면 역시 내 예상이 맞는 것 같다.

―버리는 패라는 거야?

'그렇겠지.'

손주인 홍걸개와 후계를 다투는 위치였다. 그런데 제 발로 알아서 사라졌다. 애써 조성원을 찾을 필요도 없이 적당한 시기에 정보를 푸는 것만으로 처리할 수 있게 된 것이다.

―약았네, 거지 두목도.

거대한 정보를 다루는 개방의 수장이다. 당연히 보통 무림인들보다 훨씬 머리가 잘 돌아갈 수밖에. 진짜 저 녀석만 딱하게 된 상황이었다.

―그냥 포기하는 게 어때? 괜히 엮이면 너만 피곤해질 것 같은데.

소담검이 내게 경고하듯이 말했다. 녀석의 말도 일리가 있다. 이걸 잘못 먹으면 제대로 체하는 수가 있다.

―포기?

나는 입꼬리를 올리며 말했다.

'잔가시가 많으면 잘 발라 먹어야지.'

―응?

소담검이 내 말에 의아해했다.

그러는 사이에 조성원과 나는 해악천의 거처 동굴에 도착했다. 후보생들이 동굴 안에 있는 짐들을 밖으로 옮기고 있었다. 동굴 안에서 송좌백이 눈썹을 치켜올리며 화가 난 얼굴로 걸어 나왔다.

"야! 내가 빨리 올라오라고 했…?!"

녀석이 조성원의 통통 부어 있는 얼굴을 보면서 인상을 찡그렸다.

조성원이 양손을 슬쩍 들어 올리며 능청스럽게 나를 쳐다보았다. 이건 어찌 해명할 거냐는 의미로 보였다. 그때 송좌백이 내게 다가와 혀를 차며 말했다.

"기강을 잡을 거였으면 미리 말했어야지."

조성원이 실실거리며 '그것 봐, 적당히 했어야지' 하는 눈빛으로 나를 쳐다보았다. 그러나 송좌백의 다음 말에 녀석의 표정은 뒤바뀌었다.

"자식, 그래도 신입이라고 적당히 했네."

"적당히?"

조성원이 어처구니없어했다. 다른 후보생들조차도 조성원의 얻어터진 얼굴을 보며 황당해했다. 뭘 놀라고 그래. 해악천 그 미친 늙은이가 손을 쓰면 눈두덩이 통통 부어서 앞이 보이지 않을 만큼 두드려 패는데. 심지어 심한 날에는 기어 다녀야 할 수준이다. 이 정도는 애교지.

"기강?"

"가족 같은 분위기라더니."

후보생 녀석들의 속닥거리는 소리가 들려왔다.

그래, 앞으로 가족 같은 분위기라고 하면 알아서 걸러라.

* * *

동굴 거처에서 짐을 가지고 내려온 나는 다른 후보생들이 그걸 옮기는 동안, 조성원을 데리고 해악천이 머물고 있다는 객당 방으로 갔다. 방에 들어가기 전에 나는 녀석에게 전음으로 신신당부했다.

[안에 들어가면 괜히 반응 보이지 말고, 대부분은 내 말에 수긍하고 대답하라는 것만 답해라.]

[네?]

[잘 해결하고 싶다면 시키는 대로 해.]

[…알겠습니다.]

내 속내를 모르기에 녀석은 불안해하는 얼굴로 답했다. 그러거나 말거나 나는 방문을 두드렸다. 똑똑!

"들어와라."

방 안에서 해악천의 목소리가 들려왔다. 누군지 묻지도 않는 걸 보면, 기척만으로 내가 왔음을 알아차린 것 같았다. 드르륵! 문을 열자 객당 방 안에서 해악천과 호종단주 장문웅이 탁자 위에 중원 전도를 펴놓고 대화를 나누고 있었다.

"뭐냐? 애 얼굴은 왜 이런 게야?"

들어가자마자 해악천이 조성원을 보더니 의아했는지 물었다.

나는 아무렇지 않게 그에게 말했다.

"녀석이 뭔가 숨긴 것이 없는지 캐내느라 약간 손을 쓰게 되었습니다."

'…!!'

그 말을 들은 조성원의 눈이 터질 듯이 커졌다. 문제가 없도록 만들겠다고 해서 믿고 따라왔는데, 내가 이렇게 말하니 적잖게 당혹스러운 모양이었다.

"숨기는 거? 이놈이 뭘 숨길 게 있다고 그러는 게냐?"

"하오문 출신이 아닙니다."

해악천과 장문웅이 동시에 인상을 찡그렸다.

"하오문이 아니면?"

"개방입니다."

"뭣?"

개방이라는 말에 해악천의 얼굴이 돌변했고, 장문웅 역시도 어느새 앉아 있던 자세가 바뀌었다. 여차하면 손을 쓸 기세였다. 조성원은 어쩔 줄 몰라 하며 나를 쳐다보았다. 굳이 말하진 않지만 떨리는 눈빛만 봐도 '이게 무슨 짓이냐?'라고 하는 것이 보였다. 놀랐겠지. 설마 이 자리에서 자신의 정체를 까발릴 줄은 몰랐을 거다.

팍!

"컥!"

성정이 급한 해악천이 곧바로 일어나 무섭게 조성원의 목을 움켜잡았다. 아무리 일류 고수라고 해도 해악천과의 격차는 컸다. 그러다 보니 녀석은 아무것도 하지 못하고 대롱대롱 매달려서 캑캑거려야만 했다.

"뭐 하는 놈이야? 네놈 설마 첩자질을 하러…."

"그건 아니었습니다."

"뭐?"

해악천이 이해할 수 없다는 표정으로 나를 쳐다보았다.

"녀석은 본교에 투신하러 온 게 맞습니다."

그런 내 말에 해악천이 험악해진 얼굴로 물었다.

"그걸 네놈이 어찌 확신하느냐?"

"공자님, 그건 어르신의 말씀이 맞습니다."

장문웅도 거들었다.

그런 그들에게 내가 말했다.

"정확하게 말하면 녀석은 개방 출신입니다."

"출신?"

의아해하는 그들에게 나는 조성원의 사정을 간략하게 설명했다. 녀석이 개방 방주의 손주와 후계 자리를 놓고 다투었고, 혈연에 밀려난 복수심으로 본교에 투신하게 되었다고 그럴듯하게 포장했다. 공로를 세우기 위해 잠입한 것이 복수로 바뀌게 된 것이다.

해악천이 가늘어진 눈매로 조성원을 노려보았다. 의심의 눈초리였다. 당연히 이것만으로 먹히리라고 생각하진 않았다.

그때 단주 장문웅이 입을 열었다.

"공자님, 한데 공자님께서는 그가 개방 사람인 것을 어떻게 알았습니까?"

중요한 부분을 짚었다. 나는 표정 하나 바뀌지 않고 말했다.

"몇 년 전에 율랑현에서 그를 본 적이 있습니다."

"본 적이 있다고요?"

"연맹 관련 일로 익양 소가에 왔었습니다."

"아… 익양 소가."

장문웅의 반응을 보니, 해악천에게 내 출신에 대해서 들은 모양이다. 그럼 더 잘됐다.

"그때는 지금보다도 어리고 얼굴도 까무잡잡하고 더러운 거지의 모습이라 알아보지 못했는데, 발탁식에서 가까이 보면서 알 수 있었습니다."

그런 내 말에 해악천의 손아귀에 대롱대롱 매달려 있는 조성원이 의아한 눈빛으로 쳐다보았다. 당연한 반응이다. 나와 녀석은 한 번도 마주친 적이 없었다. 이건 거짓말이었다.

"그때 알아봤다고?"

"기억나십니까? 조성원이 일혈성 산하 단주 밑으로 보직 신청을 하려 했던 것을."

그 말에 두 사람이 고개를 끄덕거렸다. 누가 봐도 조성원은 나심형 단주 앞으로 가려고 했다. 그러다가 갑자기 방향을 틀었다.

"제가 녀석을 알아보고서 전음을 보냈기 때문입니다. 많이 당혹스러워하더군요."

해악천의 손에 매달려 있던 조성원이 고개를 세차게 흔들며 끄덕였다.

녀석의 얼굴을 뚫어지게 쳐다보던 해악천이 물었다.

"그래서 이 녀석이 어떻게 나왔느냐?"

"웃기더군요."

"무엇이 말이냐?"

"처음에는 본교에서 자신의 출신을 알게 되면 내쳐질지도 모른다고, 두려워하며 제게 제발 이야기하지 말아달라고 빌더군요. 쯧쯧."

그런 내 말에 조성원의 어안이 벙벙해졌다. 하지도 않은 말을 물 흐르듯이 뱉어대니 어처구니가 없는 듯했다.

—역시 명불허전이네.

소담검이 혀를 내둘렀다. 이제는 내가 거짓 연기를 하면 감상하듯이 지켜보고 있는 녀석이다.

나는 하던 말을 이어 했다.

"스승님이나 단주님이라면 어떻게 했겠습니까?"

"음?"

"그래도 저는 녀석을 믿을 수가 없더군요. 첩자일 수도 있겠다고 생각되어 보시다시피 이렇게 손을 쓰게 되었습니다."

나는 피멍으로 곤죽이 된 녀석의 얼굴을 가리켰다. 어느 정도 납득이 갔는지, 단주 장문웅이 고개를 끄덕거렸다. 하지만 여전히 조성원에 대한 의심의 눈초리를 거두지 않았다. 그리고 그 자신의 의견을 해악천에게 비쳤다.

"공자님께서 손을 쓰셨다고 하지만, 첩자인지 정말로 전향한 건지는 좀 더 확인할 필요가 있어 보입니다만."

여기서 난 준비해둔 승부수를 던졌다.

"일 년 동안 육혈곡 안에 있어서 신빙성이 가지 않지만 녀석이 제게 흥미로운 정보를 주었습니다."

"흥미로운 정보?"

그런 그들에게 나는 의미심장한 목소리로 말했다.

"머지않아 무림연맹과 무쌍성의 관계가 틀어질 것 같다고 말했습니다."

"지금 뭐라고 하셨습니까?"

장문웅이 자리에서 벌떡 일어났다. 해악천 역시도 많이 놀랐는지 커진 눈으로 조성원을 쳐다보았다. 조성원은 그저 캑캑거리며 고개를 끄덕거렸는데, 녀석의 눈빛은 나를 향하고 있었다. 자신도 모르는 정보를 내가 말했으니까 말이다.

—뭐야? 방금 그거 진짜야?

진짜다. 앞으로 반년 뒤쯤에 무림연맹과 무쌍성의 동맹이 깨진다.

현 무림을 양분하고 있는 두 세력의 관계가 틀어지면서, 점조직으로 숨어 있던 혈교가 다시 수면 위로 올라갈 수 있는 계기가 된다. 회귀 전에는 그저 벌어진 일에 불과했지만, 지금 혈교에 있어서는 초특급 정보라고 할 수 있었다. 적어도 그에 대비할 수 있는 시간을 가질 수 있게 되니 말이다.

해악천의 객당 방에서 나온 조성원이 이해할 수 없다는 표정으로 소운휘를 바라보았다. 불과 반 시진 전까지만 하더라도 자신이 목숨을 부지할 수 있을까 싶을 만큼 상황은 심각하기 그지없었다. 그런데 정말로 무사히 넘어갔다. 심지어 해악천은 자신더러 쓸모 있는 장기 말이 들어왔다며, 자신의 밑에서 키워주겠다고 기뻐하기마저 했다. 그 모든 것이 소운휘의 입으로 이뤄진 일이었다.

객당에서 멀어지자 그의 귓가로 소운휘의 전음이 들려왔다.

[됐지? 더는 문제없다.]

그런 그의 말에 조성원이 고개를 끄덕였다. 확실히 더 이상 개방 방주가 어떻게 나올지는 걱정하지 않아도 되었다.

'엇?'

그런데 문득 뭔가를 깨달았다. 분명 개방에서 자신이 첩자라고 정보를 푼다고 해도 이제는 혈교 측에서 자신을 보호할지도 몰랐다. 한데 잘 생각해보면 상황이 그 반대가 된 것이었다.

'만약 이자나 혈교 측에서 나에 대한 정보를 개방 쪽에 풀면 나는 개방뿐만이 아니라 정파의 공적이 되는 게 아닌가.'

졸지에 혈교에 정보를 판 배신자가 된 것이다. 설사 자신이 모르던 정보라고 해도 말이다. 입은 소운휘가 열었는데, 자신은 어느새 그렇게 되어버렸다. 조성원은 자신이 당했다는 사실을 인지했다.

'하!'

도중에 마음이 바뀌어도 이제는 빼도 박도 못한다. 어처구니없어 하는데, 소운휘가 그런 자신을 쳐다보면서 빙그레 웃고 있었다. 정말 소름 끼치도록 영악한 인간이었다.

'…대체 이 자식 정체가 뭐지?'

도무지 알 수가 없었다. 개방에 있을 때조차 모르던 정보를 알지 않나. 상황에 따라서는 거짓말도 서슴없이 사용할 만큼 낯짝도 두꺼웠다. 정말 자신이 알고 있던 익양 소가의 쓰레기라 불리던 그 인간이 맞는지조차 모르겠다. 다만 한 가지 사실은 확실했다. 아니, 본능이 말해줬다. 이자는 적으로 삼기에 너무 위험했다.

소운휘를 한참 동안이나 쳐다보던 조성원이 이내 고개를 살짝 숙이며 전음을 보냈다.

[소 대주님께 충성을 맹세하겠습니다.]

＊ ＊ ＊

깊은 밤 자정경.

나는 살짝 방에서 빠져나와 본당 근처의 공터로 향했다. 혈수마녀에게 내기의 대가를 받기 위해서였다.

78

혈수마녀의 재주

공터에 도착하니 주변의 벌레 소리들만 들릴 뿐이었다. 아직까지 혈수마녀는 나오지 않았다. 객당에서 다른 누가 나올 것 같은 인기척이 없었던 걸 보면 조금 늦으려나. 아니면 객당이 아니라 본당에서 머물지도 몰랐다.

―왜?

'왜긴 왜야.'

혈교주의 혈손을 보호해야 하니까 그렇겠지.

백련하가 본당에 머물 테니, 혈수마녀와 그 문하들도 그곳에 있을 거다. 아, 어쩌면 혹시 그 얘기를 아직까지 하고 있는 건가?

―네가 투척한 그 정보들 때문에?

아마 그럴지도 몰랐다. 개방이라는 이름을 빌려서 흘려보냈기에 더 솔깃했을 거다. 의심 많은 해악천과 최근까지도 외부에서 활동했던 호종단주 장문웅을 설득하기 위해 알고 있는 정보들을 세 가지 정도 풀었다. 두 가지는 그럭저럭이지만 무림연맹과 무쌍성의 동맹이 흔들리고 있다는 정보는 말 그대로 특급 정보였다.

해가 질 무렵, 해악천과 장문웅이 본당으로 들어가는 것을 보았다. 이것은 그 정보가 해악천 본인만 쥐고 있을 패가 아니라, 혈교 전체적으로 공론화해야 할 문제이기에 논의를 위해 갔을 거라 추측했다. 반년 후쯤 벌어질 일이지만 과연 내가 던진 이 파문은 어떤 영향을 줄까? 잔잔한 파문은 절대 아닐 것이다. 이상하게 두근거렸다.

─뭐가 두근거려?

회귀 전의 나는 그저 졸에 불과했다. 삼류 첩자로 흐름에 이리저리 휩쓸리는 그런 존재였다. 한데 지금의 나는 달랐다. 흐름을 알기에 그 격랑과도 같은 물길에 영향을 주고 있었다.

─그게 네 진짜 힘일 수도 있지.

'그래.'

일신의 무위보다 더 무서운 힘일 수도 있다.

그렇게 녀석과 대화를 나누는 사이, 본당 쪽에서 인기척이 느껴졌다. 애써 숨기지 않는 걸로 보아 혈수마녀과 그 문하들인 듯했다.

─세 명이네.

소담검의 말대로 공터에 온 것은 세 명이었다. 혈수마녀 한백하와 면사를 쓰고 있는 두 명의 여인이었다. 눈매가 드러나는 면사는 초면일 경우에는 효과적이지만, 안면이 있다면 약간의 눈썰미만 있어도 알아볼 수 있다.

'담예화? 백련하?'

그녀를 따라온 두 명은 담예화와 백련하였다. 저 둘은 왜 데리고 온 것일까? 아니다. 정확히는 담예화만 데려왔다고 하는 것이 옳겠지. 백련하는 혈수마녀의 윗사람이니 자신이 원하는 대로 움직일 테니까 말이다.

　―근데 담예화인가 쟤는 왜 면사를 쓴 거야? 내기에 져서 따귀라도 맞은 거 아냐?

소담검의 말에 나는 속으로 혀를 찼다. 사람이 전부 그 미친 늙은이 같겠는가.

척! 나는 포권을 취하며 조용히 예를 표했다.

"육혈성을 배알합니다."

그녀가 가볍게 고개를 끄덕이며 다가왔다.

"조금 늦었지요."

"아닙니다. 저도 막 도착했습니다."

반 각 정도 기다린 것 같지만 굳이 생색낼 만한 시간은 아니었다. 그런 내게 한백하가 뜬금없이 칭찬을 했다.

"공자는 참 재주가 많은 것 같군요. 본교에서 높이 평가할 거예요."

'아…'

　―왜 저러는 거야?

'늙은이가 이야기한 것 같아.'

아무래도 해악천이 정보의 출처를 내가 찾아냈다고 밝힌 듯했다. 조성원에 관한 것도 잘 이야기했는지 궁금해졌다. 괜히 다른 자들이 녀석을 탐내면 곤란하다. 그 녀석은 내가 써먹어야 하니까.

　―미친 늙은이가 알아서 벽을 치겠지. 그러라고 얘기한 거 아냐?

'그렇긴 하지.'

소담검과 대화를 나누다 문득 백련하와 시선이 마주쳤다. 그녀가 나를 바라보는 눈빛이 묘했다. 무슨 생각을 하는지 정확히 알 수 없으나, 호의적인 것으로 보였다.

'흠.'

의아해하고 있는데 혈수마녀가 내게 말했다.

"내기의 약조를 지켜야겠죠."

곧바로 본론으로 들어가서 좋다. 윗사람인 그녀에게 내 입으로 얼른 가르쳐달라고 할 수는 없지 않은가. 그녀가 다시 말을 이었다.

"공자께 뭘 가르쳐줘야 할지 생각해봤어요. 한데 내가 가진 재주의 대부분은 사문과 관련된 것이라 제자로 받지 않고 가르쳐드리긴 힘들 것 같군요."

'…'

대충 예상은 했다. 아마 자신이 가진 재주들 중 가장 쓸모없는 것을 전수해줄 거라고 말이다.

그래도 뭐가 되었든 배워두는 편이 낫지 않겠는가.

"하지만 명색이 육혈성인 내가 공자에게 쓸모없는 재주를 가르쳐준다면 제 체면이 서지 않을 것 같군요."

'응?'

뭐지? 쓸 만한 재주를 가르쳐준다는 말인가?

―그냥 말로 포장하는 거겠지. 그걸 또 믿고 있냐?

소담검이 나를 나무랐다. 하긴 녀석의 말이 맞았다. 아무리 쓸모없는 것도 말을 번지르르하게 포장하면 그럴듯하게 들린다.

"이 재주는 이십여 년 선에 기연으로 한 이름 없는 선인의 사냥에서 얻게 된 것이죠. 나보다는 공자처럼 영리한 사람에게 더욱 쓸모 있게 쓰일 수 있을 거예요."

뭘 가르쳐주려고 이렇게 밑밥을 까는 거지?

그런데 이십여 년 전에 얻었다면 대체 그녀의 나이는 어떻게 되는 걸까? 겉모습만 보면 삼십 대 중후반으로밖에 보이지 않았다.

"이 재주로 인해 별호에 '마녀'라는 호칭이 들어가게 되었죠."

그녀가 갑자기 자신의 얼굴을 손가락으로 가리켰다.

'…?'

"공자, 내 눈을 똑바로 쳐다봐요."

"네?"

눈을 쳐다보라니 그게 무슨 말이지? 의문이 들면서도 손가락을 가리키니 무의식적으로 쳐다보게 되었다. 눈동자 속의 검은 동공. 그 동공이 마치 회오리치는 것 같았다. 순간 정신이 몽롱해지며 의식이 빨려 들어갈 것만 같았다.

바로 그때였다. 두근! 중단전에서 뜨거운 기운이 솟구치며 정신이 번뜩였다. 절로 선천진기가 움직인 것이다.

'방금 어떻게 된 거야?'

─너 잠깐 비틀거리던데?

'비틀댔다고?'

─아주 잠깐이었어.

기이한 현상이었다. 그녀의 눈을 쳐다보는 순간 빨려 들어가는 것만 같았다. 그런데 나는 이를 겪어본 적이 있었다. 처음 혈수마녀를 만났을 때도 그녀의 눈을 쳐다보자 정신이 몽롱해졌었다. 그때 그녀의 반응이 지금과 같았다. 놀랐는지 한백하가 눈에 이채를 띠고 있었다.

"우연이 아니었군요."

"…그게 무슨?"

"환의안(幻意眼)을 두 번이나 버티다니, 공자는 참 강한 정신력을 가졌군요."

환의안? 방금 그걸 말하는 걸까? 정신력으로 버텼다고 하는데, 그건 아니었다. 어째서인지는 모르겠지만 선천진기가 치솟으며 나를 보호했다.

"풋."

아주 작은 소리였지만 무림인인 우리들에게 이 소리가 들리지 않을 리 없었다. 한백하의 뒤에 서 있던 담예화가 손으로 입을 가리고 있었다. 내가 비틀대던 모습이 재밌었나 보다.

"죄, 죄송합니다, 스승님."

모두가 쳐다보자 놀란 그녀가 어쩔 줄 몰라 했다. 그런 그녀에게 한백하가 잘됐다는 듯이 말했다.

"앞으로 나오거라."

"네?"

"어서."

영문도 모른 채 그녀는 쭈뼛거리며 혈수마녀 한백하의 앞에 섰다.

한백하가 그녀와 눈을 마주쳤다. 그 순간 담예화가 움찔거리더니, 이내 쓰러지려고 했다.

탁! 그것을 바로 뒤에 있던 내가 얼른 양어깨를 붙잡았다. 그러자 쓰러지려 했던 그녀의 다리에 힘이 들어가며, 화들짝 놀란 그녀가 내 손을 뿌리쳤다.

"제, 제가 방금 어떻게 된 거죠?"

담예화가 어리둥절해하며 물었다.

"넘어질 뻔했습니다."

"넘어질 뻔했다고요?"

내 말에 그녀가 믿을 수 없다는 듯 눈을 연신 깜빡거렸다.

—…신기한데?

나 역시도 놀라웠다. 자신이 무슨 일을 겪었는지 전혀 의식하지 못하고 있었다. 가벼운 접촉만으로 정신이 들긴 했지만, 혈수마녀가 보여준 재주는 참으로 기묘했다.

놀라워하는 나를 보며 혈수마녀가 말했다.

"일종의 암시(暗示)예요."

암시? 그게 무슨 말이지?

혈수마녀가 친절하게 설명해주었다.

"혼란, 혹은 망각 상태에 빠진 인간은 특별한 자극을 주면 무의식적으로 반응하게 되어 있죠."

그 말은 강제로 망각 상태에 빠뜨려 상대를 쓰러뜨린다는 말인가. 어찌 보면 정말 무서운 기술이었다. 불과 찰나의 순간에 목숨이 왔다 갔다 하는 곳이 무림이다. 그런데 이것에 걸리면 그야말로 무방비 상태가 되는 것이다.

"후후후. 무슨 생각을 하는지 알겠군요."

"네?"

"공자가 생각하는 것처럼 쉬운 게 아니랍니다."

"그게 무슨 말씀이신지?"

"환의안은 기본적으로 정신력이나 원기가 강한 사람에게는 잘 들지 않는답니다. 들어도 아주 찰나에 불과하죠. 공자님처럼 말이에요. 그리고 이것을 행하기 위해서는 시전자도 상당한 집중이 필요하죠."

생각보다 조건이 까다로운 모양이었다. 한백하가 계속 말을 이어갔다.

"그리고 가벼운 접촉이나⋯."

짝! 그녀가 두 손을 마주쳤다.

"이런 소리와 같은 외적인 충격만 가해져도 금방 깨어나게 되죠. 결국 혼란스러운 상황이나 생사가 결정되는 실전에서는 써먹기 어려워요."

"아⋯."

가벼운 자극만으로 깨어난다면 약점이 극명하긴 했다. 하지만 방심을 유도한다면 써먹기에 좋은 재주인 것만큼은 확실해 보였다. 섣불리 남발한다면 다른 사람들이 경계하겠지만 말이다.

─그래서 그 노친네가 네 앞을 막았었나 보다.

처음 그녀를 보았을 때 해악천이 나를 보호하려고 했었다. 그 말은 환의안을 알고 있었다는 의미가 된다. 많이 노출된 기술이라 아쉬운 감이 없진 않지만 배워두면 쓸모가 있을 것 같았다.

그녀가 내게 물었다.

"어때요. 배워보겠나요?"

척!

"여부가 있겠습니까."

포권을 취하며 감사의 묵례를 했다. 내가 받아들이자 그녀가 전음으로 환의안의 요결과 방법을 알려주었다. 요결은 무공과는 다르게 일종의 주술과도 같았는데, 그녀의 말대로라면 상당한 집중력을 요했다. 확실히 섣불리 사용하기에는 조건이 까다로웠다. 요결과 방법을 알려준 그녀가 환의안에 관한 비화도 이야기해주었다.

[제가 발견한 비서에는 환의안은 총 네 단계로 이뤄진다고 했어요. 첫 번째 단계가 공자께 가르쳐드린 정신을 암약하는 수법이죠.]

이것에 걸려들면 혼란 상태에 빠지거나 심하면 정신을 잃는다고 한다.

[그럼 환의안을 익혀서 더 높은 단계에 이르면 다른 효과도 있는 겁니까?]

[맞아요. 한데 그건 불가능해요.]

[네?]

[아쉽게도 비서에는 환의안의 암시를 더 강하게 키울 수 있는 방법이 들어 있지 않았어요. 반절이 찢겨나가 있었거든요.]

아…. 그건 굉장히 아쉬웠다. 하지만 그다음 단계마저 알았다면 내게 이 재주를 절대로 가르쳐줄 리가 없겠지. 눈을 마주치거나 여러 조건에 들어맞아야 간간이 쓸 수 있는 재주이니 가르쳐주는 거다. 게다가 방비책도 알고 있으니 말이다. 그래도 다음 단계가 궁금했기에 물었다.

[그럼 나머지 네 단계의 효과는 무엇입니까?]

[두 번째 단계는 상대를 자신이 의도한 대로 행동할 수 있게 만든다고 적혀 있었어요. 물론 이것도 앞 단계처럼 그리 효과가 길진 않아요.]

신기했다. 암시가 강하다면 그런 것도 가능하구나.

[자신을 해치게도 할 수 있습니까?]

[그건 아마 안 될 거예요.]

[어째서죠?]

[요결에서 말했듯이 상대를 무의식 상태로 만들어서 반응하게 하는 수법이에요. 사람은 무의식이든 본능적이든 간에 스스로를 보호하려 하죠.]

말인즉, 스스로를 해하는 행위는 하지 못한다는 것이었다. 하긴 그게 가능했다면 혈수마녀는 더욱 악명을 쌓았을지도 몰랐다.

[세 번째 단계에 이르면 환각을 보여줄 수 있다고 하더군요.]

[환각?]

[간혹 독 중에 환각을 일으키는 것이 있죠. 그와 마찬가지로 환의안 3단계에 이르면 상대에게 환각을 일으켜 헛것이 보이게도 한다고 하더군요.]

알면 알수록 환의안은 참 무서운 수법이었다. 효과가 짧든 길든 만약 이게 가능하다면 상대를 공포에 떨게 할 수 있으리라. 앞서 세 단계가 이 정도라면 과연 마지막 단계는 어느 정도일까?

[마지막 단계는 무엇입니까?]

[아쉽게도 마지막 단계에 대한 설명 앞부분에서 비서가 끊겨 있더군요. 앞 구절에는 환각을 오감으로 받아들이게 한다고 적혀 있는데, 이건 저도 무슨 말인지 모르겠군요.]

오감으로 받아들이게 한다고? 뭔가 추상적인 표현 같아서 한백하의 말대로 무슨 소리인지 알 수가 없었다. 어쨌거나 제대로 완성된 환의안은 정말 무서운 수법이었다. 그러다 보니 아쉬운 부분이 많았다.

─그래도 배우는 게 어디야? 뭐든 쓸데가 있지 않겠어.

소담검의 말에 동의한다. 첫 번째 단계만으로도 분명히 쓸모는 있었다.

"자, 그럼 제가 알고 있는 것은 모두 전달했어요. 한번 직접 해보겠나요?"

한백하의 제안에 나는 고개를 끄덕였다. 환의안이 통하는지 정도는 당장 확인해보고 싶긴 했다.

"예화."

"네. 넷?"

자신이 불리자 그녀가 화들짝 놀랐다. 소담검이 그 모습에 키득 거렸다.

―가만 보니까 왜 데려왔나 싶었는데, 이런 용도로 데려왔구먼.

녀석의 말에 동의한다. 한백하의 다른 제자들은 무공이 높다 보 니, 담예화를 이런 식으로 활용하려고 데려온 모양이었다. 그녀도 참 불쌍했다. 내기에서 진 덕분에 별 희한한 고초를 겪고 있는 셈이 었다. 담예화가 반 울상을 지으며 나를 쳐다보았다.

"해봐요."

한백하가 그녀를 손으로 가리켰다.

뭔가 실험 대상이 된 듯해서 미안하긴 했지만 어쩌겠는가. 나는 담예화와 눈을 마주쳤다. 그리고 한백하가 알려준 요결을 외우며 안력에 집중했다. 그녀처럼 익숙한 것이 아니었기에 약간 시간이 걸 렸다.

"후·우."

생각보다 많이 어렵다. 눈을 부릅뜨고서 애를 먹는 내 모습에 담 예화가 피식 하고 비웃었다. 그걸 보자 문득 이런 생각이 들었다. 환 의안 2단계만 가능했어도 이런 식으로 해볼 수 있을 것 같은…. 바 로 그때였다. 슥! 갑자기 담예화가 눈이 멍해져서는 자신의 면사를 벗었다.

'…?!'

그녀의 갑작스러운 행동에 혈수마녀 한백하를 비롯해 백련하 또한 의아해했다. 그런데 그게 끝이 아니었다. 스륵! 그녀가 상의의 옷고름을 풀고서 이를 벗으려고 했다. 당황한 나는 다급한 나머지 그녀의 이마를 찰싹하고 때렸다.

"아얏!"

멍해졌던 담예화의 눈동자가 원래대로 돌아왔다. 눈을 깜빡거리던 그녀가 풀린 옷고름을 보고서 상황을 인지했는지, 얼굴이 새빨개져서는 소리를 치려 했다.

"꺄아… 읍!"

그런 그녀의 입을 백련하가 얼른 틀어막고서 나를 흘겨보듯이 노려보았다.

─너 무슨 짓 한 거야?

소담검이 내게 물었다.

나라고 알 리가 있겠는가. 그저 환의안을 펼칠 때, 잡념처럼 살짝 떠올렸을 뿐이다. 이게 어떻게 된 일인가 당혹스러워 혈수마녀를 쳐다보았는데, 그녀 또한 두 눈이 커져서 믿을 수가 없다는 표정으로 나를 바라보고 있었다. 혈수마녀 한백하가 나를 쳐다보며 입을 살짝 벌리고서 눈을 깜빡거렸다. 그녀가 이렇게까지 놀라는 표정은 처음 본다. 그런 그녀를 보고서야 나는 무슨 일이 벌어진 것인지 알 수 있었다.

'설마… 환의안의 두 번째 단계?'

한백하는 내게 전음으로 말했었다. 환의안의 두 번째 단계는 상대를 자신이 의도한 대로 행동할 수 있게 만든다고. 그 말이 맞다면 나는 두 번째 단계를 행한 것이었다.

─…자식, 남잔데.

무슨 소리를 하는 거야.

소담검의 말에 나는 강하게 부정했다.

―뭘 그렇게 부정해. 다 이해해. 혈기왕성한 남자가 뭐 여자의 나신도 보고 싶고 그런 거 아니겠어?

그런 식으로 몰아가지 마라. 이 상황에서 그러는 게 이상하지 않나. 나는 그저 비웃는 담예화를 보면서 두 번째 단계가 가능하다면 망신을 줄 수 있을 텐데, 하고 생각했을 뿐이다.

―그런데 저랬다고?

…홀라당 벗고 덩실덩실 춤을 추면 웃기겠다고 생각했다. 거의 찰나에 스쳐 지나가듯이 생각했을 뿐이었다.

―네네, 그러시겠죠.

미치겠다. 이 녀석만 그러는 게 아니라 백련하도 나를 싸늘하게 쳐다보고 있었다. 명백히 실망에 가까운 눈빛이었다. 환의안의 두 번째 단계를 모른다고 해도 담예화가 옷을 벗으려 했던 것의 원인은 누가 봐도 나였다.

"공자."

그때 현수마녀 한백하가 입을 열었다. 상황이 워낙 그랬던지라 그녀가 무슨 말을 할지 겁이 났다. 하지만 그녀는 담예화가 옷을 벗을 뻔한 것에 대해서는 안중에도 없었다. 오히려 다른 것에 관심이 가 있었다.

"방금 어떻게 한 거죠?"

"…저도 모르겠습니다."

"모르다뇨? 방금 전에 공자가 한 것은 분명…"

그녀가 입을 다물더니, 전음으로 이어갔다.

[그건 환의안의 두 번째 단계가 틀림없어요. 대체 어떻게 한 거죠?]

한백하의 눈동자에 어린 호기심. 그걸 보면 두 번째 단계에 대한 실마리를 얻고 싶어하는 듯했다. 그런데 나 역시 정확하게 알지 못한다.

[저도 모르겠습니다.]

[시치미 떼지 마요. 눈앞에서 벌어졌는데 재주를 가르쳐준 스승인 나를 속일 생각인가요?]

그녀의 눈매가 날카로워졌다. 어떻게든 방법을 알고 싶은 모양이다. 하긴 이걸 알게 된다면 그녀는 상대를 자신의 뜻대로 움직이는 수법을 손에 넣게 되는 것이었다.

―뭐라고 하길래 그러는 거야?

전음을 들을 수 없기에 소담검이 내게 물었다.

'두 번째 단계를 했던 방법을 알려달래.'

―방법을? 흐음… 알려주지 않는 게 좋을 것 같은데.

소담검의 그 말에 동의한다.

하지만 눈앞에서 보았는데 이걸 어찌 숨기겠는가. 게다가 지금 그녀를 보면 여차하면 손이라도 쓸 기세였다. 결국 나는 짐작 가는 것을 알려주었다.

[환의안을 행할 때 잡념처럼 그리된다면 좋겠다고 생각했을 뿐입니다.]

[…예화가 옷을 벗었으면 좋겠다고 생각한 건가요?]

[그런 것이 아니라….]

그녀는 내 해명을 듣지 않고서 담예화를 불렀다.

"예화."

옷고름이 풀린 것을 황급히 여민 그녀가 빨개진 얼굴로 답했다.

"스, 스승님."

"내 눈을 보아라."

두 번씩이나 환의안에 당한 담예화는 더 이상 눈을 쳐다보고 싶지 않아 보였다. 하지만 스승의 명에 거역할 수 없기에 마지못해 눈을 쳐다보았다. 과연 어떻게 될지 궁금했다. 두 사람이 서로를 쳐다보며 가만히 서 있었다.

"…."

한참을 그러고 있는데 아무 일도 일어나지 않았다.

혈수마녀 한백하가 미간을 찡그렸다. 생각했던 대로 환의안의 두 번째 단계가 되지 않는 듯했다.

"공자."

그녀가 나를 불렀다.

"네, 육혈성."

"공자가 해봐요."

한백하가 담예화를 손으로 가리켰다.

내 예상이 맞나 보다. 그런 그녀의 말에 담예화가 두 팔로 자신의 몸을 감싸더니, 껄끄러운 표정을 지었다. 그녀 또한 내가 무슨 짓을 했다고 확신하는 모양이었다.

"그런 거 아닙니다."

"그런데 제 옷이 그렇게…."

"그만."

따지고 들려는 그녀를 한백하가 제지시켰다. 그녀의 머릿속에는 오직 환의안의 두 번째 단계밖에 없는 듯했다. 꺼리는 것을 억지로 시켰다.

"공자의 눈을 쳐다봐라."

"하, 하지만 스승님…."

"어서!"

담예화는 스승의 말에 굴복할 수밖에 없었다. 사문의 위계질서가 철저했다. 그녀가 불만스러운 표정으로 나를 흘겨보았다.

─제대로 미움받았네.

'…그러게.'

이미 벌어진 일을 어떻게 하겠는가. 당장에는 그녀의 기분을 풀 수 있는 방법이 없기에 나는 해명하기를 포기했다.

[담예화가 앉았다가 일어서게 해봐요.]

한백하가 내게 지시했다.

"후우."

이에 나는 담예화와 눈을 마주했다. 그러고서 환의안의 요결을 외우며 안력을 끌어올렸다. 한백하가 눈을 떼지 않고서 나와 담예화를 번갈아가며 쳐다보았다. 나는 아까 전과 마찬가지로 요결을 외우면서 머릿속으로 담예화가 앉았다가 일어서는 것을 떠올렸다.

'….'

그런데 시간이 지나도 아무런 반응이 없었다. 오히려 오랫동안 안력을 집중해서 그런지 두 눈이 아파왔다.

"육혈성… 아무래도 안 되는 것 같습니다."

"공자, 일부러 하지 않은 건 아니겠죠?"

한백하가 의심스럽다는 목소리로 물었다.

보고도 믿지 못하나. 그래서 나는 얼굴을 보여줬다. 눈이 많이 따가워서 눈물까지 맺히려고 하는 것을 확인한 그녀가 입을 다물었다. 그러고는 고민에 빠졌는지 심각한 얼굴이 되었다.

소담검이 내게 물었다.

─오, 속인 거야? 역시 머리가 좋은….

'아니야.'

─속인 게 아니라고?

속였으면 내 눈이 이렇게 따가울 리가 있나. 정말로 요결을 외웠다. 나 역시도 확인하고픈 마음이 있어서 담예화에게 환의안을 걸어보려고 했으나, 전혀 걸려들지 않았다.

"흐음."

한참 동안 혼자서 심각해하던 혈수마녀 한백하가 담예화를 쳐다보았다. 두 사람이 눈을 마주치자 담예화가 움찔거리다, 이내 비틀거리며 쓰러지려고 했다.

"헉!"

탁! 그러나 이번에는 누가 잡아주지 않아도 자의로 깨어났다.

'아.'

이걸 보면 환의안의 첫 번째 단계인 암약 역시도 자주 걸리면 내성이 생기는 것 같았다. 좋은 걸 알게 되었다. 반면 한백하가 확인하려고 했던 것은 이게 아닌 듯했다. 환의안에 다시 걸리는지를 확인하려 했던 것 같다.

"…정말인가 보군요."

"제가 어찌 육혈성께 거짓을 고하겠습니까."

그녀가 나를 쳐다보면서 납득했는지 고개를 끄덕였다.

"알겠어요. 공자의 말을 믿도록 하죠. 약조도 지켰고 밤이 늦었으니 이제 그만 들어가도록… 아."

급하게 돌아가려 하던 한백하가 뭔가 떠올랐는지 백련하를 쳐다보았다. 그러자 백련하가 나를 흘겨보고는 고개를 절레절레 저었다. 그걸 보면 그녀 또한 내게 볼일이 있던 모양이었다.

―제대로 찍혔나 보다.

그렇게 말하면 찝찝하잖아. 아무리 그래도 이것 때문에 마음이 바뀔 리야 있겠는가. 명색이 혈교주 후보인데 말이다. 그러나 먼저 떠나가며 들려오는 한마디의 전음성에 나는 발걸음을 멈춰야만 했다.

[호색한.]

…젠장.

* * *

실수 덕분에 백련하와 담예화에게 제대로 찍혀버렸다. 담예화가 화를 내는 것은 그러려니 넘어갈 수 있지만, 백련하는 차기 혈교주 후보라 밉보이기 싫었는데 운이 없었다. 그런 나를 소담검이 위로했다.

―나중에 오해를 풀 기회가 있지 않겠어. 기운 내.

그게 언제가 될지 모른다는 게 문제지. 그때까지 그녀에게 나는 호색한이지 않겠는가. 어쨌든 이미 벌어진 일을 후회하는 것만큼 미련한 짓도 없었다.

―그런데 왜 그렇게 급하게 돌아간 걸까?

소담검이 의아하다는 듯이 물었다. 본당으로 돌아간 혈수마녀 한백하를 말하는 것이었다. 정말 밤이 늦은 것치고는 경공까지 펼쳐가며 급하게 본당으로 돌아간 그녀였다.

'실마리가 생겼으니까.'

—실마리? 혹시 그 환의안인가 하는 거 말이야?

'그래.'

눈앞에서 우연이라고는 하나 두 번째 단계가 걸리는 것을 보았다. 머릿속에 오직 그것을 구현하고픈 마음밖에 없었을 거다. 그래서 급하게 돌아갔으리라. 내 생각은 그랬다.

드르르! 조용히 문을 열고 들어가자 방바닥에 송좌백과 송우현이 누워 있었다. 객당 방의 숫자가 제한되어 있다 보니, 우리 셋이 한 방을 쓰기로 했다. 한동안 동굴 바닥에서 자던 것이 적응되었는지 쌍둥이들은 바닥에서 자기로 했고, 하나뿐인 침상은 내 몫이 되었다.

—왔나, 운휘?

남천철검이 나를 반겼다. 재주를 배울 때 필요하지 않을 것 같아서 방에 두고 갔었다.

—볼일은 끝났나?

'그래.'

둘이 깰까 봐 나는 살금살금 방으로 들어왔다. 바닥에 누워 있는 녀석들을 가로질러 침상에 앉아 허리춤에 차고 있던 소담검을 풀어서 침상 언저리에 올려놓았다.

그때였다. 부스슥! 누워 있던 송좌백이 상체를 일으켜 세웠다. 녀석이 반쯤 감긴 눈으로 나를 쳐다보았다.

"어딜 그렇게 갔다 온 거냐?"

이것부터 묻는 걸 보면 중간에 내가 사라져서 궁금했던 모양이다.

나는 녀석에게 고개를 저으며 답했다.

"별일 아냐."

"…별일 아닌데 이 꼭두새벽에 나갔다 온 거냐?"

귀찮게 꼬치꼬치 캐물었다. 뭐라고 둘러대지. 꼭 들어야겠다며 저리 쳐다보는데… 아! 문득 나는 녀석을 상대로 시험해보고 싶어졌다.

―환의안?

그래. 담예화에게 시험했을 때는 되지 않았었다. 혹시 모르지 않나. 녀석을 상대로 시험해보면 어째서 안 된 것인지 알 수 있을지도 몰랐다. 나는 환의안의 요결을 외우며 안력에 집중했다.

"지금 뭐 하는 거냐? 어디 갔다 온 거냐고 묻는데 왜 그딴 식으로 노려보는 거냐?"

녀석이 어처구니없다는 목소리로 따졌다. 안력에 집중한다고 눈을 부릅떠서 그런지 노려본다고 생각했던 모양이다. 확실히 연마가 필요했다. 적응되지 않아서 그런지 시간이 걸렸다.

"야!"

녀석이 화가 났는지 자리에서 일어나려고 했다.

바로 그 순간이었다. 일어나려고 하던 송좌백의 눈동자가 멍해지더니, 녀석이 다시 자리에 앉아서 옆에 누워 있는 쌍둥이 동생 송우현을 쳐다보았다. 송우현을 쳐다보던 송좌백이 녀석의 매끄러운 머리를 손바닥으로 내리쳤다. 짝!

차진 소리와 함께 송우현이 눈을 떴다. 송우현이 무섭게 번뜩이는 눈으로 송좌백을 노려보았다. 그때 송좌백이 다급히 녀석의 머리에서 손바닥을 떼면서 당혹스러워하며 말했다.

"내, 내가 왜 네 머리에…."

그 순간 송우현이 벌떡 일어나더니 송좌백의 이마에 박치기를 했다. 쿵!

"억!"

송좌백이 짧은 비명과 함께 쓰러지고 말았다. 기절했는지 누워 있던 자리에 그대로 쓰러져서는 숨소리만 들려왔다. 박치기로 쌍둥이 형을 잠재운 송우현이 다시 자리에 누워 눈을 감았다.

―푸하하하하하핫!

그 광경을 본 소담검이 폭소를 했다.

반면 나는 그렇지 않았다. 방금 이 일로 알 수 있었다.

'…되잖아?'

우연이라 생각했던 환의안의 두 번째 단계를 또다시 성공했다.

사흘 동안 나는 환의안에 대해 많은 것들을 알게 되었다. 후보생들을 비롯해 여러 사람들을 상대로 연습 삼아 시험해봤기 때문이다. 환의안의 첫 번째 단계는 혈수마녀가 알려준 것과 거의 비슷했다. 하지만 두 번째 단계는 상당히 달랐다. 발견한 것을 정리한다면 이러하다.

첫째, 환의안에 걸리게 되면 사람마다 일부 차이는 있지만 최소 다섯을 셀 정도의 시간 동안 내가 원했던 대로 움직였다. 이걸 보면 남예화도 옷을 벗다 도중에 멈췄을 확률이 높았다.

둘째, 한 번 걸린 대상자는 연달아서 환의안에 걸리지 않는다. 송좌백을 상대로 다음 날 환의안을 걸어본 결과 걸렸었다. 한데 이어서 시도하자 녀석은 어젯밤부터 시비를 건다며 내게 화를 냈다. 혹시 하는 마음에 다른 후보생들에게 시험해봤으나 마찬가지였다. 그걸 보면 재차 환의안을 거는 것에는 시간 차가 필요한 듯하다.

셋째, 환의안으로 내가 원하는 대로 상대를 움직이는 것은 가능하나, 상대가 알고 있던 기억이나 정보를 캐내는 것은 불가능했다. 내가 의도한 행동은 했지만 그 이상의 자발적인 무언가를 끄집어낼 수는 없었다. 이게 굉장히 아쉬운 부분이었다.

넷째, 정신력이 굉장히 강하거나 혹은 나 이상의 고수들에게는 통하지 않았다. 혹시나 하는 마음에 호종단주 장문웅을 상대로 시험해봤으나, 괜히 그를 자극하는 효과만 낳았다. 덕분에 눈을 부릅뜨지 않는 연습을 하게 되었다.

마지막으로 가장 중요한 다섯째, 환의안의 첫 번째 단계와 달리 두 번째 단계는 선천진기를 소모했다. 한두 번까지는 그리 많은 소모가 없어서 몰랐는데, 계속 사용하자 성명신공으로 무공을 펼쳤을 때처럼 상당한 선천진기를 소모했다.

─그래서 혈수마녀인가 개는 첫 번째 단계만 할 수 있었던 거 아니야?

'그럴 수도 있어.'

소담검의 말처럼 혈수마녀 한백하는 이십여 년 동안이나 환의안을 써왔지만 아무런 발전이 없었다. 그런데 나는 이것을 익히자마자 두 번째 단계를 쓸 수 있었다. 이걸 통해 확신할 수 있었다. 환의안의 암시를 강하게 만드는 방법은 분명 선천신기와 관련이 있었다.

─오, 그럼 선천진기가 강해지면 세 번째 단계도 가능할까?

'모르겠어.'

혹시나 하는 마음에 세 번째 단계인 환각도 가능할까 시험해봤지만 전혀 되지 않았다. 아직은 선천진기가 부족해서 그런 것일 수

도 있다. 이 추측이 맞다면 소담검의 말처럼 세 번째 단계도 충분히
가능성이 있었다.

　─캬. 그래도 이 정도면 엄청 쓸 만한 걸 배웠는데. 그 마녀가 알
면 배 아프겠는걸.

　혈수마녀 한백하는 환의안이 크게 효용성이 없을 거라 생각하고
알려줬다. 하지만 이를 어쩌나. 그녀는 내게 그 자신조차 완벽하게
익힐 수 없는 굉장한 재주를 선물해준 셈이었다.

육혈곡의 손님

무림연맹과 무쌍성의 불화설.

소운휘가 던진 돌멩이는 그가 생각한 것 이상으로 큰 파문을 일으키고 있었다. 불과 한 달 사이 중원 전역에 뿔뿔이 흩어져 있던 혈교의 조직들로 이 소식이 퍼져나갔다. 가장 빨리 그 소식을 받은 곳은 육혈곡이 있는 광동성 북쪽에 인접한 강서성이었다. 불과 아흐레 만에 소식이 당도했다. 강서성은 이존 난마도제 서갈마가 뿌리를 내리고 있는 곳이다.

강서성 동쪽의 고암봉 깊숙이에 자리한 한 암자. 겉보기에는 평범한 암자처럼 보이지만 그 안으로 들어가면 수많은 공동이 개미굴처럼 이어지며 근거지가 숨겨져 있었다. 그런 공동과는 어울리지 않게 고풍스러운 분위기로 꾸며진 장소가 있었다. 벽면을 장식하고 있는 수많은 명도들. 그 아래에는 중원에서 명성을 떨치다 죽은 도객들의 이름이 새겨져 있었다. 이곳은 난마도제 서갈마의 공동이었다.

희끗희끗한 머리칼이 뒤로 곱게 넘어간 한 노인이 서찰을 읽어 내려가고 있었다. 서찰에 열중하고 있는 노인에게서는 근접할 수 없는 위엄이 느껴졌다. 이 노인이 바로 사존자 중의 한 사람인 서갈마였다.

"…."

그런 서갈마 앞에서 공손한 자세로 기다리고 있는 이가 있었으니, 파정단주 학정겸이었다. 서찰을 다 읽은 서갈마의 입가가 미소로 번졌다. 서갈마의 손에 힘이 들어가자 서찰이 구겨지며 이내 갈가리 찢겨나갔다. 얼마나 심후한 내공을 지녔는지를 보여주고 있었다.

"상황이 재미있게 돌아가는구나."

서갈마가 자리에서 일어났다. 그러고는 벽면에 걸려 있는 수많은 도를 감상에 젖은 눈으로 바라보았다. 그러다 입을 열었다.

"예상보다 빨라졌다."

"그게 무슨 말씀이신지?"

서찰을 읽지 않은 학정겸은 내용을 알지 못했다.

서갈마가 여전히 명도들에게서 눈을 떼지 않은 채 말했다.

"본교가 다시 일어설 때가 되었다."

"그 말씀은!"

무표정했던 학정겸의 눈동자가 파르르 떨려왔다. 혈교의 교인이라면 누구나 이 순간을 꿈꾸지 않았겠는가. 흥분을 감추지 못하는 그에게 서갈마가 말했다.

"때는 도래했는데 여전히 본교는 중심이 잡히지 않고 뿔뿔이 흩어져 있으니, 이를 바로잡아야겠구나."

'아!'

그가 무슨 말을 하는지 알아들은 학정겸이다. 서갈마는 재건을 준비하면서도 지금까지 누구도 지지하지 않았다. 한데 이 말을 했다는 것은 본교의 부활이 있기 전에 그 선을 명확하게 하려는 것이었다.

"학정겸."

"하명하시옵소서."

"금원과 은재를 불러라. 그리고 지금 당장 육혈곡으로 갈 채비를 하여라."

"공자님들을 말입니까?"

금원과 은재, 그들은 서갈마의 진전을 이은 제자들이었다. 제자들까지 불러서 육혈곡으로 가겠다는 것은 서갈마의 선택이 '백련하'에게로 향했다는 것일까? 학정겸은 의아해할 수밖에 없었다. 얼마 전만 하더라도 '백혜향'에게로 의중이 실리지 않았던가.

자신의 생각이 어떻든 간에 그는 주군인 서갈마의 선택을 따를 뿐이었다.

* * *

중원 하남성의 북동부 개봉.

수도를 제외하고 가장 큰 규모의 도시를 자랑하는 곳이 바로 이곳 개봉이었다. 개봉에는 수많은 무림 문파들이 뿌리를 내리고 있었다. 그리고 이런 개봉에 마치 등잔 밑이 어둡다는 격언처럼 암중에 자리를 잡은 세력이 있었으니, 바로 일혈성 뇌혈검 장룡이었다.

개봉 화월상단의 본단. 만금의 자산을 자랑하는 화월상단답게 그 장원의 규모만 해도 수천 평을 자랑했다. 장원에는 사시사철 꽃으로 가득한 후원이 있었다. 그런 후원에서 꽃밭을 등지고서 서찰을 읽어 내려가는 경장을 한 붉은 머리카락의 여인이 있었다. 한참 동안 서찰을 읽어 내려가던 여인이 입을 열었다.

"서찰은 읽어봤겠지?"

그녀의 뒤에는 육 척 장신에 날카로운 인상을 가진 중년인이 서 있었다. 그는 이곳 화월상단의 실질적인 주인이자, 혈교의 칠혈성 중 서열 1위인 일혈성 뇌혈검 장룡이었다.

"아가씨께서 오시기 전에 도착했기에 읽어봤습니다."

"육혈곡에서 이곳까지 서찰이 당도했으면 꽤 걸렸겠네."

"아마도 스무 날 정도 걸렸을 겁니다."

광동에서 하남까지 관(官)이나 민간이었다면 더 오랜 시간이 소요되었겠지만, 무림인들은 전서구를 비롯해 경공 등의 여러 방법을 혼용하기에 더욱 시간을 줄일 수 있다. 아가씨라 불렸던 여인이 피식 웃으며 말했다.

"이 정보를 사존이 찾아냈다 이거지?"

"그렇습니다."

"제법이네. 사존은 본교의 일에 관심조차 없던 것 같더니."

"이제는 아닌 것 같습니다."

이미 사존 기기괴괴 해악천이 세를 키우겠다는 공언은 발탁식에 참여했던 단주들을 통해서 중원 전역에 있는 간부들 귀로 들어갔다. 붉은 머리카락의 여인이 서찰을 접어서 내렸다. 서찰에 가려져 있던 피처럼 붉은 안광이 모습을 드러냈다. 그녀가 앵두 같은 입꼬리를 올리며 말했다.

"네 생각은 어때?"

"저는 오직 아가씨의 명을 따를 뿐입니다."

"명이라. 괜한 헛소리 집어치우고, 나의 장자방이 되겠다고 지껄였으니 여기에 대한 혜안이 있을 거 아냐."

거친 말투에도 불구하고 장룡은 미소로 일관되게 답했다.

"일존, 그리고 저를 비롯한 사혈성, 오혈성, 칠혈성 등이 아가씨를 모시고 있습니다. 그리고 최근에는 이존 또한 호의적인 의사를 비쳐왔지요."

거의 칠 할에 해당하는 간부들 지지를 얻고 있는 셈이었다.

"반면 '그녀'를 지지하는 층이라고 해봐야 삼혈성과 육혈성밖에 없습니다."

"흥. 그놈들은 본교의 재건이 끝나고 처리하면 그만이야."

"옳으신 말씀입니다. 하지만 제가 아가씨께 말씀드린 것을 기억하십니까?"

"일말의 여지도 주지 마라?"

"기억하시는군요. '그녀' 역시도 분명 그분의 피를 이었습니다. 작은 여지가 큰 후환으로 다가올 수 있습니다."

"여지조차 주지 마라, 이거군?"

"그렇습니다."

"그년한테 쓸데없는 희망을 불어넣지 못하게 사존을 우리 쪽으로 끌어들이라는 말이네."

"맞습니다. 역시 영리하십니다."

"한데 그 괴팍한 노인네가 오란다고 오겠어?"

이미 오 년 동안 수차례나 접선을 했었다. 하지만 돌아온 것은 매몰찬 거절뿐이었다. 어차피 독고에 불과했고 그녀 역시도 자존심이 강하기에 더 이상의 회유는 포기한 상태였다.

그런 그녀에게 장룡이 비릿한 미소를 지으며 말했다.

"그건 사존이 잃을 게 없을 때의 일이지요."

* * *

혈수마녀 한백하에게 환의안을 배운 지 스무 날이 지났다.

산하에 대원을 받았기 때문에 일과에 변화가 있으리라는 예상과
달리, 육혈곡 본당으로 장소만 바뀌었을 뿐이었다. 우리는 해악천과
함께 무공을 갈고닦았다. 하급 무사, 중상급 무사 후보생들에 대한
훈련을 호종단주 장문웅이 일임했기 때문에 특별히 나나 송좌백,
송우현 등이 신경 쓸 일은 없었다. 해악천의 말에 의하면, 대원들에
관한 기본적인 훈련을 마친 후에 물색해둔 근거지로 옮길 거라고
했다. 그사이 해악천은 우리에게 또 다른 임무를 내렸다. 그것은 대
주를 넘어서 단주가 되라는 것이었다.

"본좌의 제자가 고작 대주 따위로 끝날 생각이더냐?"

그건 분명 맞는 말이었다. 칠혈성 중 하나인 혈수마녀조차 그 대
제자가 단주라고 한다. 명색이 사존의 제자인데 고작 대주에 불과
하다면 그의 체면이 말이 아닐 것이다. 다만 단주가 되는 것은 대주
와는 격이 달랐다. 단주가 갖춰야 할 가장 기본적인 자격은 일류 고
수의 경지를 넘어 절정의 경지에 이르는 것이었다. 물론 나는 본 실
력이 일류의 벽을 넘어섰다. 그러나 그건 숨긴 실력이었고, 보이는
하단전의 실력은 아직까지 일류의 경지를 벗어나지 못했다. 그래서
지금 이 고생을 하고 있다.

픽!

"끄엑!"

아침에 먹었던 것이 올라올 것만 같았다. 해악천의 발길질 한 방에 오장육부가 뒤틀리는 느낌이었다.

"고작 세 초식도 못 버티는 게냐!"

해악천이 소리를 버럭 질렀다. 미친 늙은이 같으니라고. 적당히 수준을 맞춰주면 좋은데, 거의 본 실력을 발휘하고 있었다.

"흐압!"

그때 해악천의 뒤를 누군가 노렸다. 바로 송좌백이었다. 상의까지 탈의한 녀석의 상체 근육이 구릿빛으로 물들어 있었다. 진혈금체를 펼친 탓이었다. 해악천의 신경이 나한테 쏠려 있는 사이에 뒤를 노리는 것까지는 좋은데…. 팍! 이를 번개처럼 해악천이 몸을 돌리며 녀석의 목을 낚아챘다. 그리고 바닥에 내리꽂아버렸다. 쾅!

"크헉!"

뒷머리를 찍힌 송좌백이 뇌진탕이라도 왔는지 눈까지 뒤집혔다. 그런 그를 보면서 해악천이 혀를 찼다.

"멍청한 녀석 같으니. 뒤를 노릴 거면 기합을 지르지 말든가!"

내가 하고픈 말이었다. 기척을 죽이고 노렸어야지. 그러나 우리가 노리는 수는 이게 끝이 아니었다. 팡! 슈욱! 무언가가 날아오는 소리가 들려왔다. 해악천이 인상을 쓰고서 고개를 옆으로 돌렸다. 그곳에선 대머리 송우현이 한 자루의 철퇴처럼, 육중한 인간 철퇴가 되어서 날아오고 있었다. 그 기세가 굉장했다.

해악천이 다급히 녀석을 향해 손을 뻗었다. 팍! 녀석의 박치기를 맨손으로 막아낸 해악천의 신형이 뒤로 네 보가량 밀려났다. 파파 파팍! 그것이 끝이었다. 밀려났던 해악천이 녀석의 머리에 격장을 가했다. 파팍! 그 순간 송우현의 몸이 뒤로 튕겨 나가고 말았다. 정말 괴물 같은 인간이었다. 나와 송좌백을 미끼로 속인 일격이었는데, 그것을 한 손으로 막아냈다. 그것도 모자라 고작 네 보밖에 밀려나지 않았다.

"쯧쯧, 세 명이서 합공하면서 고작 본좌를 네 걸음밖에 움직이지 못하다니, 부끄러운 줄 알거라."

열 받네. 계속 저러니까 본 실력으로 덤벼보고 싶어진다. 하지만 그런다고 해도 큰 차이는 없을 거다. 해악천은 절정의 벽마저도 넘어선 괴물이다. 그와 동등하게 싸우려면 적어도 성명신공 육성의 경지에 이르러야 할 것이다.

─그것도 이젠 확실치 않다.

'응?'

─해악천, 그도 많이 강해졌다. 못 본 사이에 전 주인과 버금가거나 그 이상의 발전을 이룩한 것 같다.

남천철검은 그를 높게 평가했다. 일리가 있었다. 해악천이 마지막으로 남천검객과 겨룬 것이 십오 년 전이다. 그사이 해악천도 무공이 늘지 않았을 리가 없었다. 그렇다면 성명신공 칠성에 이르러야만 그를 완벽하게 꺾을 수 있을까? 생전의 남천검객마저도 이르지 못한 경지였다. 그렇게 생각하고 있는데 해악천이 우리를 향해 소리쳤다.

"계속 속행한다. 일어나라."

"후우."

나는 호흡을 가다듬고서 자리에서 일어났다. 오장육부로 파고들어 괴롭히던 기운을 해소시켰기에 속이 편안해졌다. 다시 대련을 하기 위해 자세를 가다듬는데, 해악천이 어딘가를 쳐다보더니 이내 손을 들고서 중지를 선언했다.

'아.'

언덕 위에 흰 면사를 쓴 여인이 서 있었다.

―어? 걔다!

소담검이 먼저 알아보았다.

그녀는 백련하였다. 근 한 달 동안 육혈곡의 본당 마당에서 그리 마주쳐도 그냥 지나쳤던 그녀였다. 제대로 찍혔다고 생각했는데, 이곳까지 혼자서 온 이유가 무엇일까?

두 사람이 전음으로 뭔가 대화를 나눴다. 그러더니….

"운휘."

"네, 스승님."

"…따라갔다 오너라."

그녀의 목적은 해악천이 아니라 나였다.

* * *

말없이 그녀를 따라갔다.

본당 쪽으로 가나 싶었는데, 그 반대편인 공터에서 떨어진 곳으로 갔다. 이목이 없는 곳으로 유도한 것 같았다. 혈교의 무사들이 보이지 않자 그녀가 멈춰 서서 입을 열었다.

"여기서 이야기하도록 하죠."

역시 그녀에게서 하연 소저의 목소리가 들렸다. 살이 빠졌지만 그녀는 하연 소저, 즉 백련하가 맞았다.

"공자님, 내가 누군지 알겠나요?"

면사를 벗지 않은 채 그녀가 물었다. 애매한 질문이라 귀인의 신분을 알고 있는지를 묻는 건지, 아니면 자신이 가명을 쓰던 하연 소저임을 알아보는지를 묻는 건지 알 수가 없었다. 하지만 다른 쪽 신분은 굳이 내가 알아도 상관없지 않은가. 나는 짐짓 놀라는 척하며 말했다.

"이 목소리? 설마 하연 소저입니까?"

그런 내 모습에 하연 소저가 고개를 절레절레 흔들며 말했다.

"그걸 묻는 게 아니라는 것 정도는 아시잖아요."

아… 역시 전자의 질문이었나.

그녀가 새초롬한 눈빛으로 내게 말했다.

"공자는 제가 보았던 그 어떤 사람들보다 똑똑한 것 같더군요. 한데 지금까지도 제 신분을 모른다는 게 더 이상하다는 생각이 들더군요."

그녀는 내가 자신의 정체를 알고 있다고 확신하는 모양이었다. 당연히 알고 있다. 그동안 보여줬던 행동만 하더라도 충분히 추측할 수 있는 것들이 많았으니까. 단지 본인이 그 정체를 드러내지 않으려고 하니 덮어뒀을 뿐이었다.

"정말 모르는 건가요?"

그녀가 나를 뚫어지게 쳐다보며 물었다.

알고 있었다고 말하는 게 답일까? 잠시 고민하던 나는 그녀에게 사실대로 대답하려고 했다.

바로 그때였다. 획! 그녀와 내가 동시에 어딘가로 고개를 돌렸다. 그곳에서 인기척이 느껴졌다. 부스럭거리는 소리와 함께 수풀 속에서 누군가 모습을 드러냈다. 회색 무복에 네 자(尺) 정도 되는 장도를 등에 걸친 눈꺼풀이 두꺼운 청년이었다.

—두꺼비같이 생겼누.

음, 정확한 평가였다. 얼굴만 보면 두꺼비가 연상되었다. 처음 보는 얼굴인데, 이곳 본당 근처까지 왔다는 것은 본교의 사람일 확률이 높았다.

"하아, 드디어 찾았군."

길을 헤맸던 걸까, 청년의 얼굴이 환해졌다. 중얼거리던 청년이 우리를 보고 포권을 취하며 말했다.

"육혈곡 분들이오?"

육혈곡을 아는 것을 보니 확실히 본교의 사람이 틀림없었다. 백련하는 대답할 생각이 없어 보였기에 내가 그를 향해 포권을 취하며 말했다.

"맞습니다."

정확히는 육혈곡에 머물고 있긴 하지만.

"다행이군. 육혈곡은 초행이라 산길을 헤맸었네."

뭐지? 굉장히 자연스럽게 하대를 하고 있었다.

내가 자신보다 어려 보여서일까? 아니면 그에 합당한 신분을 갖춰서일까? 두꺼비를 연상시키는 청년이 품에서 각패를 꺼내 들었다.

'고은재?'

그 이름을 알아본 나의 눈이 살짝 커졌다.

"나는 이존 난마도제 서갈마 어르신의 둘째 제자인 고은재라고 한다. 잠시 기다렸다가 길 안내를 부탁하마."

스스로 이름을 밝힌 대로 그는 이존의 둘째 제자였다. 십 년 뒤에 합혈도객(蛤血刀客)이라는 이름으로 악명을 떨칠 인간이었다. 외모를 비하하는 두꺼비 합 자가 들어가는 이 별호를 워낙 싫어해서, 그 별호를 부르는 사람들을 무차별적으로 죽이는 악인이었다.

"왜 대답하지 않는 거지?"

자신의 신분 때문에 그런지 그가 거들먹거리는 태도로 말했다. 어차피 육혈곡으로 올 거라면 내 신분을 알게 될 테니, 여기서 정리하고 가는 편이 좋을 것 같았다.

"이존의 제자이신 고은재 공자를 만나뵙게 되어 영광입니다. 저는 사존의 첫째 제자인 소운휘라고 합니다."

"뭐?"

그가 갑자기 놀란 표정을 지었다. 내가 저 정도 반응을 보일 만큼 유명 인사였던가. 두꺼비처럼 목을 살짝 빼고서 나를 뚫어지게 쳐다보던 고은재가 피식 웃었다.

"아아, 자네가 소운휘였구먼."

뭔가 말투가 살짝 거슬리는데. 호의적인 느낌과는 거리가 멀었다.

"스승님께서 괜한 기우를 하셨군."

"무슨 말씀이신지?"

"그래도 한번 실력이나 보자꾸나!"

챙! 고은재가 갑자기 등에 차고 있던 장도를 뽑더니, 번개처럼 날아와 나를 향해 일도를 날렸다. 막지 못한다면 단숨에 일도양단할 기세였다.

―운휘, 나를 뽑아라!

알고 있어. 나는 다급히 남천철검을 뽑았다. 그리고 백련하에게 피해가 가지 않도록 앞으로 나서며 녀석의 일도를 막아냈다. 차아아아아앙! 도와 검이 부딪치자 속이 울컥거렸다. 이존의 제자라 예상은 했지만 녀석은 일류의 벽을 넘어섰다. 검에 실린 공력이 굉장했다. 하단전의 내공만으로 상대할 수 있는 자가 아니었다.

"이런 게 사존의 제자라니. 쯧쯧."

녀석이 히죽거리며 웃더니, 비꼬듯이 말했다. 뭔가 기분 나쁜 녀석이다. 당장에 중단전을 개방하고서 제대로 겨뤄보고 싶을 정도였다.

"이게 무슨 짓인가요?"

백련하의 양손이 붉게 물들어 있었다. 내가 막지 않았다면 자신이 나서려고 했던 모양이다.

"호오. 육혈성의 제자분이셨소. 얼굴을 가리고 통성명을 하지 않아서 알 수가 있나. 그쪽 문하에 그리 미녀들이 많다지요."

그 말과 함께 녀석이 입맛을 다셨다. 안 되겠다. 이 새끼는 실력을 숨기고 뭐고 할 게 아닌 듯했다. 중단전을 개방하려는 바로 그 순간이었다.

쿵! 누군가 고은재 뒤에 나타났다. 커다란 그림자가 드리워진 것에 당황한 고은재가 나와 맞부딪쳤던 도를 떼고서, 다급히 뒤를 향해 휘둘렀다. 팍! 그러나 그의 도날은 두꺼운 손바닥에 막혔다. 고은재가 화들짝 놀라서 중얼거렸다.

"다, 당신은?"

그는 바로 해악천이었다. 육혈곡에서 절정의 고수가 휘두르는 도를 맨손으로 막을 수 있는 자는 오직 그뿐이었다.

"어… 어르신?"

녀석도 그걸 알아차렸는지 떨리는 목소리로 물었다.

해악천이 험악한 표정으로 입을 열었다.

"이런 게 사존의 제자? 아주 웃기는 놈이로구나."

"그, 그런 것이 아니오라…."

녀석이 당황해서 해명하려고 했다. 하지만 상대는 기기괴괴였다.

"오냐. 본좌도 네놈의 실력을 한번 보자꾸나."

팍! 해악천이 번개처럼 녀석의 머리통을 움켜쥐었다. 그러고는 사정을 봐주지 않고 땅바닥에 패대기를 쳐버렸다.

"끄억!"

얼마나 세게 패대기를 쳤는지 녀석의 몸이 바닥에서 위로 튕겨 올라왔다. 그 상태에서 해악천이 주먹을 내질렀다. 까강! 녀석이 놀라서 황급히 도면을 방패 삼아 들어 올렸지만, 도면이 우그러지며 녀석의 신형이 포탄처럼 튕겨 나가고 말았다.

"끄헉!"

고은재의 신형이 뒤로 수 장 가까이 튕겨 나갔다.

'아!'

공교롭다고 할 수 있었다. 미친 늙은이가 근방에 있었던 것이 행운이었다. 한데 그래도 꽤 멀리 떨어져 있었는데, 어떻게 이리 절묘한 순간에 나타난 거지? 의아해하고 있던 찰나였다. 파파팟! 수풀에서 검은 그림자가 튀어나왔다. 그러더니 해악천의 권력에 의해 튕겨 나가고 있는 고은재의 등에 일 장을 날렸다. 팡!

"헛."

공격을 하는가 싶었는데, 그것이 아니었다. 갑자기 나타난 인영은 장력을 통해 고은재의 몸에 실려 있는 권력을 해소시킨 듯했다. 고은재의 신형이 도중에 멈춰 선 것만 봐도 알 수 있었다.

"헉헉! 가… 감사합니다, 스승님."

'스승님?'

고은재는 자신을 받아준 사람에게 스승이라고 칭했다. 그 말은 저자가 사존자 중의 한 사람인 이존 난마도제 서갈마인가? 희끗희끗한 머리를 정갈하게 빗어 넘긴 모습이 해악천과 달리 품격 있어 보였다.

푸스스! 그때 서갈마가 나왔던 수풀에서 한 무리의 사람들이 나타났다. 총 네 명의 무리였다. 그런데 놀라운 것은 장도를 걸치고 있는 한 명을 제외한 나머지 세 명은 빨간 허리띠를 매고 있었다.

—왜 놀라는 거야?

'…전부 단주야.'

파란 띠가 대주를 뜻한다면 빨간 띠는 단주를 뜻한다. 소수의 인원이라고 해도 이 정도면 굉장한 전력을 끌고 온 셈이었다. 대체 무슨 영문인지 알 수가 없었다.

슥! 난마도제 서갈마가 해악천을 향해 두 손을 가지런히 모아 포권을 취했다.

"해 형, 오랜만이구려."

옛 벗을 만난 듯한 말투였다. 그런 그의 말에 해악천이 심드렁한 목소리로 답했다.

"서 형."

육혈성인 혈수마녀를 대할 때보다는 사뭇 예를 갖췄다. 물론 그것도 잠시였지만.

"고작 사 년 만인데 오랜만은 무슨. 여기까지 무슨 일로 오신 게요. 설마 서찰 때문에 온 것이오?"

그 성격이 어디 가겠는가. 누구를 대하나 특유의 거친 말투는 여전했다.

"후후후, 그렇소이다. 한데 뭔가 오해가 있었던가 보오."

서갈마가 권력과 장력의 여파로 헉헉거리고 있는 고은재를 눈짓으로 가리키며 말했다. 자신의 제자를 건드린 것을 우회적으로 돌려 말한 것이다.

—뭘 건드려. 지가 시비 건 거지.

공감이다. 알려줘야 하나 싶은 찰나에 해악천이 말했다.

"흥! 오해는 무슨. 서 형의 제자 녀석이 본좌의 제자를 공격했소. 본좌가 보지 못했다면 녀석은 꼼짝없이 부상당했을 거요."

그런 해악천의 말에 서갈마가 별일 아니라는 듯이 답했다.

"무를 익히는 젊은 친구들끼리 그럴 수도 있는 것이 아니겠소. 노부의 제자 녀석이 공동에만 박혀 있다 보니, 해 형의 제자분께 호승심이 생겼나 보오."

역시 같은 존자의 직위에 만만치 않은 무위를 갖춰서 그런지 조금도 밀리지 않았다. 오히려 여유롭게 받아치고 있었다. 하지만 해악천은 이런 기세 싸움에서 절대로 밀릴 인간이 아니었다.

"호오. 그래서 그 젊은 친구가 본좌를 욕보였던가."

"해 형을 욕보여?"

서갈마가 날카로운 눈빛으로 고은재를 쏘아보았다.

이에 고은재가 손사래를 치며 변명했다.

"그, 그게 아닙니다. 제가 어찌 사존 어르신을 욕보일 수 있겠습니까? 그저 어르신의 제자분이 오히려 낮은 무위로 어르신을 욕보인다고 생각하여…."

이런 식으로 사람 물 먹이려고 하네. 제 스승이 옆에 있다고 되는 대로 뱉어내는 녀석이다. 하지만 녀석이 아직 해악천을 몰라도 한참을 몰랐다.

"네놈이 아직 덜 맞았구나."

"헉!"

해악천이 험악해진 얼굴로 고은재가 있는 곳으로 성큼성큼 다가가려 했다. 그런데 예기치 못한 일이 벌어졌다. 팍! 뒤에 나타난 무리들 중에 장도를 등에 메고 있던 청년이 고은재의 뒤통수를 잡고서 그대로 바닥에 얼굴을 찍어버리고 말았다.

─오우, 코가 뭉개졌겠는데.

같은 일행인데도 인정사정이 없었다. 청년이 일부러 들으라는 듯이 크게 말했다.

"스승님께서 말씀하시는데, 같잖은 변명부터 늘어놓는 것은 어디서 배운 버르장머리냐."

그를 다그친 청년이 일어나, 해악천을 향해 공손히 포권을 취했다.

"어르신, 제 사제의 무례를 용서해주시기 바랍니다."

"사제?"

반문하는 해악천의 말에 청년이 포권을 풀지 않고서 말했다.

"저는 스승님의 첫째 제자인 호금원이라고 합니다."

'호금원?'

─왜? 얘도 유명해져?

'…모르겠어.'

─모르겠다고?

내가 알기로 서갈마의 제자는 고은재 한 명뿐이었다. 그런데 호금원이라는 자는 스스로를 서갈마의 첫째 제자라고 밝혔다.

─응? 그럼 숨겨진 제자라는 거야?

숨겨됐다면 정체를 밝힐 리가 있겠는가. 그보다는 아무래도 십 년 사이에 무슨 일이 일어나는 것 같다. 가령 목숨을 잃는다든가.

─왜?

'저 표정 봐.'

얼굴이 바닥에 처박혔던 고은재가 살기 어린 눈빛으로 호금원을 올려다보고 있었다. 그것만 봐도 썩 사이가 좋은 사형제 관계는 아닌 듯했다. 정도조차도 후계나 사형제 간에 알력이 있는 판국에 사도라 할 수 있는 혈교는 어떻겠는가. 더 심했으면 심했지 약할 리가 없었다.

그때 서갈마가 입을 열었다.

"해 형, 본인의 제자가 무례를 범한 것에 대해선 사과하겠소. 충분히 교훈을 준 듯하니 이 정도에서 끝내는 것이 어떻겠소?"

한 발짝 물러서는 모습을 보였다. 제자와 달리 서갈마는 사리가 분명한 자였다. 이것을 빌미로 해악천과 싸울 생각은 없는 듯했다.

[흥. 네놈이 저 건방진 애송이 녀석을 족칠 정도만 되었어도 이런 일은 없었을 게다.]

나의 귓가로 해악천의 전음이 들려왔다. 여차해서 나서기는 했는데, 서갈마의 제자에 비해 내가 밀리는 것이 불만이었던 모양이다. 살짝 억울한 감이 없지 않았다. 공식적으로 나는 고작 일 년 차였고 서갈마의 제자들은 적어도 수년을 배우지 않았겠는가.

─그럼 실력을 드러내지 그랬어?

소담검의 그 말에 나는 속으로 부정했다.

'…그건 시기상조야.'

아직은 자중할 때였다. 설사 중단전의 힘을 개방해서 녀석을 상대한다고 해도 괜한 경각심만 살 뿐이었다. 일류의 벽을 넘겼다고 해도 수많은 고수가 넘실거리는 것이 혈교다. 확실하게 힘을 가지기 전까지는 자중하는 게 답이었다.

[실망시켜드려 죄송합니다.]

"쯧쯧."

그런 나의 전음에 해악천이 혀를 찼다. 못마땅하다는 표정으로 나를 보던 해악천이 고개를 돌려 서갈마에게 말했다.

"그건 됐고, 서 형은 무슨 일로 제자들까지 끌고서 여기까지 온 게요? 정히 급한 일이 있으면 사람을 보내거나 혼자 와도 되지 않소."

혼자 오는 것까지는 그렇지만 해악천의 말도 일리가 있었다. 나 역시도 이존 서갈마가 이곳까지 직접 행차한 이유가 궁금했다. 분명 뭔가 목적이 있었다.

이에 서갈마가 미소를 지으며 말했다.

"노부는 이곳에 중매를 서려고 온 것이외다."

전혀 예상치 못한 그의 말에 해악천이 인상을 찡그렸다.

나도 서갈마의 말을 도통 이해할 수가 없었다.

"대체 그게 무슨 소리요?"

"말 그대로요."

"답답하게 구는구려. 대체 누구와 누굴 맺어주겠다는 거요?"

신경질적인 해악천의 물음에 서갈마가 곁에 있는 제자들을 눈짓으로 가리키더니, 본당 쪽으로 손을 향하며 말했다.

"아가씨와 맺어주기 위해서 왔소이다."

'…!!'

설마 했는데 그의 입에서 나온 말에 나와 해악천은 어처구니가 없었다. 제자들과 백련하를 중매 맺어주려고 왔단다. 곁눈질로 그녀를 힐끔 쳐다보았는데, 그녀조차 황당했던 모양이다.

—눈이 왕방울만 해졌네.

* * *

육혈곡의 본당 회의실 안이었다. 긴 탁자를 앞에 두고서 해악천과 그의 제자들인 나와 송좌백, 송우현 등이 좌측에 앉았고, 맞은편에는 난마도제 서갈마와 그의 제자들인 호금원과 고은재가 앉아 있었다. 그리고 회의실 상석 쪽에는 대나무 발이 내려와 있고, 그 안에 호리호리한 그림자의 주인이 앉아 있었다. 그 앞에는 혈수마녀 한백하와 얼굴을 면사로 가린 문하의 다섯 제자가 서 있었다. 다섯 제자 중 한 명이 백련하였다.

'후.'

회의실 안의 분위기는 그야말로 최악이었다. 송좌백 녀석이 어쩔 줄 몰라 하며 눈알을 굴리는 것만 봐도 알 수 있었다. 쾅! 해악천이 험악하게 굳은 얼굴로 거칠게 탁자를 내리쳤다.

"지금 그걸 말이라고 하는 겐가!"

그가 이렇게 화를 내는 이유는 서갈마가 한 말 때문이었다. 서갈마는 대의를 위해서 백련하가 교주직을 노리는 것을 포기하라고 했다. 그뿐만이 아니었다.

"뭐가 어째고저째? 다시 한 번 말해보거라!"

"들은 그대로요, 해 형. 본교의 통합을 위해서 분란을 일으키지 말고, 아가씨께서는 다음 후사를 준비해야 한다고 했소이다."

서갈마는 눈 하나 깜빡이지 않고 자기 할 말을 했다. 정말 대단한 자였다. 해악천과 비교할 때 격식을 갖췄다 뿐이지 돌려서 이야기하지 않았다. 그 때문에 지금 혈수마녀를 비롯한 그 문하의 표정들이 장난이 아니었다. 겨우 참고 있는 것이 역력히 드러났다. 그러나 해악천은 아니었다.

"아가씨께서 더욱 정통성을 가지신 걸 알면서도 서갈마 네놈의 입에선 그런 소리가 나오느냐?"

"흥분을 가라앉히시오, 해 형."

"흥분? 네놈 같으면 흥분하지 않게 생겼느냐! 그 찢어진 입으로 한다는 소리가 네놈의 제자 놈과 혼인을 맺어 후사를 보겠다고 약조하면 아가씨를 보호해줘? 하! 정녕 본좌의 손에 죽고 싶어서 안달이 났구나."

순식간에 방 안의 공기가 진기로 가득 차며 무거워졌다. 해악천이 진심으로 기운을 끌어내니, 숨이 턱턱 막힐 지경이었다. 금방이라도 탁자가 뒤집히며, 그의 주먹이 여유롭게 앉아 있는 서갈마의 안면에 꽂힐 것만 같았다.

"해 형… 본인은 그대와 싸우려고 온 것이 아니오."

"듣기 싫다."

"냉정하게 생각하시오."

그런 서갈마의 말에 그동안 묵묵부답으로 듣고만 있던 한백하가 입을 열었다.

"어떤 것을 냉정하게 생각하라는 것입니까, 이존?"

그녀의 목소리는 얼음장처럼 차갑기 그지없었다.

서갈마는 경계를 하는지, 해악천에게서 시선을 떼지 않은 채 입술을 뗐다.

"어차피 모두가 아는 사실이니 말하겠소. 이미 일존을 위시한 네 혈성들은 혜향 아가씨를 교주로 추대하기로 결정을 내렸소. 그것만 해도 존성 회의의 과반수요. 아직 공식적인 의사를 밝히지 않았지만 삼존 역시도 이미 마음이 기울었다고 했소."

삼존은 혈사왕 구제양을 말하는 것이다. 사존자 중에 두 명, 그리고 칠혈성 중에 네 명이 붙는다면 대세는 상당히 기울었다고 할 수 있었다.

"아까 전에 해 형께서는 아직 두 분 중 누구를 지지할지 결정하지 않았다고 하지 않았소?"

해악천이 말없이 그를 노려보았다. 긍정의 의미였다.

"육혈성, 그대에게 묻겠소. 지금 백련하 아가씨를 지지하겠다고 확실한 의사를 비친 자가 누가 있소."

혈수마녀 한백하 역시 답하지 않았다. 누가 봐도 열세에 처해 있다는 것을 알 수 있었다. 아마도 많아 봐야 둘에서 셋일 거다. 그것도 사존자가 아닌 칠혈성 중의 두 사람일 것이다.

"이 상황에서 만약 본인마저 백혜향 아가씨를 지지한다면 어찌되겠는가."

"그래서 네놈이 지금 련하 아가씨를 상대로 지금 겁박을 하는 것이냐!"

"겁박이라…. 후우."

서갈마가 한숨을 내쉬었다. 그러더니 의자에 걸쳐 세워놓은 갈색 도집을 손바닥으로 쳤다. 챙! 그러자 도집 안에 있던 독특한 문양이 그려진 장도가 반쯤 뽑혀 나왔다. 더 이상 참지 않겠다는 의사가 확연해 보였다. 서갈마가 날카로워진 눈빛으로 입을 열었다.

"나 난마도제 서갈마가 주군의 따님께 그런 위해를 가할 사람으로 보이나, 해악천!"

그 역시 당장에라도 도를 휘두를 기세였다.

"그런 놈이 도를 뽑아! 오냐, 한번 해보자꾸나!"

해악천이 몸을 들썩였다. 그때 혈수마녀 한백하가 다급하게 두 사람을 만류했다.

"아가씨께서 지켜보는 앞에서 두 분 대체 무슨 추태이십니까!"

그녀의 외침에 당장에라도 싸울 기세였던 두 사람이 멈췄다. 이런 거침없는 작자들이 백련하의 눈치를 본다는 것이 더 이상한 상황이었다. 전대 교주를 향한 일말의 충의일까?

"후우. 후우."

옆에서 들리는 얕은 호흡성에 힐끔 쳐다보니, 송좌백이 식은땀마저 흘리며 호흡을 조절하고 있었다. 나조차도 손이 땀으로 젖을 정도였으니 이해가 됐다. 두 사람이 내뿜는 기운은 일류 고수들마저도 견디기 힘들 정도였다. 그때 혈수마녀 뒤에 서 있던 면사의 다섯 제자가 동시에 반대편으로 몸을 돌렸다.

모두가 의아해했다. 그때 방 안에 목소리가 울려 퍼졌다.

[이존, 사존. 아니 서 숙, 해 숙.]

팍! 그늘을 부르자 해악전과 서갈마가 동시에 기운을 거두며, 대나무 발 쪽을 향해 몸을 돌려 한쪽 무릎을 꿇고서 예를 갖췄다.

―목소리가 방 전체에 울리네.

'육합전성(六合傳聲)이야.'

육합전성, 그것은 전음보다 더 어려운 기술이다. 사방으로 소리가 울리게 하여 시전자의 위치를 알지 못하게 한다. 저렇게 다섯 명이 동시에 몸을 돌린 것도 목젖이 떨리는 것을 보지 못하게 하기 위함일 것이다. 내공이 보통은 아니라는 걸 알고는 있었지만 육합전성을 펼칠 정도였다니. 아니면 전보다 내공이 강해진 것일까?

[예전처럼 두 분을 그리 불러도 괜찮겠습니까?]

육합전성으로 백련하가 물었다.

"여부가 있겠습니까?"

"편하실 대로 불러주십시오."

[그럼 서 숙께 먼저 말씀드리겠습니다.]

"말씀하십시오."

[서 숙, 서 숙께서는 언니를 교주로 추대하기로 결정을 내리셨으면서, 어찌하여 제게 서 숙의 제자분과 혼례를 치르라고 말씀하시는 건가요?]

그런 그녀의 물음에 서갈마가 고개를 들어 올리며 말했다.

"아가씨를 보호하기 위해서입니다."

[보호?]

"그리고 훗날을 기약하기 위함입니다."

[그게 무슨 말씀이신가요?]

"저 역시도 정통성을 놓고 본다면 아가씨를 추대하고 싶습니다. 하나 부활을 앞둔 지금의 본교에는 보다 강한 종사가 필요합니다."

그것은 부정할 수 없는 사실이었다. 그렇기에 해악천이 섣불리 그녀를 지지하지 않은 이유이기도 했다.

[…저보다는 언니라는 것이군요.]

"송구합니다. 하나 이것은 아가씨를 보호하고 본교의 정통성을 지키기 위한 구책입니다."

[제가 후사를 가지는 것이 정통성을 지키는 것입니까?]

"그렇습니다. 지금까지 다른 존성들이 확실한 의사를 밝히지 않은 것도 그 때문입니다. 하나 아가씨께서 본교의 통합을 위해 교주직을 포기하시고 후사에 집중하신다면 혜향 아가씨의 숙청을 막을 수 있는 명분을 가질 수 있습니다."

나름의 이유를 내뱉는 서갈마. 그는 백련하를 보호하고자 하는 명분을 내세운 것이다. 어찌 보면 그의 방법도 틀린 말은 아니었다. 저대로 한다면 두 교주 후보들을 두고서 분열된 혈교를 통합하고, 그녀를 비롯한 지지자들의 숙청을 막을 수 있을지도 몰랐다.

으득! 해악천이 이를 갈았다.

"입에 발린 소리 집어치워라."

"…아직도 그러는 것이오."

"하! 그래, 네놈 말이 다 옳다고 치자. 한데 어째서 네놈의 제자들과 혼례를 치르라는 것이더냐? 결국 그분의 핏줄에 네놈의 영향력을 집어넣기 위함이 아니더냐!"

해악천이 날카롭게 그것을 지적했다. 이에 모두의 시선이 서갈마에게로 향했다.

서갈마가 한숨을 내쉬더니, 고개를 절레절레 흔들며 입을 열었다.

"하면 누가 자격이 된단 말이오?"

"뭐?"

"아직까지 중립에 서 있는 존성들 중에 아가씨의 배필로 자격 있는 후인을 꼽자면 당연히 존자들에게서 나와야 할 것이오. 한데 다른 존자들은 이미 백혜향 아가씨를 지지하고 있는 상황이오. 그렇다면 응당 답은 나오지 않았소."

서갈마가 고개를 돌려 나와 송좌백, 송우현 등을 쳐다보며 피식 웃었다. 명백한 비웃음이었다.

'하…'

이제야 알 것 같았다. 고은재가 어째서 나에게 덤볐는지 말이다. 그는 스승의 기우가 괜한 것이라는 식으로 중얼거렸었다. 결국 내 역량이 자신들 사형제에게 미치지 않음을 확인한 것이다. 그리고 이런 상황이 되더라도 섣불리 나서지 말라고 사납게 경고한 것이었다.

─짜증 나는 놈이네.

고은재 녀석이 비릿하게 입꼬리를 올리며 나를 쳐다보고 있었다. 꼭 표정을 보면 백련하는 자신의 것이라고 말하는 듯했다.

─열 받지 않아?

소담검이 오히려 더 난리였다. 나도 사람인데 당연히 기분 좋을 리가 있겠는가. 애초에 백련하를 이성으로 생각해본 적은 없지만 녀석의 태도를 보니 심기가 불편했다. 하지만 이 상황은 냉정하게 판단해야 했다. 섣불리 나설 만한 상황이….

"크하하하하하하하하하핫!"

그때 해악천이 미친 듯이 광소를 내뱉었다.

그런 그의 태도에 서갈마가 의아하다는 눈빛을 보이며 인상을 찡그렸다.

한참을 웃어대던 해악천이 정색하며 말했다.

"응당 답이 나와? 네놈은 상판이 갈려 있는 저놈이 아가씨 배필로 어울린다고 생각하느냐?"

고은재의 얼굴을 손으로 가리켰다.

녀석의 얼굴은 바닥에 처박힌 덕분에 코를 비롯한 얼굴 여기저기가 시퍼렇게 멍들어 있었다.

"그것은 해 형에 대한 무례를 책임지기 위한 것이 아니오."

"무례는 개뿔이. 네놈은 제자 녀석의 좆대가리나 관리 잘 하라고 하거라."

"허어! 해 형! 정녕 선을 지나치…."

"혈수마녀의 문하를 보면서 희롱이나 해대는 놈이 무슨 아가씨의 배필이라고. 지나가던 개가 비웃을 일이구먼."

'…!!'

파죽지세와 같은 촌철살인에 고은재의 얼굴이 굳어졌다.

'하!'

언제부터 들었나 싶었더니, 그가 혀를 날름거리던 모습을 보았나 보다.

서갈마가 매서운 눈으로 고은재를 노려보았다.

고은재가 어찌나 당황했는지, 스승과 눈을 마주치지 못하고 고개를 숙였다.

─한 놈 탈락.

소담검이 키득거렸다.

녀석의 말대로 개망신을 당한 녀석이 백련하의 배필이 되는 일은 죽어도 없을 듯했다. 서갈마가 이를 수습하기 위해 대나무 발을 쳐다보며 급히 말했다.

"둘째 제자가 아직 철이 없음을 용서해주십시오. 제가 엄히 문책토록 하겠습니다. 하나 대제자인 금원은 아가씨의 배필로 부족함이…."

그때 해악천이 그의 말을 끊고서 끼어들었다.

"어이, 서갈마."

"…?"

"왜 네놈의 제자 놈들만 아가씨의 배필로 부족함이 없다는 것이 더냐?"

'…?!'

그 말에 서갈마뿐만 아니라 나와 송좌백 또한 놀라서 해악천을 쳐다보았다. 지금 이 노친네가 무슨 말을 하는 거지?

누가 승자인가

해악천의 폭탄과도 같은 말에 유일하게 무덤덤한 이는 한 사람뿐이었다. 쌍둥이 동생인 송우현은 무슨 말인지 알아듣기는 하는 건지, 눈만 멀뚱멀뚱 뜨고서 정면을 쳐다볼 뿐이었다.

순간 놀라서 해악천을 쳐다보던 난마도제 서갈마가 입을 열었다.

"…그게 무슨 소리요, 해 형?"

"말한 그대로다. 떡잎 하나를 보면 그 줄기를 알 수 있다고 네놈의 행실 좋지 못한 제자 놈들에 비하면, 본좌의 제자들이 아가씨 배필로 훨씬 낫지 않느냐."

아… 제발 아니길 바랐다. 그러나 역시 이 미친 노인네는 어디로 튈지 모를 인간이었다. 기기괴괴라는 별호가 이만큼 어울리는 사람이 어디 있던가.

"…해 형의 제자들이 본인의 제자들보다 낫다 이 말씀이오?"

"당연한 소리."

"제자들에 대한 과신이 크구려."

서갈마의 목소리가 싸늘해졌다. 분위기가 오묘했다. 더 이상 해악천에게 휘둘리지 않으려는 모양이었다.

"흥! 과신으로 보이느냐."

대체 이 노인네가 왜 이렇게 강하게 나가는 건지 알 수 없었다. 중단전을 개방하지 않는다면 나 역시도 일류에 불과했고, 쌍둥이 형제들도 마찬가지였다. 반면 서갈마의 제자들은 오랫동안 무공을 사사하여 일류의 벽을 넘어섰다.

─재들 표정 봐라.

기가 죽어 있던 고은재부터 그 사형인 호금원까지 우리를 쳐다보면서 옅은 미소를 짓고 있었다. 해악천이 없었다면 대놓고 비웃었을지도 몰랐다.

서갈마가 고개를 돌려 해악천을 노려보며 목소리에 힘을 주어 말했다.

"그렇다면 방법은 간단하겠구려."

척! 서갈마가 대나무 발을 향해 포권을 취하며 말했다.

"아가씨와 육혈성이 공증을 서주십쇼. 이 자리에서 제 제자들과 해 형의 제자들 중 누가 배필로 어울릴지 겨뤄보면 될 것 같습니다."

사달이 날 것 같았는데 기어코 분위기가 이렇게 흘러갔다. 무림인이 시시비비를 가리는 방법은 결국 무(武)였다.

"그리 제자들을 과신하셨으니, 해 형도 반대하지 않겠지요?"

서갈마가 판을 제대로 깔았다. 여기서 해악천이 거절하면 물러나는 격이 된다.

"좋다! 못할 것이 무에 있겠느냐."

역시나 거절하지 않았다. 하긴 운을 띄운 당사자가 거절할 리 있나.

"화통하시구려."

"하나 모름지기 대결이라 해도 공평해야 하지 않겠느냐."

"공평?"

의아해하는 그에게 해악천이 우리들을 가리키며 말했다.

"본좌의 제자들이 아무리 뛰어나다고 해도 무공을 배운 지 고작 일 년밖에 안 됐다."

"그래서 어쩌란 말이오? 그런 것까지 일일이 감안했을 거면 애초에 멍석을 깔지 말았어야 할 것 아니오."

"간단한 방법이 있지 않느냐."

"간단한 방법?"

"내공을 닫고서 초식만을 겨루는 것이다. 클클."

역시 해악천도 나름 머리를 굴리고 있었다. 그런데 여기에도 문제가 있었다. 내공을 닫는다고 해도 일류 고수와 그 벽을 넘어선 절정의 고수의 실력 차가 없을 리 없다는 것이다. 절정을 구분 짓는 것은 단순히 내공이 아니라 깨달음의 유무였다.

"내공을 닫고 겨뤄? 하하하하하하핫."

이번에는 서갈마가 웃음을 터뜨렸다. 그는 비웃음이 담긴 눈빛으로 해악천을 바라보고 있었다. 나와 같은 생각을 했을 것이다. 내공이 아닌 초식으로 겨뤄도 더 장시간 연마한 자신의 제자들이 유리하다는 것을 잘 알기에 저런 태노를 보이는 서였나.

"왜, 자신 없느냐?"

해악천이 그런 그를 자극했다. 이에 서갈마가 피식 하고 웃으며 답했다.

"후회하지 않겠소? 내공의 차가 무의미하다는 것 정도는 해 형이 더 잘 알 터인데?"

"상관없다."

"참으로 오만하시구려."

그 말과 함께 서갈마가 시선을 돌려 나를 쳐다보았다.

"제자분이 남천검객의 검법을 전승했다고 해서 승산이 있다고 판단하는 거면 오산이라고 말해주리다. 상승 검법일수록 초식의 운기가 이어져야 그 위력을 낼 수 있는 법."

그런 그의 말에 해악천의 눈썹이 꿈틀거렸다. 설마 정곡을 찔린 것일까? 하지만 이내 해악천이 특유의 웃음소리를 내며 팔짱까지 끼고서 말했다.

"그건 네 제자 놈도 마찬가지이지 않느냐."

"후후. 그리 생각하시오?"

서갈마의 태도를 보면 믿는 바가 있어 보였다. 그렇다면 그의 도법은 운기가 아니더라도 외공만으로 충분한 위력을 낼 수 있을 확률이 높았다. 저렇게 기다란 장도를 쓰는 것도 그런 이유에서일지 몰랐다.

"좋소. 해 형의 제안을 받겠소. 하면 본인도 한 가지 제안을 해도 되겠소?"

"제안?"

"본인은 이 대결의 여흥을 돋우려고 하오."

서갈마는 순순히 손해를 볼 이가 아니었다. 하지만 원하는 바를 얻은 해악천이기에 이를 흔쾌히 받아들였다.

"좋다."

"대결은 진검 승부로 하십시다."

"그야 당연한…"

"그냥 단순한 진검 승부를 말하는 것이 아니오."

"뭐?"

"대결을 하다 어느 한쪽이 팔이 잘리든 다리가 잘리든, 혹은 목숨을 잃어도 개의치 않겠다는 양자 간의 약조를 합시다."

'…!!'

서갈마의 제안은 말 그대로 생사의 대결을 뜻했다.

—약았네.

한 치의 물러섬이 없었다. 서갈마의 이 수는 두 가지 노림수가 있었다. 하나는 생사의 대결을 운운하면서 해악천이 알아서 이 대결을 포기하도록 만드는 것이다.

—두 번째는 뭔데?

'…이 자리에서 날 병신으로 만들거나 죽이겠다는 거지.'

향후 해악천의 한 팔이 될 수 있는 나를 사전에 제거하겠다는 소리였다. 남천검객의 진전을 이은 나는 그만큼 가시일 수도 있었다. 일거양득을 취하겠다는 계책이었다.

"크흠."

해악천도 그의 속셈을 읽었는지, 잠시 망설이는 모습을 보였다. 상대가 강하게 나오니 생각이 깊어지는 것도 당연했다. 참으로 진퇴양난일 것이다. 그때 해악천의 전음 소리가 들려왔다.

[흥. 서갈마 저놈이 잔머리를 굴렸구나.]

…바보가 아닌 이상 당연히 자신들이 유리하도록 판을 짜겠지요.

이제 해악천의 선택에 달렸다. 과연 제자를 사지로 보낼 것인가. 누가 봐도 이 승부는 일류에 불과한 내가 불리했다.

[감춰둔 실력을 발휘해라.]

'…!!'

그런 그의 전음에 나는 순간 심장이 덜컥했다. 설마 해악천은 내가 중단전과 그 실력을 숨긴 것을 알고 있는 것일까? 그랬다면 굳이 내공을 닫고서 대결을 펼치자는 제안을 하지 않았을 터인데….

[…스승님, 그게 무슨 말씀이신지….]

[흥. 시치미 떼지 말거라. 본좌의 눈을 속일 수 있을 것 같으냐?]

[네?]

[네놈은 이미 절정의 경지에 올랐다.]

아니, 정말 이 노인네가 중단전의 존재를 눈치챈 건가? 그러나 다음으로 이어지는 말에 나는 속으로 겨우 안도할 수 있었다.

[네 녀석은 내공이 받쳐주지 않아 그렇지, 깨달음은 이미 일류의 벽을 돌파했다. 네놈과 손을 얼마나 섞었는데 그걸 모를 성싶으냐.]

[….]

[네놈의 검초에 남겨진 흔적만 봐도 알 수 있다.]

다행이면서도 놀라웠다. 중단전의 선천진기는 모르고 있었다. 다만 그는 나와의 수많은 대련을 통해 일류의 벽을 넘어섰음을 확신하고 있었다. 중단전을 눈치채지 못했다고 스스로를 너무 과신했다. 노친네가 달라 보였다. 여태껏 그것을 모른 척했다는 말인가.

[…송구합니다.]

[영악한 녀석 같으니. 송구할 것 없다. 네놈과 손을 그리 섞지 않았다면 본좌 역시도 눈치채지 못했을 테니까.]

이런 식으로 들키다니. 실력을 감추는 것도 쉬운 일이 아닌 듯하다. 이를 더 나무랄 줄 알았는데, 해악천이 뜻밖의 말을 했다.

[무조건 이길 각오로 임해라. 다만… 도저히 감당할 수 없다면 발을 빼도 좋다.]

[네?]

[패배를 인정해도 좋다는 말이다.]

해악천의 전음에 나는 정말로 놀랐다. 지는 것을 극도로 싫어하는 이 노친네가 안 된다 싶으면 패배를 인정해도 좋다고 했다. 그 말은 내가 다치거나 죽는 것을 원하지 않는다는 말이나 다름없었다.

'이 노친네….'

평소의 거친 태도만 보면 언제든 버릴 것만 같았다. 한데 지금 전음으로 한 말을 보면 나를 진정 제자로 생각하고 있었다. 그저 막무가내라 여겼는데 정말 의외의 모습이었다.

[흥! 쓸데없이 오해하지 말거라. 고작 일 년 배운 것으로 네놈이 완벽하게 저놈을 이길 거라고 생각지는 않기에 그러는 것이다.]

'….'

뭔가 묘한 기분이었다. 다른 사람도 아닌 이 괴팍한 노인네가 나를 걱정하다니, 참으로 모를 일이었다. 슥! 나는 자리에서 일어나 해악천에게 포권을 취하며 육성으로 말했다.

"기대에 부응토록 하겠습니다."

그 말에, 해악천의 눈이 이채를 띠었다. 반면 서갈마는 그런 나의 모습에 혀를 찼다.

"쯧쯧, 제자를 사지로 모는구려."

"흥! 네놈이야말로 제자 놈이 성하길 간절히 바라거라."

그런 그를 해악천이 성난 목소리로 다그쳤다. 그러고는 탁자의 모서리를 잡고서 강하게 밀어냈다. 끼이이이이이! 심후한 그의 공력에 의해 탁자가 방 끝까지 밀려났다. 그 덕분에 방 안에 대결할 만한 공간이 생겨났다.

"길게 끌 것 있겠느냐. 당장 시작하자."

그때 이를 지켜보고 있던 혈수마녀 한백하가 나섰다.

"멈추십쇼. 아가씨께서는 이존의 제안을 받아들이겠다는 심중을 밝히시지 않았는데, 이렇게 멋대로…."

그녀의 말이 미처 끝나기도 전이었다.

[좋아요.]

방 안에 백련하의 육합전성이 울려 퍼졌다. 아무 말이 없어서 이를 받아들이는 것인지 아닌지 확신할 수 없었는데, 그녀의 입으로 직접 받아들일 줄은 몰랐다.

"아가씨!"

혈수마녀 한백하가 당혹스러워했다. 반면 서갈마는 그녀의 마음이 바뀌기라도 할까 봐, 얼른 포권을 취하며 감격스럽다는 목소리로 말했다.

"대의를 위한 아가씨의 결정에 진정으로…."

[하지만 저도 조건이 있어요.]

그런 그녀의 말에 기뻐하던 서갈마가 인상을 찡그렸다. 역시나 백련하같이 똑똑한 여자가 자신의 목숨만 구제하는 이 제안을 순순히 받아들일 리가 없었다.

"…조건이라 하심은?"

[명색이 제 배필을 정한다고 하셨으니, 제 조건에 부합해야 하지 않겠나요?]

그녀의 말에 서갈마가 말없이 대나무 발을 쳐다보았다. 혹시나

그녀가 무모한 조건을 걸까 봐 우려하는 듯했다. 하지만 이내 이를
받아들였다.

"말씀하십시오."

[제 배필이라면 당연히 저보다 역량이 뛰어나야 하지 않겠어요?
저도 같은 조건으로 대결을 하겠습니다.]

"넷? 아가씨께서 대결을 말입니까?"

그녀의 참전 선언. 이건 전혀 상정하지 못했는지 서갈마의 표정이
묘해졌다. 나의 실력은 알려졌지만 그녀의 무위에 대해선 확신할 수
없기 때문인 듯했다.

"크하하하하하핫. 과연 맞는 말씀입니다. 아가씨의 배필이 되려면
당연히 그 정도 역량을 갖춰야지요."

해악천이 그녀를 거들었다. 이에 망설이던 서갈마가 결국 고개를
끄덕이며 받아들였다.

"알겠습니다. 지당하신 말씀입니다."

고민은 했지만 제자의 역량을 신뢰하는 모양이었다.

그런데 그녀의 말은 끝나지 않았다.

[한데 만약 제 조건에 부합하지 않으면 어찌하실 겁니까?]

"네? 그게 무슨…."

[저를 이기지 못한다면 어찌하겠냐고 묻는 겁니다. 제 의사와 상
관없이 대의를 위해 희생하라고 하셨는데, 설마 제가 이겨도 서 숙
의 의견을 따르길 바라는 건가요?]

"그 말씀은… 아가씨께서 이기시면 원하는 것을 들어달라는 겁
니까?"

[맞아요.]

서갈마의 표정이 굳어졌다. 그녀가 무엇을 요구할지 짐작했기 때문이다. 그리고 그 예상은 들어맞았다.

[제가 이긴다면 해 숙과 서 숙께서는 이 자리에서 저를 지지하겠다는 약조와 함께 충성 맹세를 해주셔야겠어요.]

덩달아 거론된 해악천의 눈이 동그래졌다. 처음에는 자존심 대결로 시작된 것이 어느새 판이 굉장히 커져버렸다. 이 대결에 많은 것이 걸려버린 것이다.

―똑똑하네.

소담검의 말에 동의한다. 그 와중에 자신의 이(利)를 챙기는 걸 보면 그녀도 만만치 않았다. 하긴 여기서 두 존자에게 끌려다니기만 한다면 교주의 재목이라고 할 수 없을 것이다. 교주를 꿈꾸는 여자답게 호걸이었다.

―과연 미친 노친네가 어떻게 나올까?

'답은 정해졌어.'

―응?

애당초 배필을 정하는 일에 끼어든 것은 해악천의 심중이 백련하에게 쏠려 있음이었다. 그렇지 않았다면 이를 방관했을 것이다.

슥! 역시나 예상대로였다. 해악천이 대나무 발을 향해 포권을 취하며 말했다.

"클클, 아가씨의 뜻에 따르겠습니다."

뜻을 정했다면 굳이 받아들이지 않을 이유가 없었다. 이기면 제자와 그녀를 맺어주면서 안위를 보장할 수 있게 되고, 지면 두 존자가 그녀를 지지하게 된다. 불리하던 세력 판도에 변화가 생기는 것이다.

[서 숙은 받아들일 수 없나요?]

그런 그녀의 물음에 난처해하던 서갈마가 한숨을 내쉬었다. 물러나게 되면 무자로서의 체면이 무너지는 것은 말할 것도 없고, 정통성을 이은 백련하를 살리고자 하는 명분을 잃게 됨을 깨달았기 때문이다. 그로서도 승부수를 던질 수밖에 없었다. 슥! 서갈마가 포권을 취하며 답했다.

"아가씨의 뜻에 따르도록 하겠습니다."

불안하게 지켜보던 혈수마녀 한백하의 얼굴이 한결 밝아졌다. 그렇게 많은 것이 달려 있는 대결이 성사되었다.

그럼 할 일은 정해졌다. 나는 서갈마 앞으로 걸어갔다. 나의 행동에 서갈마를 비롯한 모두가 의아해하며 쳐다보았다. 슥! 나는 서갈마에게 포권을 취하며 공손히 말했다.

"공정한 대결을 위해 이존 어르신께서 직접 점혈술로 제 내공을 닫아주십시오."

그런 나를 바라보는 서갈마의 표정이 묘해졌다. 목숨이 걸린 대결인데도 당당한 것을 이상하게 생각하는 모양이었다. 서갈마가 말없이 내 단전이 있는 부위로 손바닥을 얹었다. 그의 손에서 뜨거운 기운이 체내로 들어왔다.

―뭐 하는 거야?

'확인하는 거겠지.'

나의 태도에 혹시나 실력을 숨겼는지 확인하려는 것이었다. 내공을 확인한 그의 입꼬리가 슬쩍 올라갔다. 일류가 맞다고 확신한 듯했다.

"해 형의 제자분은 본인이 점혈토록 하겠소. 공정함을 위해 내 제자의 점혈은 해 형에게 맡기겠소."

"좋다."

이를 받아들인 해악천이 서갈마의 제자인 호금원을 점혈했다. 이로써 양측 모두가 내공을 사용할 수 없게 되었다. 내공 면에서는 공정하게 된 것이다.

"모두 벽 끝으로 물러서시지요."

대결의 진행은 공증인이나 다름없는 혈수마녀 한백하가 맡았다.

벽 쪽으로 물러서는 송좌백이 걱정스러운 표정으로 쳐다보고 있었다. 평소의 녀석이었다면 나서지 못해 안달이겠지만, 이 대결이 생사마저 걸려 있음을 알기에 신경 쓰이는 모양이었다.

[야! 안 된다 싶으면 도중에라도 포기해. 병신같이 죽지 말고.]

녀석이 내게 전음을 보냈다. 일 년 동안 붙어 지냈다고 정이라도 든 것일까? 저 녀석한테 이런 말까지 듣다니.

[절정의 고수인데 아무럼 노친네가 졌다고 죽이기야 하겠어.]

나는 그런 녀석을 향해 살짝 미소를 지어 보였다. 걱정하지 말라는 의미였다.

그런 내 모습에 송좌백이 혀를 찼다.

"대결에 임하는 두 사람은 간격을 벌리세요."

혈수마녀 한백하의 지시에 나와 호금원이 거리를 벌렸다. 그러는 사이에 호금원이 내게 넌지시 말했다.

"지금이라도 포기한다면 몸은 성할 수 있을 걸세. 아직 자네는 앞날이 창창하네."

포기를 권유했다. 자신만만한 표정을 보면 이미 자신의 승리를 확신하고 있었다. 굳이 들리게 말한 것은 백련하에게 자신이 상대를 배려했음을 보여주기 위함일 것이다. 진심은 당연히 나를 보기 좋게 꺾는 것일 테고.

슥! 나는 녀석에게 포권을 취하며 말했다.

"괜찮습니다. 후회 없이 겨루고 싶습니다."

그런 내 말에 호금원이 고개를 절레절레 흔들었다. 그러고는 예고하듯이 말했다.

"목숨은 거두지 않겠네. 하지만 팔 하나 정도는 각오해야 할 걸세."

서갈마가 내 팔을 자르라고 말했나 보다. 아마도 노리는 것은 검객으로서의 생명일 테니, 오른팔일 테지.

"저도 목숨은 거두지 않겠습니다."

그런 내 말에 호금원의 미간이 꿈틀거렸다. 고작 일류에 불과한 내가 건방지게 그런 말을 하는 것이 거슬렸나 보다. 하지만 애써 태연한 척했다.

"과연 사존 어르신의 제자다운 호기로군."

그러고는 장도의 도병을 손으로 움켜쥐었다. 나 역시도 남천철검의 검병을 잡았다. 혈수마녀 한백하의 신호가 떨어지면 대결이 시작된다. 나는 녀석의 눈을 뚫어져라 노려보았다. 노려보는 것이 심기를 건드렸는지, 녀석의 눈동자에 진득한 살기가 묻어났다. 한백하가 손을 들어 올렸다.

"개(開)!"

한백하가 대결을 시작하라고 외쳤다.

바로 그 순간이었다. 호금원의 눈이 흐리멍덩해지더니 갑자기 몸을 비틀거렸다. 챙! 번개처럼 검을 뽑은 나는 앞으로 신형을 날렸다.

"뭐 하는 게야!"

놀란 서갈마가 자신도 모르게 소리쳤다. 그 덕분에 호금원이 화들짝 놀라 정신을 차리려고 했지만 이미 늦었다. 촥! 도병을 잡고 있던 녀석의 오른팔 팔꿈치가 잘려나갔다. 바닥에 떨어져 꿈틀거리는 자신의 팔을 본 녀석이 그제야 고통을 느꼈는지, 잘린 단면을 붙잡고서 비명을 질렀다.

"끄아아악!"

슥! 나는 녀석의 목에 검을 겨누었다. 고통으로 괴로워하는 녀석의 눈동자가 파르르 떨렸다.

"목숨은 거두지 않았습니다."

'…!!'

누구도 이런 결과를 예상하지 못했는지, 방 안이 정적으로 물들었다. 그러나 정적은 그리 오래가지 않았다.

"크하하하하하핫!"

해악천의 광소 때문이었다. 어찌나 기뻐하는지 웃음소리에 그것이 묻어나오고 있었다. 최악의 경우 패배까지 상정했었는데, 예상을 깨뜨리고 쉽게 승리해서인 듯했다.

─와! 어떻게 그걸 쓸 생각을 한 거야?

─이건 전혀 예상하지 못했다.

소담검과 남천철검 역시도 놀라워했다. 나 역시도 반신반의했었다. 여차할 경우에는 선천진기를 조금씩 섞어서 싸워볼까도 생각했지만, 어쩌면 내공이 닫혀 있으니 환의안이 통할지도 모른다는 도박이 성공했다. 생각보다 호금원의 정신력이 강하지 않아서 다행이었다.

─적당히 끝낼 줄 알았는데 팔까지 자르고 대담한데.

'녀석도 내 팔을 노렸으니까.'

사실 순간적으로 꽤 고민했었다. 양자 간에 생사의 대결로 합의했다고 해도 상대는 이존 서갈마의 제자였다. 괜히 그를 죽였다가 긁어 부스럼을 만들기 싫었다. 팔을 자르는 것은 그리 선호하는 방법이 아니었지만, 목숨을 거두지 않고 단 한 수에 상대를 굴복시킬 방법은 이것뿐이었다.

　―단전을 노린다면 더 효과적인 거 아냐?

　'…그건 죽이는 거나 다름없지.'

　나는 단전이 파훼된 고통을 누구보다 잘 알았다. 그건 무인으로서의 죽음을 의미했다. 게다가 무공을 가르친 스승 서갈마가 보는 앞에서 만약 호금원의 단전을 노렸다면, 녀석을 건드린 게 아니라 모욕한 것이나 마찬가지가 되어버린다. 어지간한 원수지간이 아니라면 죽이면 죽였지 단전을 노리는 것은 피하는 게 낫다.

　―하긴, 그 말도 맞네.

　―운휘의 판단이 옳다.

　어찌 되었든 승부는 났다. 녀석이 좌수를 연마한 것이 아니라면 승산이 없었다. 아니다. 애초에 여기서 움직여봐야 목에 구멍만 날 터이니 끝이었다.

　호금원의 얼굴이 창백했다. 잘린 팔의 출혈이 심해서였다. 슥! 나는 검 끝을 녀석의 목에 더 들이밀며 물었다.

　"패배를 인정하십니까?"

　고통스러운 표정을 짓고 있는 호금원. 녀석은 졌다는 것을 인지하면서도 이 사실을 받아들이기가 힘든 모양이었다. 그때 서갈마가 내가 있는 곳으로 다가오려 했다. 탓! 이를 해악천이 가로막았다.

　"아직 네놈의 제자가 패배를 선언하지 않았다."

서갈마의 표정이 무섭게 일그러졌다.

"해악천!"

"승부에 끼어들 참이라면 본좌를 상대해야 할 거다."

해악천이 언제라도 손을 쓸 수 있도록 기수식을 취했다. 어지간한 적들 앞에서는 자세 잡는 것을 본 적이 없는데, 저러는 걸 보면 서갈마가 보통 적수는 아닌 듯했다.

서갈마가 노기에 차서 목소리를 높였다.

"이게 어찌 대결이란 말인가! 해악천 네놈의 제자는 사술을 쓰지 않았느냐!"

더 이상 그는 격식을 차리지 않았다. 시작하자마자 환의안에 당한 것 때문에 납득할 수 없는 모양이었다.

"사파인이 사술을 쓰는 게 뭐가 어쨌다는 것이냐? 설마 생사가 달린 대결에서 구차하게 변명을 할 참이더냐?"

역시 말로는 절대 밀리지 않는 해악천이었다. 다만 그것이 서갈마의 심기를 제대로 건드리고 말았다.

"변명? 하!"

그 말이 끝나기가 무섭게 서갈마가 일 장을 날렸다. 해악천이 빠르게 권을 내뻗었다. 팡! 콰드드득! 두 사람의 장과 권이 부딪치는 순간 그들이 밟고 있는 방 안의 목판이 갈라지며 위로 튀어 올라왔다. 대단한 내력의 소유자들이었다. 그저 부딪친 것만으로 나무 바닥이 저리 갈라지다니.

"크하하하하핫! 좋구나. 오랜만에 한바탕 해보자꾸나."

일합을 부딪치고 나자 전의가 불타올랐는지 해악천이 기세 좋게 외쳤다.

서갈마 또한 지지 않고 소리쳤다.

"흥! 좋다. 어디 끝장을 보자꾸나! 은재!"

"넵!"

팍! 그의 외침에 벽 구석에 있던 고은재가 들고 있던 서갈마의 보도를 던졌다. 이를 멋지게 낚아챈 서갈마가 도를 뽑으려고 했다. 그때 두 사람 사이로 누군가 난입했다.

"응?"

"혈수마녀!"

이 대결의 공증을 맡고 있는 혈수마녀 한백하였다.

"멈추십쇼, 두 분. 어찌 이러십니까?"

중재를 하려는 그녀에게 서갈마가 화가 가득한 목소리로 말했다.

"육혈성, 이 대결은 무효요. 녀석은 정정당당하게 겨루지 않았소."

"무엇이 말입니까?"

서갈마가 고개를 돌려 나를 노려보았다. 그 눈매가 얼마나 매서운지 눈빛만으로 아찔해질 지경이었다. 하지만 가슴속에서 뜨거운 선천진기가 올라오면서 떨리는 것을 가라앉혀주었다. 서갈마의 눈매가 가늘어졌다.

"알겠구나! 네놈들 사제가 수작을 부린 것이다. 내공을 닫고서 겨루자고 했을 때부터 알아봤어야 했건만."

"흥! 손자라는 징호를 가진 녀석이 승패를 납득하지 않는 것이 구차하기 짝이 없구나. 누가 수작을 부려?"

"무슨 술법을 부렸는지는 모르겠으나, 네 제자 놈은 내공을 쓸 수 있는 게 틀림없다."

서갈마는 내가 내공을 쓸 수 있다고 확신했다. 그런 그의 말에 혈수마녀 한백하가 말했다.

"이존께서 직접 점혈술로 내공을 닫으시지 않았습니까?"

"그러니 술법을 부렸다고 하지 않았소. 그렇지 않고서야 저 비겁한 녀석이 어찌 사술을 펼칠 수 있단 말이오?"

혹시나 선천진기를 눈치챘나 싶었는데 그건 아니었다. 환의안을 보고서 내공을 썼다고 추측한 것 같았다. 이에 한백하가 고개를 저었다.

"소 공자를 탓하고 싶다면 저를 나무라셔야 할 것 같습니다."

"아니, 그게 무슨 소리요?"

"소 공자가 쓴 환의안은 제가 가르친 것입니다."

뜻밖에도 혈수마녀가 나를 변호해주었다. 여차하면 내가 직접 이야기하려 했는데, 그냥 내버려둬도 될 것 같았다. 그런 그녀의 변호에 서갈마가 어처구니없다는 듯이 말했다.

"녀석의 사술, 아니 수법이 어디서 많이 본 것 같다고 했더니, 혈수마녀 그대의 환의안이었단 말이오?"

역시 혈수마녀의 환의안은 혈교에서도 명성이 높았다. 해악천뿐만이 아니라 서갈마조차 잘 알고 있었다. 그러니 '사술'이라 하다 '수법'으로 말을 바꾼 것이 아니겠는가.

"그렇다면 더욱 내공을 썼는지…."

"환의안은 내공을 사용하는 수법이 아닙니다."

그녀의 말에 서갈마가 인상을 찡그리며 의아해했다.

"환의안은 도가의 선술에서 비롯된 것이라 내공의 유무와 상관없이 시전자의 기백과 정신력만 갖추고 있으면 펼칠 수 있습니다."

한백하가 나를 대신해서 해명해주었다. 한데 그녀의 말은 일부

틀렸다. 환의안의 첫 번째 단계 암약은 말 그대로 기초에 불과하기에 극히 적은 선천진기만을 요했다. 즉, 타고난 원기만으로도 누구나 펼치는 것이 가능했다.

어찌 되었든 그녀 덕분에 원만한 해명이 이뤄졌다.

"제 가르침이 대결에 영향을 주어서 심히 유감입니다, 이존."

그녀가 포권을 취하며 사죄했다.

으득! 서갈마가 이를 갈며 나를 쳐다보았다. 한백하의 해명 덕분에 대결을 무효라고 우길 수 있는 명분을 잃게 된 것이다. 사술이라고 계속 우긴다면 혈수마녀의 재주를 비하하는 꼴이 된다.

"하아…."

분을 못 이기고 씩씩거리던 서갈마가 겨우 분노를 가라앉히더니, 고개를 절레절레 흔들며 말했다.

"이 대결은 내 제자가 졌소."

그렇게 말한 서갈마가 황급히 호금원에게 다가가 점혈술로 팔을 지혈시켰다. 그 외에도 통증을 완화시키는 점혈 덕분에 한결 편해졌는지 고통으로 일그러져 있던 녀석의 얼굴이 펴졌다. 제자를 지혈시킨 서갈마가 망연자실한 눈으로 바닥에 떨어진 호금원의 잘린 팔을 쳐다보았다.

─왜, 미안해?

'그럴 리가.'

녀석의 팔을 자르지 않았다면 내 팔이 잘렸을 것이다. 이것저것 감안할 상황이 아니었다. 그저 서갈마의 심정을 헤아릴 뿐이었다. 아마도 착잡할 것이다. 자신의 입으로 팔다리가 잘려도, 목숨을 잃어도 양자 간에 탓하지 말자고 했으니 말이다. 잘린 팔을 쳐다보던 서갈마가 입을 열었다.

"아가씨의 지혜에 탄복했습니다. 처음부터 이런 상황을 예측해두고 계셨군요."

모두가 그 말에 의아해했다. 하지만 이윽고 그가 왜 그런 말을 했는지 알 수 있었다.

"해 형에 이어서 제 지지를 받기 위해 이런 기지까지 발휘하셨을 줄은 몰랐습니다. 과연 그분의 피를 이으셨군요."

ㅡ저 늙은이, 오해한 거 맞지?

아무래도 그런 듯했다. 내가 환의안을 익힌 것 때문에 해악천이 이미 그녀의 산하로 들어갔다고 여긴 모양이었다. 충분히 그렇게 생각할 수도 있는 상황이었다.

'아….'

나는 혈수마녀 한백하를 쳐다보았다. 그녀가 입가에 작게 옅은 미소를 띠고 있었다.

'하!'

ㅡ왜 그래?

이제야 알 것 같았다. 어쩐지 그녀가 나서서 나를 변호해주는 것이 이상하다고 여겼었다. 물론 공증인으로서 공정한 대결을 위해 그런 것일 수도 있지만, 이것은 그녀의 술책이었다. 해악천의 제자인 내가 그녀의 재주를 배웠다는 것을 알림으로써 그가 백련하를 지지하고 있다는 분위기를 풍기려고 했던 것이다. 그 와중에 이 상황을 이용하다니.

ㅡ영악한 년일세.

해악천, 서갈마, 백련하. 그저 이 세 사람의 머리싸움이라 여겼었다. 한데 혈수마녀 한백하라는 의외의 복병이 숨어 있던 셈이었다. 그 복병은 백련하를 위해선 뭐든지 한다.

─미친 노인네가 너무 조용한데?

소담검의 말에 해악천을 쳐다보았다. 그가 인상을 쓰면서 혈수마녀 한백하를 쳐다보고 있었다. 평소의 그라면 화를 버럭 내면서 그게 아니라고 할 법도 한데, 가만히 입을 다물고 있었다.

─왜 저러는 거야?

'…그냥 넘어가려는 것 같다.'

─응?

해악천은 이미 마음을 정했다. 백련하를 지지하기로 말이다. 그렇기에 한백하의 계책을 알아차렸지만 모르는 척해주는 것이었다. 아직 끝나지 않았지만 서갈마가 여기서 굴복해서 백련하를 지지해주기로 한다면 굳이 다음 대결을 할 필요가 없어지기 때문이었다.

"크흠."

타타타타탁! 역시 내 예상이 맞았다. 해악천 역시도 더 이상 대결은 없을 거라 여겼는지, 조용히 내게 다가와 서갈마가 걸어놓았던 내공을 닫는 점혈을 풀어주었다.

그때 대나무 발을 바라보고 있던 여인들 중 한 사람이 몸을 돌렸다. 그러더니 얼굴을 가리고 있던 흰 면사를 벗었다.

─우와… 쟤 그 뚱뚱이 맞아?

소담검이 놀라움을 금치 못했다. 이 방 안에 있는 모두가 마찬가지였다. 살이 빠지면 예뻐질 거라고 생각하기는 했지만 이 정도일 줄은 몰랐다. 갸름하고 자그마한 얼굴에 둥근 눈을 살짝 가린 긴 속눈썹. 작고 야무진 분홍빛 입술은 앵두를 연상케 할 만큼 아름다웠다.

꿀꺽! 소리가 커서 쳐다보니까 송좌백이 침까지 삼켜가며 넋을 놓고 있었다. 이는 서갈마의 둘째 제자인 고은재도 마찬가지였다. 호색한답게 탐욕으로 눈이 빛났다. 나 역시도 외모에 많이 놀랐지만 그것은 잠시였고, 그녀에게서 그 피처럼 붉은 머리카락을 가진 여인의 모습이 엿보였다.

'정말 닮았다.'

살이 빠지고 나니까 확실히 더욱 닮아 보였다.

그때 넋을 놓고 있던 서갈마가 한쪽 무릎을 꿇고서 예를 갖추더니 말했다.

"아아아, 소문을 들었지만 정말로 나으셨군요. 감축드립니다, 아가씨."

역시 그녀가 누군지 바로 알아보았다. 이걸 보면 여태껏 대나무발을 향해 말했었지만 면사의 여인들 중 진짜 백련하가 있음을 눈치채고 있었던 것 같다.

"역시 서 숙은 저를 알아보시는군요."

"어찌 제가 모르겠습니까? 옛 모습 그대로이십니다."

―어디서 입술에 침도 안 바르고 저런 거짓말을.

소담검이 혀를 찼다.

너무 그러지 마라. 어렸을 때는 그런 병에 걸리지 않았을 수도 있지 않나.

서갈마에게 웃어 보인 그녀가 천천히 앞으로 걸어와 어딘가로 몸을 숙였다.

"아가씨?"

그녀가 손을 뻗은 것은 잘린 호금원의 오른팔이었다. 백련하의 손이 붉게 물들며 하얀 김이 흘러나오더니, 이내 잘린 팔에 하얗게 서리 같은 것이 올라왔다. 그것을 그녀가 들어서 뭔가와 함께 서갈마에게 주었다.

"이것은?"

놀랍게도 그녀가 서갈마에게 준 것은 각패였다. 내가 가지고 있는 것과 같았다.

"신의 어르신께서 제게 주신 각패예요. 마침 만사신의께서 제 마지막 치료를 위해 그저께 본당에 오셨거든요."

"어찌 이 귀한 것을?"

"호 공자의 팔을 치료하는 데 쓰이길 바라요."

"아…."

서갈마의 입에서 탄성이 흘러나왔다. 나 역시도 내심 감탄이 나왔다. 그녀가 그사이에 어떻게 신의의 각패를 얻었는지 모르겠지만, 그 귀한 것을 이렇게 절묘한 순간에 쓸 줄은 몰랐다. 수제자가 팔이 잘려 망연자실해하는 순간에 아낌없이 저것을 썼다.

팍! 그 결과는 예상한 대로였다. 감격한 서갈마가 그녀에게 절까지 올렸다.

"아가씨의 은혜에 깊은 탄복을 했습니다. 어찌 이 은혜를 갚는단 말입니까? 어서 인사드리지 못하겠느냐!"

그의 일갈에 팔이 잘린 호금원이 불편한 몸으로 무릎을 꿇고서 허리를 숙이려 했다. 이를 그녀가 만류하며 일으켜 세웠다.

"괜찮아요. 이걸로 서 숙의 제자분께서 본교를 위해 다시 응심을 다질 수 있다면 어찌 아깝겠어요."

그녀의 이런 호의는 효과적으로 먹혀들었다. 그것이 의도된 것이라 해도 그녀는 귀한 보물을 선뜻 베풀었다. 은혜를 입은 서갈마가 보일 수 있는 보은의 답변은 정해져 있었다.

쿵! 서갈마가 바닥에 이마를 찍으며 큰 소리로 외쳤다.

"이존 서갈마, 주군의 피를 이으신 백련하 아가씨를 새로운 주군으로 모시려 합니다. 부디 너그러운 마음으로 이를 받아주십시오."

그 모습에 백련하가 활짝 웃었다. 혈수마녀 한백하의 기지를 잘 받은 덕분에 이존 서갈마의 충성을 얻게 되었다.

─최후의 승자는 살이 빠진 백련하네.

'글쎄.'

─응?

흐뭇하게 이를 바라보던 해악천이 앞으로 나아가 무릎을 꿇으려고 했다. 분위기에 편승해 그녀에게 충성 맹세를 하려는 모양이었다. 그때 내가 이를 제지했다.

"잠시만 기다려주십시오, 스승님."

해악천이 인상을 찡그리며 나를 쳐다보았다.

"뭐 하는 짓이냐?"

"아직 끝나지 않았습니다."

"뭐?"

그런 내 말에 해악천뿐만이 아니라 혈수마녀 한백하, 심지어 백련하도 의아한 표정을 지으며 쳐다보았다. 해악천이 내게 전음으로 뭐라고 하려 했지만 먼저 선수 쳤다.

[스승님, 부디 이 일은 제게 맡겨주십쇼.]

[…]

해악천이 도통 속을 모르겠다는 얼굴로 나를 쳐다보다가 이내 고개를 끄덕였다.

나는 백련하 앞으로 다가가 포권으로 예를 취했다. 팍!

"혈마앙복! 혈세천하! 사존의 제자 소운휘가 아가씨께 대결을 청합니다."

'…!!'

모두가 어처구니없다는 표정으로 나를 쳐다보았다. 심지어 백련하도 당혹스러웠는지 고운 미간을 찡그렸다.

당연하겠지. 자연스럽게 이를 넘어가려고 했을 테니 말이다. 귓가로 백련하의 전음이 들려왔다.

[이게 무슨 짓이에요, 공자?]

[제가 배필감으로 싫으신 겁니까?]

순간 그녀의 얼굴이 붉게 상기되었다. 하지만 이내 원래대로 돌아와서는 가라앉은 목소리로 말했다.

[정말 저와 맺어지고 싶어서 그런 건가요?]

[꼭 그런 것은 아닙니다.]

[뭐예요?]

그녀가 나를 흘겨보았다. 뚱뚱했을 때보다 지금의 얼굴로 흘겨보니 그 모습도 예뻤다. 내가 말없이 미소를 짓자 그녀가 의아한 눈빛으로 물었다.

[…대체 무슨 속셈이죠?]

[저는 아가씨께서 하신 말씀을 따르는 것뿐입니다.]

[그건….]

그녀의 말문이 막혔다. 분명 자신의 입으로 대결을 하겠다고 했으니 부정할 순 없을 거다. 그녀에게 확실히 충성할지를 결정했다면

154

나 역시 자연스럽게 넘어갔을지 모르지만, 그건 스승님이나 내게 손해가 컸다. 세력의 판도는 여전히 백혜향 쪽이 더 컸으니 말이다.

[저를 이기시면 원하는 것을 얻으실 텐데, 망설일 이유가 있으십니까?]

백련하가 아랫입술을 질끈 깨물었다. 왜 망설이는지는 안다. 내공을 닫았을 때 나와 호금원의 대결을 통해 그 결과를 보았다. 그녀라고 해서 환의안에 걸리지 않을지 장담할 수 없기에 이러는 것일 거다. 하지만 한 일파를 이끌어야 할 종사인 이상 자신이 내뱉은 말에 책임질 수밖에 없을 것이다. 이윽고 그녀가 입을 열었다.

"좋아요. 대결을 받아들이겠어요."

그와 동시에 전음으로는 다른 말이 들려왔다.

[…원하는 것을 제시해보세요.]

입술이 실룩거리며 올라가려는 것을 억지로 참았다.

—그러면 그렇지. 그냥 손해 볼 네가 아니지. 요즘 들어 느끼는 건데 배짱이 해악천을 닮아가는 것 같다.

흠. 칭찬 같으면서도 아닌 느낌은 뭘까? 어찌 되었든 손해 볼 수 없는 노릇이 아닌가. 다른 파벌에 밉보일 것을 각오하고 약세인 백련하의 산하로 들어가는 것이었다. 계약금은 받지 못할지언정 받을 것은 받아놔야 하지 않겠는가.

—뭐 요구할 거야? 금은보화? 아니면 직위?

소담검 녀석이 궁금했는지 재잘거렸다.

쓰지도 못하는 재화를 받아서 무슨 소용이 있겠나. 게다가 현 혈교의 상황에서는 그녀의 마음대로 직위를 내릴 수도 없었다.

[시간이 없어요. 빨리 말해요.]

백련하가 나를 재촉했다. 대결에 들어가기 전에 내공을 닫게 되면 대화할 수가 없다. 나도 그걸 알기에 얼른 전음을 보냈다.

[저희 사형제와 스승님께 아가씨 이름으로 면죄부를 주십시오.]

[네?]

그녀의 눈동자에 당혹감이 서렸다. 설마 내가 이런 것을 요구할 거라고는 전혀 예상하지 못했나 보다. 면죄부는 말 그대로 면죄부였다. 교단 내에서 어떠한 죄를 짓더라도 사함을 받을 수 있는 권리. 지금 당장에는 크게 쓸 데가 없을지 몰라도 그녀가 만에 하나 교주가 된다거나 혹은 우리에게 책임을 물을 일이 생긴다면 유용하게 쓰일 수 있었다. 가령… 혈교와 인연을 끊을 일이 생긴다거나 하면 더더욱.

—너… 대비하는 거구나.

그래. 앞으로의 일은 어떻게 될지 짐작할 수가 없다. 어차피 혈교에 적을 둔 이상 쉽게 빠져나올 수 없겠지만 훗날을 대비해두는 것이었다.

당혹스러워하던 그녀가 전음을 보냈다.

[제 각패까지 받아가 놓고 과한 요구를 하시는군요.]

내 속내를 읽기라도 했을까? 그녀가 면죄부 주는 것을 망설였다. 한 사람에게 주는 것도 굉장히 큰일인데, 넷 모두에게 달라고 해서 더욱 그런가 보다.

그때 혈수마녀 한백하가 말했다.

"…아가씨께서 대결을 받아들이셨으니, 어쩔 수 없군요."

시간이 얼마 없었다. 인상을 찡그리던 그녀가 다급히 전음을 보냈다.

[모두에게 주는 것은 과하군요.]

[그럼?]

[해 숙과 당신께만 면죄부를 드릴게요. 이 정도면 충분히 합의가 되었나요?]

시장터에서 값을 깎듯이 폭을 줄였다. 역시 그녀도 교섭에 능했다.

나는 슬며시 송좌백과 송우현 쌍둥이들을 쳐다보았다. 같이 지내는 동안 나름 정이 들어서 녀석들의 몫도 챙겨보려 했지만 별수 없을 듯하다. 괜히 욕심 부리다가 그녀의 마음이 바뀌면 안 되니까.

[좋습니다.]

[좋아요. 그럼 대결에서….]

[하나 더 있습니다.]

'…?!'

내 말에 그녀가 기가 차다는 듯이 전음을 보냈다.

[면죄부를 받고도 부족하다는 말이에요?]

[하나만 여쭤봐도 되겠습니까?]

[네?]

[신의 어르신의 각패를 하나 가지고 계셨던데?]

그 말에 그녀의 말문이 막혔다. 내가 이걸 그냥 넘어갈 거라고 생각했던 모양이다. 이 기회를 놓칠 것 같은가.

"아가씨와 소 공자는 아까처럼 두 존자께 점혈을 받도록 하세요."

그사이 혈수마녀가 우리 둘에게 말했다.

그녀가 해악천을 향해 발걸음을 옮기면서 전음을 보냈다.

[하아. 그건… 제가 아니라 스승님, 아니 육혈성께서 덜 자랐다고는 해도 약초를 구했다고 받으신….]

그녀는 순간 실수라고 생각했는지 전음을 멈췄다. 이미 들었습니다. 아아, 육혈성이 받으셨다고요.

[그럼 제게 주시기로 했던 그 각패가 맞군요? 그 하선부설초도 제가 찾은 거니까요.]

그녀가 인상을 찡그렸다. 이미 엎질러진 물이었다. 이 자리에서 이존 서갈마의 환심을 얻기 위해 각패를 쓰지 않았다면 하마터면 모를 뻔했다.

해악천 앞에 서서 한숨을 내쉰 그녀가 전음을 보냈다.

[…제 각패가 그것을 대신했다고 생각해서 그랬던 것인데, 본의 아니게 각패를 숨긴 꼴이 되어버렸군요. 공자께 사과드릴게요.]

혹 억지라고 부릴 줄 알았는데 의외로 그녀는 내게 사과했다. 확실히 그녀는 보통 사람들과는 달랐다.

[좋아요. 신의 어르신의 각패는 이미 다른 사람에게 썼으니, 그에 상응할 만한 대가를 치를게요. 하나 지금은 시간이 다 됐으니, 그건 나중에 이야기하도록 하죠.]

시간 초과였다. 해악천이 그녀의 혈도를 접하고 있었다. 그래도 그녀가 각패에 상응하는 대가를 치른다고 했으니 얻을 것은 다 얻어냈다.

─뭘 요구하려고 했는데?

'영약 같은 거?'

이번에 느낀 거지만 여전히 내공이 부족했다. 중단전이 아니더라도 안정적으로 실력을 발휘할 수 있을 만큼의 내공이 필요했다. 이미 체내의 맥 곳곳에 흩어진 기운들은 전부 흡수했다. 그것으로는 이 정도가 한계였다.

―들어준대?

'아마도.'

들어줄 것이다. 적어도 그녀는 자신이 한 말을 어기지 않는다.

타타타타탁! 그러는 사이 서갈마 역시도 내공을 닫는 점혈법을 끝냈다. 뭔가 아까보다 더 세게 하는 느낌이었다. 손가락이 닿을 때마다 아팠다. 그때 귓가로 서갈마의 전음이 들려왔다.

[아가씨를 상대로도 사술, 아니 환의안을 썼다간, 네 스승이 막는다고 해도 네놈만큼은 머리통을 아작낼 테다.]

'…'

환의안을 쓴 것을 아직도 마음에 담아두고 있었다. 그러고 보면 서갈마는 사파인치고는 꽤나 독특한 사람이었다. 나를 두둔하는 입장을 떠나서 스승인 해악천도 그렇고 혈수마녀 한백하도 승부에 환의안을 쓴 것에 대해 크게 잘못됐다고 여기지 않았다. 이는 사파나 혈교 내에 기상천외한 수법이나 좌도방문의 술법에 능한 자들이 상당히 많았기 때문이다. 정도를 고집하지 않는 대부분의 사파인들은 그것이 잘못됐다고 생각지 않았다. 하지만 서갈마는 달랐다.

―꼭 내 전 주인을 보는 것 같다.

'남천검객?'

―전 주인께서도 무(武)에 대한 자부심이 크셔서 환의안 같은 술법을 경멸하셨다.

남천철검의 말을 들으니 그럴듯했다. 무도에 대한 자부심이 남다르면 사파인이더라도 이를 싫어할 수 있겠다는 생각이 들었다. 어찌보면 나 역시도 지금은 사고관이 많이 바뀐 것 같다. 그래도 나름 명문 정파 출신인데 말이다. 십 년 그리고 회귀 후의 일 년 동안 사파인으로 살아와서 그런 것일지도 몰랐다.

"뭐 하는 것이냐. 앞으로 가서 서라."

탁! 서갈마가 나를 방 한가운데로 떠밀었다. 첫째 제자의 팔을 자른 것부터 여러모로 이 사람에게는 밉보인 것 같다. 따로 마주치지 않도록 조심해야겠다.

그런 나의 귓가로 해악천의 전음이 들려왔다.

[설마 정말로 아가씨가 마음에 들었던 게냐?]

순간 나도 모르게 헛기침이 나올 뻔했다. 사람을 뭘로 보고. 백련하가 아무리 아름답다고 한들 위험한 가시였다. 그녀의 배필 자리만큼 위태로운 자리도 없을 것이다.

[뭘 그렇게 전음으로 대화했는지는 모르겠다만, 네놈처럼 영악한 녀석이 본좌의 의중을 모르진 않을 거라 생각한다.]

당연히 알지요. 백련하를 지지하기로 마음먹었다는 것 정도는 벌써 옛적에 눈치챘다. 아까부터 정통성, 정통성, 이야기하는데 파벌의 약세마저 감안해가며 그녀를 선택한 진짜 이유가 궁금하긴 했다.

[어쨌거나 네놈에게 맡겼으니, 그 판단을 믿는다.]

전음을 할 수 없기에 작게 고개를 끄덕였다.

나중에 내가 백련하에게서 대가로 면죄부를 얻어낸 것을 알면 놀라지 않을까.

"후우."

호흡을 가다듬고 맞은편에 서 있는 백련하를 바라보았다. 직접 겨뤄보는 것은 처음이었다. 솔직히 그녀가 어느 정도 경지에 올랐는지 짐작이 가지 않았다. 뚱뚱한 몸이었을 때조차 대주 둘을 상대로 전혀 밀리지 않는 무위를 보였던 걸 보면 확실히 일류의 벽은 넘어섰다.

―져주더라도 방심하지 않는 게 좋겠다. 혈교주의 손녀가 맞다면 혈수옥뿐만이 아니라 혈마의 무공도 전수받았을지 모른다.

남천철검이 날카롭게 이를 지적했다.

녀석의 말이 맞았다. 한때 오대 악인이라 불릴 만큼 천하제일의 무위를 갖췄다는 혈마. 그의 무공을 전수받았다면 조심해야 했다.

'응?'

그런데 아직 대결을 시작하지도 않았는데, 백련하가 고개를 숙이며 나와 시선을 마주치지 않으려고 했다. 아무래도 약조는 했지만 혹시나 하는 마음에 환의안을 방비하는 듯했다. 철두철미하다.

"자, 그럼 시작하겠습니다. 개(開)!"

혈수마녀 한백하의 대결을 시작하라는 개시가 떨어졌다. 바로 그 순간이었다. 그녀가 곧바로 앞으로 치고 나왔다. 내가 남천철검을 뽑기 전에 승부를 내려는 모양이었다.

탓! 그래도 그럴듯한 대결을 펼쳐야 할 테니, 뒤로 보법을 펼치며 거리를 벌렸다. 내공 없이 펼치는 보법은 원래보다 몸이 둔하게 느껴졌다. 챙! 거리를 벌린 나는 검을 뽑지 않은 상태로 검집으로 찔렀다.

그때 그녀가 아주 미묘한 차이로 뒤로 고개를 젖히며 검 밑을 파고들었다. 파아아아아아! 미끄러지듯이 검 밑을 파고드는 모습은 우아하기 그지없었다. 움직임 자체가 상급 무사들과는 차원이 달랐다. 그녀의 우수가 내 복부를 노렸다.

시작하자마자 당해주기에는 내 자존심이 용납하지 않았다. 퍽! 나는 왼쪽 팔을 들어 올려 그녀의 우수를 막아냈다. 확실히 내공을 닫았기 때문에 혈수옥이나 제대로 된 장력이 없어서 팔등이 살짝

아릴 정도였다.

'무슨 힘이?'

겉보기에 살이 빠진 그녀는 호리호리했다. 그런데 통증이 느껴질 정도면 외공 역시도 보통이 아니라는 것이다. 옆으로 피해서 검초로 압박을 가해야 할 것 같⋯.

파악!

"헛."

그때 그녀가 우수를 날렸던 손으로 팔목을 잡고서 잡아당겼다. 내 몸이 살짝 앞으로 당겨졌다. 그녀가 안면을 향해 좌수를 날렸다. 푹! 그 순간 나는 남천철검을 바닥에 박아서 그것을 지지대 삼아 몸을 회전시키며 그녀의 어깨를 발로 걸어찼다. 탁! 좌수를 날렸던 그녀가 다급히 이를 막아냈다. 하지만 내 몸의 중량이 더 컸기에 실린 힘이 강해 옆으로 다섯 보가량 밀렸다. 그녀의 눈에 이채가 띠었다.

"기지가 뛰어나시군요."

"운이 좋았습니다."

나를 칭찬한 그녀가 기묘한 자세를 취하더니, 이내 펴고 있던 손바닥을 쥐었다. 그리고 두 손의 검지만을 폈다.

'지공(指功)?'

손가락을 사용하는 무공이라면 분명 지공이었다. 미처 몰랐는데 그녀의 검시가 울퉁불퉁하고 굳은살투성이였다. 권상보다 익히기 어려운 것이 지공이라 들었다. 연마 도중 수차례 손가락이 부러지는 걸 각오해야 하기 때문이다.

'⋯혈마의 무공일까?'

지공은 혈수마녀의 무공이 아니었다. 혹 혈마의 무공일지도 모른다는 생각이 드니 긴장되었다. 내공을 닫았다고 해도 한 시대를 풍미한 절세고수의 무공인 만큼 방심할 수 없으리라.

그녀가 나를 향해 신형을 날렸다. 팟! 파파파파파팍! 그 순간 그녀의 지공이 현란하게 움직이며 나를 향해 뻗어왔다. 내공 없이 펼치는 초식임에도 놀라울 정도였다. 허점이 보이지 않았다.

'비추형검.'

나는 이에 대항하여 성명검법 삼초식을 펼쳤다. 내공도 없고 검집을 씌우긴 했지만 검초의 변화는 여전했다. 버들가지처럼 휘어지는 검세가 그녀의 지공을 방해하기 위해 식과 식 사이를 파고들었다.

"왜 검을 뽑지 않는 거죠?"

아무리 져주기로 했지만 검마저 뽑지 않는 것이 의아했는지, 부딪치는 와중에 그녀가 물었다.

나는 아무 대답도 하지 않고 초식에 열중했다. 사실 그녀의 지공이 맹렬해서 이를 막아내기도 버거웠다.

—혈마의 지공이 틀림없다. 이 정도로 뛰어난 지공은 처음 본다.

남천철검이 놀라워했다. 나 역시 마찬가지였다. 만약 내공을 쓸 수 있는 상태라면 얼마나 더 대단할지 가늠이 되지 않았다.

팍! 그때 그녀의 지공이 내 검초의 빈틈을 파고들었다. 위험했다. 나는 본능적으로 좌수로 소담검을 허리춤에서 빼내 그녀의 지공을 막아냈다. 팍! 그녀의 눈이 동그래졌다. 시금 그 일격으로 싸움을 끝내려고 했던 모양이다.

"좌수도 연습했나요?"

왼손으로 단검을 쓴 것에 놀라워했다. 이건 소담검과 남천철검이 같이 권해서 연습했던 것인데, 이렇게 도움이 될 줄 몰랐다.

"제법이로군."

그런 나의 귓가로 서갈마의 중얼거리는 소리가 들렸다. 방금 전의 한 수를 높이 평가한 듯했다. 사술을 썼다며 나를 경멸했으면서도 저리 말하는 것을 보면 무에 관해서는 정말 솔직한 것 같았다.

"검을 계속 뽑지 않을 건가요?"

"아가씨의 지공을 제대로 막아보고 싶었습니다."

그런 내 말에 그녀의 표정이 묘해졌다. 내 의도를 알아차린 듯했다. 애초에 지기로 한 대결이기에 공평함을 위해 검을 뽑지 않은 것이 아니었다. 그저 혈마의 무공을 상대해보고 싶어서였다.

"공자는 참 흥미로운 사람이에요."

그녀가 피식 하고 웃으며 그렇게 말했다. 슥! 그러고는 다른 자세를 취했다. 아까보다 보폭이 더 넓어진 것이 분위기가 달라졌다. 단순히 기수식을 취한 것만으로 이런 위압감이 일어난다는 것이 놀라웠다.

─보통 초식이 아니다. 단단히 대비해라.

남천철검이 내게 경고했다.

나 역시도 소담검을 다시 허리춤에 차고서 자세를 바로잡았다. 아무래도 성명검법의 절초를 써야 할 듯했다. 긴장된 눈으로 그녀를 바라보았다.

팟! 박자가 어긋났다. 공격하리라 여겼던 시점을 빗어나 그녀의 신형이 움직였다. 나는 뒤늦게 그녀를 향해 검을 뻗었다. 팍! 그 순간 그녀의 신형이 밑으로 파고들었다. 나 역시도 그에 맞춰 뻗었던 검을 밑으로 내리치려는 순간, 그녀가 독특한 자세로 검집을 발로 차낸 후 반대 발을 박차며 내 위로 공중제비를 돌았다. 창! 어찌나 날렵했던지 순간 그 움직임을 놓칠 정도였다.

─위다!

남천철검이 내게 그녀의 위치를 말했다.

여기서 소담검을 뽑아서 위로 손을 뻗는다면 그녀의 공격이 무산된다. 하지만 여기서 끝낼 때가 되었다. 나는 손을 쓰지 않았다.

'후우.'

아프겠지?

그런 나의 귓가로 그녀의 목소리가 들려왔다.

"아플 거예요."

'…'

경고와 함께 그녀의 지공이 빠르게 나의 머리 혈들을 타격했다. 아무리 내공을 쓰지 않았다고 해도 머리의 혈들은 다른 곳보다 취약하기 그지없었다.

파파파파파팍!

그녀의 지공이 혈들에 닿자마자 눈앞이 새하얗게 바뀌며 나는 정신을 잃고 말았다.

＊ ＊ ＊

눈을 뜨니 사방이 어두웠다. 설마 벌써 밤인 건가.

주위를 둘러보니 침상 몇 개가 놓여 있고, 내 옆자리에 누군가 누워 있었다. 안력에 힘을 주니 그 얼굴이 선명하게 보였다.

'호금원?'

녀석은 호금원이었다. 오른팔 전체를 붕대로 감고 있는 녀석은 죽은 듯이 잠들어 있었다. 사방에 약 냄새가 진동하는 걸 보면 만사신의가 그의 잘린 팔을 접합한 듯했다.

욱신! 머리가 두통이라도 이는 것처럼 아파왔다. 머리의 혈들은 조심하지 않으면 정말 위험했다. 게다가 일부러 선천진기마저 억눌러서 제대로 지공이 먹힌 듯했다.

―운휘!

―정신을 차린 거냐?

소담검과 남천철검의 목소리가 들려왔다. 어디에 있는 거지?

―침상 밑이야.

침상에서 내려와 밑을 보니, 남천철검과 소담검이 같이 놓여 있었다. 옆에는 내 가죽신도 함께 있었다. 신을 신고 나서 이들을 챙긴 나는 물었다.

'내가 얼마나 기절해 있었던 거야?'

―너 거의 여섯 시진이 넘게 기절해 있었어. 하도 안 깨어나서 죽은 줄 알았잖아.

설마 죽기야 했겠어. 그런데 정말 길게도 기절해 있었다. 내공을 닫고 펼치는데도 지공의 위력은 보통이 아니었다. 과연 혈마의 무공이라 할 만했다. 욱신! 골이 아직까지도 울려댔다. 적당히 해도 됐을 텐데 어지간히도 세게 머리 혈들을 타격했다. 뭐 그래도 얻을 것은 얻었으니 나쁘지 않은 거래였다.

'기절하고 어떻게 된 거야?'

―뭐, 예상했던 대로지.

―해악천이 백련하를 지지하겠다고 충성 맹세를 했다.

당연한 결과였다. 내가 대결에서 졌으니 말이다.

―그다음에는 모르겠어. 너 곧바로 이 방으로 옮겨졌거든. 야, 나 그 신의라는 의원이 팔 붙이는 거 봤거든. 진짜 징그럽더라. 막 핏줄 같은 걸 하나하나 이으면서….

그런 건 굳이 자세히 설명하지 않아도 된다.

어쨌든 머리도 아프고 약 내음이 진동해서 더는 이곳에 있기 싫었다. 나는 호금원이 깨지 않게 기척을 죽이고서 조용히 방을 나왔다.

'본당이었군.'

객당과 구조가 다르다고 생각했는데, 여긴 본당이었다. 건물 안의 불은 대부분 꺼져 있고 조용했다. 하긴 여섯 시진 정도 기절해 있었다면 축정시일 테니, 늦은 새벽이었다.

'방으로 가야겠다.'

나는 조용히 본당 건물을 빠져나와 객당으로 향하려 했다. 그런데 객당 건물의 방 한 곳에서 누군가 조심스럽게 빠져나오는 것이 보였다.

―쟤 고은재인가 걔 아냐?

나도 봤다. 이존 서갈마의 둘째 제자인 고은재가 맞았다. 이 늦은 새벽에 혼자서 왜 나온 거지?

'흠.'

뭔가 수상쩍었다. 방으로 돌아갈까 하다가, 나는 호기심에 이끌려 녀석의 뒤를 밟았다.

녀석은 은잠술이라도 익힌 것처럼 보초들이 있는 곳을 절묘하게 피해서 어딘가로 향했다. 처음부터 녀석을 보았기에 망정이지 그렇지 않았다면 놓쳤을지도 몰랐다. 녀석은 육혈곡 본당에서 얼마 떨어지지 않은 숲속으로 향했다.

―되게 수상한데.

나도 녀석이 대체 어디로 향하는지 알 수 없었다. 하지만 그리 멀리 가지 않았다. 본당에서 반 각 정도 떨어진 거리였다. 멈춰선 녀석이 주위를 두리번거리다 갑자기 신고 있던 가죽신을 벗었다.

―뭐 하는 거야? 신발은 왜 벗어?

신발을 벗은 녀석이 가죽신의 밑창을 뜯어냈다. 그러고는 그 안에서 뭔가를 움켜쥐더니, 갑자기 뿌려대기 시작했다. 흰 가루가 연기처럼 사방으로 퍼졌다.

'하!'

나는 녀석이 무엇을 뿌렸는지 알 것 같았다.

이를 다 뿌린 녀석이 밑창을 붙이고서 다시 신을 신으려 했다.

챙! 팟! 남천철검을 뽑은 나는 빠르게 신형을 날렸다. 기척을 느낀 녀석이 화들짝 놀라서, 신을 신다 말고 장도를 뽑았다. 챙!

"누구냐?"

당혹스러워하는 녀석에게 내가 물었다.

"너 정체가 뭐야?"

나를 알아본 녀석이 인상을 찡그렸다.

"소운휘?"

척! 나는 녀석에게 검을 겨냥하고서 다시 물었다.

"대답해라."

"…내가 뭘 하든 네놈이 무슨 상관이지?"

녀석이 시치미를 뗐다. 설마 내가 그걸 못 봤을 거라고 생각하는 건가.

나는 눈짓으로 신발을 가리키며 말했다.

"천리추향 맞지?"

그 말에 녀석의 눈동자에서 살기가 번뜩였다.

탈출

천리추향(千里追香).

첩자라면 모를 수가 없었다. 그것은 말 그대로 천 리까지 퍼져 나가는 분향이었다. 향성이 강한 이 분진 가루를 뿌리면 특수한 기구나 훈련된 추적견을 통해서 위치를 추적할 수 있다. 뿌린 지 그렇게 오래되지 않아 나조차 그 향이 맡아질 정도였다.

혈교의 사존자 중 한 명인 이존의 둘째 제자인 그가 어째서 늦은 새벽에 몰래 나와 천리추향을 뿌린 것일까?

―첩자?

'가능성이 없지 않아.'

정확한 것은 제압해야 알 듯싶었다. 살기를 머금은 녀석이 당장에라도 공격할 것 같은 기세를 보였다. 슥! 녀석이 장도를 내게 겨냥하며 말했다.

"호기심이 많을수록 명이 짧다는 이야기 못 들어봤나?"

"글쎄. 조심성이 없을수록 명이 짧다는 이야기는 들어본 것도 같은데.”

“….”

녀석의 말문이 막혔다. 몰래 움직인 녀석이 들켰으니 할 말이 없겠지. 나를 노려보던 녀석이 눈동자를 이리저리 굴리며 주위를 살폈다. 그러더니 입꼬리를 비릿하게 올렸다.

“멍청한 놈, 혼자서 나를 감당할 수 있을 것 같나?”

아군이 없다고 확신한 모양이었다.

거짓말하는 데 숙달된 나는 표정 하나 바꾸지 않고 녀석에게 말했다.

“혼자일 것 같아?”

“흥. 혼자가 아니라면 벌써 퇴로를 막거나 공격했겠지.”

—안 속네. 두꺼비처럼 어벙해 보이는데.

그 정도로 단순했다면 첩자질을 하지 않았겠지. 첩자 훈련을 제대로 받았을 것이다. 그렇다면…. 팟! 먼저 선수를 쳐서 녀석을 향해 검을 휘둘렀다. 기습적인 공격에도 불구하고 고은재가 보법을 펼치며 여유롭게 이를 피해냈다. 역시 절정의 고수다웠다.

“기습한다고 통할 것 같으냐. 네놈과 나는 격이 달라. 낮에 경험했을 텐데.”

“신발이나 똑바로 신어라, 두꺼비 놈아.”

갑자기 내가 나타나는 바람에 녀석은 가죽신을 신지도 못하고 발등에 걸치고 있었다.

“두꺼비? 이 새끼가!”

두꺼비라고 부른 것에 약이 올랐는지 놈이 뒤로 물러나다 말고, 나를 향해 무서운 기세로 신형을 날렸다. 장도가 호쾌하게 내 목을 베려들었다. 뒤로 몸을 젖히며 녀석의 가슴 한가운데를 향해 검을 찔러 넣었다. 파곽! 녀석이 발을 박차며 위로 뛰어올라 그것을 피했다. 그 상태에서 녀석이 내 머리를 향해 장도를 힘껏 내리쳤다. 나는 재빨리 검을 들어 올려 그것을 막아냈다.

챙! 타타타탁!

녀석이 공력을 최대로 끌어올렸는지, 검신이 떨리며 내 몸이 네 보 정도 밀려났다. 자신이 우위라고 생각했는지 고은재가 득의양양해하며 말했다.

"아둔한 녀석, 사술 따위로 운 좋게 호금원 녀석을 이겼다고, 이 몸을 상대할 수 있으리라 단단히 착각하고 있구나."

제 사형을 이름으로 부르는 걸 보면 내 판단이 맞았다.

녀석은 호금원을 싫어한다. 그것이 첩자라서인지 아닌지는 아직 알 수 없다.

"킥, 그 사술도 자신보다 내공이 적은 자한테나 통한다지? 불쌍해서 어쩌냐? 공명심에 불타서 어리석게 혼자 사지로 걸어온…."

"말이 많네."

나는 입을 다물지 못하는 녀석의 입을 향해 번개처럼 검을 찔렀다. 공력에서 자신이 있었는지 녀석이 자신만만하게 도를 들어올렸다. 차아아앙!

"헛?"

그 순간 녀석의 신형이 뒤로 밀려났다.

"너?"

녀석의 눈동자가 흔들렸다.

나는 이 기회를 놓치지 않고 녀석을 향해 성명신공 일초식을 펼쳤다. 호아세검(虎牙勢劍). 맹렬한 기세의 검초가 녀석을 덮쳤다. 뒤로 밀려나면서 신형이 흔들렸던 녀석이 다급히 자세를 잡으며 도초를 펼쳤다. 차차차차차창! 녀석의 도와 내 검이 격렬하게 부딪쳤다. 패도적인 기세의 도초는 그 유명한 난마도제 서갈마의 패혈도법인 듯했다. 흔들렸던 상황에서도 용케 검초를 막아낼 만큼 뛰어난 도법이었다.

팡! 초식을 막아낸 녀석이 거리를 벌렸다.

"네놈 실력을 숨겼구나."

일류를 넘어서는 공력에 놀란 듯했다. 자신보다 약할 거라고 단정 짓고서 얕잡아봤을 테니 당연한 반응이었다. 실력의 삼 할을 감추라는 무림의 격언도 모르는 거냐.

—넌 오 할이잖아.

"큭."

눈을 굴리는데, 고민하는 것 같았다. 아마 도망쳐야 할지 아니면 나를 살인멸구해야 할지 저울질하고 있을 거다. 그때 녀석이 몸을 돌려 경공을 펼쳤다.

"도망치는 거냐!"

녀석을 붙잡기 위해 경공을 펼쳤다.

그런데 고작 몇 장 정도만 움직이던 녀석이 갑자기 경공을 펼치다 말고, 도를 바닥에다 끌더니 이내 몸을 회전시켰다. 바닥을 긁고 지나가던 도에서 파란 불꽃이 튀었다. 파파파파팍!

'뭐 하는 짓이지?'

그 순간 도에 휩쓸린 흙모래가 먼지를 일으키며 앞을 가렸다. 나는 다급히 남천철검을 휘두르며, 날아오는 모래 파편들을 막아냈다.

파파파파팍! 모래 파편들은 어찌 막아냈는데, 순간 눈앞이 뿌옇게 흐려졌다.

그때 소담검과 남천철검이 동시에 외쳤다.

―암기야!

―피해!

나는 생각할 겨를도 없이 몸을 핑그르르 회전시키며 위로 박차 올랐다. 슈슉! 바로 밑으로 작고 날카로운 무언가가 스쳐가는 것이 느껴졌다.

소담검의 목소리가 머릿속을 울렸다.

―전방으로 날 던져!

나는 착지하기도 전에 단검을 뽑아서 먼지 사이로 던졌다.

"헉!"

챙! 먼지 사이에서 파란 불꽃이 튀었다. 나는 착지함과 동시에 그곳을 향해 검초를 펼쳤다. 성명검법 육초식 축아회검(逐亞回劍). 검세를 한 점으로 정밀하게 회전시키며 앞으로 뻗어가는 이 검은 단순한 찌르기를 극도로 발전시킨 성명검법의 후반부 절초 중 하나였다. 변화가 없는 대신 그 위력만큼은 성명검법에서 발군이었다.

"빌어먹을!"

먼지 속에서 녀석의 소리가 들려왔다.

차차차차차창! 축아회검의 검초가 부딪치며 눈앞이 반짝거렸다. 연격으로 열두 식이 동시에 찔러 들어가는데, 녀석이 다섯 식도 막지 못하고 뒤로 튕겨 나갔다. 먼지를 뚫고 지나가자 녀석이 왼쪽 가슴을 붙들고 있었다. 그 부위가 붉게 물들어갔다.

나 여기 있어. 소담검이 자신을 잊을까 봐 소리쳤다. 그쪽을 쳐다보니 땅바닥에 녀석이 박혀 있었다. 하지만 일단은 저 녀석이 우선이었다. 고은재가 나를 쳐다보면서 어처구니없어하고 있었다.

"너… 대체 뭐야? 그 먼지 속에서 암기를 어떻게 피한 거지?"

어두운 밤중에 먼지로 시야를 가렸는데, 그것을 피해서 놀란 모양이다.

"제삼의 눈이 있거든."

"뭐?"

"네 알 바는 아니고 끝장은 봐야지."

나는 검을 들어 기수식을 취했다. 부상을 당했다고 해도 암기까지 다루는 녀석이니 방심할 수 없었다. 녀석도 기수식을 취했지만 바로 움직임을 멈췄다. 실력으로는 안 된다고 판단했는지 망설이는 것이 보였다.

─도망갈 수도 있으니까, 네가 먼저 공격해.

소담검이 내게 말했다.

'아니.'

첩자 출신인 나는 녀석의 생각을 짐작할 수 있었다. 여기서 첩자가 취할 수 있는 방법은 오직 두 가지뿐이다. 끝까지 도망치거나 자결하는 것이다. 그러나 스스로의 목숨을 끊는 것은 극단적인 선택지이기에 첩자라고 해도 선뜻 할 수 있는 일이 아니었다. 찰나의 순간이더라도 고민할 수밖에 없었다.

'마음의 준비는 해야 하거든.'

나는 녀석을 뚫어져라 노려보며 속으로 환의안의 구결을 외웠다. 식은땀까지 흘리며 고민으로 가득 차 있는 녀석은 아무것도 모르고 그저 견제만 하고 있었다.

'될까?'

선천진기를 극성으로 끌어올렸다. 싸우는 도중이라면 모르지만 지금이라면 충분히 가능성이 있었다.

그때 녀석이 결심했는지 내게로 향하고 있는 도를 자신의 목으로 가져가며 외쳤다.

"네깟 놈의 손에 당할 바에는 내 손으로…."

"내 눈을 봐!"

"뭐?"

녀석이 무의식적으로 내 눈을 쳐다보았다.

바로 그 순간이었다. 목을 긋기 위해 도날을 갖다 대던 녀석이 갑자기 손을 떼어내더니 있는 힘껏 도를 멀찌감치 던져버렸다. 그러고는 흐리멍덩한 눈으로 입을 쩌억 벌렸다.

팟! 나는 녀석을 향해 신형을 날렸다. 그리고 번개 같은 손놀림으로 녀석의 혈도를 점했다. 점혈하는 순간 녀석의 눈동자가 다시 원래대로 돌아오며 정신을 차렸다.

"아아?"

입을 벌린 상태로 몸이 굳어진 녀석이 당혹감을 감추지 못했다. 아마 영문을 알 수 없을 것이다. 당황한 녀석이 악을 쓰며 몸을 움직이려 했지만 소용없었다.

"보자."

나는 크게 입을 벌리고 있는 녀석의 입 속에 손가락을 집어넣었다. 녀석이 핏줄까지 선 눈으로 나를 쳐다보았다. 그렇게 쳐다봐도 늦었어. 이쪽이 아니라 반대쪽인가?

'찾았다.'

—뭘 찾았다는 거야?

나는 녀석의 어금니 쪽에 부착된 것을 조심스럽게 손에 쥐고서 잡아당겼다. 아주 얇은 실이 왼쪽 어금니에 동여매져 있었다. 살살 잡아당기자 녀석이 토가 쏠리는지 컥컥댔다. 쏘옥! 녀석의 목구멍을 통해 실에 묶여 있는 것이 모습을 드러냈다. 아주 작은 검은 구슬 같은 것이었다.

—그게 뭐야?

바닥에 꽂혀 있으면서도 이쪽이 잘 보이나 보네.

'독단.'

—독단? 독이라는 거야?

'맞아.'

보통 이게 정석이었다. 예상대로 녀석은 첩자가 맞았다. 첩자들의 자결 방법은 두 가지가 있다. 하나는 스스로 목을 그어서 자결하는 방법인데, 주로 이것을 선호한다. 왜냐하면 독단이 위액을 만나 녹으면 장기가 전부 녹아내려 죽게 되는데, 그 고통을 너무 오래 느껴야 하기 때문이다.

—죽어본 적도 없는 것들이 그건 또 어떻게 안대.

'그걸 꼭 겪어봐야 알아? 독을 먹는다고 바로 죽지는 않으니까 예상하는 거지.'

—아아, 맞네. 그럼 한순간에 죽는 게 낫겠네?

그러니까 목을 긋는 거다. 잡혀서 독단을 먹는 것보다는 나으니까. 한데 어쩌지? 이 녀석은 둘 다 실패해버렸네.

토할 것처럼 캑캑대던 고은재가 어처구니없다는 눈으로 독단과 나를 번갈아 쳐다보았다.

그런 녀석을 향해 내가 빙그레 웃었다.

"네깟 놈의 손에 당했네?"

그 말과 함께 녀석의 두꺼비 같은 면상에 주먹을 내리쳤다.

* * *

댕! 댕! 댕!

육혈곡 본당 쪽에 다 와 가자 경종 소리가 들려왔다. 참으로 불길한 소리였다. 역시 예상대로였다. 천리추향을 뿌려댔다는 것은 어딘가로 이곳의 위치를 알리기 위함이었다. 덕분에 육혈곡의 보초망에 무언가가 걸러든 게 틀림없었다.

나는 어깨에 들쳐 메고 있는 고은재를 슬쩍 쳐다보았다.

'역시 달라졌어.'

육혈곡도 분명 그 위치가 밝혀지기는 한다. 하지만 지금은 아니었다. 원래라면 난마도제 서갈마가 이곳에 올 일이 없다는 것을 감안한다면 아마도 그것이 영향을 준 듯했다.

'그럼 호금원 녀석도 운명이 바뀐 셈인가.'

내 예상이 맞다면 녀석은 어떤 식으로든 고은재의 손에 죽었을 것이다. 한데 내가 이 녀석을 이 자리에서 잡았으니 운명이 바뀌었을지도 모른다.

아무튼 서둘러야 한다. 팟! 나는 경공을 펼쳐서 전각을 지나 안으로 들어갔다. 본당에는 수많은 육혈곡 출신 혈교의 무사들이 바쁘게 움직이고 있었다. 그들은 기름을 묻힌 짚을 건물 여기저기에 놓고 있었다.

─뭐 하려는 거야?

'태우려는 것 같은데.'

위치가 발각되었다면 흔적을 없애는 것이 급선무였다. 오랫동안 수면 아래에서 모습을 감추고 있던 혈교였기에 이런 것에 대한 대응책이 굉장히 빨랐다.

본당 건물 앞쪽에 사람들이 모여 있었다. 스승인 해악천, 송가네 쌍둥이들, 백련하, 혈수마녀 한백하, 난마도제 서갈마, 만사신의, 패혈단주 구상웅 등이 심각한 얼굴로 대화를 나누고 있었다.

"스승님."

"아니, 너?"

"공자?"

내가 나타나자 모두의 시선이 나에게로 쏠렸다. 표정들이 제각각 달랐는데, 대부분이 의구심을 비치고 있었다. 위험을 알리는 경종이 울리는 상황인데 사라져 있었으니 당연한 반응이었다.

"녀석아, 대체 어디 있다가 온 게야?"

해악천이 내게 물었다.

타! 나는 들쳐 메고 있던 고은재를 바닥에 내려놓았다.

"은재!"

서갈마가 기절해 있는 제자를 보고서 소리쳤다. 그러고는 나를 노려보며 말했다.

"네 이놈! 대체 무슨 짓을 한 것이냐?"

"첩자입니다."

"첩자라니 무슨 소…. 뭐라?"

'…!!'

서갈마뿐만이 아니라 모두가 놀란 눈으로 나와 기절한 고은재를 번갈아 쳐다보았다. 첩자라는 말에 모두가 놀랐다. 다른 사람도 아니고 사존자 중 한 사람인 이존 난마도제 서갈마의 둘째 제자더러 첩자라고 하니 이런 반응도 당연했다.

서갈마가 노기 서린 눈빛으로 나를 노려보았다.

"네놈이 지금 무슨 말을 하는지 알고는 있는 게냐? 뭐라, 누가 첩자라고?"

눈빛만으로도 위압감이 보통이 아니었다.

심장이 빠르게 뛰기 시작했지만 나는 평정심을 잃지 않고 말했다.

"지금 경종은 왜 울리는 것입니까?"

그 말에 답한 것은 백련하였다.

"산맥 인근으로 수백 명에 이르는 무장 세력이 나타났어요. 그리고 척후병으로 보이는 자들이 산맥 곳곳에 진입했고요. 본교의 사람들은 아니에요."

역시 예상대로였다. 척후병의 역할은 앞서 정찰을 하는 것이다. 첩자인 고은재가 근방에서 천리추향을 뿌렸으니, 머지않아 척후병들이 육혈곡의 위치를 파악하게 될 거다. 산맥 인근이면 경계 무사들이 척후병을 발견하고 보고하는 시간까지 처도 대략 두 시진이 채 되지 않아 무장 세력들이 이곳에 들이닥칠 것이다.

"시간이 없군요. 왜 이자가 첩자인지 말씀…."

챙! 챙! 타타타타탁!

그때 내 주위를 다섯 사람들이 에워쌌다. 육혈곡의 수장인 패혈단주 구상웅의 다섯 대주들이었다. 이미 그들은 병장기마저 빼 들고 기수식을 취하고 있었다. 이들은 나 역시 의심하고 있었다. 대주

해옥선이 당장이라도 검을 휘두를 자세로 말했다.

"그 자리에서 움직이지 말고 해명하십쇼, 공자. 보초들까지 따돌리고서 대체 어디에 있었던 겁니까?"

쾅! 그때 해악천이 돌바닥에 진각을 찍으며 소리쳤다.

"지금 본좌의 제자를 의심하는 것이더냐!"

그의 사나운 기세에 놀란 다섯 대주가 깜짝 놀라서 어쩔 줄 몰라 했다. 그 와중에 나를 보호해주는 것을 보면 제자로서 신뢰하는 모양이다.

─노인네 다시 보이는데.

'그러게.'

하지만 해악천이 나를 보호해도 이를 무시할 수 있는 이도 있었다.

"해 형, 그대의 제자도 경종이 울리는 상황에 사라졌었소. 그도 모자라 본인의 제자를 이 꼴로 만들었소. 이건 본인의 제자만 의심할 상황이 아니오."

"뭐얏?"

"해 형의 제자가 본인의 제자를 이 꼴로 만들고서 죄를 뒤집어씌운 것인지 모를 일이 아니오?"

해악천과 마찬가지로 자신의 제자를 신뢰하는 서갈마였다.

"죄를 뒤집어씌워? 하! 네놈과는 역시 말로는…."

그때 혈수마녀 한백하가 나서며 만류했다.

"두 분, 이러실 시간이 없습니다. 지금은 빨리 이 문제를 해결해야 합니다. 소 공자는 의심을 피하고 싶다면 제대로 된 해명을 하셔야 할 겁니다. 그렇지 않으면 공자 역시도 억류해서 데려갈 수밖에 없습니다."

그녀의 말에 나는 눈짓으로 고은재를 가리켰다.

"이존 어르신 제자분의 왼쪽 가죽신 밑창을 뜯어보십쇼."

"밑창?"

패혈단주 구상웅이 조심스럽게 서갈마를 쳐다보았다. 허락을 구하는 것이었다.

서갈마가 심기 불편한 얼굴로 고개를 끄덕였다. 이에 구상웅이 직접 나서 고은재의 가죽신을 벗겼다. 그리고 밑창을 뜯어내자 가죽 틈새가 드러나며 흰 가루가 나왔다.

'…!!'

바로 앞에 있던 서갈마의 눈동자가 흔들렸다.

구상웅이 코를 가까이 하고서 향을 맡았다. 그러고는 굳은 얼굴로 백련하와 한백하를 바라보며 말했다.

"…천리추향입니다."

"천리추향!"

이들 중에 천리추향에 대해서 모르는 이는 아무도 없었다.

—쟤네는 모르는 것 같은데.

소담검의 말대로 송좌백과 송우현 형제는 천리추향이 무엇인지 몰라 어리둥절해하고 있었다. 딱히 녀석들한테 설명할 필요는 없어 보였다.

"클클, 본좌가 말하지 않았느냐."

증거가 나오자 해악천의 기가 살았다.

나는 여기서 멈추지 않고 품속에서 얇은 실에 묶여 있는 독단을 꺼내 들었다.

"그건 뭐죠?"

한백하가 내게 물었다.

"독단인 것 같습니다. 녀석의 왼쪽 아래 어금니에 이게 묶여 있었습니다. 오랫동안 묶어뒀으니 그 흔적이 남아 있을 겁니다."

그 말에 구상웅이 직접 입을 벌리고 이를 확인했다. 손가락을 쑥 넣고 어금니를 만져본 그가 안타깝다는 얼굴로 고개를 끄덕였다.

서갈마가 당혹스러워하며 소리쳤다.

"그럴 리가 없네. 본인의 제자가 어찌하여…."

"어르신… 송구스럽지만 소 공자의 말이 맞는 것 같습니다. 오랫동안 독단을 묶고 있으면 어금니 밑쪽 잇몸이 파이게 됩니다."

"그걸 자네가 어찌 안단 말인가."

"저도 반년간 무림연맹에 첩자로 잠입한 적이 있습니다."

구상웅도 첩자 경험이 있을 줄은 몰랐다. 하지만 덕분에 신빙성이 높아졌다.

"어찌 이런…."

서갈마가 복잡해진 눈으로 고은재를 바라보았다. 분노와 실망감, 허탈함이 뒤섞여 있었다. 다른 이도 아니고 자신의 제자가 첩자라는 사실이 밝혀졌으니 보통 충격이 아닐 것이다.

"더 해명이 필요한지?"

"…대주들은 병장기를 거두세요."

한백하의 명에 주위를 둘러싸던 대주들이 병장기를 거뒀다. 그러고는 내게 사죄하듯이 고개를 꾸벅 숙였다. 그때 구상웅이 내게 물었다.

"한데… 자넨 대체 이것을 어찌 안 것인가?"

그 말에 다른 이들도 의아한 눈빛으로 나를 쳐다보았다. 지적이 꽤 날카로웠다. 하지만 그에 대한 답변은 이미 준비해뒀다.

"늦은 새벽에 깨서 객당으로 돌아가려고 했습니다. 그때 고은재가 객당에서 나와 어디론가 가는 것을 보았습니다. 보초들을 피해 움직이는 것이 수상하게 여겨져 뒤쫓았습니다. 녀석이 반 각 정도 떨어진 곳에서 그 천리추향이라는 것을 뿌리더군요."

"내공을 실어서 소리라도 치지 그랬나?"

"그랬다면 도망치거나 제가 놈에게 살해당했을 겁니다."

"아…."

구상웅은 자신의 생각이 짧았음을 깨닫고 입을 다물었다.

"경황이 없었기에 다른 방법은 떠올리지 못했습니다. 신발을 신을 때 단검을 날려 급습하지 않았다면 제가 도리어 당했을 겁니다."

고은재는 일류의 벽을 넘어섰다. 나보다 한 수 위의 고수를 정면으로 제압했다는 것은 말이 안 되기에 이렇게 설명했다. 나는 녀석의 오른팔 쪽을 가리켰다. 이곳에 오기 전에 기습했다는 증거로 일부러 단검을 찔러서 상처를 냈다. 의심을 피하기 위해서였다.

─하여간 넌 정말.

소담검이 혀를 내둘렀다.

첩자 경력이 얼만데 의심받을 실수를 하겠는가. 갑작스럽게 일이 벌어진 게 아니라면 이 정도 대비를 하는 것은 일도 아니었다.

"목숨을 잃을 수도 있었네."

"…그때는 첩자를 잡아야 한다는 생각뿐이었습니다."

"공명심에 위험한 짓을 했군."

말은 그리하면서도 구상웅의 표정이 풀어졌다. 방금 전까지 일말의 의심이 있었다면 지금은 대견하다는 표정을 짓고 있었다.

"클클, 그놈의 배짱은 알아줘야겠구나."

해악천이 대놓고 나를 칭찬했다. 혼자서 첩자를 잡아낸 것을 치켜세워주는 것이었다. 덕분에 대주들이 나를 보는 표정이 바뀌었다.

그때 백련하가 다가와 말했다.

"공자가 아니었다면 첩자가 누군지도 모르고, 도주 행로를 그대로 들킬 뻔했어요. 진심으로 감사드려요."

척! 그녀의 포권에 주위의 모두가 내게 포권을 취하며 감사를 표했다.

의도한 것은 아니지만 공이 되었다. 운이 좋다고 할 수 있었다. 우연히 고은재를 발견하지 못했다면, 도주하는 도중에 놈이 수작을 부리면 적들이 우리 위치를 파악할 수도 있으니 확실히 큰 공을 세운 셈이었다.

팍! 그때 서갈마가 백련하에게 엎드려 죄를 청했다.

"신이 사람 보는 안목이 없어 이런 사달이 벌어졌습니다. 이 죄를…."

"아닙니다. 지금은 서 숙의 죄를 물을 시간이 없습니다. 서둘러 퇴로를 확보해야 할 때입니다. 그것은 후에 논의해도 늦지 않습니다."

단호한 그녀의 말에 서갈마가 씁쓸하게 답했다.

"알겠습니다."

제자 문제로 존자인 그를 내치기에는 앞으로 미칠 영향력이 컸다. 아마 후에도 크게 죄를 묻진 않을 것이다. 다만 서갈마는 이를 그냥 넘길 수 없는 듯했다. 기절해 있는 고은재에게 다가가, 손바닥으로 단전 부근을 내리쳤다. 콰직! 녀석의 몸이 심하게 들썩이며 경련을 일으켰다.

─뭐 한 거야?

'…단전을 파괴했어.'

이 자리에서 곧장 단전을 부술 줄은 나 역시 예상하지 못했다. 이런 행동은 모두의 앞에서 제자를 파문시켰다는 것을 보이기 위함일 것이다. 고은재의 불행은 이게 다가 아니었다.

"그의 팔다리 근맥도 자르세요."

백련하가 냉혹한 명을 내렸다. 확실히 혈마의 피를 잇기는 했다. 지난번엔 자신의 수족이라 할 수 있는 혈수마녀 한백하에게도 손가락을 자르게 하더니, 첩자에게는 더욱 자비가 없었다.

─꼴좋네. 너랑 백련하 앞에서 그렇게 깝죽거리더니.

참 공교로웠다. 내가 시작했다면 마무리는 그녀가 한 셈이었다. 어찌 되었든 결국 고은재는 단전뿐만이 아니라 팔다리 근맥이 전부 잘렸다. 혼자서 걸어 다닐 수도 없는 처지가 되었다. 나중에 배후를 알아내야 하기에 녀석의 신변은 혈수마녀 한백하가 데려온 대주들 중 한 사람이 맡기로 했다.

문하에서 첩자가 나온 걸 수치스럽게 여긴 서갈마는 이견 없이 이를 따랐다. 빠르게 첩자 건이 정리되고 백련하가 화제를 돌렸다.

"그럼 퇴로에 관한 이야기를 마무리 짓도록 하죠."

내가 오기 전에 퇴로에 관한 상의를 하고 있었던 모양이다. 그런데 이들의 말을 들어보면 한 곳으로 도망치는 것이 아니라, 세 곳으로 퇴로를 나누어서 이동하려는 것 같았다. 그 이유는 백련하의 신변 때문이었다. 아직 적들의 정체를 알 수 없지만 혹여 차기 혈교주의 재목인 그녀를 노리는 것일 수도 있기에 시선을 분산시키려는 듯했다.

─따로 가는 것보다 같이 지키는 편이 낫지 않아?

'적들의 전력을 모르니까.'

만약 적들 중에 존자급 이상의 절세고수가 존재한다면 전황은 열세에 처할 수 있었다. 가령 중원 팔대 고수라든지… 아마도 그런 상황을 염두에 둔 전략일 것이다.

"아까 하명하신 대로 만사신의는 신이 호위토록 하겠습니다."

"부탁드릴게요, 서 숙."

"맡겨주십시오."

다섯 단주를 이끌고 온 이준 서갈마가 만사신의를 맡기로 했다. 만사신의는 정사의 굴레에 속해 있지 않지만, 만에 하나 혼전이라도 벌어지면 위험할 수 있기에 소수 정예인 그들이 맡는 것이었다. 문제는 백련하 본인이었다.

"사존께서 아가씨의 호위를 맡아주십시오."

"본좌가 말인가?"

혈수마녀 한백하가 해악천에게 그녀를 보호해줄 것을 요청했다.

"어쩌면 저들은 아가씨를 노릴지도 모릅니다. 저희가 모시는 것은 오히려 위험할 수도 있습니다."

"흠… 알겠네."

그녀의 말이 일리 있다고 생각한 해악천이 이를 받아들였다. 이것이 최선의 선택이었다. 혈수마녀 한백하가 가짜 백련하를 호위하는 척 속인다면 적들도 혼선을 빚게 될 것이다.

"정해졌군요. 그럼 패혈단주께서 육혈곡의 인원을 나눠주셔야겠습니다."

"명대로 하겠나이다."

육혈곡의 전력은 절반으로 나누기로 했다. 절반은 가짜 백련하를 호위하고 나머지 절반은 진짜 백련하를 호위하는 것이었다. 가짜라고는 하나, 저쪽 역시 잃어선 안 될 전력이었다.

"짐 덩어리들이 많구먼. 쯧쯧."

해악천이 혀를 찼다. 그가 이런 말을 하는 것은 이쪽에는 하급 무사들과 훈련이 덜 된 중상급 무사 후보생들이 있기 때문이었다. 아직 전력으로 치기에는 아슬아슬한 수준이었다.

"사존께서 가장 고생해주셔야겠습니다. 그럼 불을 지피세요."

그녀가 명을 내렸다. 이에 대주들 중 한 사람이 손짓하자, 횃불을 들고 대기하고 있던 육혈곡의 무사들이 기름을 묻힌 짚단과 건물에 불을 붙였다. 화르륵! 불길이 활활 타오르며 건물 전체로 번져나갔다. 이 정도 기세라면 반 시진이 채 되지 않아 전부 타고 까만 재만 남을 것이다. 그때 해옥선 대주가 타오르는 불에 무언가를 던지려 했다. 바로 천리추향이 들어 있는 고은재의 가죽신이었다.

"잠깐!"

이를 보고 있던 패혈단주 구상웅이 제지했다.

해옥선이 던지려던 것을 멈추자, 구상웅이 좋은 생각이 떠올랐다며 백련하에게 말했다.

"아가씨, 이렇게 하면 어떨지요?"

"…?"

타타타타탁!

복면으로 얼굴을 가린 우리는 서남쪽으로 이동하고 있었다.

육혈곡은 산봉우리들로 둘러싸여 있는 산맥이다. 그렇기에 사방으로 수많은 산길이 있지만, 그 길들 중에는 험준한 길도 있고 비교적 안전하고 빠르게 하산할 수 있는 길도 있다. 지금 우리가 움직이고 있는 길은 육혈곡에서 예전부터 준비해놓은 퇴로였다. 내려가는 길목이 산세가 높아서 다른 산에서는 잘 보이지 않기에 가장 안전한 퇴로라고 할 수 있었다.

─근데 그 하 대주인가 하는 녀석이 제일 위험한 거 아냐?

'위험하겠지.'

천리추향을 온몸에 묻혔으니 제일 위험할 수밖에 없었다. 패혈단주 구상웅은 적들의 시선을 돌리기 위해 산하의 대주들 중에서 가장 경공이 빠르고 은신술에 능한 자에게 임무를 내렸다.

─죽음의 임무잖아.

그 말이 맞았다. 천운이 따르지 않으면 죽을 확률이 굉장히 높았다. 결국 희생을 요하는 임무였다. 지금쯤 그는 모두가 가지 않는 위험한 퇴로로 적들을 유인하고 있을 것이다. 최종적으로 들키게 된다면….

─자결하는 거야?

하기 싫어도 할 수밖에 없을 거다. 적에게 잡히면 온갖 고문을 당할 테니까.

─누가 혈교 아니랄까 봐 참 각박하네.

'글쎄.'

꼭 혈교가 아니더라도 이런 상황에 처한다면 어떠한 단체든 누군가를 희생시킬 것이다. 한 사람을 희생시켜서 다수를 살린다는 명목하에 말이다. 냉혹하지만 그것이 무림이었다.

─어쨌거나 안 들키길 바라야겠네.

어느 쪽이든 그래야 하지 않겠는가. 지금까지는 문제가 없었다. 백련하가 있어서 패혈단주 구상웅이 우리 쪽에 합류해준 덕분에 산길을 이동하는 것에는 막힘이 없었다. 그는 육혈곡에서 대주 시절부터 일해왔기에 근방의 지리에 밝았다. 이렇게 가장 선두에는 구상웅, 가장 후미에는 호종단주 장문웅이 지키고 있었다. 퇴로 행렬 가운데에선 해악천을 비롯한 육혈곡의 두 대주, 그리고 나와 송좌백, 송우현 쌍둥이가 백련하를 호위하고 있었다.

─쟤 또 뭐 먹고 있다.

'누가?'

─백련하.

그 말에 그쪽을 쳐다보니 백련하가 복면을 살짝 걷어 올리고서, 육포를 몰래 먹고 있는 모습이 보였다. 살이 빠졌지만 식탐은 아직 남아 있는 듯했다. 이런 와중에 저러는 걸 보면 병이 완치되지 않은 건가?

그때 내가 보고 있는 것을 의식했는지, 그녀가 후다닥 복면을 내리고서 육포를 품속에 숨겼다. 이미 봤는데 숨기면 뭘 하나. 잠깐만, 방금 전에 쟤 또 먹는다고 한 거냐?

─틈날 때마다 몰래 먹던데.

나는 그녀를 가늘어진 눈으로 쳐다보았다. 대체 저 품속에는 육포가 몇 개나 들어 있는 거지?

"나도 먹고 싶다."

"쳐다보지 마, 인마."

나만 본 것이 아닌 모양이다.

동생인 송우현이 침을 꿀꺽 삼키며 말하자, 송좌백이 속삭이는 소리로 녀석을 나무랐다. 백련하의 정체를 알고 나서 조심스러워진 녀석이다.

"…."

덕분에 민망해졌는지 백련하가 품속에서 주섬주섬 육포 세 조각을 꺼냈다. 그러고는 말없이 쌍둥이와 내게 넘겼다. 하나 줄 테니까 조용히 입 다물라는 의미인가?

'음.'

난 딱히 배고프진 않았는데. 그래도 입이 적적해서 그런지 맛은 좋네.

"조용히들 처먹어라, 이것들아."

우리보다 선두에 가고 있던 해악천이 뒤에서 육포 씹는 소리가 거슬렸는지 짜증을 냈다.

이에 백련하가 조용히 사과했다.

"죄송해요, 해 숙."

"…."

그다음부터 해악천은 아무 말도 하지 않았다.

*　*　*

그렇게 반 시진 정도 신속하게 산을 내려가고 있을 때였다.

—….

귓가를 울리는 많은 이명들. 나는 인상을 찡그리고서 그곳을 바라보았다. 거의 비슷하게, 아니 나보다도 빠르게 해악천이 같은 방향을 쳐다봤다. 그러더니 행렬의 선두로 다급히 경공을 펼치며 나아갔다. 팟! 이윽고 선두에 서 있던 패혈단주 구상웅이 손을 들어서 모두를 멈추게 했다.

"무슨… 읍?"

송좌백이 영문을 알 수 없다는 듯이 중얼거렸다. 그런 녀석의 입을 틀어막고서 이명이 들렸던 방향을 손가락으로 가리키며 조용히 전음을 보냈다.

[저쪽에 매복이 있어.]

그 말에 녀석이 놀라서 눈이 휘둥그레졌다.

[그걸 네가 어떻게 알아?]

적들이 있는 것보다도 내가 이를 알아차렸다는 것에 더 놀란 모양이다. 나 역시도 거리가 있어서 기척을 느낄 수는 없었다. 다만 검의 소리가 들렸다.

[스승님이 저곳을 쳐다보자마자 뛰어가서 멈추게 한 걸 보면 모르겠어?]

대충 그럴듯하게 얼버무렸다. 핑계가 괜찮았는지 녀석이 고개를 끄덕거렸다.

백련하의 눈빛에 불안함이 스며들었다. 유일하게 저들의 기척을 알아낸 것이 해악천이었는데, 혹 매복한 이들이 많기라도 할까 봐 걱정되는 모양이었다.

그때 내 귓가로 전음이 들려왔다.

[거기 대주 두 명을 데리고 앞쪽으로 조용히 와라.]

나와 대주 두 사람만 불렀다. 이에 나는 해옥선 대주와 양강일이라는 대주에게 전음을 보냈다. 그들이 고개를 끄덕였다.

내가 그들과 함께 앞으로 가려 하자 백련하가 물었다.

[세 분만 부른 건가요?]

[네, 셋만 불렀습니다.]

그 말에 그녀가 조금 안도하는 모습을 보였다. 매복한 이들이 소수일지도 모른다고 여긴 듯했다. 나도 정확하게는 알 수 없었다. 검의 소리만 들으면 적어도 다섯 사람인데, 적수공권이나 혹은 다른 병장기를 사용하는 이들까지 껴 있다면 인원은 더 늘어나게 된다.

행렬의 선두로 가자 해악천이 패혈단주 구상웅과 전음으로 대화를 나누고 있었다.

[스승님.]

그를 부르자 곧장 내게 전음을 보냈다.

[저쪽 우측 언덕 뒤쪽에 일곱 명이 숨어 있다. 한 명이 절정의 고수고 나머지는 일류에서 이류 정도 실력인 것 같다.]

그렇다는 건 두 명이 다른 병장기를 쓰는 자들이란 소리였다. 다행히 매복한 숫자가 많지 않았다. 이 정도 숫자라면 매복보다는 척후병 내지 정찰에 가까웠다.

[우리가 먼저 친다. 본좌가 절정의 고수와 일류 고수 한 명을 처리할 터이니, 너희들이 나머지를 처리해라. 시간을 끌면 안 되니 무조건 빠르게 제거해야 한다.]

시간을 끌면 다른 자들을 부를 수도 있으니 그 말이 맞았다. 해악천이 둘, 구상웅이 둘, 나머지 셋은 아마도 이류 정도라 대주급인 우리 셋더러 빠르게 처리하라고 부른 듯했다.

서로 수신호를 맞춘 우리는 기척을 죽이고 언덕으로 향했다. 슥! 해악천이 손을 슬며시 들어 올렸다. 잠시 멈추라는 신호였다. 이 정도 거리부터는 해악천이나 구상웅은 아니더라도 대주급인 우리들의 기척을 절정의 고수들이 감지할 수 있어서였다.

우리가 기다리자 두 사람이 동시에 신형을 날렸다. 팟! 두 고수가 언덕을 넘어가자 우당탕거리는 소리와 함께 병장기를 뽑는 소리가 들려왔다. 그와 동시에 나와 대주 두 사람도 신형을 날렸다. 언덕을 넘어가자 해악천이 도와 검을 쓰는 자들을, 그리고 구상웅이 도와 권을 쓰는 자들을 상대하는 모습이 보였다. 팟! 나와 대주들도 각자 눈에 띄는 자들을 노렸다.

'너로 정했다.'

눈매가 찢어진 청색 무복의 검사였다. 이류 수준의 무위를 지녔는데, 회귀 전이었다면 이 한 명을 상대하기도 상당히 버거웠을 텐데, 지금의 내게는 어려운 일이 아니었다.

채채챙!

"헉?"

고작 세 합 만에 녀석을 무력화시켰다. 실력에서 완전히 압도하다 보니, 굳이 초식을 펼칠 필요도 없이 네 합 만에 내 검은 녀석의 가슴을 파고들었다. 푹!

"컥!"

뒤로 몸을 던지며 치명상은 피했지만 고통스러웠는지 녀석이 검까지 흘리고서 꺽꺽댔다.

나는 녀석의 입을 틀어막고서 넘어뜨렸다. 그리고 복에 검을 찔러 넣어 녀석의 목숨을 거두려고 했다.

―안 돼!

그때 머릿속으로 외침이 들려왔다. 녀석이 흘린 검의 소리였다. 주인을 죽이려고 하니까 절규하고 있었다.

'아!'

문득 나는 좋은 생각이 떠올랐다. 타타타탁! 이류 검사의 혈도를 점한 후에 녀석이 떨어뜨린 검을 주워서 말을 걸었다.

'내 말 들리지?'

내 목소리를 들은 이류 검사의 검이 놀라워했다.

—뭐, 뭐야? 어떻게 인간이 내게 말을 걸 수 있는 거야?

'어떻게는 뭘 어떻게야. 들리니까 말을 거는 거지.'

—진짜네?

검들의 반응은 하나같이 똑같았다. 자기 목소리를 들을 수 있는 사람이 신기하지 않을 리가 없었다. 시간이 없기에 나는 곧바로 본론을 꺼냈다.

'네 주인의 목이 꿰뚫리는 건 원하지 않겠지?'

그런 내 말에 녀석이 애원했다.

—제발 주인을 죽이지 마. 얘가 죽으면 나는 주인 잃은 신세가 돼버려.

뭔가 애처로웠다. 하지만 여기서 마음이 약해질 순 없었다.

'그럼 네 주인의 정체와 이 녀석 동료들이 숨어 있는 위치를 전부 말해.'

—아, 안 돼. 가르쳐줄 수 없어.

녀석이 내 의도를 알아차렸는지 완강하게 거부했다. 확실히 검들의 소리를 들을 수 있다고 해도 그들의 자아를 굴복시킬 수 있는 것은 아니었다. 기본적으로 검들은 자신의 주인을 섬겼다.

—너 혈교인 맞지?

이 녀석 봐라. 오히려 녀석이 내 정체를 되물었다.

─혈교인은 잔인하고 악독하기 때문에 강호의 대의를 위해서 전부 죽여야 한다고 했어.

이 반응 덕분에 나는 이들의 정체를 대충이나마 추측할 수 있었다. 대의 어쩌고 하는 걸 보니 정파인들이 틀림없었다.

'그래? 그럼 별수 없지.'

나는 녀석을 들어서 혈도가 점해진 검사의 목을 겨냥했다.

─야, 그건 좀 잔인하다.

어지간하면 말하지 않는 소담검이 나를 나무랐다. 같은 검의 입장에서 자기 몸으로 주인을 찔러 죽게 하는 것만큼은 썩 내키지 않는 모양이었다. 좀 그런가 싶었는데 빠르게 효과가 나타났다.

─마, 말할게! 말할 테니까 제발 그런 짓만은 하지 말아줘.

검이 굴복했다. 이렇게 빠르게 입을 여는 걸 보니, 제 몸으로 주인을 찔러 죽이는 것이 굉장히 괴로웠던 것 같다. 녀석은 내게 자신이 알고 있는 정보를 전부 알려줬다. 그걸 듣고 나니 꽤나 심각해졌다.

─말했으니까 내 주인의 목숨은 살려주는 거 맞지?

녀석이 기대감에 찬 목소리로 말했다. 이에 나는 녀석을 바닥에 내려놓았다.

─고마워. 넌 그나마 양심 있는 혈교인 같네.

'목은 피할게.'

─뭐?

녀석의 반문이 끝나기가 무섭게 나는 남천철검으로 혈도를 점한 검사의 심장을 찔렀다. 꿈틀거리던 검사의 몸이 이내 목석처럼 굳어졌다.

─야, 이 인간 새끼야! 어떻게….

그 순간 검이 내게 쌍욕을 퍼부었다.

'미안. 네게 해줄 수 있는 배려는 네 검날로 주인을 찌르지 않는 것뿐이야.'

여전히 검은 내게 욕을 했다. 어쩔 수 없었다. 도주하는 와중에 이자를 살려두면 분명 큰 후환이 된다. 어차피 이자도 나를 죽이기 위해서 온 자였기에 살려주는 것은 자비가 아니라 어리석은 짓에 불과했다.

—그래도 배려는 했네.

소담검이 씁쓸한 목소리로 말했다.

나도 네가 싫어하니까 그렇게 하고 싶지 않았을 뿐이다. 뭔가 싱숭생숭한 기분이 들고 있는데, 해악천의 목소리가 들려왔다.

"빨리 처리하라고 했는데 뭐 하는 게야?"

주위를 둘러보니, 나머지 적들은 전부 죽어 있었다. 전부 자신들보다 현저히 약한 자들을 상대한 것이기에 빠르게 처리했다.

"죽이는 것을 망설이는 걸 보니 아직 멀었구나."

아아, 말없이 검을 들고서 대화를 나눈 게 그렇게 보였었나 보다. 괜한 오해를 받았네.

"끅!"

그때 어디선가 작은 신음 소리가 들려왔다. 패혈단주 구상웅이 누군가의 앞에 구부리고 앉아 있었는데, 이내 자리에서 일어나 고개를 저었다.

해악천이 이를 보며 혀를 찼다.

"쯧쯧. 실패했구나."

구상웅이 고개를 끄덕이고서 다가와 말했다.

"혀를 깨물었습니다. 독종이더군요."

그의 말을 들어보니 정보를 캐내려고 했던 것 같다. 하지만 결과는 실패로 돌아갔다.

해악천이 실망했는지 고개를 절레절레 흔들며 말했다.

"별수 없지. 시신들은 대충 수풀에 숨기고서 돌아가자."

"알겠습니다."

모두가 시신들을 처리하기 위해 바삐 움직이려 할 때였다. 내가 해악천에게 말했다.

"알아냈습니다."

"뭐?"

"이자들은 천진문과 해연파의 무인들입니다."

'…!!'

그 말에 해악천을 비롯한 모두가 발걸음을 멈추고서 놀란 눈으로 나를 쳐다보았다.

"아니, 그걸 어찌 안 것이냐?"

놀란 것도 잠시였고 해악천이 밝아진 얼굴로 물었다.

"저자를 심문했습니다."

"죽이지 못해서 망설이는 것 같더니."

"혹시 주변에 이들의 원군이 있을지도 몰라서 전음으로 심문했습니다."

정확히는 죽은 검사가 아닌 아직도 나를 욕하고 있는 저 검에게 들었다. 나를 원망했지만 별수 없었다. 이쪽도 살려야 할 사람들이 많았다.

"우리 쪽은 수백 명에 이르는 전력이니 동료를 살리고 싶으면 이야기하라고 하니 술술 불더군요."

　─이 정도면 거의 거짓말의 달인인데.

　그럼 검한테 들었다고 말하리?

"현명하게 처리하셨군요, 공자."

　패혈단주 구상웅이 나를 칭찬했다. 내가 첩자를 잡았을 때부터 상당히 호의적으로 대하고 있었다.

"클클, 하여간 잔머리 하나는 잘 돌아가는구나. 그래, 뭘 알아냈느냐?"

　나는 검에게 들었던 정보를 전부 알려주었다. 죽은 이류 검사는 해연파 출신의 무사로 말단에 가까워서 그리 많은 것을 알지 못했다. 다만 일곱 개의 문파가 어딘가의 요청에 의해 움직였고, 이 근방에 그들같이 소수의 척후병들이 곳곳에 매복하고 있다는 사실을 알아냈다.

"이들도 그렇지만 제일 큰 문제는 저희가 가는 길목을 해연파의 장문인이 백여 명의 고수들을 이끌고 수색 중이라고 합니다."

"이런…."

　모두의 표정이 어두워졌다. 얼마 가지 않으면 이곳을 벗어날 수 있는데, 길이 막힌 셈이었다. 그렇다고 되돌아갈 수는 없는 노릇이었다.

"흥! 이렇게 된 이상 강행돌파를 하는 수밖에."

　해악천이 전의를 불태웠다. 하급 무사들과 중상급 후보생들이 있다고 하지만 육혈곡의 무사들까지 전부 합치면 백삼십여 명에 이르는 전력이기에 충분히 가능하기는 했다. 다만 그 과정에서 희생이 생길 것은 분명했고 일이 커지면 다른 적들까지 몰려올 확률이 매우 높았다.

"어르신, 그건 위험한 것 같습니다. 아가씨의 행적이 노출될 수 있습니다."

나와 같은 생각을 했는지 구상웅이 이를 반대했다.

"그럼 어쩌라는 것이냐? 도로 돌아가리?"

"저 어르신, 단주, 이건 어떠신지요?"

그때 양강일이라는 대주가 조심스럽게 운을 뗐다. 뭔가 생각이 있는 듯하여 구상웅이 물었다.

"양 대주, 좋은 방도가 있는가?"

"이 옆에 절벽 계곡의 길로 내려가는 것은 어떠십니까?"

그 말에 해악천이 의아해하며 물었다.

"옆에 또 다른 산길이 있었더냐?"

"안 됩니다."

갑자기 패혈단주 구상웅이 굳은 얼굴로 이를 반대했다.

"왜 안 된다는 것이냐?"

"그곳은 양옆이 가파른 절벽과 낭떠러지 계곡으로 된 곳입니다. 오직 앞과 뒤로만 이동할 수 있는 곳이라 위험합니다."

오직 전진과 후퇴만 가능한 곳이라. 구상웅의 말이 맞다면 퇴로로서는 적합지 않은 길이었다. 특히 이렇게 다수의 인원을 이끌고 간다면 퇴각마저 쉽지 않을 것이다.

"여차하면 계곡에 뛰어내려 몸을 맡기면 되지 않느냐?"

"그러기에는 너무 높습니다. 아무리 무공이 높아도 위험합니다. 게다가 계곡은 물살이 빠른 급류라 휩쓸리면 목숨을 보장할 수 없습니다."

"크흠."

무공이라 해도 한낱 인간의 힘이다. 대자연 앞에서는 무림인도 어찌할 수 없었다.

구상웅이 이렇게까지 반대하자 해악천도 더는 이견을 제시하지 않았다. 육혈곡의 길은 그보다 잘 아는 이가 없었으니까. 그러나 양강일 대주는 생각이 다른 듯했다.

"하나 그만큼 위험한 길이니 적들의 허를 찌를 수도 있지 않겠습니까?"

"뭐?"

"적들 역시도 그 길은 가지 않을 거라 생각할 수도 있으니…."

"양 대주! 아가씨의 안위와 다수의 목숨이 걸린 일에 그런 도박을 하자는 건가!"

오히려 구상웅의 호통만 들어야 했다.

나 역시도 양강일 대주의 방법은 위험하다고 여겼다.

병법에도 퇴로가 하나뿐인 길은 피하라는 말이 있지 않은가.

다만 선택지가 좁았다. 되돌아가기에는 길을 너무 많이 내려왔다. 결국 정면 돌파를 하든지 다소 위험이 따르더라도 계곡 길로 가든지 둘 중 하나를 선택해야만 했다.

"흠."

잠시 고민에 빠진 찰나였다. 귓가로 뭔가 움직이는 소리가 들려왔다. 팟! 그와 동시에 해악천의 몸이 흐릿하게 보일 만큼 빠르게 움직였다.

삐이이익!

나를 비롯한 모두가 그곳을 바라보았다. 해악천이 작은 뿔 호각을 물고 있는 자의 목을 비틀고 있었다. 아직 죽지 않은 자가 있었던 것이다. 누군가 실수하면서 상황이 다급해졌다. 해악천이 빠르게 처리하긴 했지만 짧게나마 호각이 울려 퍼졌다.

"빌어먹을!"

뿔 호각이 울린 이상 선택권이 없었다. 퇴로에 있는 적들이 이곳으로 몰려올 것이다.

"어르신?"

"계곡 쪽으로 가자. 제기랄."

신경질적으로 말을 내뱉은 해악천이 따라오라는 손짓을 했다. 그러고는 행렬이 멈춰 있는 곳을 향해 경공을 펼쳤다.

"후우."

패혈단주 구상웅이 한숨을 푹 내쉬고는 그 뒤를 따랐다. 대주들과 나도 그들을 뒤따랐다. 행렬에 합류한 우리들은 구상웅과 대주 양강일의 지휘 아래 방향을 틀어 뒤쪽으로 둘러서 산길을 내려갔다. 얼마 내려가지 않아, 정말로 낭떠러지 계곡이 모습을 드러냈다. 이걸 보면 어째서 구상웅이 이 길은 위험하다고 했는지 알 것 같았다.

─우와, 진짜 까마득하네.

말 그대로 낭떠러지였다. 밑에 작게 지렁이처럼 구불구불한 급류가 보였는데, 여기서 봐도 물살이 거셌다. 떨어지면 거의 죽는다고 해도 과언이 아니었다. 그런데 문제가 생겼다.

─….

수많은 이명들이 머릿속을 울렸다. 그 이명들이 빠른 속도로 이곳으로 다가오고 있었다. 검의 소리들이었다. 아까 전과는 비교도 할 수 없는 숫자였다.

─적이 많다.

―어떡하냐, 운휘야?

나는 해악천을 쳐다보았다. 내가 알아차린 것을 해악천이 눈치채지 못할 리 없었다. 역시 해악천의 표정도 심각해져 있었다. 찰나에 고민하던 해악천이 이내 백련하와 우리들에게 말했다.

"아가씨, 아무래도 여기서 나뉘어야 할 것 같습니다."

"그게 무슨 말인가요, 해 숙?"

"지금 다수의 적들이 저희를 쫓고 있습니다. 아무래도 제가 전력의 절반을 이끌고서 저들을 막아야 할 것 같습니다."

이렇게까지 말하는 것을 보니 적들 중에 강자가 있는 듯했다. 아마도 해연파의 장문인일 것이다. 심각한 해악천의 목소리에 상황이 여의치 않다는 것을 알았는지 그녀가 군말 없이 고개를 끄덕였다.

"부디 살아야 합니다."

"걱정하지 마십쇼. 저들을 처리하고 뒤따르겠습니다."

"스승님!"

송좌백이 걱정스러운 목소리로 그를 불렀다. 이에 해악천이 당부하듯이 말했다.

"무슨 일이 있어도 아가씨를 지켜라. 그리고 집결지가 어딘지 잊지 마라."

집결지. 그곳은 해악천이 만약의 상황에 대비하여 미리 알려준 곳이었다. 호종단수 장문웅이 물색해둔 근거지였다. 만약 혼전이 벌어져서 흩어지게 될 경우 그곳으로 모이라고 당부했었다.

"…알겠습니다."

송좌백이 답하자 해악천이 내게는 전음을 보냈다.

[네 녀석이 이들 중에 가장 똑똑하니, 장 단주를 도와서 잘 처신

할 거라 믿는다.]

몇 번의 공 때문에 그런지 나를 신뢰하고 있었다. 참 사람 관계는 모를 일인 듯했다. 이 미친 노인네와 이렇게 사제 간의 신뢰를 쌓을 줄 누가 알았겠는가.

"부디 무운을 빕니다."

나는 포권을 취하며 힘이 들어간 목소리로 말했다. 그가 무사하기를 기원하는 것이었다.

"흥! 네놈의 안위나 걱정하거라."

이에 해악천이 콧방귀와 함께 눈웃음을 짓더니, 이내 전력의 절반을 이끌고 적들이 몰려오는 곳으로 향했다. 절반이 빠지면서 전력이 상당히 약해졌다. 이제 우리 쪽에 고수는 호종단주 장문웅과 백련하, 그리고 나 정도밖에 없었다. 대주 양강일과 쌍둥이 형제, 그리고 상급 무사들도 있었지만, 가장 고수였던 해악천이 빠지자 확실히 전력이 불안정해졌다.

"이렇게 하죠."

길을 잘 아는 양강일이 모두를 이끌었다. 기존의 길들과 다르게 퇴로가 하나뿐이고 길도 협소했기에 행렬 한가운데서 호종단주 장문웅이 백련하를 호위하기로 했다. 그리고 대주급인 나와 양강일이 선두에 서고, 쌍둥이 형제가 후미를 맡았다. 모든 행렬은 중심부인 백련하를 보호하는 데 초점이 맞춰졌다.

"서두르겠습니다."

양강일을 선두로 우리는 계곡 길에 들어섰다. 다행히 해악천이 잘 막고 있는지 적들은 우리를 쫓아오지 않았다. 서둘러서 빠져나가면 될 것 같았다. 그렇게 한참을 내려가고 있던 찰나였다.

—….

또다시 내 귓가로 이명이 들려왔다. 우리가 내려가고 있는 계곡 길의 전방 쪽이었다. 소리는 후방에서 우리를 급습하려 했던 인원에 비하면 그리 많지 않은 듯했다. 물론 검을 가진 자에 한해서다. 슥! 나는 손을 들어 올려서 행렬을 중지시켰다. 이에 선두에 있던 양강일이 의아해하며 고개를 돌렸다.

[양 대주님.]

전음까지 쓰자 더욱 의아했는지 인상을 찡그렸다.

[왜 그러십니까, 공자?]

[전방에 적들이 있습니다.]

[적이요? 아무런 기척도 느껴지지 않습니다만.]

당연하겠지. 대주급인 그는 일류 고수의 끝자락에 해당하는 무위를 지녔다. 검의 소리를 듣는 나는 거의 해악천과 비슷한 거리의 소리를 들을 수 있는데, 그가 그 정도 거리의 기척을 감지할 수 있을 리가 만무했다.

[확실합니다. 호종단주님을 선두로 불러야 합니다.]

백련하를 보호하는 것도 중요하지만, 앞에 적들이 있다면 우리들 중 강한 자가 선두를 이끄는 것이 더욱 안정적이었다. 그런데 양강일이 고개를 저었다.

[호종단주님은 아가씨를 보호해야 합니다. 공자의 말이 옳은지는 모르나, 만약 그렇다면 저희가 선두에서 그들을 뚫어야 합니다.]

[….]

음, 이런 식으로 거절할 줄은 몰랐다. 물론 백련하가 우선이더라도 이런 협소한 계곡 길에서 적과 마주친다면 가장 고수가 선두에서 전방을 뚫는 편이 나을 텐데.

[그럼 대비라도 하시죠.]

[조심성이 많군요. 공자의 말도 일리는 있습니다.]

양강일이 어쩔 수 없다는 듯이 고개를 끄덕였다.

[저는 가진 무기가 없으니 공자가 검을 뽑아서 행렬에 신호를 주시죠.]

양강일은 권사였기에 무기가 없었다.

나는 몸을 돌려서 남천철검을 뽑고 뒤에 있는 모두가 볼 수 있도록 검을 들어 보였다. 그러자 그 뜻을 알아차린 무사들이 병장기를 뽑았다. 챙! 챙! 챙! 미리 대비하는 편이 나았다.

—운휘.

그때 남천철검이 나를 불렀다.

'왜?'

위로 올라가며 뭔가를 발견했나 싶었다.

이에 남천철검이 자신이 본 것을 내게 알려주었다.

'뭐?'

뜻밖의 말에 나는 인상을 찡그렸다. 그런 내게 양강일이 말했다.

[서두르시죠, 공자. 더 지체하면 위험할 수도 있습니다.]

[알겠습니다.]

나의 대답에 양강일이 다시 선두로 먼저 이동했다. 이때 나는 중단전을 개방하고서 최대한 기척을 죽여 앞으로 나아갔다. 그러나 너무 가까웠는지 소리가 들렸나 보다. 양강일이 고개를 뒤로 돌리려 했다. 그 순간 나는 번개처럼 녀석의 등을 남천철검으로 찔렀다. 푹!

206

"억!"

다급히 녀석의 목에 검을 겨냥하고서 말했다.

[죽고 싶지 않으면 조용히 해. 너 정체가 뭐야?]

"대체 이게…."

[전음으로 말해.]

그러고는 녀석의 목에 살짝 검을 찔러 넣었다. 푹! 한 치만 더 들어가도 녀석은 목이 꿰뚫려서 죽는다. 양강일이 당혹스러운 눈빛으로 나를 쳐다보았다. 그것은 내 뒤를 따라오던 상급 무사들도 마찬가지였다.

[공자, 대체 왜 그러시는 겁니까?]

상급 무사 한 사람이 내게 전음을 보냈다.

이에 내가 답변했다.

[등 뒤의 검집 쪽에 흰색 가루 같은 것이 묻어 있습니까?]

그 말에 상급 무사가 눈살을 찌푸리더니 이내 놀라서 전음을 보냈다.

[묻어 있습니다.]

역시 남천철검의 말대로였다. 녀석을 위로 들어 올렸기에 뒤에서 양강일이 무슨 짓을 했는지 보고 알려주었다. 나는 한 손으로 조심스럽게 등 뒤의 검집을 만지작거렸다. 그러고는 그것을 코로 맡아보았다. 역시나 천리추향이었다.

─그 녀석과 한패야?

'모르겠어.'

─왜?

천리추향이라고 다 같은 것은 아니다. 양강일이 내 검집에 묻힌 천리추향의 향은 미묘하게 고은재의 것과 달랐다. 물론 같은 패라고 해도 다른 천리추향을 사용할 수는 있다.

나는 검 끝을 살짝 밀고서 양강일에게 전음을 보냈다.

[왜 내게 천리추향을 묻힌 거지?]

양강일의 두 눈이 커졌다. 뒤통수에 눈이 달린 것도 아닌데, 천리추향 가루를 슬쩍 뿌린 것을 알고 있으니 당혹스러운 모양이었다. 근데 나는 굉장히 짜증 나거든.

[말해!]

양강일이 어쩔 줄 몰라 하다가 답변했다.

[그건 패혈단주와 사촌께서 쫓아오실 수 있게…]

꾹!

[헉!]

[헛소리하지 마. 그럼 내게 몰래 묻힐 이유가 있나.]

말도 안 되는 소리를 변명이라고 지껄이고 있었다. 그리고 보니 녀석은 계속 이 계곡 길로 오자고 주장했었다. 하! 이제야 알 것 같다.

[…아까 전에 한 명이 죽지 않았던 거, 네놈 짓이지?]

'…!!'

그 말에 눈알을 이리저리 굴리던 양강일이 다급하게 외치려 했다.

"여기…."

푹!

"컥!"

나는 녀석의 목에 검을 꽂아 넣었다. 목이 꿰뚫린 녀석이 컥컥거리다가 이내 바닥에 쓰러졌다. 정체를 알아내진 못했지만 녀석의 의도가 우리의 위치를 알리는 것이라면 살려둘 수 없었다.

'…쉽지 않네.'

정말 산 넘어 산이었다. 나는 행렬 뒤쪽을 향해 되돌아가야 한다는 손짓을 보냈다. 앞에 함정이 기다리고 있었다. 의도치 않게 내가 모두를 이끌어야 하는 상황이 되어버렸다.

함정

방향을 돌려 퇴각하라는 나의 손짓에 모두가 의아해했다.

나는 선두에 있는 상급 무사들에게 전음을 보내 전방에 매복이 있음을 알렸다. 이를 뒤로 전달하라고 하자 하나둘씩 빠르게 방향을 돌리기 시작했다. 그때 이들을 지나쳐서 두 사람이 내게로 왔다. 백련하와 호종단주 장문웅이었다.

"공자."

그녀가 속삭이듯이 뭔가를 말하려고 하기에, 나는 소리를 낮추라는 시늉과 함께 전음을 보냈다.

[앞에 매복이 있습니다.]

물론 장문웅에게도 같은 전음을 보냈다. 그러자 장문웅이 앞을 쳐다보며 고개를 갸웃거렸다.

—모르나 보네.

장문웅은 단주급의 뛰어난 실력자라고 하나 해악천과 같은 경지에 이른 것이 아니라면 기감이 상대적으로 떨어질 수밖에 없는 듯했다. 물론 나 역시도 검의 소리를 들을 수 없다면 마찬가지였겠지만.

[매복이라뇨? 적들이 어떻게 알고 매…. 앗!]

백련하가 뭔가를 발견하고서 미간을 찡그렸다. 그것은 대주 양강일의 시신이었다. 그녀의 반응 덕분에 그것을 발견한 장문웅이 대체 무슨 일이냐고 추궁하듯이 나를 쳐다보았다.

[첩자입니다.]

나는 두 사람에게 차례로 전음을 보냈다. 반응은 각기 다르게 나왔다.

[첩자라고? 그걸 어떻게 알았습니까?]

[…양 대주가 첩자라고요?]

단주 장문웅이 첩자인 것을 어찌 알았느냐는 반응이면, 백련하의 말투는 마치 그는 첩자일 리가 없을 텐데 같은 느낌이었다. 나는 그녀에게 방금 있었던 일을 말해주었다.

[저자가 제 검집에 천리추향을 묻히더군요.]

그렇지 않아도 보여주기 위해 아직 털지 않았었다. 등 뒤에 묻어 있는 천리추향을 본 그녀가 가까이에서 그 냄새를 맡았다.

[향이 약간 다르군요.]

그녀 역시도 이를 곧바로 알아차렸다. 나야 첩자로 훈련을 받았으니 구분이 가능했지만 여자라서 그런 것일까? 생각보다 향에 민감했다.

[이걸 공자한테 묻혔다고요?]

그녀가 의아한 목소리로 말했다. 나 역시도 바로 뒤에서 이런 대담한 짓을 할 줄은 몰랐다.

"답답하군요. 적들이 전방에 매복해 있다고 해도 제가 기적을 감지하지 못할 정도의 거리라면 속삭이는 소리까지는 듣기 어려울 겁니다."

세 사람이서 전음으로 대화하는 게 답답했는지 장문웅이 작은 소리로 말했다. 그의 말도 일리는 있었다. 좀 더 신중을 기하려고 전음을 했을 뿐이다.

"보셨습니까?"

"검집에 묻은 천리추향 때문에 양 대주가 첩자라고 생각하신 거군요."

"의심할 여지가 없었습니다."

이들에게 보여줬으니 이제 검집의 역할은 끝났다. 나는 낭떠러지 아래로 검집을 던져버렸다.

─아….

오랫동안 함께했던 검집이 떨어지자 남천철검이 아쉬워했다. 별수 없었다. 저걸 가지고 다니면 위치가 노출되고 만다. 어쨌든 천리추향을 따라서 추격을 할 거면 저 까마득한 낭떠러지 아래 급류로 들어가야 할 것이다.

그런데 그사이 백련하와 장문웅이 서로 시선을 나누고 있었다. 왜 저러는 거지?

"이러고 있을 시간이 없습니다. 서둘러 퇴각해야 합니다."

검의 소리만 듣고는 매복한 적들의 전력을 파악할 수 없었다. 협소한 절벽 길에서 적들과 대치할 바에는 해악천을 도와 추적자들을 처리하고 합류하는 편이 나았다.

그런 내게 백련하가 전음을 보냈다.

[공자, 양 대주는 첩자가 아니라, 아아… 첩자가 맞군요.]

[네?]

이건 또 무슨 소리지? 첩자가 아닌데 첩자가 맞다니?

[어렵게 이야기했군요. 그는 언니….]

'언니?'

―….

'…!!'

그녀의 전음이 미처 끝나기도 전에 나는 다급히 뒤를 쳐다보았다.

[왜 그러는 거죠?]

검의 소리들이 점점 크게 들렸다.

―이곳으로 오고 있다, 운휘.

남천철검이 무겁게 경고했다. 매복한 상태로 계속 기다릴 줄 알았는데, 이곳으로 오고 있는 듯했다. 그 속도가 굉장히 빨랐다.

"오고 있습니다!"

"아!"

적들이 가까워지자 단주 장문웅도 이들을 감지했는지 황급히 소리쳤다.

"모두 서둘러서 퇴각한다!"

우르르! 그의 외침 소리에 조용히 움직이던 행렬이 빨라졌다. 가장 후미, 아니 이제는 반대로 선두가 된 송좌백과 송우현을 필두로 달리기 시작했다. 계곡 길에서 따라잡히게 되면 정말 위태로운 상황이 된다.

"아가씨께서는 가운데로 가십쇼."

단주 장문웅의 말에 그녀가 고개를 끄덕였다. 그녀는 이 행렬의 왕이었다. 왕이 잡히는 순간 모든 것이 허사가 된다.

"상급 무사들은 뒤로 빠져라. 공자님도 저와 같이 후미를 맡아주십쇼."

"알겠습니다."

여기서 최고수는 나와 단주 장문웅이었다. 상황이 참 급박하게 돌아갔다. 이제는 송좌백과 송우현 쌍둥이가 앞을 치고 나가고, 나는 뒤를 보호해야 할 상황에 처했다.

[조성원!]

[주군?]

나는 상급 무사들의 앞쪽에서 달리고 있는 중상급 후보생들 중에 조성원을 전음으로 불렀다. 만약의 상황에 대비해 그한테 가운데 쪽을 보호하라고 당부했다. 개방 방주의 무공인 항룡십팔장을 익힌 녀석은 일류 중에서도 수위에 속하는 실력자이니 믿을 만했다.

"서둘러라!"

장문웅의 외침에 퇴각 행렬에 속도가 붙었다. 그러나 이 속도로는 적들의 추격을 뿌리치기에는 무리였다. 적어도 계곡 길만이라도 벗어나야 하는데….

—늦었어.

소담검이 암담한 목소리로 내게 말했다. 나 역시도 알고 있다.

—….

검들의 웅성거리는 소리가 너무도 가까워졌다. 뒤를 힐끔 쳐다보니, 한 무리의 검은 복면을 하고 있는 자들이 빠르게 경공을 펼치며 우리를 향해 오고 있었다. 대략 마흔여 명쯤 되었다.

'복면?'

뭔가 이상하다. 저들은 어째서 복면을 쓰고 있는 거지? 이쪽은 아직까지 혈교인이라는 것이 드러나면 안 되기에 복면을 쓴 것이다. 한데 저들은 복면을 쓸 이유가 전혀 없었다. 처음 제압했던 척후병들 역시도 그렇기에 얼굴을 드러내고 있었다.

"큭."

저들을 바라본 장문웅의 입에서 신음성이 흘러나왔다. 인원은 이쪽보다 적었으나, 하나하나가 만만치 않은 고수들인 듯했다. 특히 맨 선두에 있는 둘은 위압감이 보통이 아니었다. 한 사람은 보기만 해도 흉악스러워 보이는 큰 도끼를 짊어지고 있었고, 한 사람만 권사인 듯한데 신장이 굉장했다. 해악천보다는 작은 듯했지만 보통 사람들보다 훨씬 컸다.

'어떻게 해야 하지?'

상급 무사들과 남아서 이들을 막아야 할 것 같다. 지금 거리로 봐서는 금방 따라잡힌다.

'엇?'

"단주님!"

나의 부름에 장문웅이 뒤를 쳐다보았다.

"이런! 상급 무사들은 당장 멈추고 뒤를 막아라!"

복면인들이 투창으로 보이는 무기를 던지려고 하고 있었다. 이 정도 거리라면 충분히 피해를 줄 수 있다고 판단한 것 같았다. 거구의 권사 역시도 투창 하나를 잡았는데, 멀리서 보는데도 그 기세가 매우 위협적이었다. 파파파파파팍! 복면인들이 던진 투창들이 공간을 가로지르며 날아왔다. 나 혼자서 이것을 다 막는 것은 무리였다. 적어도 두세 개만이라도.

팟! 나는 검을 두 손으로 쥐고서 날아오는 투창에 집중했다. 그리고 그것이 도달하는 순간 빠르게 검을 휘두르며 투창을 베어냈다. 차차창! 목표치를 이뤘다. 투창 두 개를 베어냈고, 하나는 아슬아슬하게 튕겨냈다. 차차차차차창! 옆쪽에서 상급 무사들이 투창을 막아내는 소리가 들렸다. 투창 역시도 내공이 실려 있었기에 모두가 그것을 막아낸 것은 아니었다. 푸푹!

"컥!"

"으억!"

상급 무사 두 명이 당했다. 한 명은 그대로 복부를 관통당해 꼬챙이 신세가 되었고, 다른 한 사람은 허벅지에 꽂혀서 목숨은 부지할 수 있었지만 기동력을 잃었다. 그런데 문제는 이것이 아니었다. 거구의 권사가 날린 투창은 다른 복면인들이 날린 것과 차원이 달랐다. 슈우우우우! 공기를 가르는 소리부터 달랐다. 중단전을 개방해도 막을 수 있을지 엄두가 나지 않을 정도였다.

"모두 비켜!"

이에 장문웅이 나섰다. 여기서 유일하게 이것을 막을 수 있는 자는 그뿐이었다. 슈우우우우우! 장문웅이 한가운데로 날아오는 엄청난 기세의 투창 앞을 가로막았다. 그리고 투창이 바로 지척까지 다가오자 이를 빠르게 낚아챘다. 막는 데 성공하나 싶었다. 그 순간이었다. 푸욱!

"큭."

투창을 잡아냈는데 그것이 장문웅의 우측 가슴 어깨를 파고들었다. 그 상태에서 장문웅의 몸이 부웅 하고 떠오르더니 뒤로 튕겨 나갔다. 파파파파파!

"으악!"

"억!"

뒤에 있던 상급 무사들이 장문웅을 받아주려다, 넘어지면서 같이 튕겨 나가고 말았다. 격물전경의 수법이었는데, 말도 안 되는 위력이었다. 투창 한 자루로 절정의 고수와 일류 고수 여럿을 나가떨어지게 만들었다. 덕분에 퇴각 행렬이 도중에 멈춰지고 말았다.

"하아… 하아….'

팍! 장문웅이 어깨로 파고든 투창을 빼냈다. 그리고 점혈술로 지혈했다.

—괴물인데?

네가 그렇게 말하지 않아도 이미 눈으로 확인했다. 최악의 상황이었다. 투창만으로 이 정도 위력을 보일 정도의 무위라면 저 거구의 권사는 적어도 혈성급이나 존자급에 이른 절세고수였다.

그러는 사이에 그들이 우리가 있는 곳까지 도달했다. 나는 낭떠러지 옆쪽을 바라보았다.

'…목숨을 걸어야 하나.'

이런 상황에서 살아남을 수 있는 유일한 방법은 계곡 낭떠러지였다. 까마득할 정도로 높아서 살 수 있을 확률이 매우 낮았지만 적어도 일말의 희망이라도 있었다. 아니면 목숨을 걸고 싸워야 할까? 인원은 우리 쪽이 훨씬 앞섰기에 적어도 백련하가 도망칠 수 있는 시간을 벌 수 있을지도 모른다.

—그냥 너만 도망가는 건 어때? 뭐하러 얘네까지 신경 써?

아… 소담검의 말에 나는 문득 깨달았다. 마치 내가 혈교의 충신이라도 된 것처럼 생각하고 있었다. 여차하면 나를 더 우선시해야 하는데 말이다.

그때 복면인들 중에 흉악한 도끼를 짊어지고 있는 자가 우릴 향해 소리쳤다.

"너희들 중에 백련하라는 계집이 있느냐?"

'백련하?'

놀랍게도 그들이 노리는 것은 백련하였다. 차가운 물을 끼얹은 것처럼 순식간에 행렬이 정적으로 물들었다. 도끼를 짊어진 복면인이 말을 이어갔다.

"백련하가 없다면 네놈들을 전부 죽일 것이다. 만약 백련하가 있다면 그 계집을 내놓거라. 그러면 네놈들을 살려주도록 하마."

그 말에 상급 무사들의 눈빛이 달라졌다. 다른 이도 아니고 차기 혈교주를 노리는데 분노하지 않을 자가 어디 있겠는가. 하지만 이것이 독이 되어버렸다.

"호오라. 놈의 예견이 통했구나. 역시 여기에 있구나."

도끼의 복면인은 백련하가 이곳에 있다고 확신하게 되었다. 그런 그의 태도를 보면 이들 역시도 백련하를 노리지만, 이곳에 나타날지는 확신하지 못했던 것 같다.

"그 계집이 있다면 썩 내놓거라!"

도끼의 복면인 옆에 있던 거구의 권사가 다그쳤다. 목소리에 실린 힘만 보더라도 그는 정말 엄청난 고수였다. 위압감에 상급 무사들조차 주눅이 들 정도였다. 하지만 상대의 위압에 질려서 그녀를 내놓을 자는 없었다. 꽉! 상급 무사들의 병장기를 쥔 손에 힘이 들어갔다.

'…'

이들의 기세를 보면 죽는 한이 있더라도 이 자리에서 목숨을 걸고 그녀를 지키려는 듯했다. 저런 고수들을 상대로 도망은 무의미했지만, 그래도 대단한 충성심이었다. 이런 점 때문에 무림연맹에서 이들의 씨를 말리려는 것일지도 몰랐다.

나는 상처 부위를 붙들고 있는 장문웅을 바라보았다. 그 역시도 결사 항전할 기세였다.

'…'

잠시 고민에 빠져 있던 내가 장문웅에게 전음을 보냈다.

[단주님.]

그가 의아한 눈으로 나를 쳐다보았다.

[…제가 시간을 끌 테니까 단주님께서는 아가씨를 데리고 도망치십쇼.]

[공자!]

그가 커다래진 눈으로 나를 쳐다보며 전음을 보냈다.

—야, 네가 뭐하러 그런 짓을 해?

소담검이 나를 나무랐다.

'됐어. 여차하면 낭떠러지로 뛰어내릴 거야.'

어차피 진퇴양난의 상황이었다. 해악천이 내게 맡긴 일만 완수할 수 있다면 일말의 확률에 목숨을 걸 거다. 저들과 싸우는 것보다는 확률이 높지 않겠는가.

—에휴.

그때 복면인들 중 한 사람이 입을 열었다.

"장주님, 시간이 없습니다. 어차피 안 되면 전부 죽여도 좋다고 했으니, 닥치는 대로 죽이도록…"

슥! 그때 내가 앞으로 나섰다. 그 모습에 적군과 아군의 모든 시선이 내게로 집중되었다. 아군 측은 당혹감을 보였고, 적군 복면인들은 드디어 걸려들었구나 싶은 눈빛을 보이고 있었다.

척! 나는 그들에게 포권을 취하며 말했다.

"선배님들께서는 무림연맹 분들이 아니신 듯한데 어찌하여 저희를 핍박하시려는 겁니까?"

그런 내 말에 뒤쪽에서 웅성거리는 소리가 들려왔다. 당연히 이들이 무림연맹 사람들이나 정파인들이라고 생각했을 거다. 하지만 내 생각은 달랐다. 그때 도끼를 짊어지고 있는 복면인이 말했다.

"흥. 무슨 소리를 하는 것이냐? 우리는 무림연맹 사람들이다."

복면인은 내 말을 부정했다.

"한데 어찌하여 '백련하'를 내놓으면 저희를 살려주신다고 하는 겁니까?"

애초에 말이 되지 않았다. 무림연맹의 목적은 혈교의 절멸이었다. 씨조차 남기지 않고 전멸시키는 것이 목적인데, 단지 혈교주의 재목만을 노린다? 그건 어불성설이었다.

"이놈이 말도 안 되는 소리를 해대는구나!"

권사의 복면인이 내게 호통을 쳤다. 다행히 늘 해악천을 경험했기에 이런 위압감에는 적응되어 있었다.

"산 곳곳에 연맹의 사람들이 깔려 있는데 목숨이 아깝지 않나 보구나."

권사의 복면인이 상황을 상기시켜주었다.

나는 흔들리지 않고 말을 이어갔다.

"그럼 같은 연맹 분이신데 어찌하여 시간이 없으시다는 말씀인지요?"

"…"

그 물음에 시간을 언급했던 복면인이 눈살을 찌푸렸다. 내가 그런 것까지 새겨들을 줄은 몰랐나 보다. 놈들의 눈빛에 살기가 감도는 것을 보면 상황이 위태로워졌다는 것이 확연히 느껴졌다. 더 자극하는 건 위험한 짓이지만, 시간을 끌고 이들의 시선을 내게로 모으기 위해서는 어쩔 수 없었다.

"저희 사람들 중 한 사람이 천리추향을 뿌리더군요. 한데 이 향이 산맥을 수색하고 있는 무장 세력들이 쓰는 것과는 미묘하게 다르더군요."

그 말을 들은 복면인들의 눈에 이채가 띠었다. 내가 천리추향의 향마저 구분할 수 있는 것이 놀라웠나 보다. 첩자 생활만 팔 년 정도 하면 어려운 일도 아니었다.

"그것만으로 우리가 연맹이 아니라고 확신하다니, 참으로 멍청한 놈이구나."

도끼를 짊어진 복면인이 나를 비웃었다.

"처음에는 그자 역시도 무림 세력의 첩자일지 모른다고 생각했습니다. 한데 잘 생각해보면 아닌 것 같더군요. 저희를 자연스럽게 이쪽 계곡 길로 유도한 것부터 말이죠."

만약 이들과 마주치지 않았다면 나는 끝까지 착각했을 거다. 대주 양강일도 같은 패였을 거라고 말이다. 하지만 잘 생각해보니 아니었다.

"그 사람은 선배님들께서 보내신 첩자가 맞죠?"

"흥!"

그런 내 말에 복면인들이 부정하지 않았다. 굳이 숨길 필요가 없다고 여긴 모양이다. 왜냐하면 어차피 우리들은 함정에 빠진 쥐새끼나 다름없었으니 말이다.

복면인이 내게 소리쳤다.

"네놈들 안에 첩자가 있다는 것을 알았으니, 우리가 얼마든지 백련하를 찾을 수 있다는 것 정도는 알겠지?"

이간계를 펼치려고 하고 있었다. 서로를 의심하게 만들려는 수작이었다.

"참 감사한 일이로군요."

"뭣?"

"덕분에 더는 저희 쪽에 세작이 없음을 알게 되었습니다. 선배님의 배려에 감사드립니다."

"…?"

"세작이 있었다면 진즉에 찾아내셨겠죠. 전음으로 알려줬을 테니 말입니다."

그런 내 말에 복면인의 눈매가 매서워졌다. 나와 말을 섞으면 섞을수록 오히려 자신들이 휘말린다는 사실을 인지했을 것이다. 도끼를 짊어진 복면인이 살기 어린 목소리로 말했다.

"이놈이 세 치 혀로 시간을 끌려는 수작이로구나. 네놈부터 죽여주마."

도끼의 복면인의 말이 끝나기가 무섭게 복면인들 중 한 사람이 내게 투창을 던지려고 했다. 이 거리라면 피하는 것도 어려웠다. 그때 내가 다급히 소리쳤다.

"백혜향 혹은 그 산하의 누군가가 사주했습니까?"

'…!!'

그 외침에 투창을 던지려던 복면인의 움직임이 멈칫했다. 당연하

222

겠지. 나는 저들을 움직인 자가 백혜향이나 그녀와 관련된 자들이라 확신했다. 그렇지 않고는 육혈곡의 대주라는 작자가 첩자인데, 그 위치가 무림연맹이나 정파 측에 드러나지 않은 것이 이상했다. 애초에 목표는 백련하 한 사람이었다.

"백혜향 아가씨라니?"

뒤에서 술렁이는 소리들이 들려왔다. 설마 우리 앞을 가로막은 자들이 같은 혈교 측에서 보낸 자일 거라고는 상상하지 못했을 것이다.

"놈을 죽여!"

권사의 복면인이 소리쳤다. 나는 다급히 중단전을 열고서 선천진기를 끌어올렸다. 슉! 팍! 그러고는 날아오는 투창을 잡아냈다. 권사의 복면인의 눈이 커졌다. 고작 일류 고수 정도로 봤던 애송이가 이 거리에서 투창을 잡아냈으니 놀라는 것도 당연했다.

"도로 드리겠습니다."

팍! 나는 십성 공력을 실어 권사의 복면인을 향해 투창을 던졌다. 그러고는 외쳤다.

"모두 도망쳐!"

백련하도 피신했을 테니, 이제 각자가 목숨을 구제하는 것이 살아남는 길이었다. 그때 권사의 복면인이 내가 던진 투창을 가볍게 낚아챘다. 그러고는 나를 죽일 생각인지 전력을 다해 투창을 날렸다. 슉!

'젠장!'

괜히 오지랖 부리지 말고 내 목숨이나 챙길 걸 그랬나.

바로 그 순간이었다. 팍! 파르르르르르르! 투창의 날 끝이 바로 내 코앞에서 멈췄다. 날이 진동을 일으키는데 순간 심장이 오그라들었다. 이게 왜 갑자기 멈춘 거지?

"공자, 고마워요."

'응?'

뒤에서 들리는 이 목소리는 백련하의 것이었다. 도망가라고 했는데 어째서?

"애송이 주제에 제법이구나."

'이 목소리는?'

나는 떨리는 눈으로 옆을 쳐다보았다. 내 옆에서 한 복면인이 투창을 잡고 있었다. 그가 이것을 절묘하게 잡아내지 않았다면 나는 목숨을 잃었을 것이다.

팍! 복면인이 쓰고 있던 복면을 거추장스럽다는 듯이 벗었다. 그런데 놀랍게도 그는 바로 이존 난마도제 서갈마였다.

"어…르신이 어떻게?"

분명 만사신의를 모시고 북동쪽 산길로 간 것으로 알고 있었다. 그런데 그가 어째서 이곳에 있는 것일까? 한데 이게 끝이 아니었다.

"공자 덕분에 저희 쪽에 다른 세작이 없는 것도 확인되었군요."

내 옆으로 또 다른 누군가가 나왔다. 복면을 쓰고 있었지만 붉게 물든 양손과 목소리를 듣고 누군지 알 수 있었다. 혈수마녀 한백하였다. 가짜 백련하를 데리고 간 줄 알았는데 그녀 또한 이곳에 있었다.

'하!'

나는 순간 어처구니가 없었다. 그럼 이때까지 이들은 아군조차 속이고서 숨어 있었다는 소리가 아닌가. 서갈마와 한백하의 등장에 분위기가 한순간에 바뀌었다. 목숨을 각오하고서 결의를 다지던 상급 무사들의 전의가 살아났다.

"이런 젠장!"

"우릴 속였구나!"

두 고수의 등장에 복면인들은 빠르게 상황을 파악했다. 아무리 그들의 전력이 강하다고 해도 이쪽에 혈성급과 존자급의 고수가 있다면 승부를 장담할 수 없었다. 거구의 복면 권사가 가장 먼저 몸을 날리며 소리쳤다. 팟!

"퇴각한다!"

자신들이 불리하다고 판단한 그들은 퇴각하려 했다.

바로 그때였다. 파파파파파파팍! 한 인영이 우측 절벽 위쪽에서 엄청난 속도로 직립 보행을 하며 내려오는 신기를 보이더니, 이내 도주하려는 복면인들 앞을 가로막았다. 쿵! 복면인들을 아이처럼 보이게 하는 엄청난 거구의 사내. 바로 해악천이었다. 해악천의 한 손에는 혓바닥을 늘어뜨리고 있는 한 중년인의 수급 하나가 들려 있었다. 피가 뚝뚝 떨어지는데 모두를 오싹하게 할 지경이었다. 제일 앞장서서 도주하던 권사의 복면인이 중얼거리는 목소리가 들렸다.

"…기기괴괴."

"이깟 놈으로 본좌의 시간을 끌 수 있을 것 같았더냐."

찌익! 해악천이 상의를 거칠게 찢으며 수급을 내팽개쳤다. 그의 전신이 진한 구릿빛으로 물들었다.

"흥! 지금부터 본좌의 앞을 지나가고 싶거든 그 목을 내놓아야 할 것이다."

마치 장판교 위의 장비를 연상케 하는 해악천의 무시무시한 기백에 억눌린 복면인들은 앞을 내달리다 말고 멈출 수밖에 없었다. 물론 모든 이들이 겁에 질린 것은 아니었다. 한 용기 있는 복면인이 해악천을 향해 유엽도를 휘두르며 달려들었다.

"흐압!"

팟! 그 순간 해악천이 질풍과도 같은 몸놀림으로 복면인이 휘두르던 유엽도를 움켜쥐었다.

"크하하하하핫! 좋구나!"

"이익!"

당황한 복면인이 그를 향해 발차기를 날리는데, 해악천이 그것을 잡고서 절곤을 휘두르듯이 녀석의 몸을 바닥에 내팽개쳤다. 쾅!

"끄억!"

한 번 내리쳤는데, 바닥이 부서지고 놈의 얼굴이 뭉개졌다. 지금까지 우리 사형제를 상대로 대련하던 것은 정말 많이 봐준 거였구나. 해악천이 두어 번 정도 내팽개치자, 복면인은 거꾸로 매달린 상태로 시체처럼 축 늘어졌다.

"흥! 재미없구나."

해악천이 콧방귀를 뀌고서 복면인을 절벽에 휙 하고 던져버렸다. 동료가 죽었음에도 누구 하나 이를 지켜보면서 나설 생각을 하지 못했다. 그만큼 해악천의 존재감은 굉장했다.

―어우, 무슨 야수를 보는 것 같아.

그 말이 맞았다. 상의를 찢고서 진혈금체를 펼친 해악천은 한 마리의 야수 그 자체였다. 그러니 적들조차 위압감에 억눌려서 꼼짝하지 못하는 것이었다. 지금 그는 천하무적처럼 보였다. 이런 그를 상대로 한 번도 진 적이 없다는 남천검객은 대체 얼마나 대단하다는 것인가.

—…모르겠다. 지금의 저자라면 당시의 전 주인도 장담할 수 없을 듯하다.

　남천철검이 진지하게 말했다. 그 말을 들으니 해악천의 무공 역시도 십오 년 전보다 훨씬 성장한 듯했다.

　그때 복면인들 중 가장 거구의 덩치를 자랑하는 권사가 앞으로 나섰다.

　—거인들끼리 붙으려나 봐.

　복면의 권사 역시도 보통 사람이 작아 보일 정도로 신장이 컸다. 하지만 그런 복면인보다도 훨씬 큰 것이 해악천이었다.

　"기기괴괴, 명성대로 대단하구나."

　"다음 상대는 네놈이더냐?"

　"예전부터 늘 네놈과 비견되는 것이 불만이었는데, 좋다. 한번 붙어보…."

　말이 미처 끝나기도 전에 해악천이 덩치와는 어울리지 않는 민첩한 몸놀림으로 놈의 앞으로 파고들었다.

　"급하군."

　놀랄 만도 했는데, 복면의 권사가 신중하게 뒤로 몸을 빼며 권을 날렸다. 해악천 역시 강하게 진각을 밟으며 권을 날렸다. 쾅! 두 사람의 주먹이 부딪치는 순간 주변에 강한 파공음이 일어났다. 심지어 두 사람 수위로 풍압이 일어날 정도였다. 첫 권은 호각인 듯했다. 그러나 복면의 권사 입에서 신음이 흘러나오더니, 이내 그의 몸이 뒤로 밀렸다.

　"큭."

　공력에서 밀린 복면의 권사가 주먹을 떼고서 다급히 해악천을 향해 권초를 펼쳤다. 사나운 맹수처럼 폭사하는 권영들.

"크하하하핫."

권영들 사이에서 해악천이 광소를 내뱉더니, 그것을 피하지 않고 양발을 나무뿌리처럼 단단히 고정하고는 주먹을 회전시켰다. 파파 파파팍! 단순한 동작처럼 보였지만 상승의 무리가 섞여 있었다. 허초가 섞여 있던 권영들이 회전에 튕겨 나가고 유일한 진초만이 남았다. 팍! 해악천이 그것을 왼팔로 막아내더니, 이내 놈의 갈비뼈 쪽을 향해 일 권을 날렸다. 콰득!

"끄윽!"

놀라운 일격이었다. 단 한 번에 뼈가 부서지는 소리가 여기까지 들릴 정도였다. 고통스러울 만도 했는데, 복면인은 그 상태에서 왼 주먹을 해악천의 안면에 맞췄다. 픽! 해악천이 얼굴을 살짝 비틀며 놈의 권을 흘렸다. 그 틈에 복면의 권사가 다급히 보법을 펼치며 거리를 벌렸다.

'대단해.'

나는 대결에서 눈을 뗄 수가 없었다. 해악천보다 한 수 밀렸지만 복면의 권사 역시 초절정의 고수다운 대단한 무위를 지니고 있었다.

콰드득! 물러난 권사가 서 있는 바닥에 살짝 균열이 일어났다. 해악천에게 당한 권력을 발을 통해서 내보내고 있었다.

"못 본 새에 더 강해졌군."

옆에 서 있던 이존 서갈마가 경탄을 내뱉었다. 그 역시도 해악천의 신위에 놀란 모양이었다. 그를 칭찬했을 뿐인데, 왠지 모르게 뿌듯해지는 기분은 무엇일까?

그때 뒤에 있던 누군가가 앞으로 나서며 소리쳤다.

228

"선배님들께 권고하고자 합니다."

백련하였다. 내공을 숨겼으리라 여겼지만 그녀의 목소리에 실린 힘은 보통이 아니었다. 이에 해악천에게 가로막혀 꼼짝 못 하고 있던 복면인들 몇몇이 몸을 돌렸다. 백련하가 그들에게 소리쳤다.

"언니가 보낸 사람들이면 저희와 무관하지 않은데, 지금이라도 항복하고 누가 사주한 건지 자초지종을 말씀해주신다면 안위를 보장하겠습니다."

그런 그녀의 외침에 나는 새삼 깨달았다. 그녀 역시도 보통 영리한 것이 아니었다. 이 함정을 판 것은 아마도 그녀일 것이다.

─애가 함정을 팠다고?

'그래.'

아군마저 속인 함정이었다.

─알려줬으면 좀 좋아.

'사정이 급했고 이런 정보는 소수만 아는 것이 좋으니까.'

아마도 이것을 아는 사람은 해악천, 서갈마, 한백하… 그리고 단주 장문웅 정도일 것이다. 아군 내에 또 다른 백혜향의 사람이 있을지도 모르기에 다른 이들에게는 이 사실을 밝히지 않았을 것이다.

─참 대단한 자매들이네.

소담검이 혀를 내둘렀다. 나 역시 녀석과 같은 생각이었다. 다른 세력을 이용해 이런 일을 꾸민 백혜향 측이나, 그것을 알아차리고서 역으로 함정을 판 백련하 역시 만만치 않았다.

─그 천년 묵은 여우는 그렇게 똑똑해 보이지 않았는데. 그냥 힘으로 억누르는 성격 같아 보이던데.

그런 것이라면 전략을 세우는 군사의 역할을 해준 이가 있었을 거다. 어쩌면 백련하는 그 존재가 누구인지 알아내려는 것일지도 몰랐다. 같은 혈마의 피를 이은 백련하보다는 그쪽이 칠 수 있는 명분이 강할 테니까 말이다.

—근데 그거 알아?

'뭐?'

—정황만 가지고 이걸 추측해낸 너도 만만치 않다는 거.

이게 뭘 대단하다고. 이 정도는 정황을 알면 누구나 추측할 수 있을 거다. 나는 별로 대단하게 생각지 않았다.

"선배님들을 향한 마지막 권고입니다. 항복하지 않는다면 오직 죽음뿐입니다."

그런 그녀의 말에 도끼를 짊어진 복면인이 노기 서린 목소리로 외쳤다.

"보자 보자 하니까 우리를 우습게 여기는구나!"

"윽!"

범이 울부짖는 것처럼 쩌렁쩌렁하게 울려 퍼지는 목소리에 귀가 아플 지경이었다. 한데 이 정도로 크게 외친다면 주변 산으로 전해질 확률이 높았다. 상황이 불리해지니 머리를 굴린 것이다.

"구슬리는 것은 글렀군요. 이렇게 된 이상 빨리 처리하고 몇 명만 생포해서 가야 할 듯합니다."

서갈마 역시도 나와 같은 생각을 했다. 백련하도 상황이 여의지 않다고 여겼는지 고개를 끄덕였다.

"건방진 것들. 좋다! 누가 죽을지 한번 끝까지 해보자! 가자!"

"충!"

도끼를 짊어진 복면인의 외침에 복면인들이 우리를 향해 방향을 틀었다. 일이 꼬였으니, 해악천은 복면의 권사에게 맡기고 우리와 일전을 벌이려는 모양이었다. 목적은 당연히 백련하였다.

"육혈성은 아가씨를 보호해주시오."

만약의 사태를 대비하려는지 서갈마가 한백하에게 호위를 부탁했다. 그녀 역시도 옳다고 여겼는지 이를 받아들였다.

"알겠습니다."

"저 도끼를 가진 놈은 본인이 처리하겠소. 누가 도 한 자루를 빌려다오."

"여기 있습니다."

한 상급 무사가 유엽도를 넘기자 서갈마가 인상을 찡그렸다. 행렬에 숨어 있느라 자신의 보도를 가져오지 않은 듯한데, 독문 무기인 장도와는 달라서 그런 듯했다. 하지만 명사는 도구를 탓하지 않는 법. 몇 번 가볍게 휘두르는데 소리부터가 남달랐다.

"장 단주, 움직일 수 있겠소?"

"괜찮습니다, 어르신."

장문웅의 상태를 확인한 서갈마가 도를 앞으로 겨냥하고 외쳤다.

"무사들은 본좌를 따르라! 적을 벤다!"

팟! 서갈마가 선두에서 몸을 날렸다. 그의 외침에 전의가 차오른 상중급 무사들이 그를 필두로 용맹하게 뒤따랐다. 부상을 입었는데도 단주는 확실히 단주였다. 장문웅이 가장 앞장서서 적들을 향해 신형을 날렸다. 파파파파파팍! 순식간에 양측이 격렬하게 부딪쳤다. 재미있는 것은 양쪽 모두가 복면을 쓰고 있어서 상당히 혼전이었다. 복면이 다르게 생겼지만 멀리서 보면 아군인지 적군인지 구분하기조차 힘들 정도였다.

'이러면 고맙지.'

나는 중단전을 개방했다. 혼전을 이용해 적당한 실력 발휘를 해도 좋을 듯하다. 어차피 주목은 저쪽에서 받을 테니 말이다. 채채채채채챙! 벌써 서갈마와 도끼의 복면인이 부딪쳤다. 찰나에 열 합 이상을 부딪칠 만큼 도끼의 복면인 역시도 만만치 않을 무위를 지녔다. 저 큰 도끼를 자유자재로 휘두르면서 서갈마의 도를 막아내고 있었다. 상황이 이렇지만 않다면 구경하고 싶지만…. 푹!

"컥!"

지금은 빨리 적들을 처리해야 했다. 순식간에 복면인 한 사람의 목을 찌른 나는 이어서 다른 사람을 노렸다. 오랜만에 겪어보는 혼전은 실력 발휘를 하기에 좋았다. 파파파파파팍! 나는 복면인들 사이를 종횡무진하며 실력이 떨어지는 복면인들을 노려 제일 먼저 처리했다. 이런 나의 전법은 아군에게 주효하게 먹혀들었다. 하나둘씩 제거되면서 적측 복면인들이 조금씩 밀리기 시작했다.

"저놈! 저 녹슨 철검을 든 놈부터 죽여!"

"놈부터 죽여야 해!"

들켜버렸네. 너무 종횡무진했나 보다. 주변에 있는 적측 복면인들이 이구동성으로 나를 죽이라고 소리쳤다. 그 때문에 한 번에 두세 명이 동시에 달려들었다.

'회룡승검.'

나는 재빨리 성명검법 사초식 회룡승검(回龍昇劍)을 펼쳤다. 검을 비스듬하게 잡고서 몸을 빠르게 회전시켰다. 검초가 회오리치며 복면인들이 휘두르는 검과 도를 튕겨냈다. 채채채채챙!

"아닛?"

"헛!"

화려한 성명검법의 검초에 복면인들이 당혹감을 감추지 못했다. 그런데 나한테만 신경 쓸 틈이 있을까? 푹!

"크억!"

내게 집중하다 우리 쪽 상급 무사의 일격에 복면인 한 사람이 당하고 말았다. 혼전 중에는 누군가를 노리기보다 그냥 앞에 있는 적을 먼저 처리하는 데 집중하는 게 낫다. 슬슬 적들의 숫자가 눈에 띌 만큼 줄어들고 있었다. 사십여 명의 복면인들 중에서 정말 실력자는 세 명 정도에 불과했다. 나머지는 일류와 이류가 골고루 섞였다.

파파파팍! 부상을 입었는데도 절정의 고수답게 장문웅 역시 활약하고 있었다. 나의 예상대로 그는 절정의 고수들 중에서도 실력자였다. 복면인들 중에도 절정의 고수가 있었는데, 그를 상대로 적수공권으로 압도하고 있었다.

'남은 숫자는….'

적들은 대략 열 명 남짓 남았다. 그나마 일류 고수라서 이만큼 버티는 것이었다. 그때 격렬한 철음이 울려 퍼지며 두 인영이 위로 높이 솟구치는 모습이 보였다. 서갈마와 도끼의 복면인이었다. 채채채채채채쳉!

'대단하다.'

서갈마 역시도 놀라운 신위를 보여주고 있었다. 난마도제라는 별호답게 서갈마는 패도적인 도세로 도끼의 복면인을 압도하고 있었다. 도끼의 복면인은 그의 도초를 막기에 급급했다.

'존자는 존자구나.'

혈교의 사존자라는 명성이 괜히 있는 것이 아니었다.

그때 적측 복면인들 중 하나가 등에 차고 있던 투창을 뽑아 공중에서 부딪치고 있는 서갈마를 향해 던지려고 했다. 팟! 나는 경공을 펼쳐 위로 신형을 날렸다. 그러고는 복면인이 날린 투창을 절묘하게 튕겨냈다. 챙! 하마터면 서갈마가 위태로울 뻔했다. 우두머리라 할 수 있는 자들끼리 싸우고 있는 것을 방해하려 들다니. 정말 지극히 사파인다운 발상이었다. 하긴 혼전 중이니 이기는 것이 능사이기는 했다.

"이놈이 번번이!"

투창을 던진 복면인이 이를 갈았다.

바로 그때였다. 채채채채채채챙! 엄청난 공방이었다. 두 고수가 절초를 펼치는지, 푸른 불꽃이 튀길 만큼 격렬하게 도와 도끼를 부딪치고 있었다. 누구 하나 실수를 하게 되면 결착이 난다.

'아!'

조금씩 복면인이 휘두르는 도끼의 궤적이 무뎌지고 있었다.

바로 그 순간, 서갈마의 날카로운 한 수에 도끼의 날이 부러지며 절벽으로 날아가 박혔다. 깡! 휙휙휙휙, 푸욱! 찰나를 놓치지 않고 서갈마가 놈의 한쪽 손목을 베어냈다. 촥!

"끄악!"

손목이 잘린 복면인이 바닥으로 떨어졌다. 서갈마가 멋지게 밑으로 착지하며 마무리를 지으려고 했다.

"끝이다."

그의 목을 베려 하는 순간이었다. 팍! 무릎을 꿇고 있던 복면인이 품속에서 무언가를 날렸다. 그것은 바늘과도 같은 암기였다. 복면인 정도 되는 고수가 내공을 실어서 이를 날리자 그 위력이 보통이 아니었다.

"이놈이!"

채채채채채챙! 서갈마가 다급히 도를 휘두르며 놈의 암기를 막아 냈다. 그런데 그 틈을 놓치지 않고 놈이 방향을 틀어 어딘가로 내달 렸다. 팟! 그곳은 백련하가 있는 곳이었다.

"누구 마음대로!"

놈이 달려오자 혈수마녀 한백하가 준비했다는 듯이 붉게 물든 두 손으로 백련하의 앞을 가로막았다. 미리 방비해둔 것이 신의 한 수였다. 손목이 잘리고 부상을 당한 그가 한백하를 어찌할 수 있을 리가 만무했다. 그런데 돌발 상황이 일어났다. 팟! 당연히 백련하를 노릴 거라 여겼던 복면인이 방향을 틀었다. 그러고는 나를 향해 엄 청난 속도로 달려들었다.

"이런!"

서갈마가 이를 막기 위해 달렸으나, 서로 간의 거리 차가 너무 컸 다. 그를 피할 수 없다고 생각한 나는 사성의 성명신공을 끌어올리 며, 성명검법의 가장 위력적인 검초인 육초식 축아회검을 펼쳤다. 촤 르르르르! 검세가 격렬하게 회전하며 앞으로 뻗어 나갔다. 아무리 복면인이 절정을 벗어난 고수라고 할지라도 이 초식만큼은 맨손, 그 것도 왼손만으로 막기 힘들 것이다. 그런데 또다시 예상이 벗어났 다. 푹!

"크헉!"

'엇?'

남천철검이 놈의 가슴을 뚫었다.

'일부러?'

그때 복면인이 관통한 남천철검을 붙들고서 금나수의 수법으로 내 팔을 꺾은 후에 잘린 팔로 내 목을 휘감았다. 그러고는 내게 말했다.

"녹슨 철검. 네놈이 기기괴괴의 제자 소운휘란 놈이렷다."

'…?!'

이자는 내 이름을 정확하게 알고 있었다.

"저, 저를 아십니까?"

나는 겁에 질린 척하면서 조심스럽게 소담검을 향해 손을 가져갔다. 그러나 내 손이 미처 닿기도 전이었다.

"우리를 방해한 대가는 치러야겠지. 같이 가자꾸나!"

팟! 내 목을 휘감은 복면인이 그대로 절벽으로 뛰어내렸다.

"안 돼에에엣!"

"공자아아아아아아아!"

서갈마와 백련하의 외침 소리가 동시에 울려 퍼졌지만 이미 내 몸은 복면인과 함께 까마득한 낭떠러지로 낙하하고 있었다. 슈우우우우우우! 같이 죽는 마당에 복면인이 복수라도 한 것처럼 지껄였다.

"쿨럭쿨럭. 그게 나대지 말았어야지, 애송이 놈아."

꽉!

"컥!"

놈은 절대로 나를 놓치지 않겠다는 일념이었는지, 있는 힘을 다해 목을 졸랐다. 이러다간 목이 먼저 졸려서 죽을 것만 같았다. 그 순간 나는 소담검을 뽑아서 놈의 옆구리 폐부 쪽을 찔렀다. 푹!

"켁!"

가슴까지도 견뎌냈으나 폐까지 찔리자 목을 움켜잡고 있던 힘이 약해졌다. 나는 성명신공을 극성으로 끌어올려 그를 뿌리쳤다.

"이, 이노오오옴!"

놈이 분노해서 왼손을 허우적대며 나를 잡으려고 했다. 하지만 서로 낙하하는 덕분에 균형을 잡기가 어려웠는지 그 손을 피해냈다. 놈이 가슴과 폐 쪽을 다치지 않았다면 위태로웠을 것이다.

―나를 잡아라!

남천철검이 외쳤다.

나는 놈의 가슴에 박혀 있는 남천철검을 뽑았다. 차악!

"커헉!"

"너나 죽어!"

나는 번개처럼 놈의 미간을 찔렀다. 그래도 고수랍시고 놈이 팔을 들어 올려서 막아냈지만, 그 팔까지 관통해서 남천철검이 놈의 미간을 꿰뚫었다. 푹! 단말마의 비명도 없었다. 놈이 일그러진 얼굴로 나를 쳐다보고 있었다. 죽은 것이다.

바로 그 순간이었다. 파아아아악! 풍덩!

'끄악!'

온 뼈가 부서질 듯한 충격이 전신을 휘감았다. 놈에게 집중하느라 몰랐는데, 어느새 계곡에 빠지고 만 것이었다. 이런 까마득한 높이에서 떨어지니까 그 충격이 상상을 초월했다.

수우우우우우! 내 몸은 물속 깊숙이 파고들었다가 이내 엄청난 물살에 옆으로 휩쓸리며 물 위로 떠올랐다. 성명신공을 극성으로 끌어올리고 있었던 덕분인지 정신이 화들짝 들었다. 하지만 온몸이 충격 때문인지 움직이지 않았다.

―운휘, 정신 차려라!

─우릴 놓으면 안 돼!

이 와중에 자신들을 놓치기라도 할까 봐 남천철검과 소담검이 소리쳤다. 떨어지면서 몸이 경직되기라도 했는지 다행히 녀석들을 놓치지 않았다. 단지 계속 이렇게 안 풀리면 급류에 휘말려서 죽을지도 몰랐다.

푹! 몸이 밑으로 가라앉았다. 입 속으로 밀고 들어오는 물 때문에 콧구멍까지 막히는 것 같았다. 죽을지도 모른다는 생각이 들자 이내 가슴속에서 뜨거운 기운이 강하게 솟구쳤다. 쿵! 쿵! 쿵! 그러자 멈춰 있던 성명신공이 다시 전신으로 돌기 시작했다. 충격으로 굳어진 몸이 조금씩 움직였다. 나는 허우적거리며 수면 위로 몸을 올렸다. 하지만 다시 급류에 휩쓸리면서 그것마저도 쉽지 않았다. 미친 듯이 어떻게든 살아보기 위해서 위로 손을 뻗으며 발길질을 했다.

바로 그 순간이었다. 휘릭! 뭔가가 내 손목을 휘감았다.

'엇?'

쑤욱! 팟! 그 순간 급류에 휘말리고 있던 내 몸이 물살에서 빠져나왔다. 손목을 쳐다보니까 희미한 무언가가 칭칭 감겨 있었는데, 그 느낌이 미묘했다. 이것만큼은 확실했다. 나를 잡아당기는 이 힘은 내가 전력을 다해도 감당할 수 없을 만큼 굉장한 공력을 가지고 있었다.

파파팍! 이내 내 몸은 급류에 몇 번 팅기다가, 어딘가로 끌려 올라갔다. 계곡의 틈새로 보이는 한 동굴이었다. 그곳에서 누군가 나를 끌어당기고 있는 듯했다. 팍! 이윽고 내 몸이 동굴 속으로 들어갔다. 쿠당탕! 나를 끌어당긴 힘이 어찌나 강했는지 나는 동굴로 들어가자마자 한바탕 구를 수밖에 없었다. 몇 바퀴를 구르고서야 그 힘이 줄어들었는데, 그때 누군가 내 어깨를 붙잡았다. 탁! 대체 어떤 고인(高人)이 나를 이런 급류 속에서 살려준 것일까?

"헉… 헉… 쿨럭."

토악질을 하듯이 삼켰던 물이 목구멍으로 올라왔다. 정신없는 와중에도 나를 구해준 이가 누군가 싶어 고개를 드는 순간, 나는 경악을 금치 못했다.

'…?!'

거의 뼈만 남았다고 해도 과언이 아닐 만큼 피골이 상접한 괴인이 나를 쳐다보면서 웃고 있었다.

25 화

동굴 속의 괴인

순간 너무 놀란 나머지 나는 감사의 인사마저 잊고 말았다. 눈앞에 있는 괴인의 몰골은 말로 형용하기 어려울 만큼 섬뜩하기 그지 없었다. 거의 해골을 연상케 하는 앙상한 얼굴은 한동안 빛을 보지 못했는지 창백하다 못해 핏줄까지 선명하게 보였다. 게다가 머리털부터 눈썹까지 하나도 없었다.

─…송우현은 상대도 안 되겠는데.

소담검마저도 괴인의 모습에 혀를 내둘렀다. 누구라도 위압감을 느낄 얼굴이었다. 이런 자가 나를 보면서 누런 이를 드러내고 씨익 웃으니 소름마저 돋았다.

'아?'

그런데 더 놀라운 것이 있었다. 얼굴 때문에 미처 몰랐는데, 괴인은 두 다리가 없었다. 심지어 오른팔도 팔꿈치까지밖에 없었는데, 그말은 이런 불구의 몸임에도 왼팔 하나로 나를 끌어올렸단 말인가?

"크켈켈."

괴인이 특이한 웃음소리를 냈다. 쉰 목소리가 쇳소리처럼 들렸다. 몸 안에 있던 계곡물을 게워내면서 한결 나아진 나는 급히 인사를 했다.

"도와주셔서 감사합니다, 어르신."

이마와 볼이 쭈글쭈글한 주름으로 가득한 것이 예순은 족히 되어 보였다. 해악천과 비슷한 연배였다. 그때 괴인이 어깨에 얹었던 손을 위로 올렸다.

—손톱 좀 봐.

소담검이 호들갑을 떨었다. 괴인의 하나뿐인 왼손의 손톱은 굉장히 길어서 마치 흉기 같았다. 일부러 손톱을 길러서 날카롭게 갈은 것 같았다. 슉! 순간 찔릴까 봐 이를 피하려 했는데, 괴인이 손바닥을 펴고서 내 볼을 더듬었다. 그러더니 환하게 웃으며 말했다.

"살이 토실토실하게 붙었다."

'…?!'

이 사람 방금 뭐라고 한 거지? 당황해하는데, 남천철검이 무거운 목소리로 말했다.

—운휘, 놀라지 말고 밑을 쳐다봐라.

그 말에 나는 조심스럽게 시선을 내렸다. 그런데 그곳을 본 순간, 나는 소스라치게 놀랄 뻔했다. 동굴 바닥에는 수많은 뼛조각이 널브러져 있었는데, 어떻게 봐도 인간의 뼛조각들이었다. 중간중간 물고기의 가시 뼈도 보였으나 그건 눈에 들어오지도 않았다.

—벗어나야 할 것 같다. 이곳은 위험하다.

—너 이러다 먹히는 거 아냐?

내 생각도 같았다. 아무리 좋게 생각하고 싶어도 정황만 놓고 보면 이자는 인육을 먹는 듯했다. 그렇지 않고는 뼈들이 저렇게 난잡하게 해체되어 있을 리가 없었다.

괴인이 나를 쳐다보며 혀를 날름거렸다.

"맛있겠다."

젠장. 불길한 예상이 들어맞았다. 이러다가 잡아먹힐지도 모른다고 생각한 나는 다급히 괴인을 향해 검을 휘둘렀다. 남천철검을 잡고 있었던 것이 천만다행이었다.

팍! 그 순간 나는 경악을 금치 못했다. 거의 기습적인 일격이나 마찬가지였는데, 괴인이 남천철검을 맨손으로 붙잡았다. 하단전도 아니고 중단전의 구성 공력이었다.

"크켈켈."

파팍!

"윽!"

그때 괴인이 독특한 수법으로 손목을 타격한 후 남천철검을 빼앗았다. 그러고는 검을 동굴 벽면에 던져버렸다.

―이런!

푹! 남천철검의 검신이 동굴 벽면에 반이나 파고들었다. 놀라운 공력이었다. 거기서 끝이 아니었다. 괴인이 내 손목을 붙잡고서 꺾으려고 했다.

'큭!'

나는 다급히 왼손에 들고 있던 소담검으로 괴인의 목을 노렸다. 그러자 괴인이 슬그머니 고개를 살짝 뒤로 젖히며 소담검을 피한 후에 이내 팔꿈치만 있는 오른팔로 뭔가를 갑자기 잡아당겼다. 파악! 그 순간 내 소담검을 들고 있던 왼팔이 앞으로 쏠렸다.

"엇?"

무언가가 손목을 감고 있었다. 아까는 정신이 없어서 잘 보이지 않았는데, 미세하게 가는 실이었다.

―운휘, 베어내!

소담검의 외침에 나는 손목을 살짝 꺾어 실을 베어내려 했다.

팅!

'뭐야?'

그런데 실이 베이지 않았다. 휘두르는 힘은 없다고 해도 공력을 실었는데 오히려 단검이 튕겨 나갔다. 고작 이렇게 얇은 실이 어떻게 이런 탄력을 가진 거지?

"크켈켈."

팍! 그때 괴인이 내 목을 움켜쥐었다. 그러고는 나를 확 끌어당겼다. 버텨보려고 했지만 괴인의 공력은 나를 훨씬 상회했다.

"케엑!"

나를 잡아당긴 괴인이 입을 쩌억 하고 벌렸다. 그러더니 내 왼쪽 어깨로 이빨을 박아 넣었다. 콰득!

"끄아아악!"

이빨이 살점을 파고들자 전신이 굳어지는 것만 같았다. 이대로 괴인한테 먹힐지도 모른다는 생각에 기겁한 나는 소담검을 튕겨서 오른손으로 낚아채 놈이 방심한 틈을 노리려고 했다. 그러나 이 괴인의 반응 속도는 귀신과도 같았다. 괴인이 물어뜯으려고 하던 이빨을 떼고서 이를 피하더니, 이내 소담검을 들고 있는 오른손을 그대로 꺾어버렸다. 뿌득!

"으악!"

손목이 제대로 꺾였다. 불룩 튀어나온 걸 보면 부러진 듯했다.

"반항하지 마, 고기야."

피골이 상접한 괴인이 섬뜩하게 미소 지었다. 빌어먹을, 이런 듣도 보도 못한 괴인한테 인육이 되어서 죽게 되는 건가. 괴인이 다시 입을 벌리고서 나를 물어뜯으려 했다.

바로 그때였다.

"…운휘!"

희미하게 들리는 목소리. 그것은 동굴 전체를 울리는 계곡물의 소리마저 뚫고 들려왔다.

—미친 노인네다!

소담검이 목소리의 주인을 알아차렸다.

"…망할 제자 놈아!"

연이어 바깥에서 외침 소리가 들려왔다. 나는 생각할 겨를도 없이 소리를 질러 나의 위치를 알리려 했다.

"스…."

팍! 그때 괴인이 내 머리를 후려쳤다. 정신을 잃으면 안 되는데 시야가 검게 변해버렸다.

* * *

—운휘! 운휘!

—야! 일어나! 일어나라고!

머릿속으로 시끄러운 소리들이 울렸다. 남천철검과 소담검의 목소리였다. 계속 기절해 있었던 건가.

―깨어났구나!

눈을 뜨려고 하는데, 소담검이 다급한 목소리로 소리쳤다.

―눈뜨지 마! 계속 감고 있어.

녀석의 말에 나는 눈을 뜨려던 것을 멈췄다. 왜 눈을 감고 있으라는 건지 알 수가 없었다.

'아!'

나는 문득 스승님인 해악천을 떠올렸다. 그에게 내가 살아 있다고 알렸어야 했는데, 괴인에게 머리를 맞고서 기절했다. 놈에게 맞았던 부위가 욱신거렸다. 머리 쪽이 뭔가 끈적거리는 걸 보면 피까지 흘렸던 것 같다. 망할 개자식. 부러진 손목도 너무 아팠다.

―괴인이 방심했을 때를 노려야 하니까 가만히 있어.

'…알겠어.'

지금으로서는 소담검의 말을 따라야 했다. 급류 소리가 동굴에 울려 퍼져서 괴인이 어디에 있는지 알 수가 없었다. 대체 이런 괴물 같은 작자가 어째서 이런 곳에 있었던 거지?

―너 기절하고 나서 저 괴인이 이상한 행동을 보였어.

'대체 무슨?'

―기절한 너를 끌고 동굴 안쪽까지 들어와서 저기 구석에서 겁에 질린 것처럼 계속 숨을 죽이고서 떨고 있었어.

'지금도?'

―응. 지금도 구석에 있어.

'왜 그러는 거지?'

이해할 수가 없었다. 설마 동굴 위치가 발각될까 봐 그런 것일까? 그렇지 않고는 숨어 있을 이유가 없었다. 한데 몸이 성하지 않다고 해도 괴이할 정도로 강한 자가 대체 무엇이 두렵다고 벌벌 떤다는 거지?

―모르겠어. 반나절이 지나도록 저러고 있어.

반나절이나 지난 건가? 그래서 눈을 감고 있을 때 이렇게 어두웠구나. 눈꺼풀을 덮고 있어도 빛이 비치면 밝다 어둡다는 것 정도는 알 수 있다.

'노인네는?'

그게 중요했다. 아직도 나를 찾기를 바랐다.

―…실망하지 마라. 거의 두 시진 가까이 근방에서 주기적으로 외침 소리가 들렸는데, 그 후로 들리지 않았다.

남천철검의 그 말에 나는 속이 문드러질 것만 같았다. 결국 이 상황을 나 혼자 헤쳐 나가야 했다. 이보다 더 절망스러운 상황도 겪어보고 죽음마저 경험하지 않았다면 냉정해지지 못했을 것이다.

상황을 정리해보자. 괴인은 고작 왼팔만 있지만 절세고수다. 정확하게 판단 내리기는 어렵지만 멀쩡한 몸이었다면 해악천에 버금가는 괴물일지도 모른다. 다만 상황을 보면 정신이 온전치 못한 듯하다. 말투도 어눌하고 그저 밖에서 외침 소리가 들린다고 숨어서 벌벌 떠는 모습을 보면 멀쩡한 정신을 갖고 있진 않은 듯하다.

―분명 괴인은 너를 먹으려고 할 거다.

―그때를 노려.

녀석들도 나와 같은 생각을 하고 있었다. 지금으로서는 방법은 오직 그뿐이었다. 왼손 손목에는 아직도 괴인이 묶어놓은 그 단단한 실이 감겨 있었다.

'후우.'

진정하자. 나는 조심스럽게 선천진기를 가다듬었다.

혹 괴인이 내 혈도를 점했나 확인해봤는데, 의외로 혈도를 점하지는 않았다.

왜 기절만 시킨 거지? 이 정도 고수라면 만약을 대비해서 혈도를 점해놓는 편이 안전할 텐데. 이유는 알 수 없어도 다행이었다.

'단 일격.'

일격에 놈을 쓰러뜨려야 한다. 그러려면 사혈을 노려야 했다. 가장 효과적인 사혈은 천령혈, 기문혈, 장문혈, 제문혈 등이 치명적이다. 놈이 어떻게 나오느냐에 따라 부위를 달리해야 했다.

―기다려. 움직이면 곧바로 알려줄게.

그렇게 피 말리는 기다림의 시간이 시작되었다. 일각, 이각, 삼각, 반 시진, 그리고 한 시진…. 긴장한 상태로 가만히 있으려니 온몸이 경직되는 것만 같았다. 그러던 찰나였다.

―움직인다!

소담검이 내게 알렸다. 두 다리가 없기 때문에 한 손으로 더듬어서 오는지 질질 끄는 소리가 들렸다. 점점 놈이 가까워지고 있었다. 심장이 빠르게 뛰었다. 이 한 번의 기회를 놓치면 나는 인육의 신세가 되고 만다.

―거의 다 왔어.

가까워지니까 확연하게 느껴졌다.

탁! 놈이 어기적거리며 내 가슴 위로 기어올라 왔다.

워낙 앙상하고 팔다리가 없어서 그런지 그렇게 무겁진 않았다. 다만 온몸에 소름이 돋았다.

"고기… 고기…."

이런 섬뜩한 경험은 회귀 전과 현생을 통틀어 처음이었다. 어둠 속에서 놈의 숨소리가 선명하게 들렸다.

"하아… 하아…."

—입을 벌렸어. 물려고 한다.

소담검이 외쳤다.

아직이다. 지금 노리면 놈이 알아차릴 수도 있다.

콱! 그때 우측 쇄골 위쪽으로 놈의 이빨이 파고들었다. 고통스러 웠지만 나는 선천진기를 극성으로 끌어올려 놈의 우측 갈비뼈 쪽을 노렸다. 놈이 귀신처럼 알아차리고서 내 오른손을 잡아냈다.

'큭.'

부러진 손목이 너무 아팠다. 하지만 이건 노림수였다. 놈이 오른 손을 잡는 순간 나는 기다렸다는 듯이 왼손을 오므리고서 정수리 중앙인 천령혈을 있는 힘껏 내리쳤다. 빠악!

"끄아아아아아아악!"

괴인이 미친 듯이 비명을 지르며 펄쩍 날뛰었다. 빌어먹을, 어떻게 된 일이지? 사혈을 정확하게 맞췄는데 죽지 않았다.

"끄가가각!"

비명을 지르던 괴인이 한 손으로 나를 밀치며 몸을 튕겨내더니, 이내 동굴 입구 쪽에서 자신의 머리를 붙잡고 뒹굴었다.

지금이 기회였다.

'어디야?'

—여기다.

남천철검이 자신의 위치를 알렸다.

나는 신형을 날려서 벽에 꽂혀 있는 남천철검을 재빨리 뽑았다.

그러고는 괴인을 향해 단번에 검을 내리쳤다. 그 순간이었다. 팍!

'빌어먹을!'

괴인이 갑자기 오른 팔꿈치를 움직였는데, 옆으로 균형이 쏠리면서 검이 빗나갔다. 안 되겠다 싶어 발에 공력을 모아 놈의 안면을 차려고 했다. 그때 괴인이 왼손으로 이를 잡아냈다. 팍! 그러고는 내 발을 거칠게 밀쳐냈다. 내 몸이 동굴 천장까지 떠올라 부딪히고 말았다. 쾅!

"크헉."

천장에 부딪혔다가 바닥에 떨어졌는데 그때 괴인이 내 등 위로 올라왔다. 그러고는 내 목덜미를 움켜쥐었다. 빌어먹을, 이렇게 실패로 돌아가는 건가.

그때 귓가로 괴인의 목소리가 들려왔다.

"네놈, 무엇이냐? 어떻게 선천진기를 익힌 것이냐?"

'…?!'

아까처럼 어눌한 말투가 아니었다. 오히려 또렷또렷하게 말하고 있었다. 그런데 어떻게 이자는 내가 선천진기를 익힌 것을 아는 거지? 선천진기는 내공으로 감지할 수 있는 기운이 아니었다. 꽉!

"끄윽."

괴인이 나의 목덜미를 더욱 세게 움켜잡았다.

"당장 말하지 못할…. 아니, 그 검… 남천철검이 아니냐?"

뭐야? 대체 이자는 누구지? 심지어 녹슬어 있음에도 남천철검까지 알아보았다. 아는 자였다면 남천철검이 진즉에 이야기했겠지만, 녀석도 모르는지 입을 다물고 있었다. 그래도 어쩌면 살 수 있는 기회일지도 몰랐다. 말이 통하지 않는 상대라면 모를까, 정신이 들었다면 대화를 할 수 있지 않나.

"저… 저는 남천검객의 후인입니다."

"뭣? 그놈의 후인이라고?"

'그놈?'

설마 남천검객의 적인가? 그렇다면 정신이 멀쩡해도 이곳은 사지나 마찬가지였다. 이대로 끝인가.

그때 뒤쪽에서 흐느끼는 소리가 들려왔다.

"끄흑."

뭐지? 설마 이자, 울고 있는 건가?

―어…. 울고 있는데.

소담검이 영문을 모르겠다는 듯이 말했다. 남천검객의 적이라고 생각했는데 왜 우는 것인지 알 수가 없었다. 감정에 복받쳤는지 괴인은 계속 끅끅거리며 울었다. 미치겠다. 언제까지 목덜미를 잡힌 상태로 이러고 있어야 하지? 한참을 끅끅거리던 괴인이 감정을 추슬렀는지 이내 입을 열었다.

"참으로 기이하구나. 기이해."

"후배는… 선배께서… 대체 무슨… 말씀을 하시는 건지… 모르겠습니다."

"이것도 운명인가 보구나."

팍! 그때 괴인이 목덜미에서 손을 뗐다. 그러고는 내 등에서 내려왔다. 더 이상 해하려는 의사가 없어 보였다.

나는 경계심을 늦추지 않고서 조심스럽게 몸을 일으켜 세웠다.

괴인은 두 다리가 없는데도 마치 정좌를 한 것처럼 가지런히 앉아 나를 바라보고 있었다. 정신을 차리기 전까지 미친놈이었다면 지금은 한 사람의 종사를 보는 듯했다. 그 정체가 궁금해졌다.

"…후배, 결례가 되지 않는다면 선배님의 존함을 여쭤봐도 되겠습니까?"

그런 나의 물음에 괴인이 한숨을 내쉬며 답했다.

"나는 한지상이다."

'한지상?'

어디서 들어본 것 같기도 하고 아닌 것 같기도 했다. 대체 누구지? 의아해하고 있는데 남천철검이 놀란 목소리로 말했다.

─아니! 저놈이 어떻게 살아 있는 거지?

'무슨 소리야? 아는 거야?'

아까 전만 하더라도 전혀 모르는 것처럼 이야기했는데, 반응이 심상치 않았다. 그런 내게 남천철검이 이를 악문 것처럼 말했다.

─비도살왕이다.

'…비도살왕? 비도살왕!'

나는 경악을 금치 못했다. 눈앞에 있는 이 앙상한 괴인이 비도살왕이라니?

─왜 놀라는 거야?

소담검은 그 이름을 모르는지 의아해하며 물었다. 이 녀석은 전전 주인이 무림인이라면서 무림인들에 관해서는 아는 게 없었다. 비도살왕(飛刀殺王). 살수들의 왕이라고 불리던 자였다.

─뭔가 있어 보인다. 그렇게 대단한 자야?

말뿐이겠는가. 내가 알기로 그는 살수의 역량을 넘어섰다고 알려진 전설적인 살수였다.

─살수의 역량을 넘어서?

그는 평범한 살수가 아니었다. 무공 또한 비범하다고 알려졌는데, 그를 유명하게 만든 사건은 공교롭게도 유일한 살행 실패였다. 그는 대담하게도 중원 팔대 고수 중 한 사람인 열왕패도 진균을 노렸었다. 팔대 고수가 괜히 초인이라 불리는 것이 아니었다. 당연히 살행은 실패로 돌아갔다. 한데 비도살왕은 열왕패도 진균과 십수 초식을 겨루고도 멀쩡히 살아 돌아간 유일한 살수였다. 그 일화가 그를 살수의 왕으로 명성을 떨치게 만들었다.

—운휘, 이놈은… 남의 뒤통수나 노리는 비겁한 자다. 절대로 믿어선 안 된다.

그때 남천철검이 노기 서린 목소리로 내게 경고했다. 대체 무슨 일이 있었기에 녀석이 이런 반응을 보이는 거지? 의아해하고 있는데, 예기치 못한 일이 벌어졌다. 탁! 갑자기 비도살왕 한지상이 불편한 몸으로 내게 엎드리는 것이 아닌가. 그러고는 결의에 찬 목소리로 말했다.

"남천검객의 후인이여, 부디 내게 빚을 갚을 수 있게 해다오."

나는 그가 왜 이런 말을 하는지 알 수 없었다. 남천철검의 경고도 있어서 그런지 경계심이 풀어지지 않았다. 저렇게 보여도 살수의 왕이라 불리던 자가 아닌가.

"선배님, 후배는 도통 무슨 말씀을 하시는지 모르겠습니다. 자초지종이라도 말씀해주신다면…."

"내게 남은 시간이 그리 많지 않다. 우선 빚부터 갚도록 하지."

"네?"

그 순간 비도살왕 한지상이 팔꿈치를 뒤로 당겼다. 손목에 감긴 얇은 은사로 인해 내 몸이 강제로 꿇려졌다. 나는 놀라서 다급히 그에게서 멀어지려 했다. 하지만 어느새 한지상의 손이 내 정수리를 움켜쥐고 있었다. 팍!

'…?!'

그곳은 그가 멀쩡하지 않을 때 노렸던 천령혈의 위치였다. 설마 앙갚음을 하기 위해 이러는 것일까?

"큭!"

나는 선천신공을 운기하여 그의 손을 뿌리치려고 했다.

"자네가 거부해도 나는 빚을 갚아야겠다."

팍! 그의 손바닥에 힘이 들어갔다.

"억!"

그 순간 한지상의 손에서 뜨거운 기운이 천령혈을 타고서 흘러들어왔다. 그런데 이 기운은 내공이 아니었다.

'…이건?'

바로 선천진기였다. 놀랍게도 한지상은 선천진기를 운용할 수 있었다. 뜻밖의 상황에 놀라워하고 있는데 한지상이 내게 말했다.

"천령혈은 다른 말로 백회혈이라고 한다. 선천진기를 가장 받아들이기 좋은 혈이다. 집중해라."

천령혈을 노리기에 나는 이대로 꼼짝없이 죽는구나, 하고 생각했다. 하지만 그곳을 통해 들어온 것은 선천진기였다. 비도살왕 한지상의 말대로 천령혈은 또 다른 말로 백회혈이라 불리는데, 사혈이라 불리는 이곳을 통해 기운을 받아들일 수 있을 줄은 몰랐다.

"선천심법을 운기조식해라."

'…?!'

아니, 선천심법은 또 어떻게 아는 거지? 대체 이자가 어찌 선천심법을 아는 건지 궁금했다. 하지만 지금은 밀려들어 오는 선천진기를 받아들여야만 했다. 목숨을 해하는 것이 아니라면 마다할 이유가 없었다.

"후우."

나는 호흡을 통해 운기를 시작했고 밀려들어 오는 선천진기를 중단전으로 유도했다. 과연 이것이 제대로 받아들여질지는 나도 모른다. 하단전의 내공은 자신이 쌓은 것이 아니라 남의 것을 받아들이게 되면 성질이 다르기에 상당 부분의 기운이 소실되어 많아야 삼사 할 이상을 받아들이기 힘들다고 한다.

'아!'

밀려들어 오는 선천진기. 그 기운은 미묘하게 내가 가진 것과 달랐다. 하지만 성질은 매우 흡사했다. 이를 통해 나는 알 수 있었다.

'…선천심법을 익혔어.'

기운의 성질이 흡사하다는 것은 같은 심법을 익혔다는 소리였다. 모든 것이 의문투성이였다. 그러나 한 가지는 확실했다. 같은 심법을 익힌 덕분에 기운의 소실이 적을 거라는 것이다.

쿵! 쿵! 심장이 빠르게 뛰면서 선천진기가 중단전으로 밀려들어왔다. 나는 이것을 체화하기 위해 열심히 선천심법을 운기했다. 한지상이 가지고 있는 선천진기의 양은 당연히 나를 뛰어넘었고, 기존에 감당했던 기운을 넘어서다 보니 전신의 기맥이 찢어질 듯 부풀어 올랐다.

"끄으윽."

"…참아라."

기운을 넘기는 한지상 역시도 많이 벅찼는지 호흡이 거칠어져 있었다. 그렇게 이각 정도의 시간이 지났다. 선천심법은 선천진기를 안정적으로 안착시키는 역할을 했다면 성명신공은 이를 원활하게 운용할 수 있도록 해준다. 일 주천, 이 주천. 성명신공의 운기 경로를 따라 선천진기의 회전이 서서히 속도를 붙여갔다. 그런 나의 귓가로 한지상의 목소리가 들려왔다.

"하아… 하아… 이치란 복잡한 듯해도 허와 실이니, 이를 바로 보게 되면 허는 부질이 없음이다."

'…!!'

그 말을 듣는 순간 머릿속이 텅 비었다. 그저 운기에만 매달려 있었는데, 머릿속에서 성명신공의 구결이 하나의 구조를 이루며 눈앞에 형상화되어갔다. 그렇게 반 시진가량이 지났다. 운기를 마치고 눈을 뜨자 나는 환희에 차올랐다. 성명신공이 오성의 경지에 이르렀기 때문이다. 사성부터는 아무리 선천진기가 많아도 깨달음이 없으면 그 위로 오르기 힘들었다. 하지만 비도살왕 한지상이 해준 말 덕분에 오성에 이르렀다. 게다가 지금 중단전 속의 선천진기는 육십 년을 넘어서는 정(精)을 형성하고 있었다.

—대박인데!

나도 얼떨떨할 지경이었다. 이 정도면 한지상이 내게 넘겨준 선천진기의 육 할 가까이를 체화시킨 셈이었다. 충분한 깨달음만 얻는다면, 언제든지 성명신공 육성의 경지에 이를 수 있는 토대를 마련하게 되었다.

—축하한다, 운휘. 기연을 얻었구나.

한지상을 경계했던 남천철검이 나를 축하했다. 그도 그럴 것이 앞으로 일 성만 더 쌓는다면 생전의 남천검객이 이뤘던 경지에 도달하게 되는 것이었다. 기연 덕분이라고는 하나 감회가 남달랐다. 영문을 떠나서 비도살왕 한지상에게 절이라도 올려야 할 것 같았다.

'계속 저러고 있던 거야?'

―응.

한지상은 내게서 열 보 정도 떨어진 곳에서 좌선을 하고 있었다. 원래도 좋지 않았던 얼굴이 더욱 피폐해져 보였다. 원기라 할 수 있는 선천진기를 이렇게나 넘겼으니, 상태가 좋지 않은 것은 당연했다.

스르륵!

"아?"

팔에 감겨 있던 얇은 은사가 헐렁해졌다. 이 정도면 풀 수 있을 듯했다. 슈르르르르! 이를 풀어서 빼내는 순간, 은사가 갑자기 누가 끌어당기기라도 한 것처럼 어딘가로 빨려 들어갔다. 그것은 한지상의 팔꿈치에 착용되어 있는 갈색빛 보호구 같은 곳이었다. 한지상은 움직이지도 않는데 저절로 빨려 들어가는 것이 신기했다.

'깨어난 걸까?'

나는 그에게 조심스럽게 다가갔다.

아직까지 눈을 뜨지 않았다. 혹 아직 운기가 끝나지 않은 걸까 의아해하며 살피려고 했는데, 갑자기 한지상이 눈을 부릅뜨고서 내게 덤벼들었다.

"크아아아아!"

그 모습을 보면 다시 정신이 나간 듯했다. 놀란 나는 빠르게 보법을 펼치며 뒤로 물러났다. 타타타타탁! 성명신공이 오성의 경지에 이르면서 나의 몸놀림은 전보다 훨씬 빨라졌다.

반면 한지상은 오히려 더욱 둔해졌다. 몸을 날리다가 이내 넘어져서는 바닥을 힘겹게 기면서 나를 쳐다보았다.

"고기… 고기…."

처음 보았을 때처럼 나를 식량으로 생각하는 듯한데, 선천진기의 대부분을 소진해서인지 평범한 사람이 되어 있었다.

"배고파… 너무 배고파."

괴물같이 강했을 때는 섬뜩할 만큼 무섭던 모습이 지금은 애처롭기마저 했다. 정신이 나갔어도 자신이 약해졌다는 사실을 인지라도 한 것일까. 그가 자신의 하나뿐인 팔을 물어뜯으려 했다.

'이런!'

나는 다급히 한지상의 혈도를 점해서 그가 움직이지 못하게 했다. 그리고 보니 품속에 먹다 남은 육포가 있었던 것 같다.

'물기로 축축하지만.'

먹는 것에는 문제가 없어 보였다.

"고기다! 고기!"

나는 그의 입에 육포를 물려주었다. 몸만 움직일 수 없도록 혈도를 점한 것이기에 우물거리며 허겁지겁 육포를 먹어댔다.

―하….

남천철검이 탄식을 내뱉었다. 대체 무슨 일이 있었던 건지 궁금해졌다.

―그는 죽어 마땅한 자다. 하지만 지금 저 모습을 보니 천벌을 받은 것 같다.

'…무슨 일이 있었던 거야?'

나는 조심스럽게 녀석에게 물었다.

떠올리기 싫은 기억인 것처럼 입을 다물고 있던 녀석이 말했다.

─십오 년 전에… 전 주인께선 금색 눈의 사내와 검을 겨뤘고 패하셨다. 그로 인한 부상이 매우 심각해서 목숨이 경각에 달할 정도였다.

이것은 예전에 남천철검에게 들었었다. 그때도 녀석은 이 이야기를 하다가 도중에 멈췄었다. 아무래도 그때 마무리 짓지 못한 비화인 모양이었다.

─금색 눈동자의 사내가 떠난 후 죽어가고 있는 전 주인 앞에 비도살왕이 나타났다.

'아…'

그렇다면 설마 비도살왕이 남천검객에게 최후를 날린 것인가.

아니다. 그렇다면 남천검객이 그 동굴에 선천심법을 남기다가 죽었을 리 없다.

─…비도살왕은 당시 명성을 날리던 전 주인의 목숨을 노리고 있었다. 하나, 늘 만전을 기했던 전 주인을 노리는 일은 놈으로서도 쉽지 않은 일이었다.

비도살왕이 남천검객의 목숨을 노리다니. 하긴 팔대 고수 중 한 사람의 목숨도 노렸는데, 크게 놀랄 일은 아니었다. 그보다 누가 청부했는지가 오히려 궁금했다.

─그건 나도 모른다. 다만 놈은 주인이 약해지기를 기다렸던 것 같았다.

그도 그럴 만했다. 손끝으로 건드려도 죽일 수 있는 상태가 아닌가. 이런 기회를 살수가 놓칠 리 없었다.

─그런데 그때 놈이 전 주인에게 제안했다.

'제안?'

―어차피 전 주인은 목숨을 건지기 어려울 테니, 자신에게 무공을 전수해달라고 했다.

그 상황에 무공을 탐냈구나. 하긴 다른 이도 아니고 차세대 팔대고수로 거론되던 남천검객의 무공이다. 비도살왕이라도 탐이 날 수밖에 없었을 거다. 한지상이 선천심법을 익히고 있던 것에 이런 비화가 있을 줄이야.

―…전 주인께선 약해진 상태였고 그의 말에 혹하셨다. 그래서 그에게 한 가지 제안을 했다.

'뭔데?'

―전 주인께선 예전부터 늘 후인을 두고 싶어하셨다. 그래서 비도살왕에게 후인이 될 만한 재목에게 남천검객의 이름으로 무공을 전수한다면 그 대가로 무공을 알려주겠다고 하셨다.

아…. 왠지 뒷이야기를 듣지 않아도 짐작이 갔다. 남천철검이 이렇게 분노한다는 것은 그가 기대에 부응하지 않아서일 것이다.

―운휘, 네 예상대로다. 전 주인에게서 선천심법과 성명신공, 성명검법의 구결을 알아낸 놈은 곧바로 태도를 바꿨다.

―와, 진짜 못돼 처먹은 놈이네. 그래도 죽어가는 사람이랑 약조한 건데.

소담검이 짜증을 냈다.

―놈은 그 자리에서 전 주인의 두 다리를 부러뜨렸다.

'그 금안의 사내가 그런 게 아니었어?'

나는 당연히 금안의 사내가 남천검객의 다리를 부러뜨렸다고 생각했다. 그런데 진짜 범인은 바로 비도살왕 한지상이었던 것이다. 정말 악랄한 짓을 했다.

─혹여나 전 주인이 천운으로 살아날까 봐 다리를 부러뜨린 것 같았다. 한데 놈도 운이 없었다.

'응?'

─그때 금안의 사내가 나타났다.

반전의 반전이었다. 원하는 것을 얻은 비도살왕 한지상의 승리가 아니었다.

─금안의 사내는 전 주인의 다리가 부러진 것을 보고서 한지상 놈의 두 다리를 잘라버리고 단전까지 파훼시켜 계곡에 던져버렸다.

─와, 완전 속이 시원하네.

소담검이 신이 나서 떠들어댔다. 한지상이 인과응보를 당한 것이 좋았나 보다. 참 사람의 운명이란 모를 일이다. 행운과 불행을 동시에 겪은 한지상은 나락으로 떨어지는 심경이었을 것이다.

─나는 저자가 살아 있을 줄은 꿈에도 몰랐다.

이 말을 듣고 나니 남천철검이 왜 그렇게까지 분노했는지 알 것 같았다. 나름 호적수라 할 수 있던 해악천은 그래도 남천검객의 대가 끊어지지 않도록 했던 반면, 한지상은 자신의 잇속만을 차리다 벌을 받았다.

─그런데 참 모를 일이다. 그때는 놈이 당연히 죽었을 거라고 여겼고, 또 당연히 죽었으면 했다.

남천철검이 무슨 말을 하는지 알 것 같았다. 나 역시도 한지상이 아니었다면 급류에 휩쓸려서 목숨을 잃을 뻔했다. 심지어 이런 기연을 얻지 못했을 것이다.

─운휘, 나는 도저히 그를 어떻게 생각해야 할지 모르겠다.

남천철검의 심경이 백분 이해가 됐다. 전 주인은 비참한 죽음으로 몰아갔으니 원망스러울 테고, 현 주인이라 할 수 있는 나를 살렸으니 은인인 셈이었다.

─그래 봐야 잡아먹으려고 건진 거였잖아.

'…'

참 이래저래 이자와 나는 복잡하게 인연이 얽혔다.

나는 한지상을 쳐다보았다. 육포를 다 먹고서 꿈틀대더니, 어느 순간부터 넋을 놓고 있었다. 이런 그의 상태를 보면 어째서 시간이 없다고 했는지 알 것 같았다. 그때 한지상이 고개를 들어 올렸다.

"내가 언제부터 이러고 있었나?"

정신을 차린 그였다. 오락가락하니까 도통 종잡을 수가 없었다. 그래도 그에게 선천진기를 받았으니 인사는 해야 할 것 같았다.

슥! 나는 포권을 취하려고 했다.

"그만둬라. 나는 그저 빚을 갚았을 뿐이다."

"…알겠습니다."

남천철검에게 사정을 들었기에 그가 왜 빚을 갚는다고 했는지 이해가 됐다. 십오 년이라는 세월 동안 많은 심경의 변화가 있었던 듯했다.

그때 그가 말했다.

"점혈까지 한 걸 보니 오랫동안 못 볼 꼴을 보인 모양이군."

"아닙니다."

영문이 궁금했던 나는 솔직하게 물어보았다.

"한데 선배님께서는 어찌하여 이곳에 계셨던 겁니까?"

한지상의 표정이 어두워졌다. 하지만 이제는 그가 갑자기 미친다고 해도 당할 일이 없으니, 물어보는 것이 두렵지 않았다. 몇 번의 한숨을 내쉰 그가 입을 열었다.

"그것은 몰라도 된다. 그저 헛된 탐욕으로 빚어진 일일 뿐이다."

차마 그는 사실을 밝히지 못했다. 자신이 벌인 행동이 부끄러운 줄은 아나 보다.

"…그보다 자네에게 부탁하고 싶은 것이 있다."

그의 느닷없는 말에 나는 인상을 찡그렸다. 뭔가 원하는 것이 있기에 내게 이런 호의를 베푼 것일까? 그래도 분명 도움은 받았으니….

"어떤 부탁을 말씀하시는 겁니까?"

"남천검객의 후인이라면 정도를 걸을 거라고 생각한다. 당연히 신의는 있겠지?"

음. 여기서 뭐라고 대답해야 하지? 남천검객의 후인이지만 지금은 흑도나 사파에 가깝다고 해야 하나.

어쩔 수 없이 나는 묵묵부답으로 대응했다. 이에 그가 씁쓸한 목소리로 말했다.

"어려운가?"

"…그건 아닙니다. 다만 후배가 혹 선배님의 부탁을 들어드리지 못할까 봐…."

"그런 걱정은 하지 않아도 좋다. 절대로 어려운 부탁이 아니다."

어렵지 않다고 하니까 더 불안해지는데…. 잠시 망설이던 나는 이내 고개를 끄덕였다.

"제 힘이 닿는 일이라면 들어드리겠습니다."

그런 내 말에 한지상이 숨을 깊게 들이켰다가 내쉬며 말했다.

"이곳에서 얼마나 오래 머물렀는지 기억나지 않는다. 하지만 두 다리가 없이 이런 동굴에서 살아남는 것은 너무도 고통스러운 일이었다."

그러고 보니 남천철검은 금안의 사내가 한지상의 두 다리를 잘랐다고 했지, 한 팔을 잘랐다는 이야기는 하지 않았다. 하면 남은 한 팔은 다른 사고를 당한 것일까?

한데 그가 자신의 입으로 밝혔다.

"배고픔을 이기지 못해 나 스스로 이 팔을 잘라서 먹었다."

한지상이 눈짓으로 자신의 팔꿈치를 가리켰다.

눈살이 절로 찌푸려졌다. 사고를 당한 게 아니라, 스스로 먹은 것일 줄은 몰랐다.

─자기 몸을 먹었다고? 힉.

소담검조차도 께름칙했는지 혀를 내둘렀다.

그것도 그랬지만 하필이면 왜 자주 쓰는 팔을 희생한 건지 모르겠다.

"왼팔도 아니고 어찌 오른팔을…."

"나는 왼손잡이다."

아… 그래서 오른팔을 먹은 거로구나. 그런 것이라면 충분히 납득이 갔다. 남은 신체 중에서 유일하게 희생할 수 있는 부위였을 테니까.

한지상이 무거운 목소리로 말을 이어갔다.

"배고픔과 외로움의 고통이 얼마나 괴로운지 자네는 모를 거다."

그의 눈동자가 파르르 떨렸다. 생각만 해도 몸서리가 쳐지나 보다.

"그것은 사람의 마음을 갉아먹는다. 지독할 정도로 말이다."

그의 목소리에서 괴로움이 느껴졌다. 그것도 절절하게.

"그래서 정신을… 잃게 된 것입니까?"

차마 미쳐버렸다는 표현은 사용하지 않았다. 그를 향한 작은 예우였다.

"어떻게든 살아남기 위해 처절하게 버텼으나, 그럴수록 내 정신은 망가져 갔다. 처음에는 잠깐 정도였는데, 그것이 일각, 이각… 어느 순간에는 하루, 이틀, 닷새로 이어졌다. 이제는 미쳐버린 내가 진짜인지 아니면 지금의 내가 진짜인지조차 모를 지경이 되었다."

그는 스스로 미쳐가고 있음을 밝혔다. 이미 내가 보았을 테니 부정할 수 없겠지.

"나는… 언제 정신을 완전히 놓을지 모른다."

두려워하고 있었다. 그 자신을 완전히 잃게 되는 것을.

"…그렇게 되기 전에 자네에게 부탁하고 싶다."

"어떤 부탁을 말입니까?"

일단 들어보기로 했다. 내 스승이라 할 수 있는 남천검객과 원한 관계였지만 도움을 받지 않았는가. 그가 아니었다면 분명 목숨을 잃었을 거다.

한지상이 눈짓으로 자신의 가슴 쪽을 가리켰다.

"내 품속을 뒤져봐라."

그의 말대로 품속을 뒤지자, 글씨가 잔뜩 새겨진 가죽이 나왔다.

'…?!'

가죽을 보는 순간 온몸에 닭살이 돋았다. 그것은 아무리 봐도 사람의 것으로 보였다. 설마 본인의 살가죽인가? 내가 당혹스러워하는 것을 전혀 개의치 않고 한지상이 말했다.

"거기에 나의 모든 것을 담았다. 이것을 내 아들에게 전해줄 수 있겠나?"

―…하아.

남천철검이 탄식했다. 참으로 공교로운 일이 아닐 수 없었다. 그는 남천검객이 했던 부탁을 똑같이 내게 하고 있었다.

"대신 자네가 이것을 익힌다고 해도 개의치 않겠다…. 그리고 원한다면 이것 또한 주겠다. 인면지주의 실로 만든 보물이다. 충분히 대가로 값어치가 있는 물건이다."

그가 눈짓으로 가리킨 것은 오른 팔꿈치에 차고 있는 갈색 보호대였다. 그 얇고 탄력 있는 은사를 빨아들인 물건이었다. 한지상의 떨리는 눈동자를 보면 복잡한 감정이 묻어나오고 있었다.

―…왠지 널 시험해보는 것 같지 않아?

'나를?'

―남천검객의 후인인 너는 자신과 같은 선택을 할지, 아니면 다른 선택을 할지 확인하기 위해서일 수도 있잖아.

가끔씩 드는 생각이지만 소담검 이 녀석은 참으로 날카롭다. 검날이 날카로운 것이 아니라 생각하는 관점이 인간과는 남다르다.

나는 한지상의 눈을 쳐다보았다. 눈동자가 동경처럼 나를 비추고 있었다. 그는 나를 통해 자신의 탐욕을 정당화하고 싶었던 것일까?

―뭘 그렇게 고민해. 시험이든 아니든 거절할 이유는 없잖아.

소담검의 말에 나는 한숨을 내쉬었다. 물론 녀석의 말이 맞다. 어차피 내게 도움이 되는 것이라면 굳이 그것이 시험이든 아니든 복잡하게 생각할 필요는 없다. 다만 그를 정당화시켜주고 싶지 않았다. 스승님이라 생각하는 남천검객의 명예를 지켜주고 싶었다.

슥! 나는 포권을 취하며 그에게 말했다.

"이미 받은 것이 많습니다. 선배님께서 소재만 말씀해주신다면 아드님께 부탁하신 물건들을 가져다드리겠습니다."

"하…."

그런 나의 말에 한지상이 탄식을 흘렸다. 방금 전과 다르게 그 탄식에는 허탈함이 묻어나고 있었다. 자신과 다른 선택을 한 것에 대한 실망일까?

그가 크큭거리며 웃어댔다. 의아해하고 있는데 그가 말했다.

"끝까지 편치 못하게 만드는군."

"그게 무슨 말씀이신지?"

"내게는 자식이 없다. 그저 마지막으로 하나만 확인해보고 싶었을 뿐이다."

─허참. 거짓말 치는 게 너 못지않은데.

갖다 붙일 게 없어서 그런 식으로 비교하는 거냐. 소담검을 나무라는데, 한지상이 피식 웃더니 내게 말했다.

"이제 주인이 없는 것이니 전부 가져도 좋다. 익히든 익히지 않든 그것은 네 몫이다. 대가 끊긴다면 그것도 내 업보겠지."

그 말을 끝으로 한지상이 입을 세게 다물었다. 뭔가를 씹는 소리가 들리더니, 신음 소리와 함께 그의 입에서 피가 흘러나왔다.

"선배님!"

나는 다급히 그의 입을 벌렸다. 혀를 씹어서 집어삼킨 그였다.

'이런!'

기도가 막혔는지 새하얗던 얼굴이 터질 듯이 붉어졌다. 입을 강제로 벌려 당장 조치를 취하려고 했지만, 그의 눈동자가 좌우로 움직이고 있었다.

266

'…?!'

죽는 것을 방해하지 말라는 의사로 보였다.

―… 그냥 내버려둬라, 운휘.

남천철검이 내게 말했다.

하지만 이렇게 내버려두면 죽는다.

―이제 쉬게 해줘라. 충분히 고통받았으니 전 주인께서도 그걸 바라실 거다.

'…'

남천철검의 말에 숙연해졌다. 녀석은 남천검객을 대신해 그를 용서하고 있는 것이었다.

타타타탁! 나는 죽어가는 한지상의 점혈을 풀어준 뒤, 동굴 벽에 앉혀놓고서 그에게 절을 올렸다. 은원을 떠나 그에게 받은 것을 감사하게 여긴다는 의사를 전하기 위해서였다. 그리고 일어나 보니, 그의 고개가 살짝 옆으로 넘어가 있었다. 입가에는 피가 흐르고 있었지만 입꼬리가 살짝 올라간 얼굴이 왠지 모르게 편안해 보였다.

―괴인 같더니 마지막에는 사람같이 죽네.

소담검이 작게 중얼거렸다.

* * *

밤이 지나가고 아침이 되었다.

나는 밤새도록 비도살왕 한지상이 가죽에 남겨놓은 것을 읽었다. 그것에는 그의 독문 무공과 인면지주의 실로 만들었다는 보구인 은연사를 사용하는 방법 등이 상세히 서술되어 있었다.

'섬영비도술(剡影飛刀術).'

그의 독문 무공인 섬영비도술은 이 은연사를 사용하는데, 기존에 알고 있던 무공들에 비해 꽤 독특하여 익히는 데 상당한 시간이 걸릴 듯했다. 그러기에는 이곳에 있을 시간이 많지 않았다. 찰칵! 나는 오른쪽 손목에 은연사를 착용했다. 보구라 불리는 물건답게 팔꿈치에 걸려 있던 것이 손목에 맞게 줄어들었다. 동굴 입구 쪽으로 가자, 흐르는 급류가 무섭게 일렁이고 있었다.

'후우.'

될지 안 될지는 모르겠지만 한번 시험해봐야겠다. 나는 소담검을 빼내서 검병에 은연사의 실을 단단히 묶었다.

―꼭 이래야겠니?

'비도나 단검으로 하라잖아.'

―으으음.

내가 무얼 하려는지 알기에 소담검이 잔뜩 겁에 질렸다. 혹여나 자신을 잃어버릴까 봐 그러는 듯했다.

'걱정 마.'

내 손목에 감겨서 절대로 풀리지 않을 만큼 단단한 실이었다. 그리 쉽게 풀릴 리가 없었다.

동굴 앞에 선 나는 소담검을 들고서 절벽을 겨냥했다. 그러고는 날렸다. 슉!

―우와아아아아아앗!

공력에 의해 빠르게 날아간 소담검이 절벽의 벽면에 박혔다. 은연사의 길이가 어느 정도인지는 모르겠으나, 그만큼 늘어나 있었다. 여기서 선천진기를 활용하면…. 슈르르르르르! 팍! 은연사가 줄어들면서 내 몸이 절벽이 있는 곳으로 빨려 올라갔다.

"하핫!"

성공적으로 되자 입에서 절로 웃음이 튀어나왔다. 보구 은연사는
여러 가지로 활용할 수 있는데, 이런 식으로 줄어드는 탄력을 이용
해 이동할 수도 있고, 아니면 줄에 엮인 것을 당길 수도 있었다.

'좋은데.'

탁! 나는 소담검이 박혀 있는 절벽을 붙잡았다. 만약 죽은 비도살
왕 한지상의 두 다리와 양팔이 성했다면 언제든지 저 절벽을 빠져
나올 수 있었을 것이다.

─그건 모르지.

'왜?'

─미쳐서 밖에서 목소리가 들린 것만으로 벌벌 떨 정도인데, 몸
이 성하다고 나갈지 어떻게 알아.

흠. 그 말도 일리가 있었다. 그는 그렇게 배고픔과 외로움에 시달
리면서도 동굴에서 나오지 않았다. 금안의 사내 때문일지 아니면
다른 이유가 있을지는 모르겠지만, 분명 밖을 향한 두려움을 가지
고 있던 것만큼은 확실했다.

─어쨌거나 위로 쉽게 올라갈 수 있겠네.

'그렇긴 한데, 굳이 그럴 필요는 없어 보인다.'

─응?

이쪽에 좋은 길이 있잖아.

─…설마?

나는 씨익 하고 웃고는 소담검을 뽑아 계곡의 반대쪽 절벽을 향
해 던졌다.

―인마아아아아아아아아….

녀석의 욕을 내뱉는 외침 소리가 머릿속을 울렸다. 사람한테 던질 때는 뭐라고 하지 않더니, 뭘 그렇게 무서워하냐. 팟! 나는 은연사의 실을 고정해 몸을 앞으로 날렸다. 그리고 무게 추가 흔들리는 것처럼 앞으로 이동하자마자, 실이 빨려 들어오게 한 후에 소담검을 반대편으로 다시 던졌다.

―팍!

이거 완전 좋은데. 이런 식으로 이동하니까, 꼭 날아가는 것만 같다. 아직 적응되진 않았지만 이렇게 줄을 타듯이 계곡의 하류로 이동하면, 금방 사용법도 숙지하고 계곡에서 벗어날 수 있을 듯했다. 대신 소담검만 죽어나갔다.

―두고 봐아아아아아아!

* * *

길게 이어지는 계곡의 하류 쪽.

그곳에서 봇짐을 짊어지고 등허리 쪽에 검집을 횡으로 찬 잘생긴 황건의 청년이 한 무리의 사람들에게 포위당해 있었다. 병장기를 쥐고서 기수식을 취하고 있는 것으로 보아 그들은 무림인들이었다. 청년을 둘러싼 무리의 우두머리로 보이는 턱수염의 남자가 소리쳤다.

"뭐? 혈교에 입교하려고 산으로 들어간다고? 이런 미친놈을 보았나. 네놈도 사파의 무리가 틀림없구나."

그런 그의 말에 청년이 입술을 삐죽 내밀며 말했다.

"아니, 남이야 혈교에 입교하든 말든 댁들이 무슨 상관입니까? 그리고 제가 댁들과 원수를 진 것도 아닌데 이렇게 한 사람을 핍박해도 됩니까?"

아직 변성기가 지나지 않은 듯한 목소리를 지닌 청년의 말에 턱수염의 남자가 어처구니없어했다.

"상관이 왜 없겠느냐? 혈교나 그와 관련된 자들이 무림의 공적임을 모르는 것이더냐?"

"그걸 누가 정했는데요?"

"무림연맹이다."

"무림연맹이라고 해봐야 정파인들의 모임 아닙니까? 그게 나라님의 명입니까? 난 또 뭐라고."

"아니, 이놈이 무슨 무림 초출내기도 아니고. 지금 나와 말장난을 하는…"

"초출은 맞는데 댁한테 무시당할 정도는 아닙니다."

으득! 청년과 말을 섞다가 분노한 턱수염의 남자가 소리쳤다.

"당해봐야 정신을 차릴 놈이구나. 당장 놈을 잡아라!"

"처음부터 그렇게 나올 것이지."

청년이 씨익 하고 웃고는 횡으로 차고 있던 검집의 검병을 붙잡았다. 열 명의 무리가 둘러싸고 있는데도 자신감이 넘쳐 보였다. 그때 무리에 있던 검사가 어딘가를 손으로 가리키며 소리쳤다.

"소주님! 저, 저길 보십쇼!"

"뭐?"

턱수염의 남자부터 누구 할 것 없이 그곳을 쳐다보았다. 황건의 청년 역시도 마찬가지였다.

'…!!'

모두의 눈이 휘둥그레졌다. 산맥으로 들어가는 계곡이 펼쳐지는 절벽 쪽이었는데, 그곳에서 한 인영이 그 사이의 허공을 가로질러 날아오는 것이 보였다.

"날고 있어!"

"아, 아니 설마 능공허도?"

"허공답보?"

전설이라 불리는 절세 경공법들이 입에서 튀어나왔다.

사마영

슈우우우욱! 은연사를 타고 이동하니 이렇게나 빠를 줄은 몰랐다. 경공을 펼치는 것보다도 훨씬 빨랐다. 벌써 계곡의 끝이 보였다. 하류로 내려오면서 거센 급류도 어느새 잔잔해지고 있었다. 어떻게 산맥을 벗어나는 것은 빠르게 이동할 수 있었다지만 퇴각 행렬에 따라붙을 수 있을지는 모르겠다.

─그런데 운휘, 모두들 네가 죽었다고 생각하면 혈교를 벗어날 수 있지 않나?

'아….'

남천철검의 그 말에 나는 문득 흔들렸다. 사실 이것도 기회일 수 있었다. 자취를 감추고 조용히 산다고 하면 이대로 혈교와 이별하는 것도 나쁘지 않았다. 다만 이것에도 여러 문제가 있었다.

─무슨 문제를 말하는 건가?

'너무 주목을 많이 받았어.'

이미 내 인상착의나 모든 것이 혈교에 많이 알려졌다. 백련하 측이 정권을 잡고 있고 백혜향 측이 실각되었다면 모를까, 현재로서 나의 상황은 참 애매하다고 할 수 있었다. 나와 동반자살을 하려 했던 복면인조차, 얼굴을 가리고 있었는데 녹슨 남천철검만으로 내가 누군지 알아맞혔다.

―녹슨 것은 언제든지 고치면 되지 않나.

'내 얼굴은 어떻게 고칠 건데.'

―으음. 인피면구를 구해보는 것은 어떤가?

인피면구라…. 이 방면에서 전문가 몇 명을 알고 있기는 했다. 남천철검의 말대로 인피면구를 구해서 쓰고 다니는 것도 하나의 방안은 될 것 같았다. 하지만 나는 예전처럼 불안하게 살고 싶지 않았다.

―그럼 어떻게 하려고 하나?

'…끝장을 봐야지.'

사실 육혈곡에 있을 때만 하더라도 적당히 묻어가자는 생각이 컸다. 언제든지 빠져나오기 쉽게 말이다. 스승인 해악천이 백련하를 선택했다고는 하나, 나는 언제든 실익에 따라 편을 옮기는 것도 고려해야 할지 모른다고 이야기하려고 했다. 하지만 상황이 달라졌다.

―…설마 저들이 너 역시도 노리고 있다고 생각하는 건가?

'맞아.'

처음에는 그저 백련하만 노린다고 생각했다. 한데 뭔가 이상했다. 청부를 받은 복면인들은 존자나 혈성도 아닌 나를 알고 있었다. 게다가 백혜향 측의 첩자인 대주 양강일은 내게 천리추향의 가루를 묻혔다.

―그건 우연일 수 있지 않나?

'우연? 글쎄.'

그럴 것이라면 다소 위험이 따르더라도 백련하에게 천리추향을 묻히든가, 혹은 좀 더 들키지 않을 만한 자에게 묻혔어야 했다. 이건 무조건 나를 노린 것이었다. 스스로 의도하든 하지 않았든 간에 나는 사존 기기괴괴 해악천의 제자로서 주목을 받은 게 틀림없었다.

—이미 결정을 내렸구나.

'그래.'

이렇게 된 이상 백련하를 무조건 교주로 추대해야 한다. 그래서 백혜향 측을 실각시켜야만 이런 위험에서 벗어날 수 있을 것이다.

—…뭐, 그것이 네 생각이라면 나나 소담검도 전적으로 따를 거다. 하나, 방법은 그것만 있는 것이 아니다.

'방법이 또 있다고?'

—압도적인 힘도 하나의 방법이 될 수 있다.

'압도적인 힘?'

—네가 전에 말하지 않았나. 중원 팔대 고수나 사대 악인 같은 초인의 영역에 들어선 자들은 모두가 두려워한다고 말이다.

'…그렇네.'

피식 웃음이 나왔다. 녀석의 말도 맞다. 압도적인 힘을 갖추게 된다면 이런 굴레에서 벗어날 수 있을 거다. 남천검객의 검법을 전승한 나의 목표이기도 하다. 하지만 그렇게 되는 것은 절대로 쉬운 일이 아니었고, 그렇게 되기까지 안전한 울타리가 필요했다.

—운휘, 저길 봐라.

남천철검의 말에 앞쪽을 바라보았다. 하류로 내려오면서 계곡이 거의 끝나며 작은 강으로 이어지는 기슭이 보였다. 그곳에 한 무리의 인영이 보였다.

'아.'

거리가 꽤 멀었기에 기척이나 검의 소리가 들리지 않았었다. 앞이 확 트이면서 보였기에 망정이지 하마터면 저들을 놓치고서 그대로 저곳에 갈 뻔했다. 팍! 슈르르르르! 나는 은연사에 선천진기를 불어넣어 나를 잡아당기게 했다. 그리고 절벽의 벽면에 달라붙었다.

―칫. 이제 끝났냐?

많이 삐쳤는지 소담검이 퉁명스럽게 내게 말했다.

'화 풀어.'

―흥!

'육혈곡도 나왔으니까 기회가 되면 대장간에서 부러진 부분을 고쳐줄게.'

―…진짜?

다행히 쉽게 넘어왔다. 검 끝부분이 부러진 것이 계속 신경 쓰였나 보다. 어쨌거나 꽤 난처하게 되었다. 나도 저들을 발견했으니, 저들 역시도 내가 은연사를 타고 오는 모습을 봤을지도 몰랐다.

―그 산을 둘러쌌던 무림인들이야?

'아마도.'

거리가 꽤 됐지만 누구 하나 복면을 쓰지 않았다. 아직 하루밖에 지나지 않았으니 산에 남아 있을지도 모른다고는 예상했지만 설마 계곡 하류까지 내려와 있을 줄이야.

―어쩌려고?

어떻게 할지 고민되었다. 어차피 거리가 되니까 이대로 도망치는 것이 좋을까? 그런데 도망치면 왠지 뿔 호각을 불러서 원군을 부를까 봐 걱정됐다.

―지금도 불 것 같은데.

젠장. 그걸 간과했네. 그럼 입막음을 할 수가 없으니 당장 도망치는 게 낫겠다. 한데 뭔가 조용하다. 뿔 호각 소리 정도면 이 거리에서도 들릴 텐데.

'뭐지?'

나는 절벽에서 슬쩍 얼굴을 내밀고 기슭 쪽을 바라보았다. 예상과 다르게 기슭 쪽의 무리가 싸우고 있었다. 얼굴이 보이는 거리가 아니라서 누군지는 모르겠지만, 한 사람이 열 명 정도 되는 무리와 혼자서 싸우는 것 같았다.

'누구지?'

―혈교 사람 아냐?

'혈교?'

―그래. 미친 늙은이도 낭떠러지까지 내려와 두 시진 가까이나 널 찾아다녔잖아. 급류를 타고 내려오면 이곳이니까 혹시 하는 마음에 사람을 남겼을지도 모르지.

'흠.'

그 말도 일리가 있었다. 정말 그런 것이라면 나름 감동인데. 요즘 해악천의 행동을 보면 충분히 그럴 수도 있겠다는 생각이 들었다. 겉으로는 거칠게 말해도 정말 제자로 여기는 듯했다.

―그럼 도울 건가?

남천철검의 말에 나는 고개를 끄덕였다. 계곡에서 내려오는 나를 보고서 뿔 호각을 불지 못하게 도운 자라면 해악천이 보낸 사람일지도 몰랐다.

―합공을 당하는 것 같은데?

멀리서 봐도 꽤 아슬아슬하게 보이긴 했다. 저 무리는 합공에 능숙했는지 진(陣) 같은 것을 형성하고 있었다. 결정을 내린 나는 절벽에 박혀 있는 소담검을 빼 들었다.

'한 번만 더 던질게.'

—아아, 진짜 싫다.

녀석이 짜증을 내면서도 거부하진 않았다. 사실 말은 저렇게 하면서도 이제 절벽을 가로지르는 데 익숙해진 것 같다. 슉! 나는 반대편 절벽을 향해 소담검을 던졌다. 벽에 소담검이 박히자 앞으로 몸을 날리며 은연사를 천천히 길게 늘어뜨렸다. 그리고 반대편 기슭 쪽으로 몸을 날려 착지했다. 탁. 기슭 쪽의 물은 얕았고 중간중간에 돌멩이가 튀어나와 있어, 그곳으로 경공을 펼쳤다. 반대편에 가까워지자 검의 소리가 들려왔다. 저들 모두가 검을 써서 그런지 머릿속이 시끌벅적한 이명으로 가득 찼다. 이래서 검이 많으면 골이 울린다.

—검진으로 보인다.

남천철검이 내게 알렸다.

저들의 합공은 검진의 일종이었다. 나 역시 회귀 전에 진법을 배웠기에 저것이 얼마나 상대하기 까다로운지 알고 있었다. 여럿도 아닌 혼자라면 더더욱 말이다.

—저 녀석 꽤 잘 싸우는데.

소담검의 말처럼 검진에 갇혀 있는 황건의 검사는 유려한 검술 실력으로 저들의 합공을 요리조리 피해가며 용케도 잘 버텼다.

'검술?'

가운데 갇혀 있는 자는 검을 쓰는 자였다. 육혈곡 출신 중에는 검

278

을 쓰는 이가 드물었다. 게다가 저렇게 곱상한 얼굴에 호리호리한 자는 처음 본다.

'설마 혈교의 사람이 아닌 건가.'

저 잘생긴 황건의 청년은 복면조차 쓰지 않았다. 갑자기 혼란스러워졌다. 혈교의 무사가 아니라면 이곳에서 저들과 싸울 이유가 뭐 있을까?

―혈교 사람이 맞는 것 같은데.

―저기 있는 애들이 혈교의 무리는 죽여야 한다고 하는데.

남천철검과 소담검이 말한 저기 있는 애들은 저들이 사용하고 있는 검을 뜻했다. 나 역시도 소리에 집중하니 검들의 소리가 선명하게 들렸다. 소리에서 간간이 혈교라는 말이 나왔다.

'혈교와 관련은 있는 건가.'

―저들도 널 발견한 것 같다, 운휘.

이렇게나 근접했는데 모르는 게 이상했다. 그렇다면 별수 없다. 일단 저자와 함께 저들을 처리하고 봐야겠다.

"모두 물러서라!"

타타타탁! 황건의 청년을 합공하던 무리들이 내가 접근해오자 황급히 거리를 벌렸다. 그들은 잔뜩 긴장한 얼굴로 나를 경계하고 있었다.

'…뭐지?'

반면 황건의 청년은 기대감에 벅찬 얼굴로 눈을 반짝이면서 쳐다보고 있었다. 황건의 청년이 내게 소리쳤다.

"대협! 도와주세요."

대협은 또 무슨 소리지? 복면을 쓰고 있는데 내가 누군지는 알고 저러는 걸까?

　—모르니까 저러는 거겠지.

　그때 검사의 무리들 중 턱수염을 기른 중년인이 저들과 마찬가지로 긴장한 얼굴로 내게 포권을 취하며 인사했다. 척!

　"…고인(高人)께서는 혹시 귀교의 사존자 중 한 분이십니까?"

　정중하게 존자들 중 한 사람이 아니냐고 물었다. 아무래도 이들이 오해하고 있는 듯했다. 중단전을 개방하지 않았기에 내 기도는 일류 고수 이상으로는 느껴지지 않을 텐데, 왜 저런 태도를 보이는지 모르겠다. 그때 머릿속을 울리는 이명들.

　—미치겠네. 능공허도가 아니라 뭔가 얇은 줄 같은 것에 매달렸던 건데.

　—아오, 답답해.

　—허공답보는 무슨 개뿔.

　검들은 하나같이 자신의 주인을 멍청하다고 욕하고 있었다. 그걸 듣고 알 수 있었다. 이들은 내가 은연사를 타고 허공을 가로지르는 모습을 보고서 능공허도나 허공답보와 같은 전설적인 경공을 펼쳤다고 오해한 듯했다. 그래서 나를 혈교의 최고수라 할 수 있는 존자들 중 한 사람이라 여기는 모양이었다.

　'호오. 그렇단 말이지.'

　잘하면 이 상황을 이용할 수 있을 듯했다.

　나는 황건의 청년이 들고 있는 검을 쳐다보았다. 독특한 검이었다. 검신에 푸른 줄이 그어져 있고 은은한 광채를 보이는 것이 보검처럼 보였다. 이 검 역시도 이렇게 말하고 있었다.

　—저 녀석은 네가 찾는 그런 혈교의 고수가 아닌 것 같은데. 괜한

헛수고를 하는군. 쯧쯧.

뭔가 영감 말투다. 하지만 저 검이 한 말 덕분에 나는 이 황건의 청년이 혈교인이 아닌 것을 알게 되었다. 혈교의 고수를 찾는다니 그게 무슨 말일까? 어쨌거나 일단 저자들부터 처리하고 봐야겠다.

'후우.'

나는 선천진기를 끌어올렸다. 그리고 황건의 청년을 향해 조심스럽게 전음을 보냈다.

[내가 신호를 보내면 저들을 공격하시오.]

나의 전음에 황건의 청년의 눈에 이채가 띠었다. 그러고는 이내 전음으로 답했다.

[알겠습니다, 대협.]

참 회귀 전에도 들어본 적 없는 대협이라는 소리를 듣다니. 일부러 띄워주는 말인 줄은 알지만 참 듣기 좋은 소리다.

—너도 은근히 아부에 약하구나.

무슨 소리야. 그냥 듣기 좋다는 거지.

어쨌거나 안력에 최대한 집중을 한 나는 속으로 환의안의 구결을 외웠다. 저들 중에 턱수염의 중년인과 뒤에 두 명 정도를 제외하면 크게 뛰어난 고수들은 없었다. 나는 목소리를 굵게 해서 최대한 위엄 있게 말했다.

"본좌가 누군지 아는 놈들이 아직 무기를 들고 있는 것이더냐?"

이런 내 말투에 소담검이 자지러졌다.

많이 어색한가? 하지만 저들 검사의 무리에게는 아닌 모양이었다. 턱수염의 중년인이 입을 열었다.

"…이 주변에는 연맹의 무인들이 곳곳에 포진하고 있습니다. 설사 존자라고 하셔도 쉽지 않으실 겁니다.”

겁을 잔뜩 먹었으면서도 쉽게 물러서진 않았다. 겉보기와 다르게 용기는 있었다.

그때 나의 귓가로 황건의 청년의 전음이 들려왔다.

[거짓말입니다. 이 주변에는 저자들 외에 아무도 없습니다. 삼 리 정도 떨어진 곳에 한 무리가 더 있긴 한데, 제가 뿔 호각을 부숴서 부를 수도 없습니다. 히힛.]

표정을 보면 꼭 충견이 칭찬해달라고 꼬리를 흔드는 느낌이다. 확실히 쓸 만한 정보이기는 했다.

[고맙소.]

그런 나의 전음에 황건의 청년이 하얀 이를 드러내며 활짝 웃었다.

—너한테 잘 보이고 싶어서 안달이 난 것 같은데.

내 생각도 그랬다. 굳이 혈교에 호의적인 자라면 당장에는 적으로 삼을 필요가 없었다. 저들부터 해결하고 나서 누군지 알아봐도 늦지 않으니까.

나는 그들에게 목소리를 높여 말했다.

“거짓말을 하고 있군.”

“…거짓이 아닙니다. 정녕 타초경사를 범하실….”

“어설프구나!”

황건의 청년의 말이 맞나 보다. 다그치는 것만으로 저리 흔들리는 걸 보면 허장성세가 틀림없었다. 턱수염의 중년인과 나머지 무리의 손에 힘이 들어갔다. 차마 두려워서 먼저 공격은 못 하지만, 당장에라도 싸움이 벌어질 것 같다고 확신한 모양이다.

그때 그들에게 말했다.

"이 중에 본좌가 심어놓은 자들이 없을 것 같나?"

뜬금없는 내 말에 턱수염의 중년인이 인상을 찡그리며 말했다.

"그런 거짓으로 저희를 현혹하시려고 해도….'

"과연 그럴까. 나를 알아보는 이도 있을 터인데."

그 말과 함께 나는 교묘하게 내 눈을 엄지손가락으로 가리켰다. 이에 일부가 무의식적으로 내 눈을 쳐다보았다. 그 순간 선천진기가 일부 소진되며 그들 중 세 명의 눈동자가 흐리멍덩해졌다. 그렇게 눈동자가 풀린 세 명은 쥐고 있던 검으로 옆에 있던 동료들을 기습 공격했다. 푹!

"컥!"

촥!

"헉! 이, 이게 무슨 짓이야?"

한 명이 동료의 목에 검을 찔러 넣는 데 성공했다. 나를 경계하느라 방심했기에 가능한 일이었다. 하지만 안타깝게도 다른 두 명은 저들이 공격을 피하는 바람에 팔과 다리를 살짝 베는 데 그쳤다.

'하!'

이 광경에 순간 나는 놀랐다. 그저 한 사람만이라도 걸리게 할 목적으로 걸었던 환의안의 두 번째 단계였다. 그런데 세 명이나 걸려들 줄은 꿈에도 몰랐다.

'여러 명도 가능했구나!'

어쩐지 초식을 연달아 펼친 것처럼 선천진기가 소모되었었다. 순전히 우연이었지만 환의안이 여럿한테도 동시에 걸릴 수 있다는 사실을 알게 되었다. 어쨌거나 덕분에 검진을 무력화하려 했던 의도가 성공했다.

"아뿔싸!"

"이놈들 첩자였구나!"

환의안에 걸렸던 자들은 첩자라고 의심받게 되었다. 외침 소리에 곧바로 환의안에서 깨어났지만 이미 상황을 돌이키기에는 늦었다.

"죽엇!"

"무슨 짓이야? 갑자기 왜?"

"헛소리 마라!"

채채채챙! 순식간에 난전이 일어났다. 기억이 없는 이들은 동료가 공격해오니 다급히 막기에 급급했고, 다른 자들은 이들이 첩자라고 생각해 빨리 처리하려고 했다.

"이, 이게 대체…."

턱수염의 중년인은 갑작스러운 상황에 당혹감을 감추지 못했다.

[지금이오!]

나는 황건의 청년에게 전음을 보냈다. 신호가 떨어지기 무섭게 황건의 청년은 기다렸다는 듯이 난전을 벌이고 있는 검사들을 향해 신형을 날렸다.

나 역시도 턱수염의 중년인을 향해 몸을 날리며, 성명검법 일초식을 펼쳤다.

호아세검. 범과 같은 맹렬한 기세로 검초를 펼쳐 상대를 제압하기 위한 초식이다. 이간계가 성공적으로 먹힌 덕분에 혼란에 빠진 턱수염의 중년인이었지만 이 무리의 우두머리답게 재빨리 대응했다. 채채챙!

"헛?"

검과 검이 부딪치자 턱수염 중년인의 눈이 커졌다. 놀라는 것도 당연할 거다. 지금 나는 사성의 성명신공을 운용하고 있고, 검초 또한 불완전한 성명검법이 아니라 완전히 보완하여 발전시킨 검초를 사용하고 있었다. 채챙! 턱수염의 중년인은 검식을 막는 데 급급했다. 해악천도 없는 마당에 굳이 제대로 된 성명검법을 숨길 이유가 없었다.

'더 빠르게.'

호아세검의 위력은 검세가 쾌속해질수록 더 강해진다는 데 있다. 쉴 틈 없이 몰아치는 검세에 중년인은 정신이 없는지, 결국 실수하고 말았다.

'빈틈.'

우측 상단으로 검을 비껴 치자, 빈틈이 드러났다. 턱수염의 중년인은 고작 여덟 식도 막아내지 못하고 아홉 식에서 우측 쇄골 위를 찔리고 말았다. 푹! 검과 검의 대결이란 조금만 방심해도 치명상으로 이어진다. 쇄골 위를 찔린 턱수염 중년인의 균형이 무너졌다.

"큭."

당황한 턱수염의 중년인이 보법을 펼치며 거리를 벌리려고 했다. 그대로 따라붙으려 하던 나는 좋은 생각이 떠올랐다. 남천철검을 놓고서 보법을 펼치는 그의 다리 쪽을 향해 손을 뻗었다. 슉! 그러자 은연사가 발사되며 턱수염 중년인의 다리에 휘감겼다. 그 순간 이를 잡아당겼다.

"헉!"

한쪽 다리를 잡아당기자 턱수염의 중년인은 그대로 넘어지고 말았다. 은연사에 선천진기를 주입하자, 은연사의 줄이 빨려 들어오며 그의 몸이 내 쪽으로 당겨졌다.

"이, 이 비겁한!"

턱수염의 중년인이 내게 소리쳤다. 서로 대련하는 것도 아닌데 비겁한 게 뭐가 있나. 탱! 그가 다리에 묶여 있는 은연사를 풀어내기 위해 검을 휘둘렀지만 탄력에 의해 검이 도리어 튕겨 나가고 말았다. 녹슬었다고 해도 남천철검의 날도 튕겨낸 은연사이다. 평범한 검으로 끊어질 리가 만무했다.

"에잇!"

다급해진 턱수염의 중년인이 자신에게 다가오지 못하도록 내게 검을 휘둘렀다. 하지만 누운 상태에서 휘두르는 검이 제대로 된 검식일 리가 있겠는가. 챙! 놈의 검을 쳐낸 나는 그대로 심장에 검을 박았다. 꿈틀거리며 고통스러워하던 턱수염의 중년인은 이내 숨을 거뒀는지 움직임이 멈췄다.

―왼손으로 은연사를 다루는 게 나을 것 같다.

'그렇네.'

남천철검의 그 말에 나 역시 동의했다. 왼손으로 은연사를 써서 넘어뜨렸다면 좀 더 빠르게 제압했을지도 몰랐다. 애초에 섬영비도술 자체가 왼손으로 쓰는 무공이고, 이에 익숙해지도록 은연사 역시도 왼손에 착용해야 할 것 같다. 제일 까다로운 녀석을 처리했으니 이제 다른 녀석들….

'하!'

황건의 청년을 도우려고 했는데, 고작 두 명만 남았다. 저들끼리 싸우는 난전에 끼어들었다고는 하지만 그 짧은 사이 여덟 명 중에 여섯 명씩이나 처리한 것이었다. 검진이 아니었다면 혼자서도 이들을 처리할 실력자였다.

팟! 그래도 빠르게 처리하는 게 나으니 개입하자. 신형을 날린 나는 황건의 청년을 합공하고 있는 자들 중에 한 사람의 뒤를 노렸다.

"조심하게!"

합공하던 자들 중 한 사람이 외쳤지만 늦었다. 정면으로 겨뤄도 고작 몇 합 내로 승부가 날 만큼 실력 차가 큰데 어찌 막겠는가. 다급히 몸을 돌리던 검사의 옆구리를 찔렀다. 푹!

"끄억!"

내가 한 사람을 처리하자, 황건의 청년은 그 기회를 놓치지 않고 쾌속한 검초로 단번에 다른 한 명을 처리했다. 한데 손속이 생각보다 잔인했다. 상대의 한쪽 눈을 앗아간 뒤에 그대로 목을 베어버렸다.

─…검초가 잔인하고 악랄하다.

남천철검마저도 혀를 내두를 정도였다. 죽은 검사들의 시신을 봐도 눈이라든지 코, 겨드랑이, 심지어 국부까지 노릴 만큼 철저하게 상대를 죽이는 것에 초점이 맞춰져 있었다.

─저런 검술을 만든 자는 타고난 살성일 거다.

내 생각에도 그랬다. 애초에 검법의 목적이 효과적으로 상대를 죽이기 위함이지만 정도를 지나쳤다.

"대협! 도와주셔서 감사합니다."

황건의 청년이 내게 포권을 취했다. 잔인한 손속을 지닌 자가 이렇게 순진무구한 얼굴로 해맑게 웃다니. 정말 어울리지 않았다.

슥! 나는 녀석을 향해 검을 겨냥했다. 이들을 해결했으니 이제 정체를 밝힐 차례다.

"아?"

의아해하는 녀석에게 물었다.

"누구시오?"

그는 해악천이 남긴 사람도 아니었고 혈교의 교인도 아니었다. 잔인한 솜씨나 무림연맹의 사람들을 거침없이 죽이는 것을 보면 분명 정파인은 아닌 듯한데 그 정체가 궁금했다. 그때 녀석이 갑자기 돌발 행동을 했다. 팍! 갑자기 무릎을 꿇고서 내게 예를 갖추더니 말했다.

"대협, 저는 평소부터 귀교를 선망해왔습니다. 이곳에 귀교의 흔적이 있을 수도 있다고 하여 이 한 몸 투신하기 위해 왔습니다."

'…?!'

뜬금없는 녀석의 말에 순간 말문이 막혔다. 녀석의 검이 혈교의 고수를 찾는다는 말을 하긴 했지만 그 목적이 설마 입교를 원하는 것일 줄은 몰랐다. 한데 방금 전까지는 적들을 상대하느라 크게 의식하지 않았는데, 녀석의 목소리가 상당히 신경 쓰였다. 얼굴은 이십 대 초반으로 보였는데, 변성기가 지나지 않은 소년 목소리였다. 억지로 굵게 내려고 하는 게 어색해 보였다.

─몸매도 호리호리한 게 특이하네.

소담검의 말대로 몸매도 호리호리한 것이 선이 남달랐다. 십 대 소년인데 원래 나이를 속였든지 혹은 여자인데 남장을 했든지 둘 중 하나로 보였다.

─어떡할 거야?

'글쎄.'

이렇게 정체가 묘연한 자를 끌어들일 수는 없는 노릇이었다. 애초에 영입할 수 있는 권한도 없었고. 다만 무림연맹의 무인들이 다른 자들을 부르지 못하게 막아준 데다, 시종 내게 잘 보이려고 하는 걸 보면 확실히 혈교에 호의를 가진 것만은 확실했다.

나는 그를 물끄러미 쳐다보다 말했다.

"그대는 누구이기에 혈교에 입교하고 싶어하는 거요?"

정체를 밝히라는 의미였다. 녀석의 검이 나불거리면서 말해주기를 바랐으나 생각보다 입이 무거웠다.

황건의 청년이 잠시 망설이다가 입을 뗐다.

"신분이 꼭 중요합니까? 무릇 군주는 뛰어난 인재를 아낀다고 들었습니다."

"그건 믿을 수 있는 자에게나 통용될 이야기요. 그대가 누군지도 모르는데 어찌 함부로⋯."

―⋯.

―운휘!

나도 들었다. 귓가를 울리는 이명들. 멀지 않은 근방에 상당수의 인원이 다가오고 있었다. 검의 소리로만 짐작하면 족히 열댓 명은 되어 보이는 것이 이들의 아군 같았다. 여기서 벗어나야 했다.

'⋯이쪽이 산맥의 남서쪽 방향이니까.'

해악천이 미리 언질해준 장소로 가려면 산맥을 둘러서 귀주성 쪽으로 향해야 한다.

"왜 그러시는지?"

"다수의 무리가 이곳으로 오고 있소."

내 말에 황건의 청년이 의아해했다. 아직까지 기감으로 감지하지 못했나 보다.

"다수요? 그럴 리가요. 제가 주변을 둘러보는 동안에는 누구도 없⋯."

289

"쉿."

나는 황건의 청년을 조용히 시켰다.

주변을 둘러보는 동안 없었다고 지금도 없으리란 법이 어디 있겠는가.

[저들의 수가 적어도 스물에서 서른은 되는 듯하니, 일단 이곳을 벗어납시다.]

어림짐작이지만 대략 그 정도 숫자는 될 것이다. 그런 나의 전음에 황건의 청년이 이해할 수 없다는 듯이 말했다.

[존자이시라고 들었는데, 그 정도 무위를 지니셨으면 충분히 감당하….]

감당은 무슨. 팟! 아직까지도 나를 혈교의 존자라고 생각하는 황건의 청년을 두고서 나는 북서쪽 숲을 향해 경공을 펼쳤다. 앞으로 남들 앞에서 은연사로 줄 타는 모습은 보이지 말아야겠다. 괜히 오해받기 십상이다.

슉! 그때 뒤에서 빠르게 쫓아오는 소리가 들려왔다. 힐끔 쳐다보니, 황건의 청년이 어느새 내 뒤를 따라붙고 있었다.

'빠르다.'

뛰어난 무위를 지닌 것은 예상했지만 경공을 펼치는 실력이 매우 뛰어났다. 이 정도라면 일류의 벽은 훌쩍 넘어섰다. 저 나이 때에 이런 실력을 지녔다면 명문가의 자제이거나 뛰어난 스승을 사문으로 모시고 있을 텐데 점점 더 정체가 궁금해졌다.

[역시 존자다우십니다. 저도 더 가까워져서야 기척을 느꼈는데 대단하시군요.]

황건의 청년이 전음으로 나를 칭찬했다.

뭐? 벌써 기척을 감지했다고? 당연히 적들이 더 가까워졌겠지만 그 정도 거리라면 단주급의 고수도 곧바로 알아차리기 힘들 터였다.

[적들 중에 정말 강한 자가 한 명 있는 것 같더군요. 그자를 상대하면 다른 적들도 몰려올 테니 대협의 판단이 옳은 것 같습니다.]

심지어 적들의 수준마저 어느 정도 짐작하고 있었다. 설마 이 녀석 나처럼 무공을 숨기고 있는 걸까?

'앗!'

그런데 이를 생각할 틈이 없었다. 뒤에서 굉장히 빠른 속도로 누군가 우리 쪽을 향해 다가오고 있었다. 이명이 점점 커지고 있었다. 이 정도 속도라면 얼마 되지 않아 금방 따라잡힐 것 같았다.

[대협! 너무 빨라요.]

황건의 청년이 전음을 보냈는데 어찌나 급했는지 본래의 목소리가 튀어나왔다. 짐작대로 청년은 여자가 틀림없었다. 얼마나 놀랐으면 목소리를 숨기는 것도 잊은 것일까?

―운휘, 따라잡혔어.

소담검이 내게 외쳤다.

더 이상 도망가는 것은 무리였다. 나는 황건의 청년에게 다급히 전음을 보냈다.

[도망가긴 글렀소. 합공합시다.]

[네!]

황건의 청년 역시도 같은 생각을 했는지 고개를 끄덕이며 답했다. 이제 목소리를 숨기는 것은 안중에도 없었다. 나와 황건의 청년은 멈춘 후에 굵다란 나무 뒤에 숨어서 기척을 최대한 죽였다. 적이 나타나는 순간을 노리기 위해서였다.

이명이 가까워졌다. 나는 전음으로 신호를 보냈다.

[셋.]

[둘.]

[하나!]

하나, 라는 말이 떨어지기 무섭게 나와 황건의 청년이 동시에 검초를 펼치며 수풀에서 튀어나오는 자를 향해 달려들었다. 상대는 다급히 검을 뽑고서 우리의 검초를 막아냈다. 채채채쟁! 고작 세 합 정도 부딪쳤는데 손바닥이 찢겨나갈 것만 같았다. 검에 실린 공력이 엄청났다.

그런데 도중에 나는 공격을 멈춰야만 했다. 팍! 초식을 펼치다 말고 보법으로 거리를 벌린 후에 황건의 청년에게 외쳤다.

"멈추시오!"

"넷?"

그런 나의 외침에 황건의 청년이 얼떨결에 그에게서 떨어졌다. 그 사이에 나는 재빨리 얼굴을 가리고 있던 복면을 벗었다. 그러자 숲에서 튀어나온 고수가 놀란 목소리로 입을 열었다.

"애송이?"

"어르신!"

우리를 뒤쫓은 절세고수의 정체는 다름 아닌 이존 난마도제 서갈마였다. 회색 도복 같은 옷을 입고 머리를 정갈히 위로 묶고 있어서 곧바로 알아보지 못했는데, 설마 그였을 줄은 몰랐다.

"어르신께서 어찌?"

그런 내 말에 서갈마가 급격히 환해진 얼굴로 말했다.

"하! 살아 있었구나."

나 역시도 절로 입꼬리가 올라갔다. 이 사람을 여기서 만난 것이 이렇게 반가울 줄이야. 반면 황건의 청년은 어처구니없다는 표정으로 나를 쳐다보고 있었다.

　[대협… 아니, 당신은 존자가 아니잖아요.]

　실망스러워하는 청년의 전음에 나는 두 손을 슬쩍 들어 올렸다. 그리고 육성으로 말했다.

　"내가 언제 그대에게 존자라고 말한 적이 있습니까?"

　그런 내 말에 그녀가 황당하다는 듯이 말했다.

　"지금 그걸 말이라고…."

　슥! 그때 서갈마가 그녀를 향해 검을 겨냥하며 말했다.

　"얼굴은 청년인데 목소리는 여인의 것이군. 인피면구를 착용한 듯한데 이자는 대체 누군가?"

　서갈마 정도 되는 고수가 검을 쥐고 있자, 도가 아닌데도 강렬한 기세가 느껴졌다. 조금만 움직여도 황건의 청년을 단번에 베어버릴 듯했다. 황건의 청년이 나를 애타게 쳐다보며 해명해달라는 눈빛을 보내왔다. 이에 내가 말했다.

　"제가 적들에게 들키지 않게 도와줬던 자입니다. 본교에 입교하고 싶어서 찾아왔다는데, 출신을 알 수가 없습니다."

　나는 간략하게 모든 것을 알려줬다. 이 이상은 나 역시도 아는 바가 없었다.

　난처한 표정을 짓는 황건의 청년에게 나는 말해줬다.

　[이분은 진짜이시오.]

　내 말의 의도를 알아차린 청년이 다급히 바닥에 무릎을 꿇었다. 그리고 예를 취하며 내게 했던 것처럼 말했다.

"존자 어르신, 저는 평소부터 귀교를 선망해왔습니다. 이곳에 귀교의 흔적이 있을 수도 있다고 하여 찾아왔는데 부디 이 한 몸 받아주시길 청합니다."

그런 청년의 말에 서갈마가 인상을 찡그렸다. 나와 같은 반응이었다. 알지도 못하는 자가 난데없이 입교를 신청하는데, 서갈마라고 다를 리가 없었다. 하지만 대처는 전혀 달랐다. 슥! 서갈마는 당장에라도 손을 쓸 기세를 보이며 말했다.

"젊은이가 첩자가 아니라는 것을 노부가 어찌 믿으라는 거지?"

정체를 밝히지 않는다면 첩자로 간주하겠다는 의미였다. 검 끝의 살기에는 진심이 담겨 있었다. 서갈마의 위압적인 기세에 난처해하던 황건의 청년이 이내 입을 열었다.

"…제 성은 사마이고 이름은 영입니다. 사천성 계월곡에서 왔습니다."

'…!!'

그 말을 들은 서갈마의 얼굴이 굳었다. 나 역시 마찬가지였다.

─왜 그러는 거야?

소담검의 말에 나는 곧바로 대답할 수가 없었다. 그만큼 충격이 컸기 때문이다.

─말 좀 해라. 답답하잖아.

중원에서 사마라는 성을 쓰는 이들은 많다. 하지만 그중에 사천성 계월곡 출신은 오직 한 사람뿐이다.

'…사마착.'

─뭐어?

월악검(月惡劍) 사마착. 사대 악인의 일인이다. 중원 무림을 통틀어 초인이라 불리는 열두 명의 고수가 있다. 정도에 가까운 여덟 명을 무림인들은 중원 팔대 고수라고 하였고, 사도와 흑도에 가까운 나머지 네 명을 중원 사대 악인이라고 칭했다. 악인이라는 호칭을 가진 그들은 듣기만 해도 소름 끼치는 일화들을 많이 가지고 있다. 월악검 사마착도 마찬가지였다. 여러 일화 중 하나가 사천성 동남부에 고월방이라는 방파가 있는데, 하룻밤 사이에 이백여 명이 넘는 방도들이 참살당하는 사건이 벌어졌다. 범인은 바로 사마착이었는데, 이에 분노한 고월방과 관련된 문파들이 힘을 합세하여 사마착의 근거지인 계월곡을 찾아내 그곳으로 쳐들어갔다. 그런데 사백여명의 무림인들 중 누구 하나 살아 돌아온 사람이 없었다.

─와… 그럼 혼자서 그 많은 사람을 죽였단 말이야?

소담검이 혀를 내둘렀다.

사대 악인 중에 살인과 동떨어진 이는 누구도 없었다. 사람 죽이기를 밥 먹는 것보다 쉽게 여기는 자들이니까 말이다.

─그럼 쟤가 그 사마착이라는 악인의 자식이야?

아마도 그러지 않을까. 성이 사마이고 이름이 영이라고 했다. 계월곡 출신에 사마라는 성을 가졌다면 그 후인이 틀림없었다. 사대악인의 후인이 혈교에 입교를 신청하다니. 참 놀랄 일이었다.

'잠깐만… 뭔가 좀 안 맞는데.'

─뭐가 안 맞아?

그래. 이제 기억이 난다. 회귀 전 무림연맹에 첩자로 파견되면서 있었던 일이다. 그때 월악검 사마착과 관련되어 큰 사건이 터졌었다.

─무슨 사건인데?

'그때 사마착과 무쌍성이 부딪쳤었어.'

―무쌍성? 그 단일 방파로 최고의 성세를 누린다는 그곳?

워낙 큰 사건이라 무림연맹에서도 추이를 지켜보느라 관심을 가졌었다. 당시 동맹이 깨진 상태였던 무림연맹에서는 무쌍성에서 상당한 타격을 받기를 바랐지만 그것이 이뤄지지 않았던 것으로 기억한다.

―왜?

'도리어 사마착이 무쌍성의 일원으로 들어갔거든.'

―응? 무쌍성에 들어갔다고?

모두가 예상치 못한 사건이었다. 무림연맹 측에서는 사마착의 근거지인 계월곡의 위치가 고월방 사건으로 알려지면서 그곳으로 들어간 게 아닐까 추측했었다. 하지만 후에 그 배경에는 월악검 사마착의 후인이 무쌍성의 일원이었던 것이 그 원인이 되었다고 알려졌다. 결국 자식을 따라서 무쌍성에 들어간 셈이었다.

―어? 그럼 쟤가 그 자제란 말이야?

그건 나도 확실하게 알 수 없었다. 하지만 자제가 맞다면 사마영이라 밝힌 저 황건의 청년은 혈교가 아니라 무쌍성으로 투신해야 할 운명이었다. 사실 이렇게 육혈곡이 무림연맹에 습격받은 것도 회귀 전에는 없던 일이었다. 그런데 갑작스럽게 일이 이렇게 터져버렸다.

'꼬인 건가?'

그렇게밖에 추측할 수가 없었다. 무쌍성으로 가야 할 사람이 혈교로 오게 되다니. 여기서 사마영을 받지 않는다면 원래의 역사대로 움직이게 되지 않을까?

그때 소담검이 한 가지 사실을 꼬집었다.

―그런데 네 말대로라면 지금은 사마착인가 하는 그 사대 악인

의 근거지가 계월곡이라는 거 아무도 모르는 거 아냐?

어라? 소담검의 말이 맞다. 생각해보니 고월방 사건도 후에 터질 일이었다. 그렇다면 월악검 사마착의 근거지인 계월곡도 아직까지 누구도 모르는 일이 된다. 한데 서갈마는 왜 놀란 거지?

"자네는 사마 세가 출신이 아닌가?"

사마 세가?

아…. 사마 세가는 무림연맹의 요직에 있는 명문 무가였다. 사대 악인인 월악검을 떠올린 나와 달리, 서갈마는 사마라는 성을 듣고서 그녀가 사마 세가라고 추측한 모양이었다. 하긴 계월곡 사건이 터지지 않았는데 사마착을 떠올리는 게 이상한 일이다.

"명문 무가 출신이 본교를 선망해왔다고?"

무림연맹의 요직을 맡고 있는 명문 무가 출신으로 오인했다면 서갈마의 이런 반응도 당연했다. 그때 황건의 청년이 고개를 들고서 말했다.

"저는 사마 세가와 관계가 없습니다!"

힘이 들어간 목소리에 서갈마의 눈매가 가늘어졌다. 그도 그럴 것이 황건의 청년의 목소리에서 왠지 모를 원한 같은 것이 느껴졌다. 서갈마가 의심의 눈초리를 거두지 않고서 말했다.

"그걸 어찌 증명할 텐가?"

"사마 세가는 제 어머니의 원수이니까요."

"어머니의 원수?"

서갈마의 반문에 황건의 청년이 쓸쓸한 목소리로 말했다.

"…그들로 인해서 제 어머니가 돌아가셨습니다. 무림연맹의 울타리 안에 있는 그들을 저 혼자의 힘으로 어찌할 수 없기에 혈교에 투신하고 싶었습니다."

황건의 청년의 목소리에서는 슬픔이 묻어났고 눈가도 촉촉해졌다. 그 모습에서 나는 어릴 적을 떠올렸다. 어머니가 돌아가셨을 때 나는 익양 소가의 가주, 즉 아버지를 비롯한 익양 소가의 사람들이 죽이고 싶을 만큼 원망스러웠다. 그래서일까. 황건의 청년에게서 내 모습이 비쳤다. 서갈마 역시도 진정성을 느꼈는지 의심의 눈초리가 한결 수그러져 있었다.

"하면 어째서 인피면구로 얼굴을 가린 건가? 본교로 입교를 원한다면 아무것도 숨기지 말아야 할 터인데."

"…"

그 말에 잠시 망설이던 황건의 청년이 손을 얼굴로 가져갔다. 귀 밑쪽을 만지작거리더니 이내 허물을 벗듯이 얼굴의 껍질을 벗었다. 고무처럼 늘어나던 인피가 벗겨지자, 그 안에 감춰져 있던 원래 얼굴이 모습을 드러냈다.

"아…"

나와 서갈마의 입에서 동시에 탄성이 흘러나왔다. 여자라는 것은 목소리 때문에 짐작하고 있었지만 얼굴이 꽤 충격이었다. 백자를 연상케 할 만큼 새하얀 얼굴에 홍조를 띠고 있는 두 볼. 유순한 눈매에 부드럽게 내려오는 코의 선, 어느 것 하나 아름답지 않은 곳이 없었다. 그야말로 미녀라고 할 수 있는 요건을 전부 갖추고 있었다.

―예쁜 거냐?

소담검의 물음에 나도 모르게 고개를 끄덕일 뻔했다. 저 정도면 한 성을 대표하는 미녀라고 해도 과언이 아닐 만큼 아름다웠다.

―백련하랑 비교하면?

'…음.'

—그래, 그 정도면 대답이 됐다.

아니, 아무 말도 안 했는데 무슨 소리를 하는 거야. 어찌 되었든 사마영은 회귀 전에 보았던 무림연맹 내의 미녀들과 비교해도 세 손가락에 꼽을 만한 미녀였다. 왜 인피면구를 했는지 새삼 이해되었다. 그때 그녀가 서갈마에게 입을 열었다.

"성별이나 얼굴이 아닌 오직 실력으로 인정받고 싶었습니다."

그런 그녀의 말에 소담검이 중얼거렸다.

—…저거 지가 예쁜 거 아는 거지?

부정하긴 어렵네. 하지만 분명 외모에서 오는 선입견은 있었을 듯하다. 자루에 못이 담겨 있으면 튀어나오듯이 저 정도 외모라면 어딜 가나 튈 수밖에 없을 것이다. 외모에 실력이 묻힐 수도 있었다.

[애송이, 네 생각은 어떠하냐?]

그때 서갈마가 내게 전음을 보내왔다. 설마 나의 의견을 물을 줄은 몰랐다. 의아해하는데 그가 말했다.

[네가 저 아이를 먼저 보지 않았느냐? 충분히 믿을 만하더냐?]

서갈마의 물음에 나는 사마영을 쳐다보았다. 나와 눈이 마주치자, 꼭 입교하고 싶다는 굳은 의지를 눈빛으로 보내고 있었다. 이러니까 꼭 심사하는 사람이 된 기분이다.

—한데 운휘, 사대 악인의 딸이면 위험하지 않겠나?

가만히 듣고만 있던 남천철검이 내게 말했다. 소담검과 다르게 녀석은 아마도 제 전 주인인 남천검객을 통해서 사대 악인의 악명을 많이 들었을 것이다. 녀석은 위험부담을 우려하고 있었다.

—아니면 난마도제에게 그녀의 정체를 알려주면 판단을 내리지

않겠나?

사마영의 정체를 알려주라고? 그렇게 되면 서갈마는 절대로 받지 않으려고 할 거다. 정상적인 사고를 가졌다면 누가 사대 악인의 딸을 들이려고 하겠는가. 차후에 어떤 사달이 벌어질지 몰라서라도 거부하지 않을까.

─괜히 사대 악인이라 불리는 게 아니다. 옛날에도 그들을 부려 보려고 했던 자들 중에 대가를 치르지 않은 자가 없었다.

남천철검은 마치 야생마처럼 표현했다. 억지로 길들이려고 하다가 낙마하기 십상인 것처럼 말이다. 그런데 경우가 달랐다. 다른 사대 악인이거나 미래를 알지 못했다면 당연히 받지 말라고 권했겠지만, 나는 그녀의 행보와 월악검 사마착의 행보를 알고 있었다.

─운휘 너 설마?

'이런 패를 어디서 찾겠어.'

잘만 하면 백련하의 세력을 백혜향과 비등하게 끌어올릴 수 있었다. 아니, 꼭 백련하 측이 아니더라도 우리 쪽에 호의적인 패로 활용할 수 있지 않겠는가. 이런 좋은 기회를 놓칠 수 없었다. 그전에 합의부터 해야겠다.

[사마 소저.]

사마영에게 전음을 보냈다.

그녀가 기대감에 찬 눈으로 나를 쳐다보았다. 그런 그녀에게 슬쩍 운을 띄웠다.

[만약 소저를 입교할 수 있게 도와준다면 내게 뭘 해줄 수 있겠습니까?]

'…?!'

그 말에 사마영의 고운 미간에 주름이 접혔다.

* * *

육혈곡이 있는 산맥에서 이백 리 정도 떨어진 깊은 산속.

이곳에는 오래된 사찰이 있었다. 겉보기에는 불상도 있고 합장하며 절하는 스님들도 있어 평범한 사찰처럼 보이지만 숨겨진 비밀이 있었다. 이 사찰은 혈교에서 오래전부터 임시 거처로 쓰는 곳이었다. 평소에는 당연히 사찰로서의 본분을 다하지만 그들이 오게 되면 사람들의 이목을 피할 수 있는 거처의 역할을 했다.

사찰의 한 건물 안. 둥근 탁자에 다섯 명이 앉아 있었다. 백련하와 기기괴괴 해악천, 혈수마녀 한백하, 호종단주 장문웅, 패혈단주 구상웅이었다. 한시도 쉬지 않은 그들은 이곳까지 백련하를 데리고 피신할 수 있었다. 패혈단주 구상웅이 조심스럽게 운을 뗐다.

"어르신, 기다리기로 한 시간까지 한 시진밖에 남지 않았습니다."

그런 그의 말에 해악천이 입을 열었다.

"알고 있다."

"…시간이 되면 출발해도 괜찮을는지요?"

구상웅의 그 말에 해악천의 인상이 무섭게 구겨졌다.

"알겠다고 하지 않았느냐!"

신경질적인 목소리에 구상웅이 뭔가를 더 이야기하려 했지만, 백련하가 고개를 살짝 저었다. 해악천의 심경을 헤아려서였다. 겉으로는 아닌 척했지만 해악천은 이틀 내내 심기가 불편했다. 그런 그에게 백련하가 말했다.

"해 숙, 서 숙께서 위험을 무릅쓰고 찾고 계시니, 믿고 기다려봐요."

"클클. 괜찮습니다, 아가씨."

해악천이 애써 특유의 웃음소리를 내며 괜찮다고 했다. 지금은 이런 모습이지만 어제만 하더라도 자신이 남아서 소운휘를 찾겠다고 난리를 쳤었다. 하지만 워낙 거구인 그는 눈에 띌 수밖에 없기에 서갈마가 수색을 지원했다. 서갈마 역시도 자신이 방심하지 않았다면 소운휘가 절벽에 떨어지는 일은 없었을 거라며 미안한 마음에 지원한 것이었다.

'이놈, 정말로 죽은 것이더냐.'

시간이 지날수록 해악천의 속은 새까맣게 타들어갔다. 계곡 하류에서 복면인의 시신만 떠내려온 것을 찾고서 아직까지 살아 있다는 희망을 가졌지만, 기다리는 것에도 한계가 있었다. 한 곳에 이틀 이상 머무는 것은 위험부담이 컸다. 백련하의 안위를 위해서라도 다음 목적지로 이동해야만 했다.

'해 숙.'

그런 해악천을 백련하가 안타까운 눈으로 쳐다보았다. 소운휘의 활약이 없었다면 자신들이 이곳까지 오는 데 많은 장애가 있었을 것이다. 그렇기에 그녀 역시도 마음 한구석에선 소운휘가 꼭 살아 있기를 바랐다. 하지만 실질적으로 가망이 없었다. 절정의 벽을 넘어선 고수가 작정하고 동귀어진의 수를 펼쳤다. 그 정도로 까마득한 높이에서 떨어진다면 아무리 심후한 내공의 고수라고 해도 생명을 보장할 수 없었다.

'공자…'

참으로 안타까운 인재를 잃었다. 그 정도 영리한 자라면 더욱 큰

일을 했을 텐데 말이다. 그저 이 기다림이 해악천의 마음을 조금이나마 달래주기를 바랄 뿐이었다. 그렇게 한 시진이 흘렀다. 모두가 눈치를 보고 있는데 해악천이 자리에서 일어났다.

"…출발할 시간입니다, 아가씨."

담담한 목소리에 모두가 안타까움을 금치 못했다. 괴팍하기로 유명한 그가 이렇게 제자를 아낄 줄 누가 알았겠는가.

"해 숙."

"녀석의 명운이 그 정도인 것을 어찌하겠습니까? 더 지체하면 이곳이라고 안전할 수 없을 터이니, 출발하도록…."

그의 말이 미처 끝나기도 전이었다. 바깥에서 웅성거리는 소리가 들려왔다. 의아해진 그들이 방문을 열고 바깥으로 나가보았다.

'…!!'

바깥으로 나온 다섯 사람의 눈이 휘둥그레졌다. 건물 앞마당에는 회색 도복을 입은 열다섯 명의 무사들과 난마도제 서갈마, 황건을 쓴 청년, 그리고….

"공자!"

"너 이 녀석!"

방금 전까지만 해도 침체되어 있던 해악천의 얼굴이 되살아났다. 죽었다고 단념했던 소운휘가 살아 돌아왔다.

부단주

솔직히 예상하지 못했다. 회귀 전 첩자로 있을 때는 여차하면 상황에 따라 아군을 버리는 것은 일도 아니었다. 그렇기에 당연히 과감하게 나를 포기할 거라 여겼었다. 하지만 달랐다. 나 하나를 찾기 위해 존자 중의 한 사람이 정파인으로 변장까지 하고서 수색한 것도 모자라, 백련하와 그녀의 행렬이 이틀 동안 기다릴 줄은 몰랐다. 이곳으로 오는 내내 이존 서갈마 또한 이례적인 일이니 충심을 다하라고 누차 강조했었다.

─그만큼 네가 인정받았다는 거 아냐?

그럴지도 몰랐다. 사존의 제자이면서 몇 번의 공을 세운 게 컸던 것 같다. 아니면 해악천과 백련하의 입김이 작용해서 그런 것일 수도 있다.

─전 주인께서 대우를 받는 것은 본인 하기 나름이라고 하셨다.

─네 전 주인은 어찌 모르는 게 없누.

소담검이 저리 말했지만 남천철검의 말도 맞다. 스스로의 가치는 자기가 만들어가기 나름이 아니겠는가.

웅성웅성! 사찰에 도착하자마자 모두가 마당으로 나오는 바람에 시끌벅적해졌다. 혈교 무사들의 반응을 보면 모두가 나의 생환을 반기고 있었다. 송좌백 녀석도 마찬가지였다.

"새끼, 명도 질기구나."

말은 저리하면서도 입은 웃고 있었다. 기분이 썩 나쁘지 않았다.

끼익! 그때 사찰 건물의 한 방문이 열리며 해악천과 백련하, 혈수마녀 한백하, 호종단주 장문웅, 패혈단주 구상웅이 밖으로 나왔다.

"공자!"

"너 이 녀석!"

그들은 생환한 나를 보며 놀라움을 감추지 못했다. 하긴 그런 까마득한 낭떠러지로 동귀어진을 당하고도 살아 돌아왔으니 저런 반응이 당연했다. 특히 해악천의 얼굴은 거의 환희에 찬 수준이었다. 저 노인네가 저렇게까지 좋아할 줄은 몰랐다.

―입꼬리가 찢어지는데.

하지만 그것도 잠시였다. 해악천이 잔뜩 인상을 굳히더니 내게 호통을 쳤다.

"멍청한 녀석. 방심하니 그런 꼴을 당한 것이 아니더냐!"

말은 그렇게 했지만 눈빛은 전혀 아니었다.

그래도 장단은 맞춰줘야겠지. 나는 한쪽 무릎을 꿇고서 포권을 취하며 말했다.

"송구합니다. 제자가 아직 부족하여 방심한 나머지 적의 간계에 당했습니다. 심려를 끼쳐드려 죄송합니다."

"못난 놈 같으니. 쯧쯧. 한참 멀었구나."

해악천이 혀를 차면서 고개를 절레절레 흔들었다. 그런 그를 보면서 백련하와 주위 사람들이 작게 웃었다. 내버려두면 계속해서 일부러 심통을 부릴 것 같았는지, 혈수마녀 한백하가 개입했다.

"사존, 노여움을 거두시죠. 무사히 생환하지 않았습니까."

"크흠."

해악천이 기침을 한 번 하더니, 백련하를 눈짓으로 가리키며 말했다.

"아가씨께서 네 녀석의 수색을 명하지 않았더라면 요행은 없었을 것이다. 감사의 인사를 올려라."

그 말에 나는 얼른 절을 올리려고 했다. 하지만 백련하는 고개를 저으며 이를 만류했다.

"절은 됐습니다. 공자가 해준 일에 비하면 아무것도 아니에요."

그녀의 목소리를 들으면 진심으로 감사하고 있었다. 첩자를 두 번씩이나 찾아내고 목숨을 걸고 시간을 끈 것이 컸긴 했나 보다. 두 단주도 흡족한 표정으로 나를 쳐다보고 있었다. 그래도 이럴 땐 겸양이 최고지.

"아닙니다. 아가씨께서 수색대를 보내지 않으셨다면 계곡을 빠져나오기 어려웠을 겁니다."

"겸양하실 필요 없어요. 오히려 공에 대한 보답을 하고 싶군요."

"네?"

"지금은 논공행상을 할 만한 시기가 아니지만 이 정도는 해야 제 마음이 편할 것 같군요."

'논공?'

의아해하는데 그녀가 손짓으로 다가오라고 했다. 뭘 하려고 부르는 건지 모르겠다. 내가 가까이 다가가자 혈수마녀 한백하가 예를 갖추라고 하였다. 한쪽 무릎을 꿇자 백련하가 입을 열었다.

"소운휘 공자, 그간의 공을 인정하여 그대의 직위를 승진시키고자 합니다."

'…!!'

그녀의 입에서 나온 파격적인 결정에 나는 놀라움을 금치 못했다. 설마 생환하고 돌아오자마자, 이 자리에서 공로를 인정하여 직위를 승진시킬 줄은 몰랐다. 다른 혈교인들도 전혀 예상하지 못했는지 난리가 났다. 특히 송좌백이 입을 벌리고서 쳐다보고 있었다.

─쟤는 네가 잘나가기만 하면 저런 넋 나간 표정을 짓더라. 제 동생 좀 본받지.

그건 뭐 때리는 거잖아. 송우현이 감정을 드러내는 순간은 음식이 입에 들어갈 때뿐이다.

그때 해악천이 나무랐다.

"뭘 하는 게야?"

놀라서 머뭇거리고 있던 나는 얼른 혈교의 예법에 따라 두 손을 모으고서 정중히 고개를 숙였다. 그러자 그녀가 내 머리 위로 가볍게 손을 얹고서 공표했다.

"부단주로 본교를 위하여 맡은 소임을 다해주길 바랍니다."

'흡.'

그 말에 나는 순간 입술이 실룩거리는 것을 참았다. 두 단계나 직위가 올랐기 때문이다. 대주직 위로는 총대주(단주 보좌), 부단주, 단주 순으로 직위가 오른다.

─좋은 거야?

'당연하지.'

부단주가 되면 한 단(團)의 부책임자가 될 수도 있고, 따로 세 개의 대(隊)를 산하 소속으로 이끌 수 있다. 해악천이 나를 다른 누군가의 소속으로 밀어 넣지 않는 이상 내 밑에 세 명의 대주를 둘 수 있게 된 것이다.

"삼가 명을 받듭니다."

공손히 답한 나는 자리에서 일어났다. 그러자 해악천 산하의 무사 후보생들이 환호성을 지르려고 했다. 하지만 그것은 이내 무산되었다. 이곳이 깊은 산중에 있다고 하나 비밀 가옥이나 다름없기에 시끄럽게 하여 외부로 노출될 수 없기 때문이었다.

"크하하하하하핫."

물론 이를 무시하고 광소를 내뱉는 이도 있었다. 지극히 해악천다웠다.

'부단주라….'

감회가 남달랐다. 회귀 전에는 한낱 첩자였던 내가 부단주까지 올랐다. 이대로라면 단주도 그리 멀지 않았다.

─세 명이나 대주를 받을 수 있으면 두 명은 정해졌네.

소담검이 누구를 말하는지 알 것 같았다. 나는 슬며시 송좌백과 송우현을 쳐다보았다. 송좌백이 잔뜩 일그러진 얼굴로 거부하듯이 고개를 저었다. 하여간 내 밑으로 늘어오는 것은 극도로 경기를 일으키는 녀석이었다. 송우현은 아무 생각이 없어 보였다. 뭐 저 녀석들이 아니더라도 내가 생각해둔 두 명이 있었다.

─누군데?

'조성원.'

녀석은 지금도 대주의 실력을 갖추고 있었다. 게다가 일류의 벽을 넘을 수 있는 자질도 있어서 충분히 그 위를 노려볼 만했다. 다른 한 명은….

─설마 쟤를 대주로 받으려고?

내가 두 번째 대주로 점찍은 자는 바로 사마영이었다. 실질적인 실력은 이미 단주급이라고 해도 과언이 아니었다. 그렇기에 서갈마가 나의 설득에 넘어가 그녀의 입교를 허락한 것이었다.

─쟤 감당할 수 있겠어?

'다른 곳에 보낼 수는 없잖아.'

내가 데리고 있어야 앞으로 벌어질 일에 맞춰서 구상을 짜볼 수 있다. 다만 한 가지 염려되는 것이 있었다. 나는 해악천을 쳐다보았다.

"흥. 이 빚은 언젠가 갚도록 하지."

무뚝뚝하게 서갈마에게 감사를 표하고 있었다. 그냥 고맙다고 하면 될 텐데, 언젠가 원수를 갚겠다는 투로 말하고 있었다. 하여간 특이한 성격이다.

─해악천이 왜?

'어떻게 나올지 몰라서.'

다른 사람은 몰라도 해악천에게는 그녀의 정체를 밝힐 생각이었다. 혹시나 나중에 그녀의 부친인 월악검 사마착이 들이닥친다면 나 혼자 감당할 수 없을지도 모르니까.

─…어째 너는 조성원도 그렇고 저 미친 노인네를 방패막이로 잘 활용하는 것 같다.

소담검이 혀를 내둘렀다.

그때 내 귓가로 사마영의 전음이 들려왔다.

[저 소 공자님, 저는 계속 이러고 있어야 하나요?]

사마영이 멀뚱히 서서 어쩔 줄 몰라 하고 있었다. 하필 모두의 신경이 무사 생환한 나에게 쏠리는 바람에 자연스럽게 잊힌 것이다. 이러면 내가 나서야 하나.

그런데 마침 백련하가 그녀를 발견하고서 물었다.

"한데 서 숙, 데려온 저 소협은 누구죠?"

"아, 아가씨."

해악천과 대화를 하고 있던 서갈마가 깜빡했다는 시늉을 하며 그녀에게 자초지종을 설명했다. 그녀가 나를 도와준 것부터 혈교에 왜 입교하려 하는지 요점만 잘 간추렸다. 그런데 사마영이 여자라는 말에 백련하가 의아해했다.

"여자라고요?"

그녀의 인피면구가 워낙 교묘해서였다. 호리호리한 체구였지만 겉보기에는 잘생긴 청년이었다. 게다가 이곳에 와서는 아직까지 말문을 떼지 않았으니 의심할 구석도 없었다.

응? 그런데 여자라는 말을 듣자마자 백련하가 왜 나와 사마영을 번갈아 쳐다보는지 모르겠다. 사마영만 쳐다보면 되는데 말이다. 입교를 신청한다고 했는데 예를 취하지 않아서 그런 건가. 나는 사마영에게 얼른 전음을 보냈다.

[사마 소저, 저분이 이곳에 있는 분들 중에 가장 높으신 분이오.]

내 말을 알아들은 그녀가 고개를 끄덕이고는 무릎을 꿇고서 백련하에게 예를 갖췄다.

"입교를 허락해주셔서 감사합니다. 소녀, 사마영이라고 합니다."

웅성웅성!

"정말 여자잖아."

"남자가 아니었네."

그녀의 목소리에 장내가 술렁였다. 억지로 굵게 낼 때와 달리 사마영의 목소리는 청아하기 그지없었다.

백련하가 미간을 찡그리더니 이내 그녀에게 말했다.

"사마 소저라고 했나요? 인피면구를 벗을 수 있나요?"

"여부가 있겠습니까."

사마영이 귀밑 뒤를 만지작거리다가 면구의 경계면을 붙잡고서 이를 벗었다. 그녀의 얼굴이 드러나자 여기저기서 탄성이 흘러나왔다. 그만큼 그녀는 절세가인이었다. 백련하도 살이 빠지면서 아름다워졌지만 사마영은 여자가 봐도 넋을 놓을 만큼 대단한 미모의 소유자였다. 괜히 인피면구를 쓰고 다닌 것이 아니었다.

멍한 눈으로 사마영의 얼굴을 쳐다보던 백련하가 나를 흘겨보았다. 아니, 왜 또 저러는 거지?

─그게 질투라는 것이다, 운휘.

'질투?'

─전 주인께서 여자들은 잘 보이고 싶어하는 남자가 더 어여쁜 여자에게 시선을 보내면 기분이 얼음장처럼 가라앉는다고 하셨다.

─네 전 주인은 이론으로는 모르는 게 없네.

─크흠.

이 녀석들이 대체 무슨 소리를 하는 건지 도통 모르겠다. 백련하가 그럼 질투라도 한다는 건가. 차기 혈교주 재목인 그녀가 뭐가 아쉬워서 나한테 그런 감정을 가지겠는가.

그때 귓가로 전음이 들려왔다.

[클클. 이놈이 계곡에서 코빼기도 보이지 않는다 하더니, 언제 저런 여아와 교분을 쌓게 된 것이더냐?]

해악천의 전음이었다. 그 역시도 사마영의 빼어난 외모에 놀란 것 같았다. 찬물을 끼얹기는 싫지만 사실은 밝혀야겠지? 그래야 그녀가 다른 곳에 배치받기 전에 산하로 영입할 수 있을 것이다.

[스승님, 사마 소저를 저희 산하로 영입할 수 있겠습니까?]

그런 내 말에 해악천이 씨익 하고 웃더니 전음을 보냈다.

[클클. 저 여아가 마음에 든 모양이구나. 그렇다면 본좌가 한번 힘을….]

[한데 드릴 말씀이 있습니다.]

[뭐?]

[…부디 스승님만 알고 계십시오.]

[무슨 소리를 하는 게야?]

의아해하는 해악천에게 나는 사실을 밝혔다.

[사마 소저의 부친은 월악검 사마착입니다.]

[…?!]

웃고 있던 해악천의 표정이 한순간에 굳어졌다. 꽤 충격이 컸나 보다. 굳은 얼굴로 사마영을 쳐다보던 해악천이 어처구니없다는 듯한 목소리로 내게 전음을 보냈다.

[…네놈 대체 무슨 짓을 한 게야?]

그렇게 물으니까 내가 대형 사고라도 친 듯하지 않나. 어차피 그녀는 혈교가 아니면 무쌍성 둘 중에 한 곳으로 들어갈 운명이다. 그녀를 통해 부수적으로 무림의 열두 초인들 중 한 사람인 월악검 사마착을 얻을 수 있다면 절대로 밑지는 장사가 아니었다.

─그게 말처럼 쉬운 일일까?

남천철검은 심히 이를 우려했다.

이미 주사위는 던져졌다.

[제가 무슨 짓을 한 게 아닙니다. 아까 들으셨지 않습니까?]

[사대 악인의 여식이 제 발로 찾아왔다고?]

[그렇습니다.]

해악천은 사마영을 쳐다보며 혀를 찼다. 아무리 괴팍함의 극치를 달리는 그라고 하나, 사대 악인의 악명이 대단하긴 한가 보다. 저 미친 노인네마저도 이런 반응을 보이는 걸 보면 말이다. 잔뜩 굳은 인상으로 그녀를 쳐다보던 해악천이 내게 전음을 보냈다.

[서갈마 저 노인네는 모르는 것이더냐?]

[모르고 있습니다.]

[하…! 한데 네 녀석은 어찌 알았고?]

[예전에 귀주성 동쪽 근방에 있는 몇몇 소문파들이 익양 소가에 요청해온 적이 있습니다.]

[무엇을 말이더냐?]

[귀주성과 호남성 사이에 있는 도하현에서 백여 명에 이르는 시신들이 발견되었는데, 공조하여 그 흉수를 찾아내자고 말입니다.]

[설마 그 흉수가 월악검이었단 말이냐?]

[맞습니다. 흉수의 흔적을 찾아서 추적한 결과 계월곡으로 이어졌고, 그곳에서 발견한 자가 바로 월악검 사마착이었습니다.]

[…그곳이 놈의 근거지였구나.]

[스승님 말씀대로입니다. 그렇게 흉수를 찾은 부친과 각 소문파의 사람들은 계월곡 안으로 쳐들어갔고…]

[당했겠지. 사대 악인이 괜히 사대 악인인 줄 아느냐.]

[네, 전멸했습니다. 아니, 딱 한 사람만 천운으로 살아남았지요.]

[그게 네놈 부친이구나.]

[맞습니다.]

이 정도면 충분한 것 같다. 이걸 이렇게 자연스럽게 둘러대는 걸 보면 아직 첩자로서의 실력이 죽지 않은 것 같다.

─타고난 거짓말쟁이라서 그렇겠지.

내가 뭐라고 하는지 듣지도 못했으면서 뭘 또 그렇게 말하냐.

─안 봐도 그림이지.

어찌 되었든 해악천은 내 거짓말에 넘어갔다.

[그게 여태껏 알려지지 않은 걸 보면 네 부친이 어지간히 수치스러웠나 보구나.]

이것 참, 본의 아니게 가주를 욕보이게 되었다. 해악천에게 있어 익양 소가의 가주는 혼자만 살아남았다는 수치심을 들키지 않으려고 이 사실을 은폐한 사람이 되었으니 말이다.

─별로 미안하지 않잖아.

가문에 쓰레기 취급을 받고서 버림받다시피 했는데 미안할 이유야 있겠는가.

해악천이 가늘어진 눈매로 쳐다보며 전음을 보냈다.

[대체 무슨 꿍꿍이더냐?]

내 속내를 묻는 것을 보면 반쯤 넘어왔다.

[저건 언제 터질지 모르는 화약 덩어리다. 저런 걸 데려오다니, 네 놈도 제정신이 아니구나.]

[달리 생각해볼 수도 있지 않겠습니까?]

[달리?]

[만약 사마 소저와 교분을 쌓게 되면 사대 악인의 일인인 월악검을 저희 쪽으로 끌어들일 수도 있습니다.]

[하! 그게 쉬운 일 같았다면 누군들 못 했겠느냐.]

해악천은 괴팍한 성정을 가지기는 했으나 영악함도 갖추고 있었다. 그는 사마영을 영입했을 때 위험부담이 더 크다고 판단했을 것이다. 하지만 일 년이 넘게 그와 함께하면서 알게 된 것이 있다.

[스승님께서 그리 말씀하시니 별수 없군요. 하면 그녀의 정체를 밝히고 내보내자고 하실 겁니까?]

그런 내 말에 해악천이 인상을 찡그렸다. 그건 더 곤란한 상황일 것이다. 이미 입교를 허락한 상황에서 거절한다면 그녀가 생각하는 혈교에 대한 인식은 최악으로 바뀌게 될 것이다.

[그건 안 될 일이다.]

괜히 사대 악인과 척을 지어서 좋을 게 없었다.

[곤란한가 보군요. 그렇다면 위험부담을 저희가 질 필요가 있겠습니까? 차라리 이존에게 맡기시죠.]

[뭐? 저놈에게 말이냐?]

해악천이 서갈마를 쳐다보았다. 서갈마의 눈동자가 사마영에게서 떨어지지 않는 것을 보면 인재로 탐을 내는 것 같았다. 입교를 허락할 때부터 그런 의사를 비쳤었다.

해악천의 표정이 묘해졌다. 역시 나의 자극책이 제대로 먹혀든 것 같았다.

—무슨 자극책?

'노인네가 지는 건 죽어라 싫어하잖아.'

해악천에게 사마영은 말 그대로 계륵과 같은 존재일 것이다. 내가 갖자니 께름칙하고 그렇다고 남을 주자니 상당히 아까운 존재였다. 하지만 확실한 것은 그녀를 잘 구슬려서 사대 악인의 일인인 월악검 사마착의 힘을 얻을 수 있다면 그 성과는 말로 이를 수가 없으리라.

잠시 고민하던 해악천이 내게 전음을 보냈다.

[책임질 수 있겠느냐.]

결국 넘어왔다. 어차피 위험부담은 내가 질 생각이었다. 물론 해악천의 산하로 들어온 순간부터는 나 하나만의 책임이 될 순 없겠지만 말이다. 고개를 끄덕이며 대답하려 하는데, 대주들 중 한 명인 해옥선이 사마영에게 목함 같은 것을 가져왔다.

'응?'

저것은 혈고가 들어 있는 목함이었다. 그래도 나름 단주급에 가까운 인재라 혈고를 먹이기보다 당분간 감시 체제로 둘 줄 알았는데, 칼같이 혈고를 먹이려 한다. 물론 그게 당연한 절차이기는 하다. 다만 사대 악인의 여식인 걸 알아도 저럴 수 있을까?

백련하가 입을 열었다.

"사마 소저, 소저도 알다시피 본교는 아직까지 무림의 수면 아래 있습니다. 아무리 그대가 본교에 충성을 맹세했다고 해도 당장 신뢰할 순 없어요."

"당연한 말씀입니다."

사마영이 똑 부러진 목소리로 답했다. 그녀도 어느 정도 제재는 각오한 모양이었다.

"각오가 보여서 좋군요. 해 대주?"

"네."

해옥선이 목함의 뚜껑을 열었다. 스멀거리는 붉은 벌레가 모습을 드러내자 사마영의 고운 미간에 주름이 갔다. 저런 걸 먹으라고 하는데 비위가 좋을 사람이 어디 있겠는가.

"아오, 대신 먹어주고 싶네."

옆에서 송좌백 녀석이 중얼거리는 소리가 들렸다. 자식, 아까부터 넋을 놓고 바라보더니 사마영의 외모에 반했나 보다.

곤란하다는 듯이 눈을 이리저리 굴리던 사마영이 속삭이는 목소리로 해옥선에게 말했다.

"혹시 물이랑 같이 먹어도 되나요?"

─이야. 어디서 많이 들어본 말인데.

소담검의 말에 나 역시 피식 웃음이 나왔다. 어째 일 년 전의 나를 보는 듯했다.

저 예쁜 얼굴로 오만상을 찌푸리던 사마영이 결국 눈을 딱 감고서 혈고를 집어삼켰다. 새파래진 얼굴만 봐도 얼마나 괴로운지가 느껴졌다. 백련하가 그런 그녀에게 말했다.

"본교에 입교한 것을 진심으로 환영하는 바예요."

백련하의 말투는 참 무감정하기 그지없었다. 존자들이나 나를 대할 때의 말투와는 확연하게 달랐다.

"욱. 가, 감사합니다."

속이 메스꺼웠는지 사마영이 욱욱거리며 답했다.

백련하가 주위를 둘러보며 말했다.

"이왕 이렇게 되었으니 출발 전에 사마 소저를 받으실 분을 정하고 가는 편이 좋겠군요."

그녀는 일사천리로 일을 진행했다.

이때다 싶었는지 이죤 서갈마가 앞으로 나서며 말했다.

"제가 본교로 영입했으니, 끝까지 책임지도록 하겠습니다."

그 말과 함께 혈수마녀 한백하와 해악천에게 차례로 시선을 보냈다. 자신이 찜해뒀으니 건드리지 말라는 경고였다. 어지간히 탐났던 모양이다.

"서 숙 이외에 사마 소저를 받으실 분은…."

슥! 그때 그녀의 옆에 있던 혈수마녀 한백하가 나섰다.

"사마 소저만 괜찮다면 저도 받고 싶군요."

백련하의 눈이 동그래졌다. 자신의 수족이나 다름없는 혈수마녀 또한 탐낼 줄은 몰랐나 보다. 일류 고수만 되더라도 모두가 영입하고 싶어 안달이 나는데, 당연한 결과일지도 몰랐다.

해악천이 내게 전음을 보냈다.

[네 녀석의 판단이 맞기를 바라마.]

모두가 그녀를 노리는 분위기가 되자 해악천도 마음을 굳혔나 보다. 그래, 남에게 줄 바에는 가지는 게 나았다.

"이쪽도 받을 용의가 있습니다, 아가씨."

해악천이 나섰다. 가장 먼저 나섰던 서갈마가 못마땅한 표정으로 두 사람을 번갈아 쳐다보았다. 혈교의 무사들이 이를 흥미진진하게 지켜보았다. 발탁식 때도 볼 수 없던 진풍경이 펼쳐지고 있었으니 말이다. 한 명의 인재를 갖기 위해 혈성들과 존자들이 직접 나선 셈이었다.

"쩝."

그 와중에 내 눈에 패혈단주 구상웅이 입맛을 다시는 모습이 보였다. 그도 사마영이 탐났던 모양이다. 산하의 대주들을 연달아 잃

은 것 때문인지, 아니면 그녀의 외모가 출중해서인지는 알 수 없었
다. 하지만 경쟁자들이 너무 셌다.

"…세 분께서 영입을 원하실 줄은 몰랐군요. 선택권은 사마 소저
에게 드려야겠군요."

직위 시험을 치르지 않았다고 해도 그녀의 무위는 이미 이존 서
갈마가 보장했다. 공만 세운다면 단주급도 충분히 노릴 수 있는 실
력이라고 말이다.

─정체를 알고도 저럴까?

'못 하지.'

기기괴괴 해악천조차도 께름칙해했는데 다른 이들이라고 다르겠
는가.

백련하가 세 사람에게 말했다.

"어떻게, 세 분께서 간단히 소개를 하시겠어요?"

발탁식의 규칙을 따르려는 그녀였다. 그럼 이제 열매를 수확해야
겠다. 이곳으로 오기 전에 그녀에게 약조받은 것이 있었다.

─이런 상황을 예측했구나.

당연하지. 절차라는 것이 있다. 그녀가 만약 혈수마녀 한백하나
난마도제 서갈마를 선택한다면 우리 쪽으로 영입할 수 있는 방법이
없어진다. 이를 대비해서 그녀에게 한 가지 부탁을 들어달라고 한
것이었다. 해악천을 선택하라고 말해야겠다.

[사마….]

전음을 보내려던 찰나였다.

"저기…."

응? 사마영이 갑자기 손을 들고서 백련하에게 말을 걸었다.

백련하가 의아하게 쳐다보자 그녀가 말했다.

"혹시 제게 선택권이 있는 것이라면, 제가 원하는 분의 산하로 영입을 신청할 수 있는 건가요?"

"맞아요. 혹시 원하는 분을 정한 건가요?"

"네."

사마영이 고개를 끄덕였다.

이미 원하는 자를 정했다는 말에 서갈마가 흡족한 표정을 지었다. 입교를 받아준 자신일 거라고 확신한 모양이다. 그런데 사마영이 고개를 돌려 나를 쳐다보더니 살짝 입꼬리를 올려 보였다.

'응?'

이거 잘하면 굳이 부탁하지 않아도 알아서 해악천을 선택할 것 같았다. 그럼 다른 부탁으로 대체할 수 있겠는데.

백련하가 그녀에게 물었다.

"어떤 분의 산하로 들어가고 싶은 건가요?"

그 말에 좌중의 분위기가 집중되었다. 과연 절세미녀인 그녀가 누구의 산하로 들어갈지 궁금한 모양이었다.

"야, 됐다."

갑자기 송좌백이 내게 속삭였다. 뭐가 됐다는 거지? 녀석이 흐뭇한 얼굴로 내게 말했다.

"방금 전에 나한테 미소 짓는 거 봤지? 우리 쪽으로 올 거야."

'…'

—…얘 왜 이러냐?

그건 내가 하고픈 말이다. 그때 남천철검이 말했다.

—전 주인께서 순진한 이들일수록 금방 사랑에 빠진다고 하셨다.

— 있잖아, 네 전 주인은 이렇게 모르는 게 없는데, 대체 혼인은
왜 안 했다냐?

—크흠.

녀석이 하도 전 주인, 전 주인 해대니 나도 남천검객이 과연 어떤
사람이었는지 궁금해졌다.

그러는 차에 사마영이 입술을 뗐다.

"저는…."

그녀가 내게 미소를 지은 것 때문인지, 서갈마는 불안한 얼굴로
해악천을 쳐다보았다. 그런데 그녀의 입에서 전혀 예상치 못한 말이
튀어나왔다.

"소운휘 부단주님 산하로 들어가고 싶습니다."

'…?!'

한순간에 모두의 시선이 내게로 쏠렸다. 당혹스러웠다. 나는 당연
히 그녀가 사촌 해악천의 산하로 들어가고 싶다고 말할 줄 알았다.
이러면 미친 노인네를 방패막이로 쓰려던 게 무산되지 않는가.

"…소 공자의 산하로 들어가고 싶다고요?"

백련하가 기가 찬다는 듯이 반문하며 나를 흘겨보았다. 그녀뿐만
이 아니라 상당수의 남자들이 나를 질투 어린 눈으로 쳐다보고 있
었다. 옆에 있는 송좌백도 예외가 아니었다. 녀석은 연신 "어째서 네
놈이야?" 하며 중얼거렸다.

'미치겠네.'

이럴 줄 알았으면 부탁 하나에 욕심 부리지 말 걸 그랬다.

난처해죽겠는데 그 와중에 사마영이 나를 향해 한쪽 눈을 찡긋
하며 '잘했죠?' 하는 표정을 지었다.

익양 소가로

[클클. 그랬던 것이더냐?]

귓가를 울리는 해악천의 전음에 나는 손바닥으로 얼굴을 가렸다. 이러면 내가 미리 손을 쓴 것 같지 않은가. 그런 것이 아니라고 해명의 전음을 보내려는데, 연이어 백련하의 전음이 들려왔다.

[공자는 참 좋으시겠어요. 이런 아름다우신 분이 산하로 들어가길 원하고 말이죠.]

평소와 달리 한겨울의 서리처럼 냉랭한 말투였다. 해악천처럼 오해한 것 같았다. 환의안으로 실수했을 때도 그랬는데, 제대로 낙인 찍힐 위기였다. 해명이라도 해야 하나.

—늦었어. 그냥 받아들여.

늦긴 뭘 늦어. 수습을 해야지.

—수습은 무슨. 늦었다고 생각했을 때는 그냥 늦은 거야.

'…'

할 말 없게 만드네. 하긴 이 살벌한 분위기에서 해명을 해봐야 이미 늦은 것 같긴 했다. 사마영이 내 산하로 들어오겠다고 의사 표명을 했을 뿐인데, 무슨 공공의 적이 된 기분이다. 별수 없이 철면피를 뒤집어써야겠다.

그때 백련하가 무미건조한 목소리로 말했다.

"결과는 정해졌군요. 사마 소저는 소 부단주의 산하로 들어가는 것으로."

—소 공자에서 부단주로 바뀌었네.

'…'

초여름인데도 싸늘하다. 그녀가 공표하자 서갈마가 실망스러운 기색을 보였다. 해악천이 아니라 나를 선택했기에 한참 후배를 상대로 못마땅한 표정을 짓는 건 아니라고 여겼는지 시선을 마주치진 않았다.

"그럼 준비해서 바로 출발하도록 하죠."

"충!!"

그녀의 명이 떨어지자 혈교의 무사들이 일사불란하게 우르르 움직였다. 미리 여장을 꾸려뒀는지 짐을 나르며 행렬을 준비했다. 확실히 상명하복 체계는 정말 잘 잡혀 있었다.

—속에 혈고가 있는데 안 따르게 생겼어?

뭐 그 말도 맞다. 상급 무사 아래로는 반강제적으로 따르는 것이기도 했다. 하지만 육혈곡에서의 일 년은 그저 훈련만 받는 것이 아니라, 혈교인으로 각성시키는 작업도 갖추기에 반쯤 세뇌당했다고 해도 과언이 아니었다.

"야!"

깜싹이야. 송좌백이었다. 불타는 것처럼 녀석의 눈동자가 이글거렸다.

"너 무슨 짓을 했길래 사마 소저가 네 밑으로….'"

"부단주님!"

녀석이 심통을 내려는 순간 사마영의 목소리가 들려왔다. 고개를 돌리니 사마영이 이쪽으로 쪼르르 달려왔다.

─멍멍이 같누.

사람을 죽일 때는 사나운 독사와도 같았는데, 지금은 저리 해맑을 수가 있나. 한데 저 순진무구한 얼굴로 저지른 짓 덕분에 그동안 쌓아뒀던 입지가 흔들려서 한동안 이를 수습하기 바쁘게 생겼다.

사마영이 다가오자 송좌백은 얼음이 녹은 것처럼 잔뜩 상기된 얼굴이 되었다.

─진짜 반했나 보다.

"사, 사마 소저."

─어이쿠. 말 더듬는 것 봐라.

그러게 말이다. 청춘남녀를 보는 듯하다.

─쟤가 예쁘긴 한가 봐.

그렇겠지. 손에 꼽을 수 있을 만큼 절세미녀였다. 괜히 혈교의 무사들이 내게 질투 어린 시선을 보낸 것이 아니었다.

한데 나는 그녀에게 별생각이 없었다.

─운휘, 너 고자냐.

'…?!'

입에 물이 있었으면 순간 뿜을 뻔했다.

─뭐야. 진짜 고자냐?

아니, 무슨 헛소리를 지껄이는 거야. 나도 마음에 드는 사람이 있으면 가슴이 두근거리고 한다. 단지 아름다움이 다가 아니라는 사실을 회귀 전에 깨달았을 뿐이다.

─응?

아름다움 속에 가시를 품은 경우도 많이 봤다. 무림연맹의 첩자로 있을 때 그것을 뼈저리게 느꼈다.

─차였었냐?

'…아니거든.'

─차였네, 차였어.

좀 대충 넘어가라. 뭐 하나 잡으면 꼬투리 잡듯이 놀려대지 말고.

차여서 그러는 게 아니다. 무림의 여자들 중에 정말로 순수한 자는 손에 꼽을 정도다. 아름답거나 신분이 높을수록 교분을 쌓는 데 서로의 익(益)을 따지는 경우가 많기에 나는 외적인 부분이 큰 의미가 없다는 것을 깨달았을 뿐이다.

"부단주님, 잘했죠?"

사마영이 내게 대놓고 칭찬을 갈구하듯이 눈을 반짝이며 말했다. 잘하기는 개뿔이라고 해야 하나.

─사대 악인의 딸이다, 운휘.

남천철검이 나지막한 목소리로 경고했다.

그래, 사대 악인 월악검 사마착의 여식이다. 내가 참아야지. 그래도 산하로 받았으니 어느 정도 기본은 가르쳐야 할 것 같다.

"소저, 이럴 때는…."

그때 송좌백이 내 말을 끊었다.

"사마 소저. 저는 이 녀석, 아니 소 부단주와 같은 동문인 송좌백이라고 합니다."

떨림이 진정되었는지 목에 힘을 주고 말하자, 소담검이 혀를 차며 속삭였다.

—머저리가 되게 치명적인 척하네.

너무 놀리지 마라. 저 나이 때는 반한 여자에게 잘 보이고 싶은 게 당연하다. 그나마 세상의 때가 덜 묻었을 시기니까 말이다. 그런데 궁금하긴 하다. 이런 녀석이 십 년 뒤에 백흑쌍귀로 악명을 떨친다는 게.

"소 부단주와 동문이시라고요?"

그녀가 고개를 갸웃거렸다.

나는 왜 저러는지 왠지 알 것 같다. 송좌백 녀석에게서 풍기는 기도가 일류 고수, 그 이상이 아니기 때문으로 보인다. 의아하겠지. 잠깐. 그러고 보니 너무 당연하다는 듯이 나를 선택한 게 이상했다. 나도 기도는 일류 고수로밖에 안 느껴질 텐데. 설마 이 여자도 내가 전설의 허공답보를 펼칠 만큼 절세고수라고 생각하는 건 아니겠지?

"하하. 그렇게 안 보이죠? 녀석보다는 제가 좀 사내다워 보이죠."

녀석이 잘 보이기 위해 괜히 팔뚝 근육에 힘을 줬다. 뭔가 초점을 잘못 맞춘 것 같은데.

"아, 네."

그녀가 슬쩍 고개를 끄덕이고는 관심 없다는 듯이 내게로 시선을 돌렸다.

"부단주님, 부단주님."

"한 번만 부르시죠, 소저."

"제가 여기서 아는 얼굴은 부단주님뿐이라 부단주님 산하로 들어간다고 했어요. 잘했죠?"

응? 정말 그것뿐인가. 서갈마도 있지 않은가. 오히려 복수를 하고
싶다면 그가 도움이 됐을 텐데. 내 시선이 서갈마에게 향한 것을 봤
는지, 사마영이 귀밑 잔머리를 만지작거리더니 배시시 웃으며 말했다.

"저긴 왠지 무서워서요. 무서운 사람은 제 아버지 한 분이면 족하
거든요."

'아…'

다른 사람이면 모르겠는데 왠지 납득이 갔다. 사대 악인의 일인
이니까. 그렇다고 해도 혈교의 기본 예법이나 상하 관계 정도는 알
려줘야겠다. 또 실수하면 내가 곤란해지니까.

그때 송좌백 녀석이 끼어들었다.

"사마 소저, 무서운 거로는 우리 스승님도 만만치 않소."

속삭이는 목소리로 농담처럼 말하는 녀석이다. 한데 사마영은 전
혀 관심이 없는 것처럼 대꾸도 안 했다. 그녀의 눈은 오직 내게서 벗
어나지 않았다. 덕분에 송좌백이 이글이글 타오르는 눈으로 나를
노려보았다. …내가 무시한 게 아니잖아.

"뭣들 하는 게야! 노닥거리지 말고 출발 준비해라!"

그때 방문 앞에서 백련하, 서갈마, 한백하 등과 대화를 나누고 있
던 해악천이 우리를 다그쳤다.

사마영이 작게 웃으며 조용히 내게 속삭였다.

"그런 것 같네요."

그건 내가 한 말이 아닙니다….

* * *

327

보름 후.

개봉 화월상단의 본단에 있는 꽃으로 가득한 장원의 후원.

한복판에서 화려하고 안락한 의자에 다리를 꼬고 앉아 섭선으로 부채질을 하고 있는 경장의 붉은 머리카락의 여인이 있었다. 화려한 꽃들과 어우러진 그녀의 모습은 묘하게 신비롭기마저 했다. 한데 그와 어울리지 않는 광경이 앞에서 펼쳐지고 있었다.

"헉헉… 정말 이게 다요."

밧줄에 전신이 묶여 구속되어 있는 거구의 중년인이 힘겹게 말을 내뱉었다. 독한 고문을 당했는지 옷은 피로 얼룩져 있었고, 얼굴조차 피멍으로 가득했다. 중년인이 억울하다는 목소리로 말했다.

"내 부하들마저 전부 잃어가면서 임무를 수행했소. 그런데 이건 아니지 않…."

콱!

"끄아아아악!"

그런 중년인의 어깨로 누군가의 손가락이 파고들었다. 그 뒤에는 육 척 장신에 날카로운 눈매를 가진 중년인이 서 있었다. 일혈성 뇌혈검 장룡이었다.

"묻는 말에만 대답하라고 하지 않았나, 오갈."

"이… 이 지독한 놈들!"

"아직 입을 나불거릴 힘이 남았나 보군."

"끄으으. 약조가 틀리지 않소!"

"임무에 실패하고 혼자만 도망친 주제에 바랄 걸 바라야지."

콱! 장룡의 손가락이 오갈이라 불린 중년인의 어깨에 더욱 깊숙이 파고들었다. 손마디가 통째로 들어갔으니 그 고통은 말로 다할 수 없을 것이다.

"끄아아아악! 그만! 그만!"

"뭘 그만이야."

장룡이 비릿하게 웃었다. 상대의 고통을 즐기는 모습이었다.

"끄으으. 제발… 제발 자비를 베푸시오. 그곳에 난마도제가 있다는 말은 없지 않았소."

오갈의 애원을 장룡은 가뿐히 무시했다. 애초에 그를 살려둘 생각이 없는 것처럼 말이다.

그때 오갈이 뭔가를 떠올렸는지 다급히 말했다.

"그, 그래도 장룡님께서 지시하신 대로 기기괴괴의 제자 소운휘란 녀석은 내 사제가 동귀어진의 수로 죽였…."

우득!

"컥!"

그의 말이 미처 끝나기도 전이었다. 장룡이 갑자기 다른 손으로 그의 목을 꺾어버렸다. 그를 죽인 장룡의 얼굴에서 웃음기가 사라졌다.

바로 그때였다. 촥!

'헛.'

장룡의 귀를 반이나 베고서 무언가가 스쳐 지나갔다. 그것은 검신의 여기저기가 반쯤 금이 가 있는 화려한 문양의 검이었다. 장룡이 인상을 쓰고서 검이 날아온 곳을 향해 한쪽 무릎을 꿇었다. 탁! 그곳에 붉은 머리카락의 여인, 백혜향이 한쪽 눈썹이 치켜 올리며 불쾌하다는 눈빛으로 장룡을 쳐다보고 있었다.

"아가씨."

"이야기가 다른데."

"뭔가 착오가 있었던 것 같습니다."

그런 장룡의 변명에 백혜향이 피식 하고 웃으며 말했다.

"착오? 네가?"

"…."

"네가 뭐라고 했지?"

"…사존 기기괴괴를 아가씨께 무릎 꿇게 만들겠다고 했습니다."

"그게 이거야?"

"송구합니다."

고개를 숙이며 사죄하는 장룡. 하지만 아래로 향한 장룡의 얼굴
은 짜증으로 물들었다. 베어진 귀를 타고 흐르는 피가 그의 상의를
조금씩 적시고 있었다.

'그놈 때문인가.'

짐작 가는 것이 있었다. 살아 돌아온 오갈을 통해 소운휘란 놈이
잔꾀를 부린 덕분에 일을 그르친 것을 알게 된 백혜향이 화를 내기
보다 상당한 관심을 보였었다. 그리고 보면 일 년 전에도 자신의 일
수를 막아낸 자가 있다며 흥미를 보인 적이 있었다. 그녀는 흥미를
가진 것을 반드시 가져야 하는 소유욕을 가졌다.

'설마 녀석에게 관심이 갔던 건가.'

확실히 그 정도 영악한 녀석이라면 그녀가 탐낼 만한 인재였다.

자신의 실수였다. 여차할 경우에는 경고 차원에서 언제든지 소중
한 것을 뺏을 수 있다는 것을 보여주기 위해 제자들 중 한 명을 죽
이라고 했었다. 한데 그게 그녀의 관심을 끈 존재가 될 줄은 몰랐다.

"장자방, 웃기지도 않는군."

그녀의 차가운 비웃음에 살기가 가득했다. 장룡의 심장이 빠르게 뛰었다. 예전이라면 모를까, 반년 전에 이미 그녀는 자신의 역량을 뛰어넘었다. 무서운 성장세가 두려울 정도였다.

'혈마의 피…'

누구보다 그녀는 혈마의 피를 짙게 이었다. 그렇기에 정통성마저 무시하고서 그녀를 지지한 것이었다. 팍! 장룡이 바닥에 박혀 있는 그녀의 검을 뽑아서 다른 손으로 검날의 끝을 자신의 뒷목에 갖다 댔다.

"대가를 원하신다면 이 목을 드리겠습니다."

"아깝군. 쓸 만한 녀석이었는데."

백혜향이 고개를 절레절레 흔들었다. 그러고는 장룡을 쳐다보며 냉랭한 목소리로 말했다.

"지랄하지 말고 검 내놔."

"…."

잠시 머뭇거리던 장룡이 조용히 목에서 검을 떼고서 그녀에게 갖다 바쳤다. 당연히 이 자리에서 죽을 마음은 없었다. 적당히 그녀의 분노를 가라앉히기 위한 연기일 뿐이었다. 어차피 세력 싸움의 구도가 확실해진 이상 그녀는 절대로 자신을 내칠 수 없었다. 다만 한동안 그녀의 분노가 가라앉을 때까지 자중해야 할 것 같았다. 그러던 차였다. 타타타타탁! 후원으로 한 무사가 뛰어 들어왔다. 한쪽 무릎을 꿇고서 백혜향을 향해 예를 갖춘 무사가 보고를 했다.

"무쌍성이 무림연맹과의 동맹 파기를 공표했습니다."

"뭣?"

놀란 장룡이 자리에서 일어났다. 그동안 기다렸던 그 일이 현실로 닥친 것이다. 장룡이 백혜향을 쳐다보았다. 그녀가 붉은 입꼬리를 올리며 중얼거렸다.

"때가 되었군."

* * *

육혈곡을 벗어난 지 한 달이 지났다.

이곳은 귀주성 동남쪽의 강구현 서쪽 외곽에 자리한 드넓은 장원. 호종단주 장문웅이 기반을 닦기 위해 마련한 근거지였다. 원래 해악천이 세를 키우기 위해 준비하고 있던 근거지였지만 백련하를 지원하기로 결정했기에 당분간 이곳이 본단 역할을 할 것 같다. 혈수마녀 한백하 산하의 수하들과 난마도제 서갈마의 수하들도 머지않아 원래의 근거지를 정리하고 이곳으로 집결할 것이다.

해악천의 말에 따르면 백련하는 근 십 년 동안 중원을 떠돌았다고 한다. 무림연맹이 아니더라도 그녀를 노리는 백혜향 산하의 무리들 때문에 한 장소에서 오래 머물렀던 적이 없었다고 들었다. 그러나 이제는 상황이 달라졌다. 그녀 역시도 어느 정도 세를 갖추게 되었다. 존자들 중 두 사람인 이존과 사존, 혈성들 중 두 사람인 삼혈성과 육혈성이 그녀를 따르기로 하면서 구색이 맞춰졌다. 백련하는 이 기세를 몰아 삼존 혈사왕 구제양과 이혈성 수라도 유백에게 친서를 써서 사자를 보냈다. 예상보다 무림연맹과 무쌍성의 동맹 파기가 더 빨라지면서 혈교 내부의 알력 다툼이 본격적으로 가속화되고 있었다.

외곽 연무장에 있던 나는 장원 내로 들어왔다.

─갑자기 왜 부른 걸까?

'글쎄.'

거의 긴급 호출 수준이었다. 어지간한 일들은 해악천이나 서갈마, 한백하 같은 간부들이 상의하는데 나를 부른 것을 보면 아마도 뭔가를 지시하기 위한 것 같았다. 덕분에 드디어 배정받은 산하의 무사들을 훈련시키고 있던 나는 급히 장원 본단으로 향했다. 그런데 도중에 갈래 길에서 누군가와 마주쳤다.

'응?'

송좌백과 송우현이었다. 나를 발견한 송좌백이 심드렁한 얼굴로 내게 말했다.

"뭐야? 너도 부른 거야?"

그건 내가 하고 싶은 말이었다. 이 녀석들까지 부른 걸 보면 대체 무슨 일인지 짐작이 가지 않았다.

나와 송좌백, 송우현이 포권을 취했다. 척!

"부르셨습니까?"

"어서 오세요, 세 분."

본단 건물의 방으로 들어가자 긴 탁자에 백련하와 기기괴괴 해악천, 난마도제 서갈마, 혈수마녀 한백하, 호종단주 장문웅 등이 앉아 있었다. 방 안 분위기가 사뭇 진지했다. 탁자 위에 중원 전도가 펼쳐져 있고 여러 장의 전서구 및 서찰 들이 널려 있었다. 아마 우리 쪽의 정보원들이 보낸 것 같았다.

"…"

송좌백 녀석도 분위기의 흐름을 읽었는지 표정이 무거워졌다. 대체 무슨 일이 있는 것일까?

"장 단주님."

"네, 아가씨."

백련하의 부름에 호종단주 장문웅이 입술을 뗐다.

"공자님들께서 맡으실 임무가 생겼습니다."

"임무… 말씀입니까?"

임무라는 말에 송좌백의 목소리가 살짝 들떴다. 이곳으로 오는 아흐레를 제외하고는 장원에서 계속 수련에만 매진했던 우리였다. 답답해하던 차에 임무 이야기가 나오니 기대가 되나 보다.

'임무라…'

하지만 나는 달랐다. 회귀 전에는 임무가 하달될 때마다 두려웠다. 이번 임무에선 과연 살아남을 수 있을까, 하는 고민뿐이었다. 지금은 과연 어떤 임무일까.

—걱정돼?

'당연하지.'

혈교의 모든 임무는 경중의 차이가 있을 뿐 대개가 위험하다.

단지 궁금하기는 했다. 존자의 제자이자 부단주급에게 주어지는 임무가 과연 무엇일지 말이다. 그때 장문웅이 서찰들 중 두 장을 들어 보이며 말했다.

"이 서찰은 삼존 어르신이 보낸 것입니다."

'삼존?'

삼존이라면 혈사왕 구제양을 뜻한다. 구제양에게 친서를 보냈다고 하더니 답서가 도착했나 보다.

"그리고 이 서찰은 이혈성에게서 온 것입니다."

이혈성 수라도 유백. 난마도제 서갈마와 더불어 혈교 최고의 도 객으로 손꼽힌다. 듣기로는 일곱 혈성들 중에 일혈성이나 이혈성의 무공 실력은 존자급에 비견될 만큼 뛰어나다고 한다. 그래서 확실 한 우위를 확보하기 위해서는 두 사람의 지지가 필요하다고 했다.

—그 삼존인가 하는 노인네는 포기한다고 하지 않았어?

거의 포기하는 분위기였다. 서갈마가 그는 백혜향 측으로 거의 기울어 있다고 했었다. 그래서 혹시나 하는 마음에 반쯤 기대를 내 려놓고서 서찰을 보낸 것으로 알고 있다.

"서찰의 내용은 다르지만 공교롭게도 두 분이 비슷한 요구사항을 적었습니다."

응? 뭔가 성과가 있었던 건가? 요구사항을 적었다는 것은 포섭 가 능성이 있다는 소리였다. 그런데 요구사항이 비슷하다는 게 걸렸다.

"그게 뭐죠?"

"이혈성은 자격을 갖춘 자가 아니면 따를 수 없다고 했고, 삼존 어르신은 혈마검을 계승한 자를 교주로 인정하겠다고 했습니다."

'…?!'

혈마검? 이런 미친!

나는 순간 말문이 막혔다. 지금까지 들은 것만으로 유추해보면, 설마 임무라는 것이 혈마검을 탈취하는 것인가?

—왜 그렇게 놀라는 거야?

'…내 예상이 맞다면 절대로 불가능해.'

가능할 수가 없었다.

—그게 뭐길래 그래?

혈마검(血魔劍). 그것은 혈교의 신물이자 교주를 상징하는 검이다.

듣기로는 희대의 요검이라 불리며 항상 피를 부른다고 한다. 이십여 년 전, 정사 대전에서 당대 교주였던 혈마가 죽으면서 무림연맹의 손에 검이 넘어갔다.

─그걸 탈취하라고?

소담검도 이제야 놀랐다. 혈마검은 다른 곳도 아닌 무림연맹의 본단 중추에 있다. 회귀 전에도 혈교에서 수많은 세작을 보내서 검을 탈환하려 했지만, 누구 하나 성공하지 못하고 죽임을 당했었다. 그냥 죽음도 아니었다. 제발 죽여달라는 소리가 나올 만큼 모진 고문을 당하다가 죽었다.

─아니, 고작 검 하나가 뭐가 중요하다고?

'그럼 옥새는 왜 중요하겠어.'

─아….

상징성과 명분이었다. 신물이라는 칭호는 괜히 갖다 붙인 게 아니었다. 소림의 녹옥불장이나 개방의 타구봉, 무당의 태극현검 등 각 파의 신물들은 그들을 상징하는 보물이자 명예나 다름없었다. 그런 신물을 무림연맹에 빼앗긴 혈교는 상징성을 잃은 셈이었다. 그렇기에 회귀 전에도 어떻게든 검을 탈환하기 위해 수많은 첩자들을 희생시킨 것이었다.

"하면 혈마검을 찾는 게 저희의 임무입니까?"

아무것도 모르는 송좌백이 뭣도 모르고 의욕을 내보였다.

그런 그에게 장문웅이 고개를 저으며 말했다.

"혈마검의 위치는 이미 잘 알려져 있습니다. 무림연맹의 본단에 있죠."

"하면 저희가 그걸 탈환하는 겁니까?"

좌백아, 의욕이 너무 앞섰다. 너 그러다 제 명에 못 산다.

뭔가 불길한 예감 때문에 나는 차마 입을 열 수가 없었다. 해악천이 혀를 차면서 입을 열었다.

"이놈아, 그게 쉬운 일이었으면 벌써 옛적에 탈환했을 게다."

송좌백이 꿀 먹은 벙어리가 되어서 입을 다물었다.

덕분에 좋은 사실을 알았다. 다행스럽게도 혈마검을 탈환하라는 임무는 아닌 것 같다.

해악천이 시선을 돌려 나를 쳐다보더니 물었다.

"어떻게 생각하느냐?"

"그게 무슨…."

"이 두 놈이 왜 이런 요구를 한 것 같으냐?"

해악천의 물음에 모두의 시선이 내게로 쏠렸다. 분위기를 보면 이 서찰들에 숨겨진 진의를 밝힐 수 있을지 시험하는 것 같았다. 그런데 이것만으로 유추할 수 있는 것은 그리 많지 않았다.

"모르겠느냐?"

"…제자가 영민하지 못하여 두 존성의 뜻을 소상히 파악하기는 어렵습니다. 다만 미루어 짐작하는 것이 세 가지 있습니다."

"세 가지?"

송좌백이 자신도 모르게 속내를 입 밖으로 내뱉었다. 나는 이를 개의치 않고 말을 이어갔다.

"첫 번째는 애초에 불가능한 요구를 통해 돌려서 거절했다고 볼 수 있습니다."

혈마의 피를 이은 백련하에 대한 예우 차원에서 말이다. 나의 말에 서갈마와 한백하가 말없이 고개를 끄덕거렸다. 이걸 보면 두 사람은 이 같은 판단을 했었나 보다.

백련하가 말했다.

"두 번째는요?"

"…아가씨께 기회를 준 겁니다. 일말의 가능성을 열어둔 거죠."

그 말에 송좌백 녀석이 고개를 끄덕거렸다. 녀석은 단순한 관점에서 접근한 모양이었다.

"정말 그렇게 생각하나요?"

백련하의 물음에 나는 고개를 저었다.

"사실상 가장 가능성이 낮습니다. 애초에 삼존은 여기 계신 이존 어르신께 본인의 의사를 밝히셨습니다. 서찰 한 장으로 마음이 쉽게 바뀔 리가 없습니다."

그런 내 말에 해악천이 의자에 등을 기대고서 슬쩍 웃었다. 이 말도 정답에 가까웠다는 의미겠지?

백련하가 물었다.

"두 가지 모두 일리가 있군요. 그럼 마지막은 뭔가요?"

"…함정일 수도 있습니다."

그 말에 송좌백이 '그건 대체 무슨 소리냐?'는 표정으로 쳐다봤다. 앞서 추측한 두 가지와는 결이 다르니 이런 반응도 당연했다. 반면 간부들은 달랐다. 함정일 수도 있다는 말에 흥미로워하고 있었다.

"왜 함정이라고 생각하는 거죠, 공사?"

이번에는 혈수마녀 한백하가 내게 물었다.

마지막은 조금 달리 접근해서 생각했다. 회귀 전에 무림연맹의 첩자로 있을 때, 어떤 망할 인간이 내게 해줬던 말이 있다.

"한 수 앞을 내다보는 것은 나의 입장에서 상대가 어찌 나오는지 짐작하는 것이고, 두 수 앞을 내다보는 것은 상대의 입장에서 내게 어떻게 나올지 짐작하는 것이다.”

마지막에 와서 뒤통수를 쳤지만 도움이 되는 조언을 꽤 많이 해 줬다.

―마지막에 뒤통수? 혹시….

그래, 그 망할 개자식이 해준 조언이다. 무림연맹 제사장로 백위향. 명색이 연맹의 세 군사들 중 한 사람답게 계략에 능통한 자였다.

나는 숨을 한 번 고르고 입을 열었다.

“그건 이미 두 분의 존성들이 백혜향… 아가씨 측에 포섭되었을 가능성도 배제할 수 없기 때문입니다.”

“포섭되었다?”

“제가 만약 백혜향 측이었다면 이를 역이용하여 함정을 팔 수 있을 것 같습니다. 가령 쓸데없는 곳에 전력을 분산시키기 위한 계략일 수도 있습니다.”

충분히 가능성이 있었다. 세력 싸움에서 보다 높은 우위를 점하기 위해 어떻게든 혈마검을 회수하려 든다면 이쪽의 전력은 점차 깎여나갈 수밖에 없다. 뭐 이것도 확실하진 않다. 서찰을 정확하게 읽어봤다면 보다 추측하기가 수월했겠지만, 요약만 듣고서는 이게 한계였다.

혈수마녀 한백하의 무표정한 얼굴에 옅은 미소가 감돌았다.

“과연 공자의 식견은 뛰어나군요.”

“…?”

의아해하는데 한백하가 다른 이들에게 스윽 눈길을 주었다. 그러자 간부들이 고개를 끄덕였다. 이에 장문웅이 입을 열었다.

"명석하십니다, 공자. 알려드린 정보만으로 그 정도까지 추측하실 줄은 몰랐군요. 마지막 의견은 다른 정보가 없다면 저희 또한 그렇게 생각했을 것 같습니다."

"그게 무슨 말씀이신지?"

"여기 서찰 한 장이 더 있습니다."

이번에는 직접 읽어보라고 넘겼다. 같이 읽으려고 송좌백이 머리를 들이밀었다. 동생인 송우현은… 애당초 듣는 것만으로 벅찰 테니 가만히 내버려뒀다.

서찰을 읽어 내려간 송좌백과 나는 인상을 찌푸릴 수밖에 없었다.

"이건?"

"구 형이 노부에게 보낸 서찰이다."

서갈마가 말했다. 그건 서찰의 도입부에 적힌 인사말로 알 수 있었다. 서찰은 혈사왕 구제양이 서갈마에게 따로 보낸 것으로, 중추절이 되기 전까지 중립을 지키겠다는 내용이 적혀 있었다. 중추절이면 석 달 뒤였다. 그냥 이런 내용만 적혀 있었다면 신뢰하기 어렵겠지만, 그 안에는 백혜향에게 혈마검까지 빼앗긴다면 더는 중립을 지킬 수 없다고 적혀 있었다.

"그럼 백혜향도 혈마검을 노린단 말입니까?"

도통 이해가 되지 않았다. 무림연맹의 중추를 뚫을 만한 복안이라도 가졌단 말인가. 의아해하고 있는데 혈수마녀 한백하가 말했다.

"백혜향 아가씨 측에서 우리 쪽에 첩자를 심어둔 것처럼 우리도 그쪽에 첩자를 심어뒀지요."

이건 들어서 알고 있다. 상대적으로 세력이 작은 백련하 측보다, 워낙 세력이 큰 백혜향 측은 첩자를 심는 것이 어렵지 않은 일이라고 했다. 다만 저쪽의 세작 방어도 만만치 않기에 주력에는 심을 수가 없어서 정보의 질은 떨어졌다.

"그런데 어째서 그걸 확신하시는지?"

그런 나의 물음에 백련하가 답했다.

"그건 언니가 개파식을 미뤘기 때문이에요."

개파식은 혈교의 부활을 무림에 공표하기 위한 행사이다.

'아….'

그러고 보면 회귀 전에도 무림연맹과 무쌍성이 동맹을 파하고 얼마 있지 않아, 혈교는 무림에 공식적으로 부활의 개파식을 치렀다.

―이것도 네 기억이랑 달라?

확실히 달라졌다. 혈교 입장에서는 이 기회를 놓칠 수 없었다. 한데 백혜향이 석 달 후로 개파식을 미뤘다는 것이 혈마검을 얻기 위함이라는 게 이해되지 않았다.

―복안이라도 생긴 거 아냐?

'그럴지도…. 아!'

―왜 그래?

내가 왜 이걸 생각 못 했지?

생각해보면 회귀 전과 바뀐 것은 동맹의 파기뿐만이 아니었다.

―그럼 뭔데?

'혈교 내 세력 구도.'

회귀 전에는 백련하가 살아 있었는지 알 수 없었다. 하지만 내 감이 맞다면 회귀 전의 백련하는 초창기에 밀려서 제거되었을 확률이 높다.

―맞네. 네가 미친 노인네의 제자가 되면서 이렇게 된 거니까.

소담검의 말대로였다. 제자가 되면서 해악천은 내 단전을 치료하기 위해 만사신의를 찾았다. 그로 인해 백련하와 다시 인연을 맺게 되고, 회귀 전과 다르게 그녀를 지지하는 방향으로 바뀌었다. 그 영향으로 서갈마 또한 백련하 산하로 들어왔다. 이렇게 되면서 아무리 백혜향이라 해도 그녀를 섣불리 건드리기가 힘들게 된 것이다.

—무리해서 해결하려 들 수도 있지 않아?

'아니, 그건 피할 거야.'

아무리 백혜향이 막무가내라고 해도 그건 무리였다. 무림연맹과 무쌍성이 동맹 파기를 한 이 좋은 기회를 내부 전쟁으로 날려버릴 수는 없었다. 제 살 깎아 먹기만큼은 피할 것이다.

'그랬군.'

회귀 전에는 이미 백련하가 제거되었기에 굳이 혈마검이 없어도 본교의 세력을 결집시키는 데 무리가 없었을 것이다. 정통성이 떨어진다고는 하나, 혈마의 유일한 혈육은 그녀뿐이니까.

'결국 원인은 나였네.'

나로 인해 모든 게 바뀐 셈이었다.

백련하가 진지한 얼굴로 나를 바라보며 말했다.

"저나 언니는 부딪칠 수밖에 없어요. 하지만 그것을 피하고 본교의 모든 힘을 집결시킬 수 있는 유일한 방법은 단 하나뿐이에요."

"…혈마검이군요."

"맞아요. 본교의 신물만 있으면 모든 존성들도 따를 수밖에 없죠."

"저희 쪽도 마찬가지겠죠?"

그런 나의 물음에 백련하가 쓸쓸한 표정을 지었다. 다른 존성들도 마찬가지였다. 만약 그녀의 손에 혈마검마저 들어가면 혈교의 최고

율법에 따라야 한다. 신물을 가진 자가 새로운 혈마가 되는 것이다.

"한데 혈마검을 대체 무슨 수로 손에 넣는다는 것인지?"

"이걸 보시죠."

장문웅이 접혀 있던 큰 종이를 펼쳤다. 우측에 큼지막한 글씨로 '무림 대회 개최'라고 적혀 있었다. 벽보였다. 그러고 보니 동맹이 파기되고 몇몇 첩자들로 인해 혈교의 근거지가 드러나면서 무림연맹에서 세력을 증대시키기 위해 무림 대회를 개최했었다.

"이걸 어째서?"

송좌백이 어리둥절한 얼굴로 물었다. 무림 대회는 말 그대로 정파인들 간의 단합 대회였다.

그때 내 눈에 무림 대회 개최를 알리는 안내문에 적힌 무언가가 띄었다.

"…설마 이걸 말씀하시는 겁니까?"

손가락으로 그 부분을 가리키니, 장문웅이 고개를 끄덕이며 말했다.

"세 분께서는 무림 대회 후기지수들의 논무(論武)에 출전하여, 셋 중 한 분은 무조건 우승해주셔야겠습니다."

아아…. 아까부터 묘한 불길함이 느껴지더니, 이것이었구나. 무림 대회의 논무에서 우승한 후기지수는 신설될 청룡당주 직위와 무림맹의 병기고에 있는 어떠한 병장기든 우승 상품으로 지급한다고 되어 있었다.

─아니, 그럼 우승해서 너희더러 혈마검을 가져오라는 소리야?

그런 것 같다. 미치겠네.

─너 회귀 전에도 이런 대회가 있었어?

당연히 있었다.

—…그럼 그때도 기회가 있었다는 건데, 왜 혈교가 검을 손에 못 넣은 거야?

소담검이 날카롭게 이를 지적했다.

솔직히 그때 혈교에서 혈마검을 되찾으려는 시도를 했는지는 모르겠다. 다만 도전했어도 실패했을 것이다.

—왜?

사실상 우승자가 내정된 거나 마찬가지인 대회였으니까.

—내정됐다고?

무림연맹에서는 동맹 파기로 침체된 정파인들의 사기를 끌어올리기 위해 누구도 이길 수 없는 괴물을 출전시켰다.

—괴물씩이나 돼?

'괴물이지. 중원 팔대 고수 두 명의 공동 전인이니까.'

—팔대 고수의 공동 전인!

소담검이 놀라워했다.

하물며 녀석마저도 이런데, 문제는 이 괴물이 출전하는 사실을 무림연맹의 중추부 측과 나밖에 모른다는 것이다. 무림 대회의 후기지수 논무에 우승해서 혈마검을 얻어라. 얼핏 들으면 간단해 보이는 작전이지만 무엇 하나 쉬운 것이 없었다. 첫 번째 조건인 우승부터가 최악의 난관이니까 말이다.

—쟤들은 모를 거 아냐?

알 리가 있나. 무림연맹에서 꼭꼭 숨겨뒀던 괴물이다.

—그 정도면 후기지수가 아니지 않아?

후기지수는 후기지수다. 단지 그 시작점이 남들과는 확연하게 달라서 문제인 거다. 게다가 이 벽보의 공문도 뿌려진 지 그리 오래되지 않아서 누가 출전할지조차 파악하지 못했을 것이다.

"언니 쪽에서도 무림 대회를 노릴 거라 생각해요."

백혜향 측에서도 논무에 누군가를 파견시킨다는 말일 것이다.

'흠.'

심히 걱정된다. 이 임무는 허점도 있고 매우 위험했다. 얼핏 떠올려도 여러 변수가 잡히는데 정말 괜찮은 것일까?

백련하가 나를 보더니 의아해하며 물었다.

"하고 싶은 말이 있는 것 같군요."

잠시 망설이다 입술을 뗐다. 어차피 내가 맡아야 할 임무라면 이야기하는 편이 나았다.

"…임무에 관한 확실한 방비가 되어 있는 겁니까?"

그런 내 말에 답한 것은 그녀가 아니었다. 호종단주 장문웅이 대신 답했다.

"이 임무는 사활을 걸어야 할 만큼 많은 것이 걸려 있습니다. 작전을 허투루 짜지 않았습니다. 그 점은 걱정하지 않으셔도 됩니다."

장문웅이 자신감을 보였다. 지난번에 육혈곡 탈출 당시에도 아군마저 속이는 작전을 그가 책략했다고 들었다. 해악천이 그를 기용한 것도 그런 능력 때문이었다.

백련하가 내게 말했다.

"혹 걸리는 것이 있다면 허심탄회하게 말씀하셔도 좋습니다. 공자의 식견을 들어보고 싶군요."

해악천도 괜찮다는 듯이 고개를 끄덕였다. 가장 윗사람인 그녀가 좋다고 했으니 말해도 괜찮겠지.

"우승을 하는 것과 별개로 정말로 무림연맹에서 혈마검을 상품으로 허하겠습니까?"

내가 우려하는 것 중 하나가 바로 이것이었다. 다른 병장기들은 몰라도 혈마검은 정사 대전의 승전물이었다. 무림연맹에서 이것을 순순히 넘겨줄지가 의문이었다.

─의심이나 안 받으면 다행 아냐?

소담검의 말대로 오히려 혈교와 관련된 자로 의심받을 확률이 지극히 높았다. 그런 내 말에 해악천이 특유의 웃음소리를 내면서 말했다.

"클클. 곱게 내줄 리가 있느냐."

응? 그럼 이것을 상정했단 말인가.

장문웅이 갑자기 자리에서 일어나 무언가를 가져왔다. 목판으로 만든 상자였는데, 길이가 검이 들어갈 수 있을 만큼 길었다.

달칵! 상자를 열자 그 안에는 정말로 몇 자루의 검이 들어 있었다. 그것도 전부 같은 모양, 같은 길이, 같은 문양의 검이었다.

"이건?"

의아해하는데 장문웅이 검 한 자루를 꺼내서 기이한 무언가를 보여줬다. 투둑투둑! 검신이 몇 단계로 꺾이며 접혔다. 그 광경에 나와 송좌백은 할 말을 잃었다.

장문웅이 씨익 하고 웃으며 말했다.

"이 정도면 답이 되었습니까?"

'하!'

요 근래 호종단주가 계속 어딘가에 다녀왔던 것이 이것을 제작하기 위해서였구나. 간부들이 무엇을 계획했는지 머릿속에 어느 정도

윤곽이 잡혔다. 더 자세한 것은 들어보면 알겠지만⋯.

"아니, 이걸로 뭘 한다는 건지?"

물론 내가 이해했다고 송좌백까지 이해한 것은 아니었다. 이 녀석도 무투파에 가까워서 은근히 단순하다. 장문웅이 간략하게 이야기해주고 나서야 겨우 이해했다.

"지난 십 년간 본교에서는 어떻게든 신물을 탈환하기 위해 수없이 많은 시도를 해왔습니다. 실패가 누적되면서 그만큼 무림연맹의 병기고에 관한 정보도 모을 수 있었죠. 이번 무림 대회는 유일하게 병기고를 개방하는 기회입니다."

축적된 정보와 기회인가. 어쩌면 가능성이 있을지도 몰랐다.

"이제 걸리는 것은 없습니까?"

그때 송좌백이 조심스럽게 입을 열었다.

"한데 단주님⋯ 무림 대회의 논무는 정파의 후기지수들만 참가할 수 있는 대회가 아닌지?"

—이야, 우리 좌백이도 머리를 굴릴 줄 아네.

얼마나 단순한 모습만 보였으면 소담검이 놀릴까.

그런데 녀석이 그런 의문을 가지는 것은 당연한 일이었다. 지금 우리의 신분은 혈교인이니까. 녀석의 물음에 호종단주 장문웅이 웃으며 답했다.

"다행히 공자님들이 본교의 충성스러운 교인이라는 사실을 정파인들 누구도 모르고 있죠. 심지어 공자님들의 가문에서도 말이죠."

역시 예상대로였다. 우리 세 사람을 부른 것도 그런 이유였다. 송가네 쌍둥이와 나는 정파의 명문 무가 출신들이었다.

송좌백의 표정이 묘해졌다.

─뚱하네.

이 녀석들도 그렇고 나도 가문에서 그리 입지가 좋지 않았다. 쓰레기 취급을 당하고 버림받은 나보다야 낫겠지만, 녀석들도 모종의 이유로 가출하다시피 가문을 나온 것으로 알고 있다. 그런데 이런 식으로 다시 가문과 엮일 줄은 몰랐다. 참으로 묘한 상황이 되었다. 혈교의 교인이 되어 가문으로 돌아간다라….

─그리고 보니까 네 손으로 가문을 끝장내겠다고 하지 않았던가.

소담검이 예전에 했던 말을 상기시켰다.

그래, 그랬지. 그런데 일이 공교롭게 되었다.

"…설마 논무에 참가하기 위해 가문의 후기지수 대표가 되어야 하는 겁니까?"

"맞습니다. 그게 기본 자격입니다."

역시였다. 가장 먼저 해야 할 일은 정해져 있었다. 무림 대회의 논무에 참가하기 위해 가문의 후기지수 대표 자격을 얻는 것.

─가문을 끝장내는 게 아니라 가문의 대표가 돼야 하네.

기분이 뒤숭숭했다. 그 인간들을 다시 봐야 하는 건가.

그때 해악천이 나와 송좌백, 송우현을 차례로 쳐다보며 말했다.

"흥! 본좌의 제자란 것들이 고작 그깟 무가의 대표 자리를 차지하지 못해서 빌빌거리진 않겠지?"

지극히 그다운 말이었다. 나만 그싯 무가라고 하기에 익양 소가는 명문 무가다. 그 규모도 호남성에서 손에 꼽혔고 나아가서 오대세가와 비견될 정도였다. 물론 썩어도 준치라고 혈교의 입장에서 본다면 익양 소가는 한 지방의 호족이나 다름없겠지만 말이다.

'…녀석들을 제치고 후기지수 대표를 차지한다고?'

머릿속을 스쳐가는 경멸로 가득 찬 얼굴들. 살짝만 떠올렸는데, 오랫동안 억눌러놓았던 화가 슬금슬금 치밀어 올랐다.

'기회인가.'

차라리 잘됐다. 언젠가는 결착을 짓고 싶었다. 그것이 예상치 못하게 빠르게 다가온 것일 뿐.

지금의 나는 예전과 다르다. 단선이 파훼되어 아무런 가치가 없다고 버림받았던 그 시절의 나는 사라졌다.

"받아라."

"네?"

그때 해악천이 탁자 위에 있던 찻잔을 던졌다. 슉! 그냥 던진 것이 아니라 내공을 실었다. 갑작스럽게 던졌지만 나는 내공을 끌어올려 부드럽게 날아오는 찻잔을 손바닥으로 살짝 감쌌다. 역시 힘을 죽이지 않으면 찻잔이 내공에 의해 깨진다. 휘리릭! 손으로 감쌌던 찻잔을 회전시키며 내공의 기세를 죽였다. 손바닥 위에서 찻잔이 팽이처럼 빠르게 돌다가 이내 멈춰 섰다. 해악천의 입꼬리가 올라갔다.

"내공이 늘었군."

난마도제 서갈마가 제법이라는 듯이 말했다.

이에 옆에 있던 혈수마녀 한백하가 옅은 미소를 지으며 말했다.

"영약을 거의 다 흡수했군요."

"영약? 육혈성이 영약을 주었소?"

"네."

정확히는 백련하의 명으로 준 영약이었다. 강구현에 도착하고 나서 백련하는 전에 약조했던 것을 들어주겠다고 했다. 그래서 나는 모자란 하단전의 내공을 보충하기 위해 영약을 요구했고, 보름 동안 부단히 그 기운을 흡수한 덕분에 절정의 고수에 걸맞은 내공을 가지게 되었다.

"클클, 그 정도면 어지간한 후기지수 애송이 놈들은 네놈의 발끝도 못 쫓아올 게다."

해악천이 흡족한 목소리로 말했다. 그의 말대로 내 또래 후기지수들의 실력이 일류 고수임을 감안한다면, 나는 상위권에 속하는 실력이라고 할 수 있었다. 물론 하단전을 기준으로 했을 때 말이다.

"얼마나 필요하다고 했느냐?"

해악천의 물음에 장문웅이 우리를 쳐다보며 말했다.

"무림 대회가 열리는 것이 두 달 뒤쯤이니, 두 공자님이 호남성으로 가는 기간을 고려한다면 적어도 보름 내로 일을 마무리 지어야 합니다."

"들었겠지? 본좌를 실망시키지 마라."

보름. 열닷새면 굉장히 촉박했다. 그 안에 쓰레기로 불리던 입지를 바꿔야 했다.

척! 그때 송좌백이 포권을 취하더니, 의욕에 찬 목소리로 말했다.

"기대를 저버리지 않겠습니다. 후기지수 대표로 논무에서 반드시 우승하여 아가씨께 혈마검을 갖다 바치겠습니다."

그런 녀석의 포부에 장문웅이 머리를 긁적였다. 그러고는 난처하다는 듯이 말했다.

"음… 공자님, 이번 작전에서 공자님들의 역할은 우승이 아닙니다."

"네?"

"우승 후보인 자들을 최대한 많이 탈락시켜 소운휘 공자님이 혈마검을 탈환하도록 돕는 것이 공자님들의 임무입니다."

그런 장문웅의 말에 송좌백 녀석의 표정이 일그러졌다. 자신에게 막중한 임무를 맡겼다고 생각했는데, 거의 보조나 다름없자 자존심에 금이 간 모양이었다. 녀석의 분한 감정을 느꼈는지, 이를 수습하기 위해 장문웅이 말을 덧붙였다.

"공자님들께서 무위가 떨어지기 때문이 아니라, 이번 임무는 검을 얻는 것이고 이를 위해서는 남천검객의 검법을 익힌 소 공사님의 역할이 중요하기 때문에 그런 것이니 오해하지 않으셨으면…."

장문웅의 달래는 말을 들으니 어째서 내가 주가 되는지 알 것 같았다. 나는 정파에서 명성을 떨친 남천검객의 검법을 익혔다. 반면 쌍둥이들은 해악천의 독문절기를 익혀서 기본 권각술만으로는 후기지수들을 상대로 제 실력을 발휘하는 것이 무리였다.

그때 말없이 멀뚱하게 앞만 쳐다보고 있던 송우현이 입을 열었다.

"…형과 제게도 기회…를 주십쇼."

어눌한 말투였지만 의사를 분명히 비쳤다. 설마 제 형을 대신해서 말한 것일까.

"너?"

송좌백 역시도 놀란 표정으로 송우현을 쳐다보았다.

"그건 안…."

장문웅이 딱 잘라 이를 정리하려고 했는데 해악천이 끼어들었다.

"자신 있느냐?"

"어르신!"

장문웅이 그를 만류하려 들었다. 그러나 이미 해악천의 말에 전의와 의욕이 되살아난 송좌백이었다. 녀석이 뒤로 몇 보 물러나더니, 이내 짧은 기수식과 함께 권각술을 펼쳤다. 파파파팍!

그것은 해악천의 독문 무공인 현철진권이 아니었다. 현철진권이 패도적인 기세에 파괴적인 권이라면 녀석이 지금 펼치는 권은 부드러움도 담겨 있었다.

'해원명륜권.'

—그 명륜선공의 권법 아냐?

맞다. 명륜선공의 권법이었다. 나 역시 요즘 들어 권각술의 필요성을 느껴서 익히고 있었다. 한데 녀석의 부드러우면서 막힘없는 권초를 보면 나와는 비교도 안 될 정도의 성취를 얻었다.

—저걸 숨기고 있었네.

지금까지 수련하는 모습을 보이지 않은 걸 보면 비장의 한 수로 연마한 듯했다. 녀석도 확실히 무재는 타고났다. 장문웅을 쳐다보니 표정이 달라져 있었다. 이 정도 성취면 누구도 녀석이 사파의 권사라고 생각지 못할 것이다.

해악천이 클클거리면서 웃더니 옆을 바라보며 말했다.

"어쩌시겠습니까?"

송좌백의 권각술을 바라보던 백련하가 생긋하며 앵두 같은 입술로 읊조렸다.

"패는 많을수록 좋은 법이죠."

* * *

여드레 후. 호남성 율랑현의 북쪽.

수천 평에 이르는 드넓은 장원이 그 위용을 자랑하고 있었다. 장원으로 들어가는 입구인 으리으리한 대문 전각 위의 현판에는 이렇게 적혀 있었다.

익양 소가

이곳은 율랑현의 자랑인 익양 소가의 장원이었다. 호남성을 대표하는 명문 무가답게 대문을 지키는 문지기들마저 늠름한 자태를 뽐내고 있었다. 한낱 문지기에 불과하나 그래도 이류 무사들이었다. 그들은 익양 소가의 일원임에 큰 자부심을 가지고 있었다. 하지만 그런 그들마저 무더운 더위 앞에서는 흐트러질 수밖에 없었다.

"어우, 더워."

"전각 그림자를 벗어나지 못하겠네그려."

얼마나 더운지 그들은 손부채를 부쳤다. 그러나 땀을 식히기에는 부족했다. 뜨거운 여름의 정오는 눈앞에 아지랑이마저 보일 만큼 대지를 뜨겁게 달구고 있었다.

"교대까지 얼마나 남았나?"

"정오니까 반 시진은 남지…. 응?"

"왜 그러나?"

"누가 오고 있네."

문지기들의 시선이 정면으로 향했다. 그들이 바라보는 곳에서 아지랑이 열기를 뚫고 걸어오는 세 명의 죽립인이 보였다. 선두에 서 있는 자는 등에 낡은 천으로 감싼 철검을 차고 있었고, 그 뒤를 따르는 두 사람 중 한 명은 유생이 입을 듯한 복장을 하고 있었는데 등허리에 가로로 검을 착용했다. 유일하게 맨손인 한 사람은 병장기가 없었지만 다부진 풍채를 가진 것이 문지기들은 한눈에 저들이 무림인이라는 사실을 알 수 있었다.

"무림인이다."

"똑바로들 서라."

슥! 더위로 흐트러져 있던 그들이 자세를 고쳐 잡았다. 손님이 올 거라는 통보를 받지 않았기에 저들이 누군지 알 수 없었다. 착! 문지기들이 허리춤에 차고 있는 검병에 손을 얹었다. 정체를 알 수 없는 무림인들이 대문 앞에 당도하자 문지기들의 선임이 그들에게 포권을 취하며 정중히 물었다.

"이곳은 익양 소가의 장원입니다. 용무가 있다면 신원을 밝히시기 바랍니다."

선두에 있던 죽립인이 입을 열었다.

"나도 이름을 밝혀야 하오?"

문지기들의 선임이 어처구니없어했다. 제깟 놈이 뭐라고 대익양 소가의 입구를 통과하려는데 신분을 밝히지 않는단 말인가.

"하! 당연한 소리를 하시는구려. 신분을 밝힐 수 없다면 대문을 통과할 수 없…."

"익양 소가."

'웅?'

죽립인이 죽립을 슬쩍 들어 올리며 말했다.

"삼남 소운휘, 가문에 들어가길 원한다."

'…!!'

죽립 밑으로 보이는 약관 청년의 얼굴에 문지기들의 눈이 휘둥그레졌다. 대문을 통과하기를 요청한 정체불명의 무림인은 일 년도 전에 행방불명됐던 익양 소가의 삼남 소운휘였다.

돌아온 율랑현 망아지

율랑현의 북동쪽에는 작은 호수가 있다. 소정호(小靜湖)라 불리는 이 호수 옆에는 율랑현에서 가장 큰 주루인 향화루가 있는데, 소정호의 정취를 즐기며 술을 즐기기에 좋은 곳이다. 아무리 주루라고 해도 태양이 중천일 때부터 술을 즐기는 이는 많지 않을 거라 여기지만, 한 무리의 청년들이 누각을 통째로 빌려 술잔을 기울이고 있었다. 가장 상석에 앉아 있는 코가 유독 두드러진 청년이 잔으로 마시다 못해 술병으로 나발을 불고 있었다.

쿵!

"크으."

술병을 내려놓은 청년이 콧김을 내뿜었다. 붉게 상기된 볼이나 술 내가 진동하는 것을 보면 그가 얼마나 술을 많이 마셨는지 짐작할 수 있었다. 그의 옆자리에 앉아 있는 청색 비단옷을 입은 청년이 말했다.

"소 형, 기운 내시게. 이번만 기회겠소."

"조강 아우의 말이 맞네. 자네가 형님에 비해서 뭐가 떨어진단 말인가. 장자의 체면을 살려주기 위한 구색이니 너무 상심하지 말게."

그들은 상석에 앉은 청년을 달래주고 있었다.

그런 그들의 말에 청년은 말없이 술병을 들이켰다. 코가 큰 이 청년의 이름은 소장윤. 호남성 익양시를 주름잡고 있는 익양 소가의 이남이었다. 쿵! 거칠게 탁자 위로 술병을 내려놓은 소장윤이 토로했다.

"젠장. 일 년 먼저 태어난 게 뭐가 대수라고 한번 겨뤄보지도 않고 가문의 후기지수 대표를 맡는다는 게 말이 되나?"

소장윤이 대낮부터 술을 퍼마시는 이유였다. 낙양에서 있을 무림연맹의 큰 행사인 무림 대회에 그는 가지 못하게 되었다. 가문의 대표 후기지수로 일남 소영현과 일녀 소영영이 정해졌기 때문이다.

"빌어먹을 천출 년의 계집조차 후기지수로 데려가는데."

으득! 어찌나 분한지 이를 갈았다.

그런 그의 말에 청년들 사이에 껴 있던 두 명의 여인이 쓴웃음을 지었다. 아무리 그의 심경을 이해해도 계집이니 년이니 비하하는 말은 썩 듣기가 좋지 않았다. 배다른 남매라고 해도 같은 핏줄이 아니던가.

[소 공자가 오늘따라 과하구나.]

[혼자만 무림 대회에 못 가게 생겼으니 그렇겠죠.]

두 명의 여인들이 전음으로 속삭였다. 그녀들은 이곳 호남성에서 꽤 명망 높은 무가 출신이었다. 물론 그녀들 외에 세 명의 청년들 역시도 마찬가지였다. 호남성 무림지회에서 연을 맺었기에 이들 여섯은 어렸을 때부터 친분이 깊었다.

[이렇게 마셔대다가 소 공자가 사고라도 칠까 봐 무서운데.]

[언니도 그렇게 생각해요?]

[후우. 약혼자만 아니면 그냥 버려두고 가고 싶네.]

보랏빛 경장을 입은 여인의 이름은 송양화. 도법으로 유명한 조항 송가 장녀였다. 한 시를 대표하는 가문이 아니라 한 현을 주름잡고 있는 가문이지만 무가로서 전통이 깊은 곳이기에 오래전 소장윤과 혼약을 맺게 되었다.

'익양 소가만 아니면 이런 놈과 혼인 따윈 하고 싶지 않은데. 제형의 반만 쫓아가도 좋으련만.'

내색하지 않았지만 그녀는 소장윤이 썩 마음에 들지 않았다. 순전히 가문의 후광만을 보고서 체념한 것뿐이었다.

'차라리 영현 공자님의 후실로라도 들어가고 싶다.'

익양 소가의 일남인 소영현은 그와 비교하면 고고한 학과도 같았다. 그녀의 가문에서도 어떻게든 소영현과 맺어주기 위해 힘썼지만, 제갈 세가의 차녀와 혼약을 맺으면서 수포로 돌아갔다.

'후우. 그래, 좋게 생각하자. 가출한 오라버니들에 비하면 낫지 않은가.'

마음을 비우는 편이 나을 것 같았다. 그러던 차에 소장윤의 우측에 앉아 있는 조강이라는 청년이 말했다.

"소 형, 지금쯤이면 가주님께서 형산파의 손님들과 오고 계시겠구려."

"이야. 그럼 그 유명한 형산일검 대협과 형산여협을 뵐 수 있겠네그려."

"이거 부럽소이다."

오악검파(五岳劍派) 중 남악(南岳)인 형산을 근간으로 한 형산파는 검으로 유명했다. 익양 소가와 더불어 호남을 상징하는 무림인들을 배출했는데, 그들이 바로 형산일검과 형산여협이었다. 이들이 이렇게 율랑현에 온 것도 형산파의 검객들과 교분을 쌓기 위해서였다. 누각에 있는 청년들 중에 무림 대회에 참가하는 자는 아무도 없기에 이 기회를 놓칠 수가 없었다.

"흥. 부럽기는 뭐가 부럽다고."

소장윤은 탐탁지 않다는 듯이 짜증을 냈다. 그는 형산파를 좋아하지 않았다. 오 년 전 형산파의 속가 제자로 들어갈 기회를 소영영에게 빼앗긴 이후 인재도 알아보지 못하는 머저리라고 생각했다.

'휴.'

송양화가 조강을 쳐다보며 고개를 절레절레 흔들었다. 뻔히 소영영이 형산여협의 속가 제자로 들어간 것을 알면서 뭐하러 이런 얘기를 꺼내서 소장윤의 비위를 상하게 하는지 이해할 수가 없었다.

'이러니 누구도 후기지수 대표가 못 됐지.'

이런 생각이 드니 자신도 이들과 다를 바가 없다는 생각에 침울해졌다. 그때 누각 위로 누군가 뛰어 올라왔다.

"응?"

고개를 들어보니 익양 소가의 무사 복장을 하고 있었다. 그의 등장에 술병을 들려 하던 소장윤이 이를 멈추고서 물었다.

"무슨 일이냐?"

척! 무사가 청년들에게 포권을 취하고서 소장윤에게 다가가 보고했다.

"도련님, 지금 본가에 소운휘 도련님이 왔습니다."

"뭐?"

소운휘라는 이름이 거론되자 웃고 떠들던 청년들의 관심이 쏠렸다. 이곳에 있는 이들 중에 익양 소가의 삼남 소운휘를 모르는 이가 누가 있던가.

"율랑현 망아지?"

"소 형의 동생분이 아니오?"

"집에서 내쫓았다고 하지 않았소?"

청년들은 하나같이 비웃음이 담긴 목소리로 말했다. 그때 송양화가 자리에서 벌떡 일어났다.

"소운휘 공자가 왔다고요?"

그녀가 이렇게 관심을 보이는 이유가 있었다. 일 년 하고도 몇 달 전, 율랑현 망아지 소운휘는 가문에 내쳐져 행방불명되었다. 그런데 공교롭게도 그 시기에 그녀의 쌍둥이 오라버니들도 사라졌다.

'혹시 그 망아지가 알지 않을까?'

아무래도 그를 만나봐야 할 것 같았다.

"소 공자님."

벌컥벌컥! 쿵! 그녀가 말을 거는데 소장윤이 술병에 남은 술을 한 번에 들이켜고는 입꼬리를 비릿하게 올리며 말했다.

"안 그래도 요 근래 기분도 더러웠는데 잘됐네."

"소 형, 그게 무슨 말이오?"

"자네들 오늘 좋은 구경 하게 해주겠네. 우리 집으로 가세나."

그 말을 끝으로 소장윤은 자리에서 일어나 성큼성큼 누각을 내려갔다. 그를 쳐다보던 청년들도 피식 웃고는 자리에서 일어났다. 대충 무슨 일이 벌어질지 직감한 것이다.

"언니?"

"후·우."

송양화는 깊은 한숨을 내쉬었다. 하루하루 파혼 욕구가 강해지
고 있었다.

* * *

율랑현 익양 소가.

나의 고향과 집.

정말 오랜만이다.

고향이라는 말은 모두에게 향수를 자극하는 단어겠지만, 내게는
애증의 장소다. 어머니마저 없었다면 증오만 남았을지도 모른다.

소담검이 물었다.

—회귀 전에도 혈교에 납치되었으니까 합치면 여기 온 지도 꽤
됐겠네?

그건 아니다. 회귀 전에도 익양 소가 삼남이라는 신분이 유용하
다며 무림연맹의 첩자로 들어가기 전에 익양 소가로 돌아온 적이
있었다. 거의 십 년 만으로 보면 될 것 같다. 그런데 고작 하루 만에
쫓겨나다시피 했다.

—이번에도 그러는 거 아냐?

뭐 그런 분위기가 될 수도 있다. 하지만 그때와는 상황이 조금 다
르다. 회귀 전에 가문으로 돌아왔을 때는 여전히 내공도 익힐 수 없
는 삼류 무사에 불과했다. 쓰레기라 불렸던 가장 큰 이유가 바로 그
것이었다.

─그래도 같은 핏줄일 텐데 너무하네.

'무가의 자식이 내공도 못 익히니 가문의 수치로 여겼겠지.'

물론 어머니의 출신도 한몫했겠지만. 매일같이 쓰레기 취급을 당하며 서럽게 지냈던 나는 어머니가 돌아가신 이후 어린 나이부터 술에 손을 댔다. 그 덕분에 어느 순간부터 사람들은 나를 율랑현 망아지라 불렀다.

'차라리 악에 받친 것처럼 살아볼걸.'

이곳에 오니 그런 생각도 들었다. 하지만 그러기에는 너무 철부지였고 단전이 파훼된 것도 컸다.

"와, 사형 장원이 엄청 넓네요."

그때 내 뒤를 따라오던 사마영이 말을 걸었다. 일부러 목소리를 굵게 내고 있는 그녀는 인피면구로 남장한 상태였다. 그녀는 내 사제의 역할을 맡았다.

"넓기는 넓군요. 주… 아니, 소 형."

조성원 역시도 장원의 크기에 감탄을 금치 못했다. 녀석은 나와 교분을 나눈 젊은 후기지수의 역할이었다. 아직은 개방 출신이라는 것이 드러나면 안 되기에 인피면구를 착용시켰다.

[한데 부단주님, 쟤들 왜 저렇게 살갑지가 못하죠?]

사마영이 전음으로 내게 물었다. 그녀가 불쾌감을 표한 이들은 본가, 즉 익양 소가의 무사들이었다. 외당 무사들이 우리를 안내하고 있었는데, 태도가 썩 좋지 않았다. 개방의 정보력으로 나에 대한 것을 잘 알고 있는 조성원과 다르게, 그녀는 간단한 정보만 숙지하고 있어서 기분이 나빴나 보다.

[신경 쓰지 마요, 소저.]

그런 내 말에 그녀가 입술을 삐쭉 내밀었다.

[부단주님은 저보다 상관인데 언제까지 그렇게 말할 생각이세요?]

[이게 편합니다.]

[치.]

사마영의 현 직위는 대주였다. 내가 상관이기에 말을 편하게 해도 괜찮았지만 그러지 않았다. 거리를 두는 게 아니라 그녀에게는 깍듯이 대해줘야 할 이유가 있었다.

─쟤 아빠가 무섭긴 한가 보지.

두말하면 잔소리지. 월악검 사마착이 언제 들이닥칠지 모르는데 잘해줘야지. 그래야 사달이 일어나지 않을 것 아닌가.

'음?'

그런데 이들을 따라가다 보니 어느 순간 인상이 절로 찡그려졌다. 나는 당연히 이들이 어머니가 쓰던 별채로 안내할 줄 알았다. 다른 녀석들과 다르게 나는 따로 각을 받지 못했기에 어머니의 별채에서 지냈었다.

"이쪽은 객당 쪽인 것 같은데."

그런 내 물음에 앞서 걸어가던 무사들 중 선두에 있던 이가 고개를 돌렸다. 소가의 외당주 출신 선임무사로 웅부라는 자였다. 그가 내게 말했다.

"별채는 허물고 새로운 건물을 지었습니다."

"뭐?"

나는 순간 어처구니가 없었다. 별채에 어머니의 위패를 모시고 있었다. 그런데 그런 별채를 함부로 허물고 다른 건물을 지었다고?

"도련님은 집을 나가셨던 분. 가주님께서 출타 중이시기에 본가로 들이기는 했지만 그것에 대해 관여할 권한은 없으십니다."

─야, 이 정도였냐?

소담검이 혀를 끌끌거리며 찼다.

그래. 이 집에서 내가 받는 대우는 이 정도다. 그나마 익양 소가의 피가 섞여 있어서 적당히 예우를 갖추는 것뿐이다.

─이게 적당한 거냐?

일단 가만히 있어봐. 기분이 착 가라앉은 나는 가던 것을 멈췄다.

내가 따라오지 않고 멈춰 서자, 고개를 돌리고서 말하던 웅부가 살짝 당황한 기색을 보였다. 이 녀석들이 가문에서 쫓겨났던 나를 본가로 순순히 들인 이유는 가주가 출타 중인 것도 있겠지만, 내가 무공을 익혔을지도 모른다는 짐작 때문이었다. 혹시나 내 입지가 달라질 수도 있어서 가문에 들였으면 어느 정도 비위는 맞춰줘야지.

"도련님?"

"그래. 별채를 허문 것은 그렇다 치고, 그럼 두 가지만 묻자."

차갑게 가라앉은 내 목소리에 불안함을 느낀 것인지 녀석이 그제야 진중해진 목소리로 답했다.

"…말씀하십쇼."

"그렇지 않아도 물어보려고 했는데, 혹시 아송이 오지 않았었어?"

아송은 나의 시종이었다. 일 년 하고도 몇 달 전 혈교에 납치당하기 전에 나는 살해당할 운명이었던 녀석을 뒷간 똥통에 빠트렸다. 내가 유일하게 안위를 걱정했던 두 사람 중 한 명이 아송이었다. 녀석은 나를 모시기 위해 따라 나왔지만 원래 별채를 관리하고 돌아가신 어머니를 모셨었다.

"혹시 별채의 시종을 말씀하시는 건지?"

"그래."

제발 녀석이 살아 있기를 바랐다. 녀석이 죽었다면 내가 똥통마저 양보한 보람이 없지 않은가.

"일 년도 전에 본가에 왔었습니다."

"왔었다고?"

나는 순간 기분이 들떴다. 그 상황에서 살아 돌아온 것이었다. 살해당하지 않았을까 노심초사했는데 구사일생으로 살았나 보다.

"그럼 어디 있는 거야?"

녀석의 성정이라면 가문으로 와서 내가 납치당했다며 구해달라고 했을 것이다. 살아 있다면 녀석을 데리고 가고 싶다. 그런데 웅부의 표정이 좋지 않았다. 외당 출신이라면 방문자들에 관한 것 정도는 숙지하고 있을 텐데….

"…쫓아냈습니다."

"쫓아냈다고?"

나는 순간 어처구니가 없었다.

웅부가 조심스러운 목소리로 내게 말했다.

"분내를 풍기면서 본가로 들어와 가주님을 뵈어야 한다고 난리를 쳐대는 통에…."

"어떻게 했는데?"

"…두들겨 패서 내쫓았습니다."

하, 진짜 좆같네.

도와달라고 애원하는 녀석을 두들겨 패서 내쫓았다고?

"…그게 쫓아낼 일이야?"

"그때는 녀석이 온몸에 더럽게 분칠을 하고 나타나서 도련님을 구해야 한다며 난리를 치는 통에 누구 하나 들을 생각을 하지 못했습니다."

"아… 그러니까 나를 구해야 한다며 가주를 뵙겠다고 했는데, 분내가 나서 두들겨 패서 내쫓았다고?"

"그, 그게 도련님…."

"분칠을 했는데 어떻게 때릴 생각은 했대?"

웅부는 당황해서 식은땀마저 흘렸다. 녀석 말고도 무사들 역시 이를 어찌해야 하나 당혹스러워했다.

"아… 손이 아니라 몽둥이로 팼어?"

그런 내 말에 웅부가 손사래를 치면서 변명했다.

"도련님, 그때는 상황이…."

팍! 그때 누군가 웅부의 멱살을 붙잡고 들어 올렸다. 사마영이었다. 호리호리하고 작은 체구의 그녀가 건장한 자신을 들어 올리자, 녀석이 당황해서 멱살을 잡은 손을 풀어내려고 했다.

"가만히 있어."

타타타타탁! 사마영은 녀석의 혈도를 번개처럼 점했다.

"헛?"

"이, 이게 무슨 짓입니까?"

무사들이 그녀에게 소리쳤다.

사마영이 싸늘해진 얼굴로 무사들에게 물었다.

"여기 뒷간이 어디예요?"

뜬금없는 물음에 무사들이 자신도 모르게 뒷간이 있는 쪽을 쳐다보았다. 장원이 워낙 넓다 보니까 건물 곳곳에 뒷간 정도는 마련되어 있었다.

"사마….."

내가 그녀를 부르기도 전이었다. 사마영이 멱살을 잡아 올린 채 성큼성큼 뒷간 쪽으로 가더니, 문을 거칠게 열고 웅부를 뒷간 똥통에 냅다 집어넣어 버렸다.

"똥이나 처먹어!"

"읍읍!!"

누구도 예상하지 못한 일에 무사들 두 눈이 커져서 얼이 빠졌다. 사마영은 성난 황소처럼 씩씩거리더니, 건물 옆에 놓여 있던 땔감용 나무를 하나 들고 와서 내게 말했다.

"제가 할까요? 사형이 할래요?"

[…참 대단한 여자네요.]

조성원이 내게 전음을 보냈다. 나 역시도 사마영이 웅부 녀석을 똥통에 집어넣을 줄은 몰랐다. 그것도 모자라서 아송에게 했던 것처럼 땔감으로 몽둥이찜질마저 할 기세였다. 씩씩거리는 것이 분이 안 풀리는 모양이었다.

─이야, 나 쟤 마음에 든다.

소담검이 신이 나서 재잘거렸다.

처음 보았을 때부터 느꼈지만 사대 악인의 딸이라서 그런지 그녀는 확실히 자유분방하고 자기 감정에 굉장히 솔직했다. 다만….

[뭐 속은 시원합니다만, 괜찮을까요?]

괜찮을 리가 있나. 아직까지 가주를 만난 것도 아니고, 적절한 이목이 없는 상황에서 이렇게 일을 저지르면 곤란해진다.

─쟤 성격에 안 죽인 게 어디야?

관대하구나, 소담아.

나는 고개를 돌려 무사들에게 말했다.

"점혈 때문에 혼자 못 나올 테니까 지금 당장 웅부를 빼내."

나의 말에 무사들 표정이 일그러졌다. 뒷간의 똥통에서 빼내려면 자신들도 거기에 손을 담그거나 들어가야 했다.

"똥통에 빠져 죽게 내버려둘 거냐?"

그런 나의 외침에 결국 무사들이 헐레벌떡 뛰어갔다. 꼭 사지로 뛰어가는 표정으로 말이다. 그들이 뛰어가자마자 나는 무섭게 얼굴을 굳힌 후에 그녀에게 전음으로 말했다.

[명을 내리지도 않았는데 왜 멋대로 행동하는 겁니까?]

그런 내 말에 그녀의 표정이 시무룩해졌다. 내심 내가 칭찬해주기를 기대했던 모양이다. 평상시라면 모를까, 임무 도중에 상관의 명령 없이 제멋대로 행동해놓고 그런 걸 기대하다니.

[…저는 부단주님이 무시받는 것도 싫고, 부단주님의 시종을 그렇게 했다고 해서 본때를 보여줘야 한다고 생각했어요. 그래야 함부로 굴지 않죠.]

그녀가 의기소침한 목소리로 내게 전음을 보냈다.

—뭐라고 하는 거냐? 혼내지 말고 칭찬해줘라.

소담검은 어지간히 사마영이 마음에 들었나 보다. 감정 잡고 있는데 계속 바람 넣지 마라. 그래도 짚을 건 짚고 넘어가야 한다.

[그건….]

[그래도 죽이진 않았어요!]

아아아. 네에, 감사합니다.

사마영을 볼 때마다 그 부친을 보기가 두려워졌다. 이 야생마를 어찌 길들일꼬.

—한 달 만에 바뀌는 것도 이상하지 않나, 운휘.

남천철검의 말도 일리는 있었다. 그냥 악인도 아니고 사대 악인의 딸로서 평생을 살아왔던 그녀가 혈교에서 한 달 정도 교육을 받고서 바뀌는 것은 무리였다. 게다가 그녀의 정체를 알기에 해악천이나 나나 그녀를 강하게 나무라진 못했다.

'방법을 조금씩 바꿔야겠어.'

—어떻게?

그녀를 한 달 동안 지켜보면서 알게 된 것이 있다. 다른 사람은 몰라도 나에게는 늘 맞추려고 노력하는 것 같다. 다만 타고난 성품 때문에 일을 저질러서 문제지. 차라리 제약을 걸어야겠다.

[좀 더 중한 상황에서 이랬다면 징계를 내려도 시원치 않습니다. 무슨 말인지 알겠나요, 소저?]

그런 나의 전음에 그녀가 주눅이 들어서 말했다.

[…죄송해요.]

그래도 더 이상 변명하지 않았다. 이상하게 그저 내 기분이 불쾌해진 것을 더 신경 쓰는 듯했다.

[앞으로는 무엇을 하기 전에 미리 전음을 보내서 허락을 구하세요. 알겠나요?]

[허락만 구하면 되나요?]

[네.]

[알겠어요. 꼭 부단주님의 허락을 구할게요. 대신 이제 화 풀어요, 네?]

내가 살짝 고개를 끄덕이자 그녀가 배시시 웃었다. 인피면구를 쓰고 있었지만 이상하게 원래 얼굴이 생각나서 그런지 나도 모르게 헛웃음이 살짝 나왔다.

참 독특하다. 독특해. 상벌은 확실히 하라고 했으니까.

[그래도… 뭐 속은 시원했습니다.]

그런 나의 전음을 들은 그녀의 얼굴이 환해졌다. 싱글벙글거리는 모습에 조성원이 인상을 찡그리고서 의아해했다. 날 보는 눈빛이 '방금 혼낸다고 한 거 아닌가?'라고 말하는 것 같았다.

"으으으!"

"우윽!"

그때 뒷간에서 똥통에 빠졌던 웅부가 질질 끌려왔다. 무사들이 코를 틀어막고서 녀석의 옷을 붙들고 데려오는 게 괴로워 보였다. 어우, 확실히 냄새가 지독하긴 하네. 사마영은 본인이 저질러놓고는 코를 틀어막고 경멸의 눈으로 웅부를 노려보았다. 반면 조성원은 멀쩡했다. 이 정도는 가뿐하다는 표정이었다. 과연 거지 출신다웠다.

—더러운 거에 대한 면역력이 절정급인데.

잘됐네. 나는 조성원에게 혈도를 풀라고 전음을 보냈다. 그러자 조성원이 곤란하다는 표정으로 나를 쳐다보았다. 냄새는 괜찮고 만지는 것은 싫다는 건가. 특이한 거지일세. 내가 눈을 부릅뜨자 녀석은 깨갱해서 결국 똥 범벅이 된 웅부의 점혈을 풀었다.

그러자 사마영이 조성원에게 차갑게 말했다.

"내 옆에서 여섯 보 이상 떨어져요."

조성원이 억울하다는 표정을 지었지만 그러거나 말거나 나는 옷소매로 살짝 코를 틀어막고서 웅부에게 다가갔다.

"미안. 내 사제가 불의를 참지 못하는 편이라."

"…"

웅부는 차마 말하지 못했다. 잘못도 있었고 똥통에 빠져 죽을 뻔했는데 뭐라고 말하겠는가. 겁에 질려 있는 녀석에게 나는 물었다.

"좋아. 쫓아냈다면 혹시 아송이 어디로 갔는지 알아?"

"모, 모릅니다."

"마을에는?"

"그때 이후로 쭉 보이지 않았습니다."

그래, 사정도 듣지 않고 두드려 팬 너희들이 알 리가 없지. 살아 있어서 다행이긴 한데 녀석은 대체 어디로 사라진 걸까?

─찾을 거야?

'찾아봐야지.'

정보 단체든 어디든 간에 의뢰를 해봐야겠다. 이제 다음 질문.

"별채를 허물었으면 어머니의 위패는 어떻게 했지?"

별채에 위패를 모시고 있었다. 이 이야기는 잘하는 게 좋을 거다. 아송 건은 그럭저럭 참았다고 해도 어머니의 위패를 만약 없애버린 것이라면 나는 익양 소가를 부숴버려야 직성이 풀릴 테니까.

싸늘한 내 표정을 보고서 위기감을 느낀 웅부가 다급히 말했다.

"하, 하 부인의 위패는 영영 아가씨께서 형산파로 가지고 가셨습니다."

"형산파로?"

소영영은 내 친누이동생이다. 그 아이가 가져갔다면 형산파에서 어머니의 제를 지내고 있는 것 같다. 그나마 다행이었다. 가문의 사당에는 위패를 놔둬도 놔두지 않아도 기분이 나쁠 판국이었는데, 형산파에서 위패를 맡고 있다면 안심이었다.

─네 누이동생이 형산파에 있다고?

그래.

주화입마로 단전이 손상된 나와 달리 영영이는 멀쩡했다. 심지어 무재도 뛰어나서 형산파의 두 기인들 중 한 명인 형산여협의 속가 제자로 들어갔다. 원래 소장윤을 위해서 불렀는데 도리어 영영이가 뽑혔었다.

—고소하네.

그러게 말이다. 정말 오래전에 마지막으로 봤던 누이동생. 나는 그 아이가 보고 싶었지만 누이동생은 아마도 아닐 것이다. 단전이 폐해진 후 가문에 쓰레기 취급을 당하고 사는 나의 모습을 너무도 싫어했었으니까.

"가주님은 언제 돌아오시지?"

출타 중이라는 말만 들었었다. 이렇게 된 거 언제 돌아오는지 물어봐야겠다. 어지간히 중요한 일이 아니면 가문을 비우지 않는 가주였다.

"…적어도 한두 시진 내로는 돌아오실 겁니다."

그리 멀리 가지 않았군. 그렇다면 아마도 귀한 손님이 오는 모양이다. 가주가 배웅을 나갈 만큼의 손님이라면 적어도 무림에서 꽤 유명한 인사일 텐데.

—잘된 거 아냐?

뭐 그렇기야 하지. 공증이 될 만한 자가 있으면 있을수록 더욱 좋은 일이니까.

—….

그때 귓가로 이명이 들려왔다. 검을 가지고 있는 자는 세 명에 불과했지만 이곳으로 오고 있었다. 장원의 대문을 지나쳤으니 이제 곧 보일 텐데…. 사마영도 누군가 이곳으로 오는 기척을 감지했는지 반대 방향으로 고개를 돌렸다. 여섯 명의 젊은 남녀들이 보였다.

"아!"

그들을 발견한 무사들이 구원자라도 온 것처럼 헐레벌떡 뛰어가 인사했다.

"오셨습니까, 도련님!"

참 오랜만에 보는 광경이다. 어릴 적부터 붙어 다니던 패거리들이 여전히 같이 다녔다. 소위 호남성 무림지회 소속의 녀석들로 어릴 적부터 소장윤과 더불어 나를 미칠 듯이 괴롭혔다. 조강, 우준악, 도일찬, 강혜소, 송양화, 그리고 익양 소가의 이남인 소장윤. 사실 저 무리에 반쯤 끼어 있던 두 사람이 있었다.

—설마….

'그래, 쌍둥이들.'

송좌백, 송우현 쌍둥이 형제도 끼어 있었다. 저들과 더불어 내게 모질게 굴던 녀석들이 사형제가 될 줄을 누가 알았겠는가. 지금쯤 녀석들도 조항 송가에 도착했을 것이다. 그런데 녀석들 누이동생은 여기 있네.

"저들인가요?"

사마영의 물음에 고개를 끄덕였다. 그러자 그녀가 아쉽다는 표정으로 입맛을 다셨다. 미리 경고해뒀기에 망정이지 하마터면 큰일 날 뻔했다.

선두에서 대장처럼 무리를 이끌고 온 소장윤이 다 도착하기도 전에 큰 소리로 외쳤다.

"누가 네놈 같은 쓰레기더러 본가의 땅에 발을 들이라고 했더냐?"

참 변하지 않는 녀석이다. 회귀 전에도 녀석이 제일 먼저 달려와 난리를 쳤었다. 날 보면 주먹부터 날려야 직성이 풀리는 특이한 버릇을 가진 놈이었다.

―이야, 어떻게 참았대.

소담검이 혀를 찼다. 녀석이 보기에도 짜증이 났나 보다.

슥! 나는 녀석에게 예를 갖추어 포권을 취했다.

"오랜만에 뵙습니다, 형님."

그런 나의 정중한 인사에 소장윤 뒤에 있던 조강과 도일찬이 비아냥거리며 말했다.

"아이고, 유명하신 율랑현 망아지가 죽지 않고 돌아왔네."

"가문에서 쫓겨났다고 하더니, 신수가 훤하네그려."

일행이 있는데도 저런 식으로 말하는 것은 다분히 고의적이었다.

그들의 태도에 사마영의 눈빛이 싸늘해졌다. 손가락을 꼼지락거리는 것이 당장에라도 손을 쓰고 싶어 근질근질한 모양이었다. 나는 고개를 살짝 저으며 아직은 아니라고 신호를 보냈다.

"치."

그녀의 얼굴이 살짝 빨개졌다. 답답한 것 같았다. 뭐, 건드리지 말라고 한 거지 참는다고 한 적은 없다.

"형님들도 여전하십니다. 저희 형님과 함께 또 낮술을 즐기셨나 봅니다. 늘 한가하게 지내시는 것이 참 부럽습니다."

"뭐야?"

도일찬이 욱했는지 화를 내려고 했다. 이를 누군가 만류했다.

"도 공자, 참아요."

"송 소저."

그를 만류한 것은 쌍둥이들의 누이동생인 송양화였다. 예전에는 그녀도 꽤 짓궂었던 것으로 기억하는데, 갑자기 왜 말리는 거지?

"소 공자, 오랜만이에요. 그동안…."

그때 그녀의 말을 끊고서 소장윤이 내게 소리쳤다.

"쓰레기 같은 놈이 밖을 싸돌아다니면서 어디서 굴러먹었는지 모를 두 녀석을 데려왔다고 주제 파악을 못 하는구나."

흠. 예전에 봤을 때는 이런 느낌이 아니었는데. 지금 보니까 송좌백, 송우현 형제를 처음 보았을 때와 느낌이 같았다. 그저 철부지 애송이들이라고 해야 할까. 나는 흥분하지 않고 조곤조곤한 목소리로 말했다.

"술을 드셔서 그런지 말씀이 과하시군요. 운기를 해서 취기를 몰아내신 후에 다시 뵙는 것이 좋을 것 같습니다, 형님."

그런 내 말에 녀석이 기막혀했다.

"하!"

예전에는 자신이 말 한 마디만 꺼내도 주눅이 들어 꼼짝도 못 하던 놈이 꼬박꼬박 말대꾸를 하니까 화가 치밀어 올랐나 보다. 그렇지 않아도 술기운에 빨개진 뭉툭한 코가 더 도드라졌다.

"후…."

녀석이 숨을 한 번 길게 내쉬었다. 정말 변함이 없었다. 숨을 길게 내쉰 순간 녀석이 내게 신형을 날렸다. 주먹으로 내 안면을 후려치려 했다. 팍! 그런 녀석의 주먹을 나는 가만히 선 채 그대로 잡아냈다. 소장윤의 두 눈이 커졌다. 설마 자신의 내공을 실은 주먹을 잡을 거라고는 생각지 못했나 보다.

"너? 어떻게?"

"나중에 이야기하시죠. 가주님을 뵙기 전에 얼굴 붉힐 일을 만들고 싶지 않군요, 형님."

그런 내 말에 녀석의 얼굴이 일그러졌다. 내공이 있다는 것은 안중에도 없었다.

"이 더러운 천출 새끼가 누구더러 형님이라는 거야! 너 같은 새끼를 동생으로 둔 적 없거든!"

말이 끝나기가 무섭게 녀석이 내 얼굴에 박치기를 하려 했다. 나는 녀석의 손을 놓고 재빨리 뒤로 물러났다. 피하는 내 모습에 녀석의 표정이 아리송해졌다. 내공이 있는지 없는지 헷갈리겠지.

"소 형, 그래도 같은 핏줄이라고 봐주는 거요? 약해빠진 녀석을 상대로 뭘 그리 수선을 떠는 거요."

"좋은 걸 보여준다더니 그 와중에 장난을 치고 있소."

고맙게도 조강과 도일찬이 녀석을 부채질해주었다. 쓰레기만도 못 한 취급을 받던 내게 밀려났다는 생각에 수치스러웠는지 녀석의 인상이 잔뜩 구겨졌다. 잘 익은 것 같았다. 이제 터뜨려주기만 하면 될 터였다.

"천출 새끼라… 여전히 입에 걸레를 물고 사시는군요."

정중함이 사라진 말투에 녀석의 표정이 또다시 뒤집혔다.

"뭐? 이 새끼가 지금 나한테…."

"동생을 둔 적이 없다는 말은 맞는 것 같군요. 제가 석 달이나 먼저 태어났으니 오히려 형님이라고 불려야 하지 않을까요?"

배다른 형제였지만 태어나기는 내가 훨씬 빨랐다. 그러나 정실의 자존심 때문에 어릴 때부터 나는 녀석을 형님이라고 불러야 했다.

으득! 소장윤이 이를 갈았다. 화가 머리끝까지 치밀어 오른 녀석이 검을 뽑았다. 스릉!

"형님이라 불러? 이 더러운 새끼가 죽고 싶어 환장했구나."

녀석이 검을 뽑아서 내게 겨냥했다. 당장에라도 저 검으로 내 목을 찌를 기세였다. 어느새 익양 소가의 장원 내에서 보초를 서고 있던 무사들까지 주변으로 몰려들었다.

"소 공자, 그만둬요."

"언니 말이 맞아요. 곧 가주님이 오신다고 했잖아요."

송양화와 강혜소가 동시에 그를 만류했다. 검을 뽑고서 살기를 풀풀 풍기는 모습에 사달이 날 것 같아 불안한가 보았다. 그런데 사람의 심리라는 것이 특이했다. 오히려 다른 사람들이 참으라고 하면 더 기세등등해지니 말이다.

"흥, 됐어. 이참에 가문을 망신시키는 저런 더러운 새끼를 내 손으로 정리해야겠어. 저놈 하나 어떻게 된다고 아쉬워할 사람은 아무도 없거든."

"여기 있거든요."

"응?"

그런 녀석의 말에 사마영이 반기를 들었다. 손을 쓰는 것은 어찌 참았지만 나를 모욕하는 것은 참기 힘들었나 보다. 소장윤이 그녀를 쳐다보며 비아냥거렸다.

"사내새끼가 계집애처럼 호리호리해가지고 어디 써먹는다고 나서는 거냐? 괜히 나대다가 다치고 싶지 않으면 입 다물고 있어라."

속에서 웃음이 나왔다. 사마영의 정체를 알게 된다면 과연 녀석이 어떤 반응을 보일까 궁금했다. 그녀에게서 풍기는 미묘한 살기에 전음을 보냈다.

[참아요.]

[…죽여버리고 싶네요.]

미리 전음을 보내길 잘했다. 죽여버리고 싶다는 생각마저 들은 것을 보니 말이다. 나는 소장윤 뒤에 있는 패거리들을 보면서 포권을 취하며 안타깝다는 듯이 말했다.

"죄송합니다. 괜히 저희 가문 내의 문제로 여러분께 민폐를 끼친 것 같습니다."

그렇게 말한 뒤에 녀석에게 타이르듯이 말했다.

"지금이라도 검을 집어넣는다면 없었던 일로 하겠습니다. 부디 고정하시죠."

그 말이 떨어지기가 무섭게 표정이 확 가버린 녀석이 내게 신형을 날리려 했다.

"이 개새끼가!"

"공자!"

팍! 놀란 송양화가 녀석의 팔을 붙들었지만 소용없었다. 이를 뿌리친 소장윤이 신형을 날리며 정확하게 내 목을 베기 위해 검을 휘둘렀다. 그 순간 나는 살짝 목을 뒤로 젖히며 녀석의 검을 피해냈다.

"엇?"

그 상태에서 녀석의 안면을 번개처럼 움켜잡았다. 꽉!

"읍!"

그러고는 사마영이 했던 것처럼 녀석의 몸을 위로 들어 올렸다. 당황한 소장윤이 다급히 내 팔을 자르기 위해 검을 휘둘렀다. 그러나 그 전에 내가 녀석의 손목을 먼저 움켜잡았다. 녀석이 이를 뿌리치려고 공력을 끌어올렸다. 그런데 이를 어쩌나. 그 정도 공력으로는 기별도 안 오는데.

'…!!'

녀석이 어찌나 당황했는지 두 눈이 터질 듯이 커졌다. 우득!

"끄아악!"

나는 녀석의 손목을 그대로 꺾어버렸다. 반대로 손목이 꺾이자 녀석이 검을 바닥에 떨어뜨렸다. 챙그랑! 그 광경에 이를 지켜보던 소장윤의 패거리들이 하나같이 놀라움을 감추지 못했다.

"어, 어떻게?"

"무공을 익힌 거야?"

참 바보 같은 녀석들이다. 자신들보다 내 기도가 높다는 생각을 전혀 하지 않고 있었다. 하긴 단전이 파훼되었다고 굳게 믿었고, 예전의 쓰레기 같던 모습만 기억하는데 쉽게 받아들일 수 있을 리가 없지.

"소 공자, 그만하세요!"

송양화가 이번에는 반대로 나를 만류했다. 유일하게 상황 판단이 정확하네. 나는 선천진기를 끌어올려 안력을 집중하고서 소장윤을 쳐다보았다. 녀석의 두 눈이 흐리멍덩해졌다. 슥! 그때 나는 안면을 움켜잡고 있던 손을 놓았다. 그리고 녀석에게 말했다.

"알겠습니다. 이 정도로 하죠."

흐리멍덩해진 녀석이 나에게 말했다.

"내가 졌다. 네게 함부로 말한 것과 목숨을 노린 것을 전부 사과하마."

그 말에 송양화를 비롯한 패거리들 표정이 얼떨떨해졌다. 소장윤이 패배를 인정한 것도 모자라 내게 사과할 줄은 몰랐던 모양이다.

나도 녀석에게 머리를 숙여 포권을 취했다.

"형님의 사과를 받아들이겠습니다. 그리고 저도 괜히 심기 불편하게 해서 죄송합니다."

정중한 나의 모습에 주변에 있던 무사들 표정이 묘해졌다. 이 난리를 친 녀석에게 대인배 같은 모습을 보였으니 의외였나 보다. 그때 소장윤의 눈동자가 원래대로 돌아왔다. 포권을 하고 있는 내 모습에 영문을 모르던 녀석이 부러진 손목에 화가 끝까지 치밀어 올랐는지 노성을 내질렀다.

"이 개새끼! 죽엇!"

내가 포권을 취하고 있는 틈을 타서, 녀석이 천령혈을 기습적으로 내리치려 했다. 그 순간 사마영이 그림자처럼 나타나 녀석의 손목을 붙잡았다. 팍!

"엇?"

그녀가 나를 힐끔 쳐다보았다.

나는 살짝 고개를 끄덕였다.

우두둑! 허락이 떨어지자 사마영이 해맑게 웃으며 녀석의 손목을 그대로 부러뜨렸다. 심지어 뼈가 튀어나올 정도로 말이다.

"끄아아아악!"

소영현

율랑현의 북쪽 마을 초입. 백여 명에 이르는 익양 소가의 무사들이 행진하듯 오열을 맞춰 걸어가고 있었다. 행렬 한가운데에는 말을 타고 있는 무리가 있었다. 멋들어진 수염에 연녹색 비단옷을 입은 중년인은 익양 소가의 가주인 소익헌이었다. 그리고 그 옆에서 나란히 말을 몰고 있는 남청색 도복을 입고 있는 남녀는 형산파를 대표하는 두 기인인 형산일검 조청운과 형산여협 조일혜였다. 무림연맹의 인사이기도 한 두 사람을 모시기 위해 가주 소익헌이 직접 마중을 나온 것이었다.

행렬 사이가 부담스러운지 조청운이 연신 난처함을 표했다.

"이렇게 하지 않으셔도 될 터인데."

그런 조청운에게 가주 소익헌이 호탕하게 웃으며 말했다.

"하하하하. 본가에 오는 손님을 푸대접하면 이 소 모가 무림 동도들에게 한 소리를 듣습니다. 부디 부담 갖지 마시길 바랍니다."

"참 감사할 따름입니다. 제 사형이 워낙 청빈낙도하다 보니, 이런 환대에 익숙지 않음을 양해 부탁드립니다."

형산여협 조일혜가 포권을 취하며 말했다. 말석이라고는 하나 강호 십대 여협 중의 일인답게 그녀의 목소리에는 당당함이 깃들어 있었다.

"언제 봐도 조 여협께서는 참으로 여걸이십니다. 제 여식에게 귀감이 되어주시는 것 같아 아비 된 자로서 참으로 감사할 따름입니다."

"별말씀을 다 하십니다."

바로 뒤에서 이를 지켜보는 소녀의 표정이 썩 좋지 않았다. 열일고여덟로 보이는 소녀의 이름은 소영영. 익양 소가의 장녀이자 소익헌의 하나뿐인 딸이었다.

'입에 발린 말을 참으로 잘하는구나.'

그녀는 부친인 소익헌을 증오했다. 타인 앞에서는 한없이 자상한 아버지처럼 굴지만 실상은 달랐다. 자신은 그저 익양 소가를 빛내줄 장신구에 불과했다.

'내 인생이 참으로 불운하구나.'

이제 형산파에서 지낼 수 있는 시간도 그리 많이 남지 않았다. 이 년이 지나면 다시 본가로 돌아와야 한다. 그렇게 된다면 가주가 정해준 혼처에 혼인을 가야겠지.

'그게 무가의 여식이 해야 할 의무이다.'

아비라는 작자가 늘 강조한 말이다. 그나마 자신에게 무재가 없었다면 벌써 팔려가듯이 혼인을 보냈을 것이다. 그렇기에 그녀는 이번 무림 대회에서 죽기 살기로 임할 작정이었다.

'무조건 이겨야 해.'

무림 대회의 후기지수 논무의 여성부에서 우승하거나 준우승하게 되면 봉황당의 당주나 부당주직을 얻게 된다. 그렇게 되면 무림 연맹에서 머물 수 있다. 운이 좋으면 추진 중인 약혼을 무를 수 있을지도 모른다.

"그나저나 오랜만에 보았는데 소가주의 성취가 전보다 늘은 것 같습니다."

조일혜의 칭찬에 뒤 열에서 말을 몰고 있던 화려한 비단옷을 입은 청년이 포권을 취했다. 청년의 얼굴을 보면 소익헌과 많이 닮았다. 그는 익양 소가의 장남인 소영현이었다.

"이번 후기지수 논무에서 사형의 제자와 좋은 대결을 펼칠 수 있을 것 같군요."

"과찬이십니다. 어찌 이 소 모의 못난 아들이 형산일검의 수제자분에 비할 수 있겠습니까? 그저 좋은 경험이 되길 바랄 뿐입니다."

"과찬이십니다, 가주님."

소영영의 왼편에 있던 훤칠한 남청색 도복의 청년이 겸양을 표했다. 그는 형산일검 조청운의 첫째 제자인 서일주였다. 이 년 전 스승인 조청운과 함께 무림을 주유하며 명성을 쌓아, 이번 후기지수 논무의 우승 후보 중 한 사람으로 꼽히고 있었다.

"오랜만에 본 소 형이 만만치가 않아 잔뜩 긴장하고 있습니다."

"하하하핫. 아들의 체면을 살려주는 겐가. 제자분이 참으로 영민하십니다."

"이것 참."

낯을 많이 가리는 성정인 조청운이 쑥스러웠는지 콧등을 만졌다. 훈훈한 분위기가 이어지던 차였다. 익양 소가 쪽에서 누군가 다급히 달려왔다. 익양 소가의 무사 복장을 하고 있었다.

척!

"가주님과 형산일검, 형산여협께 인사 올립니다."

가주 소익헌이 의아해하며 물었다.

"무슨 일이냐?"

"그것이….'

무사가 망설이자 가주 소익헌이 옆에 있는 형산파 손님들에게 말했다.

"아무래도 본가의 일인 듯하여 잠시 결례를 범하겠습니다."

"괜찮습니다, 가주."

두 사람이 개의치 않자 소익헌이 무사에게 고개를 끄덕여 보였다. 그러자 무사가 소익헌에게 전음을 보냈다. 전음을 들은 가주 소익헌의 표정이 점점 굳어져 갔다. 소익헌이 고개를 돌려 소영현을 쳐다보았다. 목청이 떨리는 것을 보면 그에게 뭔가 전음으로 지시하는 것을 알 수 있었다. 그런 후에 소익헌이 두 형산파의 손님들에게 말했다.

"본가에 작은 일이 생겨 괜찮다면 제 자식들을 먼저 보내도 괜찮겠습니까?"

"그리하시지요."

소영영이 속으로 의아해했다. 본가에 무슨 일이 터졌기에 자신마저 보내는 것일까? 고민하던 그녀의 머릿속에 뭔가가 스치고 지나갔다.

'혹시?'

그를 떠올리던 차에 소영현이 그녀에게 말했다.

"가자."

"알겠습니다."

가보면 알게 되리라. 소영현이 옆으로 빠져 말을 몰자 그녀도 뒤따랐다. 행렬에서 한참 멀어지자 소영현이 말했다.

"서두르지 않으면 장윤이가 사고를 칠 수도 있겠다."

"그게 무슨 말씀이시죠?"

"본가에 망아지 놈이 돌아왔다."

'…!!'

망아지는 오라비를 뜻했다. 그 말에 소영영의 눈동자가 흔들렸다. 그렇다면 지금 행방불명되었다는 그 망할 인간이 돌아왔다는 말인가. 예상이 들어맞았다.

'멍청한 소운휘.'

그녀가 속으로 자신의 오라비를 욕했다. 형산파에서 오라비가 사라졌다는 소식을 들었을 때, 죽지 않았다면 멀리멀리 떠나서 가문에 돌아오지 않기를 바랐다. 그런데 뭐하러 이런 시기에 가문으로 돌아왔단 말인가. 지지리도 도움 안 되는 인간이었다.

'또 내 속을 태울 셈이야.'

다시는 하나뿐인 혈육이 망할 놈들한테 얻어맞는 꼴을 보기 싫었다. 한데 또다시 그런 일이 벌어지게 생겼다. 속이 갑갑해졌다.

'서둘러야 해.'

소영현의 말대로 서두르지 않으면 그 포악한 인간이 무슨 짓을 벌일지 모른다. 짐 덩어리나 마찬가지지만 그래도 세상에 유일하게 피가 이어진 오라비가 아닌가.

그렇게 얼마 있지 않아 장원에 도달했다. 말에서 내린 그녀는 곧장 장원 안으로 경공을 펼쳐 들어갔다.

'제발….'

자신이 도착할 때까지만 아무 일도 없기를 바랐다. 만약 그 쓰레기 같은 놈이 자신의 유일한 혈육을 건드린다면 절대로 용서치 않을 것이다…. 그리 생각하고 있는데 그녀의 눈에 믿기지 않는 광경이 보였다. 꽤 떨어진 거리임에도 외침 소리가 들렸다.

"내가 졌다. 네게 함부로 말한 것과 목숨을 노린 것을 전부 사과하마."

소장윤의 목소리였다. 그곳에는 본가의 무사들이 몰려 있었다. 그녀와 마찬가지로 소영현 또한 이 사태에 의아함을 감추지 못했다.

"가보자."

"네."

그들은 서둘러 본가의 무사들이 몰려 있는 곳으로 향했다. 그리고 그곳에 도착했을 때, 포권을 취하며 고개를 숙이고 있는 자신의 오라비에게 소장윤이 천령혈을 내리치는 모습이 보였다.

"이 개새끼! 죽엇!"

'안 돼!'

그때 누군가 소장윤의 손목을 붙잡았다. 유생 같은 복장에 호리호리한 체형을 지닌 잘생긴 청년이었다. 손목을 잡은 청년이 그대로 소장윤의 손목을 꺾어버렸다. 우두둑!

"끄아아아아악!"

그 광경을 본 소영현이 무섭게 굳은 얼굴로 신형을 날렸다.

* * *

허락이 떨어지니까 일말의 망설임 없이 손목을 꺾어버리는 사마영이었다. 얼마나 손을 봐주고 싶었는지 해맑게 웃고 있었다. 저리 좋을까.

—성공이네.

'그래.'

무사들 모두가 보았다. 심지어 소장윤의 패거리들까지 녀석이 사죄를 해놓고는 기습하는 장면을 보았다. 환의안에 걸린 당사자는 전혀 인지하지 못하겠지만, 녀석은 정파인으로서 하지 말아야 할 선을 넘어버렸다. 이로써 녀석은 후기지수 대표가 될 수 없다. 이제 남은 것은….

'응?'

새롭게 느껴지는 기척에 고개를 돌렸다. 그런 내 눈에 누군가 띄었다. 이곳을 향해 신형을 날리고 있는 그는 바로 소영현이었다. 가주와 함께 출타했다고 하더니 벌써 도착한 건가.

'아!'

그 말고도 내 눈에 띈 한 사람. 내 누이동생인 소영영이었다.

'영영이가 왔다고?'

나는 이것으로 한 가지를 짐작할 수 있었다. 가주가 출타한 것은 아무래도 형산파의 손님들을 모시기 위함인 듯했다. 영영이가 영문을 모르겠다는 표정을 지으면서 나를 바라보고 있었다.

"멈춰랏!"

그때 소영현이 손목을 꺾고 있는 사마영에게 소리쳤다.

사마영이 아쉬운 표정으로 나를 쳐다보았다. 손목을 꺾은 것만으로는 분이 풀리지 않는 모양이었다. 내가 전음으로 지시하자 그녀가 입맛을 다시며 소장윤의 훈혈(暈穴)을 점했다. 소장윤은 그대로 정신을 잃었다. 털썩!

"대체 이게 무슨 짓이오?"

방금 전의 흥분한 목소리와 달리 소영현이 제법 의젓한 목소리로 사마영에게 말했다.

─얘랑은 좀 다른데.

당연히 다르겠지. 품성이 낮은 소장윤과 다르게 그 형인 소영현은 나름 영악한 녀석이었다. 주위 사람들의 시선도 신경 쓰고 자신에 대한 인상도 관리할 줄 알았다.

"귀하는 누구시기에 본가의 영역에서 이런 짓을 한 것이오?"

사마영이 포권을 취하고서 말했다.

"인사드립니다. 저는 여기 계신 소운휘 사형과 같은 동문 사제인 마영이라고 합니다."

"동문?"

성에서 한 글자만 떼어낸 그녀였다. 사마영에게만 신경을 썼던 소영현이 나를 쳐다보았다. 이에 나 역시 녀석에게 포권을 취하며 예를 갖췄다.

"오랜만입니다, 형님."

형님이라는 말에 녀석의 눈썹이 살짝 꿈틀거렸다. 그래도 과연 난놈이긴 했다. 제 바보 같은 동생과 다르게 이목이 집중되니 일부러 내색하지 않았다. 주위를 의식한 녀석이 공명정대한 사람처럼 내게 말했다.

"대체 어찌 된 일인지 사정을 말해다오."

그런 녀석에게 나는 괜히 쓸쓸한 표정을 지으며 답했다.

"오랜만에 본가로 돌아와서 그런지 둘째 형님께서 술김에 많이 흥분하셨습니다."

"술김에?"

소영현이 기절해 있는 소장윤을 쳐다보았다. 낮부터 술을 어찌나 마셨는지 술 냄새가 진동했다.

"…술을 마신 것과 네 사제라는 분이 한 무례한 짓이 대체 무슨 관계란 말이더냐?"

녀석이 일부러 초점을 그곳으로 맞췄다. 사마영의 행동이 잘못되었다는 식으로 몰아가려는 모양이었다. 늦게 도착해서 제대로 못 봤다고 해도 적어도 포권을 취하고 있는데 천령혈을 내려치려 한 것 정도는 봤을 텐데. 그런 녀석의 말에 사마영이 화가 났는지 끼어들었다.

"그럼 제 사형이 천령혈을 맞고 죽도록 내버려뒀어야 했단 말인가요? 말씀 잘하시는 게 좋을 거예요."

사마영의 손이 어느새 검병으로 향하고 있었다. 여차하면 단번에 목을 벨 기세였다. 후우. 잘 참는다 싶었더니.

[손!]

[…네에.]

나의 전음에 사마영이 슬며시 검병에서 손을 뗐다. 그런 그녀의 행농을 보고서 소영현은 어처구니없다는 표정을 지었다. 그러고는 내게 전음을 보내왔다.

[건방진 녀석. 지금 네 사제를 믿고서 이런 짓을 벌인 것이냐?]

그런 녀석의 전음에 나는 육성을 답했다.

"왜 전음으로 말씀하시는지?"

'…?!'

"왜 그러십니까? 혹시 다른 사람들은 들으면 안 될 말씀이라도 하시려는 겁니까?"

"너!"

소영현이 순간 욱했는지 표정이 확 변했다. 멍청한 동생보다 낫기는 한데 이 녀석도 그렇게 감정 통제를 잘하는 것 같진 않았다. 아니면 아직 어려서 그런 건가. 회귀 전의 나는 어쩌다 이런 녀석들을 겁냈던 거지?

"너…."

소영현의 눈동자가 좌우를 빠르게 훑었다. 주변 분위기가 썩 좋지 않다는 것을 알았는지 화를 꾹꾹 참고서 말했다.

"네… 사제분의 손속이 과하지 않았느냐? 아무리 장윤이가 술김에 도가 지나친 행동을 했다고 하더라도 손목을 부러뜨릴 필요는 없었다."

어떻게든 몰아가려 하네. 나는 녀석을 물끄러미 쳐다보았다. 이 녀석과 영영이가 왔다는 것은 곧 가주와 형산파의 고수들이 도착한다는 말이겠지? 그렇다면 잘됐는데. 원래의 계획을 조금 더 빨리 앞당길 수 있을 것 같았다.

나는 난처하다는 목소리로 녀석에게 말했다.

"아, 그게 문제였군요. 제 사제가 워낙 급하게 막다 보니 조금 과했던 것 같군요."

일부러 꼬투리를 잡힐 여지를 남겼다. 그러자 녀석은 걸려들었다는 표정을 지으며 말했다.

"과한 게 아니다. 감히 누가 대익양 소가의 영역에서 소가 사람의 손목을 함부로 부러뜨릴 수 있단 말이냐!"

소영현이 모두가 들으라는 듯이 소리를 높였다. 무사들부터 소장
윤 패거리들이 호응하기를 바란 모양이었다. 그런데 이걸 어쩌지. 다
른 사람들은 소장윤이 멍청한 짓을 하는 걸 두 눈으로 지켜봤었는데.

'…?!'

녀석의 바람과 달리 무사들도 그렇고 소장윤의 패거리조차 난처
하게 쳐다볼 뿐이었다. 그런데 확실히 이곳은 내게 적진이긴 한가
보다. 이 와중에 누구 하나 나서서 소장윤의 잘못을 꼬집는 이가 없
었다.

그때 누군가 끼어들었다.

"잠깐만요."

다름 아닌 소영영이었다.

영영이가 송양화와 함께 우리 쪽으로 다가왔다.

'아….'

이건 변수였다. 녀석이 내게 시비를 걸도록 하려고 했는데. 아무
래도 송양화가 영영이에게 무슨 일이 있었는지 알려준 것 같았다.

―너 싫어한다고 하지 않았어.

'…그렇지.'

내가 꼴 보기도 싫을 텐데 일부러 나서는 것을 보면 돕기 위함인
듯했다. 나를 싫어하기만 한 것은 아닌가. 의아해하고 있는데 영영이
가 소영현에게 말했다.

"양화 언니한테 지금까지 있었던 일을 들었어요. 둘째 오라버니
께서 명백히 술에 취해서 실수하셨고 셋째 오라버니를 죽이려고 하
셨대요."

그런 그녀의 말에 소영현의 표정이 싸늘해졌다. 자신이 의도한 것과 다르게 영영이마저 자신을 나무라자 그것이 기폭제가 된 듯했다. 녀석이 차갑게 식은 목소리로 말했다.

"셋째 오라버니? 누가 셋째 오라버니라는 것이냐?"

"오라버니!"

"가문에서 내쳐진 자를 오라버니라고 부르다니 역시 그 더러운 핏줄이 어딜…."

확! 영영이가 이를 참지 못하고 녀석의 뺨을 치려 했다. 내공이 실린 것도 아니었고 소장윤과 달리 무공이 떨어지지 않는 녀석이기에 그것을 가볍게 낚아채듯이 잡아냈다.

손목이 잡힌 영영이가 눈시울이 빨개져서 말했다.

"이거 놔요."

다른 것은 몰라도 더러운 핏줄이니 뭐니 어머니를 모욕하는 말을 극도로 싫어하는 그녀였다. 그 모습에 소영현도 살짝 당혹스러운 기색을 보였다. 그러나 한번 터지자 녀석도 주체할 수 없는지 화를 내질렀다.

"흥! 내가 틀린 말이라도 했단 말…."

"그 손 놔라."

"뭐?"

소영현이 어처구니없어하며 고개를 돌렸다. 녀석이 건방지다는 듯이 말했다.

"하! 지금 나한테 한 말이더냐?"

영영이가 내게 소리쳤다.

"나서지 마요!"

녀석의 외침을 듣는 순간 나는 묘한 감정을 느꼈다. 예전에는 이 아이가 나를 미워한다고 생각했다. 하지만 그게 아니었다. 내게 일부러 피해가 가지 않도록 냉정하게 대했던 것이다.

'….'

가슴속에서 뜨거운 무언가가 치솟았다. 그것은 분노와는 다른 감정이었다. 나는 영영이에게 옅은 미소를 지으며 말했다.

"이젠 내가 지켜주마."

그런 내 말에 영영이가 붉게 얼굴이 달아올라서는 울먹거리며 소리쳤다.

"이 멍청이가 진짜 무슨 소리를 하는 거예요! 내 일에 끼어들지 말…."

"이것들이 지금 쌍으로!"

영영이의 말이 끝나기도 전에 화가 머리끝까지 난 소영현이 손을 들어 올려 뺨을 치려고 했다. 팍! 나는 번개 같은 몸놀림으로 신형을 날려 녀석의 손목을 낚아챘다. 그러자마자 놀란 녀석이 몸을 회전시키며 뒤에 있는 나를 팔꿈치로 치려고 했다. 팍! 그러나 팔꿈치가 미처 닿기도 전에 나는 낚아챈 녀석의 손목을 잡아당겨, 그대로 패대기를 치듯이 바닥에 내처버렸다.

"헛?"

쾅!

"으헉!"

전혀 예상하지 못한 광경에 영영이가 휘둥그레진 눈으로 나를 쳐다보았다.

"오라버니, 내공이?"

눈시울이 붉어져 있는 영영이가 믿을 수 없다는 표정으로 나를 바라보았다. 송양화가 그건 이야기하지 않았나 보다. 여전히 단전이 파훼됐다고 생각해서 나를 보호하려고 했던 것이었구나.

―기특하네.

그래. 오라비가 돼서 부끄럽다. 여태껏 영영이가 이렇게 속 깊은 아이일 줄은 몰랐다.

"크윽."

팟! 그때 바닥에 쓰러져 있던 소영현이 허리를 튕기며 재빨리 몸을 일으켜 세웠다.

그래, 적당히 내리쳤는데 그 정도는 버텨줘야지. 너무 쉽게 끝낼 생각은 나 역시도 없었다. 영영이의 눈에 눈물이 흐르게 할 뻔했으니까 그에 상응하는 대가를 치르게 할 생각이었다.

―얘는 실력이 어떤데?

소담검이 궁금했는지 물었다.

풍겨오는 기도만 보면 일류 고수인 것 같았다. 동생인 소장윤보다는 확실히 실력이 나았다. 무림의 각 문파나 무가를 대표하는 후기지수들의 실력을 감안한다면 적어도 평균은 되는 듯했다.

화가 나서 주체를 못 할 거라 여겼던 소영현이 당혹스러운 기색으로 물었다.

"설마 단전이 나은 것이냐?"

"글쎄."

굳이 알려줄 필요가 없었다. 어차피 방심해서 난리를 치는 편이 소장윤처럼 상대하기가 편하니까. 하지만 그런 나의 말에 녀석은 강한 경계심을 보였다.

―몸을 사리는 것 같은데.

패대기를 치면서 자존심이 상해 곧바로 덤빌 거라는 예상이 벗어났다. 오히려 이성을 되찾게 만들어줬나 보다. 녀석이 눈을 굴렸다. 내가 어느 정도 수준인지 기도를 파악하려는 것 같았다. 절정의 경지에 오르게 되면 어느 정도 기운을 갈무리할 수 있는데, 적어도 근접한 실력을 지니지 않는 이상 파악하기 힘들 것이다.

―살짝만 기운을 흘려서 유인해봐.

소담검의 말에 나는 하단전에 명륜선공을 운용했다. 이 정도 기운이면 이류에서 일류 사이의 수준이다. 녀석의 입꼬리가 미세하게 떨렸다.

―통했나 본데.

소담검의 말대로 녀석의 표정에서 안도감이 느껴졌다. 자신이 좀 더 위라고 확신한 모양이다. 스릉! 녀석이 말없이 검을 뽑고서 기수식을 취했다. 확신을 했으니 덤비려는 것 같았다.

[오라버니!]

영영이가 내게 전음을 보냈다.

[단전이 회복되었다고 쉽게 이길 수 있는 상대가 아니에요.]

아, 기운을 내보인 덕분에 영영이도 내 무공 수위가 그 정도라고 착각한 것 같았다. 하긴 단전이 폐해졌던 내가 고작 일 년 하고도 몇 달 만에, 영약도 먹고 십 년 넘게 무공을 단련한 익양 소가의 소가주를 이길 거라고 누가 생각하겠는가.

그래도 유일한 혈육이 걱정해주니까 기분은 나쁘지 않네.

[괜찮아. 오라비를 믿어봐.]

[뭐가 괜찮다는 거예요. 그러다 큰일 나요!]

영영이가 쉽게 믿지 않았다.

그러던 차였다. 내가 잠시 영영이에게 시선이 가 있는 걸 본 소영현이 신형을 날렸다. 기척마저 죽이고 덤빈 걸 보면 기습을 노린 것이었다.

"조심해요!"

영영이가 내게 소리를 치고서 다급히 검을 뽑아 대신 막으려고 했다.

그러나 나의 움직임이 더 빨랐다. 스릉! 챙! 천을 감아놓은 검집에서 남천철검을 뽑은 나는 우측 어깨를 노리던 녀석의 일 검을 위로 올려 쳐서 튕겨냈다. 그러고는 빠르게 녀석의 뺨에 따귀를 날렸다. 짝!

따귀에 고개가 살짝 돌아간 녀석의 눈동자가 파르르 떨렸다. 내공을 약하게 했지만 기분이 더러울 거다.

"내 누이동생의 뺨을 노린 대가다."

"이놈이!"

녀석이 보법을 펼치며 두 보가량 거리를 벌려 검초를 펼쳤다. 익양 소가가 자랑하는 세 검법 중 하나인 소현검법이었다. 정말 오랜만에 본다. 나는 여유롭게 검을 휘두르며 녀석의 검초를 막아냈다. 채채채챙! 굳이 검초를 펼칠 필요도 없었다. 녀석이 내게 소현검법을 쓴 것은 어리석은 판단이었다. 차라리 내가 모르는 검법을 썼다면 모를까. 애초에 실력 차이도 날뿐더러 알고 있는 검법이기에 빈틈을 찾아내는 것도 어렵지 않았다.

불과 세 식 정도를 막아낸 나는 찔러 들어오는 검을 비스듬하게 내리치며, 또다시 녀석의 뺨에 따귀를 날렸다. 짝! 그것도 같은 왼쪽에 말이다.

"이건 내 목숨을 구해준 사제를 모욕한 대가다."

"이… 이 새끼가!"

평정심이 박살 난 소영현의 입에서 거친 욕이 튀어나왔다. 뺨을 두 대나 맞더니 이제야 내가 원하는 모습을 보여주고 있었다. 그래, 그게 어울리는 모습이지.

"하아!"

반면 누이동생인 소영영의 입에서는 탄성이 터져 나왔다. 내가 다치기라도 할까 봐 걱정했었는데, 오히려 녀석을 희롱하는 모습마저 보이자 놀라운 모양이었다. 본가의 무사들이나 소장윤 패거리 또한 마찬가지였다.

"저게 정말 율랑현 망아지라고?"

"영현 형을 상대로 어찌?"

이남인 소장윤에 이어서 장남인 소영현까지도 수모를 겪자 모두들 내 실력에 놀라워했다. 소장윤은 워낙 약했었기에 각광을 받지 못했는데, 그나마 소가에서 후기지수라 불리는 녀석을 상대하니 활약이 더욱 두드러졌나 보다.

―운휘!

그때 남천철검이 나를 불렀다. 그 순간 나의 머릿속으로 수많은 이명이 울렸다.

―….

'으.'

이렇게 많은 검이 소리를 내며 다가오니 골이 지끈거릴 수밖에 없었다. 잠시 선천심법을 운기하여 선천진기를 머리에 집중하자 두통이 가셨다. 익양 소가가 검가(劍家)라는 게 이럴 때는 힘드네. 하지만 덕분에 알 수 있었다.

─운휘, 그들인가?

그래, 남천.

이 정도 인원이라면 가주가 돌아온 게 틀림없었다.

─강한 검 세 자루가 섞여 있다.

─제법 센데.

세 자루씩이나?

소담검이나 남천철검이 강하다고 평가하는 검의 기준이 있다. 먼저 무위가 강한 주인을 통해서 같이 성장한 검, 그리고 두 번째는 오래된 보검이나 신검이다. 막 탄생한 검은 아무리 재질이 좋아도 녀석들은 신생아처럼 취급했다.

'아.'

알 것 같았다. 한 자루는 당연히 가주를 의미할 테고, 다른 두 자루는 형산파의 두 기인 형산일검과 형산여협일 것이다. 시간을 끈 보람이 있었다. 적당한 시기에 맞춰 그들이 도착했다. 이제 수확을 거둘 때가 되었다.

"이노오오옴!"

마침 뺨을 맞은 것에 수치심을 느낀 소영현이 일갈을 내지르며 달려들었다. 검을 잡는 자세가 바뀌었다. 소현검법만으로는 안 되겠다고 판단했는지 검법을 바꾸었다. 검세가 무거워지고 패도적인 기세가 실린 것을 보면 본가의 가주와 소가주만이 익힐 수 있는 소동패검이 틀림없었다. 지금까지와 다르게 상승 검법이었다.

'어느 정도 수준인지 확인해볼까.'

문득 궁금해졌다. 과연 익양 소가의 상승 검법이 어느 정도 수준인지 말이다.

챙! 채챙! 나는 녀석의 검식을 일일이 막아보았다. 검과 검이 부딪칠 때마다 묵직하게 타고 흐르는 검세가 보통이 아니었다. 검초에 중검술의 묘리가 제대로 실려 있었다. 챙채채챙! 다만 이 검초를 펼치는 시전자의 역량이 평범한 후기지수 그 이상도 이하도 아니었다. 같은 수준의 검객에게는 효과적일지 모르겠으나 내게는 어림없었다. 나는 녀석의 검초에 실린 열네 식을 전부 수월하게 막아냈다. 그리고 마지막에는 가볍게 검을 휘두르는 것만으로 녀석을 세 보 뒤로 튕겨냈다. 채앵! 타타탁!

소영현이 믿을 수 없다는 듯이 중얼거렸다.

"말도 안 돼. 어떻게 네깟 놈이 소동패검을….'

역시 예상대로 소동패검이었다. 무시를 넘어 혐오스러워했던 내가 본가의 상승 검법마저 막아내자, 녀석은 당혹감에 빠져 어쩔 줄 몰라 했다. 그런 녀석에게 나는 선처를 베풀 듯이 말했다.

"지금이라도 당장 두 사람에게 사과하고, 돌아가신 어머니를 모욕한 것에 대한 용서를 구한다면 이 정도로 끝내겠다."

"용서?"

물론 정말로 선처를 베푸는 것이 아니었다. 오히려 놈을 더 자극하기 위함이었고 다른 이들에게 녀석의 잘못을 짚어주기 위함이었다.

뿌득! 이를 가는 소리. 예상대로 소영현은 분노를 참지 못했다.

"감히 누구더러 용서를 운운하는 것이냐!"

"후회할 텐데."

그런 나의 말에 녀석이 문득 뭔가를 떠올렸는지 소리쳤다.

"이제 알겠다! 네놈, 사공을 익혔구나. 천운으로 단전이 나았다고 해도 일 년 만에 이렇게 무공이 늘 리가 없다!"

하, 이런 식으로 잔머리를 굴릴 줄이야. 전형적인 몰아가기다. 애초에 내공이 아닌 검술 실력으로 막아냈는데, 저런 소리가 나오다니. 그 와중에 본가의 무사들이 웅성거렸다.

"그러게?"

"고작 일 년 하고도 몇 달 만에 저게 가능해?"

"그럼 사공을 익혔단 말이야?"

무공들 중에는 사공이나 마공이라 불리는 것이 있다. 말 그대로 기존의 정통 수련법이 아닌 사이한 수련법으로 공력을 증폭시키거나 하는데, 워낙 부작용도 심하고 올라갈 수 있는 한계가 있기에 사파인들조차 극히 소수만이 지향하는 방법이었다.

"곧 죽어도 본인이 약하다는 소리는 안 하네."

"뭣?"

"익양 소가 소가주의 무위가 고작 이 정도 수준이라니 한심하네요, 사형."

사마영이 냉소를 지으며 일부러 들으라는 듯이 비아냥댔다. 이번에는 적절하게 잘해줬다. 그녀의 도발 덕분에 자극을 받은 녀석의 표정이 바뀌었다. 어떤 핑계를 대든 간에 녀석은 익양 소가의 소가주이자 미래를 상징할 후기지수였다. 명성을 떨치고 있는 후기지수도 아닌 내게 진다는 것은 수치나 다름없었다.

"망아지 같은 놈이 기어코 명줄을 당기는구나. 조금이나마 본가의 핏줄이 섞인 것을 감안하여 조금이라도 봐주려고 했건만."

내 귀가 잘못된 건가. 봐주려고 했다고?

─얼굴 낯짝이 참 두꺼운 녀석이네.

소담검이 혀를 찼다.

녀석이 몸을 살짝 기울이며 앞으로 치우쳐진 자세를 취했다. 풍기는 기도가 고조되고 검 끝이 흔들리는 것으로 보아 소동패검의 절초를 펼치려는 것 같았다. 살기가 물씬 풍기는 것이 필살초였다.

"네놈이 그리 자신만만하다면 이것 또한 막을 수 있겠지?"

소영현이 내게 도발하듯이 말했다. 일부러 자극해서 초식을 정면에서 받아보라고 유도하는 것이었다. 나름 머리를 굴리고 있었다.

"그런다고 달라질 건 없을걸."

"건방진!"

팟! 그런 내 말에 녀석이 폭발적인 기세로 신형을 날렸다. 소동패검의 필살초답게 중검의 묘리가 실려 있으면서 한 식, 한 식이 즉살을 노리는 요혈들만을 공격해왔다.

"조심해요!"

영영이가 걱정되었는지 소리쳤다.

하지만 이제 실력을 숨길 필요가 없었다. 챙! 녀석의 일식이 나의 검과 부딪쳤다. 검과 검이 부딪치면서 녀석은 곧바로 초식을 연계하려고 했으나, 나는 찰나에 소영현의 뺨을 때렸다. 짜악! 이번에는 하단전의 공력을 제대로 실었다.

"이, 이 새끼가 또…"

녀석이 억지로 그것을 견디며 검식을 이어갔다. 그러나 나는 그것을 가만히 서서 위로 검을 들어 올리며 쳐냈다. 손이 올라갔으니 또다시 틈이 생겼다. 짜악! 이번에는 반대편 뺨을 때렸다. 뺨과 함께 코도 맞았는지 녀석의 코에서 피가 터져 나왔다.

뿌득! 녀석이 이를 악물고 올라간 검을 내리치려 했지만, 그 전에 내 주먹이 먼저 가슴에 닿았다. 퍽!

"컥!"

가슴을 맞은 녀석이 뒤로 튕겨 나가려 했다. 그 순간 녀석의 멱살을 잡고서 잡아당긴 후에 다리 정강이를 걸어찼다. 우두둑! 정강이 뼈가 제대로 금이 갔든지 부러진 것 같았다.

"끄악! 너… 너! 이 새….'

고통보다 분노가 더 컸는지 어떻게든 검식을 펼치려 했다. 녀석의 검날이 내 목으로 향했다. 그런데 이미 늦었거든. 나는 팔성 공력을 실어 녀석의 검날을 쳐냈다. 채애애애앵!

"윽!"

검신이 빠르게 떨리더니 녀석이 공력의 여파를 이기지 못하고 손바닥을 펴고 말았다. 그 덕분에 검이 빙글빙글 돌며 날아갔다. 녀석이 당황해하는 순간….

[이건 어머니를 모욕한 대가다, 이 개새끼야.]

"…?!"

뻐억!

"끄억!"

나는 주먹으로 녀석의 안면을 있는 힘껏 내리쳤다. 녀석의 안면이 옆으로 뒤틀리며 이빨이 부서지는 소리가 시원하게 고막을 때렸다. 바닥에 엎어진 녀석이 컥컥대면서 부서진 이빨을 뱉어냈다. 얼굴이 엉망진창이었다.

'하아.'

속이 시원했다. 그동안 쌓였던 것이 일부 풀리는 기분이었다. 녀석들 형제가 우리 남매를 얼마나 괴롭히고 어머니를 모욕해왔던가.

[주군!]

조성원의 전음이 귓가로 울렸다. 녀석이 왜 날 불렀는지 알 것 같았다. 좌중이 극도로 조용해진 것을 보면 누가 도착했는지 알겠다. 고개를 돌리니 좌우로 갈라진 본가의 무사들 사이로 연녹색 비단옷에 멋지게 수염을 기른 중년인이 매서운 얼굴로 서 있었다. 가주 소익헌이었다. 그의 옆에는 남청색 도복을 입은 두 중년의 남녀가 있었다.

'형산일검, 형산여협.'

오랜만에 보는 얼굴들이다. 하지만 지금 그들은 나를 모를 것이다. 회귀 전 나는 가문의 수치라고 하여 외부 인사들과 접촉한 적이 없었다. 첩자로 무림연맹에 있을 때 봤기에 훗날의 인연이었다.

"가주, 이게 무슨 일입니까?"

형산여협 조일혜가 미간을 찌푸리고서 물었다. 바닥에 쓰러져 있는 소장윤, 소영현 형제를 보고서 무슨 사달이 났음은 알아차렸을 것이다.

"저 소 형제는 대체 누구입니까?"

그녀가 나를 쳐다보며 말했다. 확실히 형산의 두 기인답게 내 기도를 알아차린 것 같았다. 그녀에게서 풍기는 기도는 절정의 고수들 중에서도 수위권에 속해야만 가능할 만큼 날이 서 있었다.

'강하다.'

형산일검은 그녀보다도 훨씬 강했다. 해악천만큼 압도적인 위압감은 없었지만, 절정의 벽을 넘어선 것만큼은 확실했다. 반면 가주 소익헌에게서 풍기는 기도는 예상과 달리 형산여협 조일혜와 거의 비등하거나 그보다 약간 우위인 것으로 보였다. 물론 강호의 승부라는 것은 기도만으로 판단할 수 없다.

소익헌의 표정이 복잡했다. 형산여협 조일혜의 물음에 말문을 열지 않았다.

─왜 저러는 거야?

나도 정확하게 판단이 서지 않았다. 어쩌면 쓸모없다고 버린 자식이 강해져서 돌아와 그런 것일지도 몰랐다. 그때였다.

"아, 아버님! 사공입니다! 녀석이 사악한 무공을 썼습니다."

가주와 형산일검, 형산여협을 발견한 소영현이 그들에게 소리쳤다. 말을 못 하게 턱을 부숴버릴 걸 그랬다. 그 와중에 자신이 진 것을 이런 식으로 해명하려 들다니.

"사공?"

그런데 예상치 못한 자가 반응했다. 바로 형산일검 조청운이었다.

'아!'

기억났다. 이 사람은 연맹에서도 늘 온화하고 낯을 많이 가렸었다. 다만 불의를 보거나 사파인이나 혈교인을 대면하면 그것이 백팔십 도로 바뀌었다.

"사공이 아님…."

팟! 그 순간 내가 뭐라고 해명하기도 전에 조청운이 움직였다. 눈 깜짝할 사이에 거의 열다섯 보 거리를 좁혀왔다.

'앗?'

형산파가 쾌검과 경신술에 능하다는 것을 알고 있었지만 이 정도일 줄은 몰랐다. 내 바로 앞에서 멈춘 그가 입을 열었다.

"소 형제, 사공을 익혔는가?"

"아닙니다."

"한데 어찌 익양 소가의 소가주가 자네더러 사공을 익혔다고 하는 겐가."

사공은 사람의 심성에도 악영향을 끼치기 때문에 정파인들 중에는 이를 극도로 혐오하는 자들이 많았다. 아무래도 조청운도 그중 한 사람인 듯했다.

그때 소영영이 소리쳤다.

"사백! 앞에 있는 소 형제는 제 오라버니입니다!"

"오라버니? 소운휘?"

조청운이 인상을 찡그렸다. 그의 반응을 봐서는 영영이에게 내 이야기를 들은 모양이었다. 잘 풀리려나 싶었는데 아니었다.

"단전이 손상되었다고 들었는데 그게 아니었나?"

슥! 조청운이 금나수의 수법으로 내 손목을 잡으려고 했다. 아무리 사공을 익혔다는 의심을 받았지만 제멋대로 내공을 확인하게 내버려둘 순 없었다. 나는 재빨리 보법을 펼치며 뒤로 물러났다.

"이게 무슨 짓입니까?"

"일 년도 전에 단전이 손상되었는데, 그 사이에 어찌 이런 경지에 올랐단 말인가."

타타탁! 조청운이 유려하게 발을 밟으며 따라붙었다. 형산의 기인이라 불릴 만한 실력이었다.

"해명할 기회를 주십쇼."

스릉! 그런 나의 말에 조청운이 등 뒤에 있는 검을 뽑았다.

"내공도 확인하지 못하게 하면서 말로 해명이 될 것 같은가."

"이러실 겁니까?"

"손을 섞어보면 사공인지 아닌지, 그 연원을 알 수 있겠지. 검을 들게."

촤촤촤촤! 그 말이 끝남과 동시에 조청운의 검이 시원하게 검로를 그리며 나를 쫓았다. 그 유명한 청풍검결이었다. 형산파의 도사라면 누구나 익히는 검법이지만 그의 손에서 펼쳐지는 청풍검결은 상승 검법이나 다름없다고 전해진다.

'별수 없군.'

그렇다면 검으로 증명할 수밖에 없었다. 청풍이라는 말에 어울리게, 바람처럼 무쌍한 변화를 일으키는 조청운의 검. 이에 대항하려면 마찬가지로 부드러운 검이 제격이었다.

'비추형검!'

성명검법 삼초식 비추형검. 부드러운 버들가지처럼 검초의 변화가 두드러지는 초식이다. 채채채채챙! 조청운의 검과 나의 검이 부딪쳤다. 버들가지와 바람이 만난 것처럼 서로의 검이 복잡하게 얽혀들었다. 검과 검이 부딪칠 때마다 손바닥이 아파왔다.

'다르다.'

여태껏 내가 상대해왔던 자들과는 차원이 달랐다. 형산파의 기인 조청운은 중단전을 개방해야 겨우 상대할 수 있을까 말까 한 고수였다. 이렇게 부드러운 검초에 이런 힘이 실릴 수 있다니. 변초를 쓰면서 거리를 벌려야 할 것…. 엇?

팟! 검초를 섞고 있던 조청운이 먼저 검을 거두며 거리를 벌렸다. 그의 갑작스러운 태도에 다른 이들도 의아해했다. 그때 조청운이 떨리는 목소리로 내게 물었다.

"자네, 호종대 대협과 무슨 관계인가?"

그의 말에 조용하던 장내가 소란스러워졌다. 웅성웅성!

"호종대?"

"방금 호종대라고 했어?"

호종대 대협. 십오 년이 지나도 무림인들 중에 그 이름을 모르는 이가 누가 있겠는가. 운남성의 패자이자 절세검호 남천검객의 이름.

조청운이 다시 한 번 내게 물었다.

"확실히 말해주게. 호종대 대협을 알고 있나?"

그의 물음에 나는 정중하게 포권을 취하고서 당당하게 말했다.

"제 스승님이십니다."

'…!!'

그 말이 끝나기가 무섭게 장내가 발칵 뒤집혔다.

〈3권에 계속〉

절대 검감 2

초판 1쇄 인쇄일 2022년 7월 4일
초판 1쇄 발행일 2022년 7월 11일

지은이 한중월야

발행인 윤호권
사업총괄 정유한

편집 김지연 **디자인** 김지연 **마케팅** 명인수 **일러스트** 스튜디오이너스
발행처 ㈜시공사 **주소** 서울시 성동구 상원1길 22, 6-8층(우편번호 04779)
대표전화 02-3486-6877 **팩스(주문)** 02-585-1755
홈페이지 www.sigongsa.com / www.sigongjunior.com

글 ⓒ 한중월야, 2022

ISBN 979-11-6925-027-6 04810
979-11-6925-025-2 (SET)

*시공사는 시공간을 넘는 무한한 콘텐츠 세상을 만듭니다.
*시공사는 더 나은 내일을 함께 만들 여러분의 소중한 의견을 기다립니다.
*잘못 만들어진 책은 구입하신 곳에서 바꾸어 드립니다.